L'IRRÉSISTIBLE HISTOIRE DU *Café Myrtille*

NiL

Mary Simses

L'IRRÉSISTIBLE HISTOIRE DU Café Myrtille

Traduit de l'anglais (États-Unis) par Julie Groleau

ROMAN

Titre original : THE IRRESISTIBLE BLUEBERRY BAKESHOP & CAFÉ

ISBN 978-2-84111-938-7
(édition originale : ISBN 978-0-316-22585-4, Little, Brown and Company, Hachette Book Group, New York)

Dépôt légal : juin 2018

À Bob et Morgan
À la mémoire d'Ann et de John

Chapitre 1

Un accueil glacial

— N'avancez pas, c'est dangereux !

Mais il était déjà trop tard lorsque j'entendis quelqu'un crier ces mots. Les planches du ponton s'affaissèrent sous mes pieds avant de céder. Elles se brisèrent, le bois pourri se cassa net, et je fis un plongeon de trois mètres dans l'océan glacé du Maine.

J'aurais peut-être pu, pendant une fraction de seconde, remarquer l'homme se précipiter sur le ponton en m'intimant de m'arrêter. Si mon corps s'était tourné de vingt degrés sur ma droite, il m'aurait été possible de le voir courir vers moi en agitant les bras. Mais j'avais le viseur de mon appareil photo Nikon collé contre mon œil et zoomais sur une forme face à la mer – la statue d'une femme dans une robe à volants, tenant ce qui ressemblait à un seau rempli de raisin.

Je me débattis pour remonter à la surface, luttant frénétiquement de tous mes membres. Mon cœur battait à tout rompre et mes dents claquaient à cause de l'eau froide. Je compris que je dérivais, et vite : un courant puissant, rapide, me faisait tournoyer et m'entraînait loin du ponton. Je refis surface en toussant, au milieu d'une mer agitée, écumante et pleine de sable. Je continuais de m'éloigner du rivage, heurtée par les vagues qui emplissaient ma bouche et mon nez d'eau salée. Prise de tremblements irrépressibles, je sentais mes bras et mes jambes s'engourdir. Comment l'océan pouvait-il être aussi froid en cette fin juin ?

Luttant contre le courant, je tentai de nager le crawl du mieux que je pouvais. Je battis des pieds et repoussai l'eau jusqu'à ce que mon corps devînt douloureux. Malgré cet effort, j'étais emportée toujours plus loin, poussée par une houle puissante.

Tu étais une bonne nageuse, quand tu étais à Exeter, me rappelai-je. Tu es capable de revenir. La petite voix dans ma tête essayait d'être confiante, mais ça ne fonctionnait pas. La panique m'envahit jusqu'au bout des doigts et des orteils. De l'eau avait coulé sous les ponts depuis ces années-là. J'avais passé trop de temps assise derrière un bureau, à gérer des dossiers judiciaires et des acquisitions, et pas assez à améliorer ma brasse papillon.

Brusquement, le courant qui m'avait emportée se calma. J'étais entourée d'un mur de flots noirs et de crêtes écumeuses. Devant moi s'étendait l'océan béant, sombre et infini. Je me tournai et, l'espace d'un instant, je ne vis rien d'autre que des montagnes d'eau. Puis je fus soulevée en haut d'une vague, et le ponton ainsi que la plage m'apparurent, terriblement loin et minuscules. Je repris le crawl en direction du rivage – respiration, battements, respiration, battements –, mais mes jambes, trop fatiguées pour avancer, me semblèrent atrocement lourdes.

Je nageai sur place. Mes bras étaient si épuisés que j'eus envie de pleurer. Une douleur aiguë me vrilla le menton et, quand je tâtai mon visage, mon doigt fut taché de sang. Je m'étais coupée, probablement pendant ma chute.

La chute. Je ne savais même pas comment cela s'était produit. J'avais eu envie de voir la ville depuis la mer, comme l'avait fait ma grand-mère lorsqu'elle était enfant ici, dans les années 1940. J'avais marché sur la plage, poussé une barrière et m'étais avancée sur cette plate-forme flottante. Quelques planches manquaient, une partie de la rambarde avait disparu, pourtant tout allait bien jusqu'à ce que je marche sur une latte un peu trop molle. À l'évocation de ce moment, je me sentis retomber en chute libre.

Une vague me gifla le visage et je bus la tasse. Entortillé autour du cou, mon Nikon cognait contre ma poitrine et, telle une pierre, me tirait vers le fond. L'appareil photo ne marcherait plus jamais, je le savais. D'une main tremblante, je passai la sangle par-dessus ma tête.

Un souvenir de mon dernier anniversaire me revint soudain en mémoire. Un dîner au May Fair, à Londres, mon fiancé Hayden qui me tendait une boîte emballée dans du papier argenté et une carte avec ces mots : *Joyeux trente-cinq ans, Ellen. J'espère que cela rendra justice à ton talent extraordinaire.* À l'intérieur de la boîte se trouvait le Nikon.

J'ouvris la main et laissai la sangle s'échapper de mes doigts. J'observai l'appareil sombrer dans l'obscurité. Mon cœur se brisa en l'imaginant au fond de l'océan.

À cet instant, je me mis à penser que je n'allais pas m'en sortir. J'avais trop froid, j'étais à bout. Je fermai les yeux et laissai les ténèbres m'envelopper. J'entendis le frémissement des vagues tout autour de moi. Je songeai à ma mère, que je ne reverrais plus jamais. Comment pourrait-elle supporter la mort de deux êtres chers presque à une semaine d'intervalle – d'abord ma grand-mère, puis moi ?

Et qu'en serait-il de Hayden, à qui j'avais assuré avant mon départ ce matin-là que je ne resterais qu'une nuit à Beacon, deux tout au plus ? Il m'avait demandé de patienter un peu afin qu'il puisse m'accompagner. J'avais refusé, arguant que ce serait un voyage éclair. Rien d'important. *Nous sommes mardi,* lui avais-je dit, *je serai de retour à Manhattan demain.* Et à présent, trois mois seulement avant notre mariage, il découvrirait que je ne reviendrais pas.

Je sentis que je m'abandonnais, je laissais l'eau s'emparer de moi ; une impression de calme et d'apaisement me pénétra. L'image de ma grand-mère dans sa roseraie, un sécateur à la main, flotta dans mon esprit. Elle me souriait.

Surprise, j'ouvris les yeux. Au-delà des sombres collines d'eau mouvante, je pus distinguer le ponton. Il y avait aussi quelque chose… non, quelqu'un, un homme, qui se tenait au bord. Je le vis plonger. Il refit surface et commença à nager le crawl à vive allure dans ma direction, ses bras martelant les vagues.

C'est pour moi qu'il vient, me dis-je. Merci, mon Dieu, il vient pour moi. Quelqu'un est là-dehors et il va m'aider. Un petit coin de ma poitrine commença à se réchauffer. J'obligeai mes jambes à battre un peu plus fort et mes muscles se remirent à réagir. Afin qu'il pût me repérer, je tentai de lui faire un signe de la main.

Tandis que je le regardais se rapprocher, mes dents claquaient si fort que je pouvais à peine respirer. Je n'avais jamais vu de nageur si puissant. Il évoluait au milieu des vagues avec une aisance étonnante. Enfin, il fut suffisamment près de moi pour que je puisse l'entendre.

— Tenez bon ! cria-t-il.

Sa respiration était haletante, son visage rougi, et ses cheveux sombres étaient plaqués en arrière par la mer. Quand il me rejoignit, mes jambes m'avaient déjà lâchée et je flottais sur le dos.

— Je vais vous ramener, m'assura-t-il.

Il prit plusieurs respirations.

— Faites ce que je vous dis et surtout ne vous accrochez pas à moi, sinon nous allons couler tous les deux.

J'avais assez de bon sens pour ne pas m'agripper à lui, même si je ne m'étais jamais rendu compte à quel point une personne en train de se noyer peut facilement commettre cette erreur. Je hochai la tête pour lui signifier que j'avais compris. Nageant sur place, nous nous fîmes face. Je le regardai, et tout ce que je vis, ce furent ses yeux. Des yeux incroyablement bleus – bleu clair, presque bleu glacier, comme des aigues-marines.

Soudain, malgré mon épuisement, je fus submergée par un sentiment d'embarras. Je n'avais jamais été douée pour accepter l'aide d'autrui et, par une étrange règle inversement proportionnelle, plus la situation était extrême, plus il m'était difficile d'accepter quelque secours que ce soit. Ma mère aurait dit que c'était la faute de notre vieille lignée yankee. Hayden aurait répliqué que c'était juste de l'orgueil mal placé.

Toujours est-il qu'à cet instant, je me sentis complètement stupide. Une demoiselle en détresse passant au travers d'un ponton, emportée par les courants, incapable de regagner le rivage et de se prendre en charge.

— Je peux rentrer à la nage, proférai-je en claquant des dents, au moment où une vague s'écrasait sur mon visage. Je nagerai à côté de vous, ajoutai-je, mes jambes aussi lourdes que des blocs de béton.

L'homme secoua la tête.

— Non. Mauvaise idée. Les courants d'arrachement.

— Je faisais partie… de l'équipe de natation, parvins-je à prononcer alors que nous étions soulevés par la houle.

Ma voix devenait rauque.

— Au lycée.

Je toussai.

— Exeter. On a atteint… le niveau national.

Il était si proche que son bras effleura le haut de ma jambe.

— Je vais vous ramener sur la plage, lança-t-il en reprenant son souffle. Vous n'avez qu'à suivre mes instructions. Je m'appelle Roy.

— Et moi, Ellen, fis-je en haletant.

— Ellen, posez vos mains sur mes épaules.

Elles étaient larges, le genre de celles d'un travailleur, pas d'un sportif en salle. Il m'observa en plissant les yeux.

Non, pensai-je, tandis que mes mains engourdies continuaient de s'agiter dans l'eau. Je vais me débrouiller toute seule. Maintenant que j'ai quelqu'un à mes côtés, je peux y arriver.

— Merci, dis-je, mais ça ira si je…

— Posez vos mains sur mes épaules, me coupa-t-il en haussant le ton.

Cette fois, il ne me laissait pas le choix.

J'obtempérai.

— Maintenant, mettez-vous sur le dos et gardez vos bras tendus. Allongez les jambes et restez dans cette position. Je vais nager pour nous deux.

Je connaissais cette technique de sauvetage, celle où l'on porte le nageur épuisé, bien que je n'aie jamais été ce nageur-là. Je m'étendis, mes cheveux s'étalant autour de moi. Un timide rayon de soleil caressa mon visage. Nous roulâmes au gré des vagues, nos corps entraînés au sommet des crêtes.

Roy prit position au-dessus de moi et, suivant ses instructions, j'accrochai mes jambes autour de ses hanches. Il partit en brasse, tête hors de l'eau, et nous parvînmes à nous maintenir à la surface. Je commençai à me détendre et à me laisser porter. Ma tête était appuyée contre sa poitrine. Je fermai les yeux et sentis ses muscles se contracter sous sa chemise à chaque impulsion. Ses jambes étaient longues et puissantes, sa peau exhalait une odeur de sel et d'algues.

Tandis qu'il fendait l'eau, j'entendais chacun de ses mouvements et sentais la chaleur de son corps. J'ouvris les yeux. Nous avancions parallèlement à la plage. Je compris enfin ce qui s'était produit. J'avais été entraînée par un courant d'arrachement et, prise de panique, je ne m'en étais pas aperçue. En conséquence, je n'avais pas tenu compte de la règle la plus importante dans ce genre de situation : ne pas nager contre les courants ; nager parallèlement au rivage jusqu'à ce qu'on les ait contournés, puis regagner la côte.

Bientôt, nous pûmes tourner et nous diriger vers la plage où un attroupement s'était formé. On est presque arrivés, me dis-je, soulagée. J'avais hâte de toucher le sol, de savoir que j'avais fini de dériver dans l'obscurité.

Lorsque Roy eut pied, il me prit dans ses bras et me maintint contre lui. Sa respiration était saccadée. De là où je me tenais, la tête posée contre son torse, j'estimai qu'il devait mesurer au moins un mètre quatre-vingt-dix, soit vingt bons centimètres de plus que moi.

— Vous pouvez tenir debout, ici, me dit-il.

Des gouttelettes tombaient de ses cheveux. Je me dégageai doucement de son corps, pris la main qu'il me tendait et posai mes pieds par terre. J'avais de l'eau jusqu'à la poitrine. En touchant le sable, en m'ancrant de nouveau sur le sol, j'eus l'impression d'atteindre le paradis. Derrière moi, l'océan tourbillonnait et s'enfonçait dans les ténèbres, mais, à quelques pas devant moi, la plage étincelait comme une nouvelle promesse sous le soleil de fin d'après-midi. Mes muscles se relâchèrent et, l'espace d'un instant, je ne souffris plus du froid. Je me sentis en harmonie avec le monde autour de moi. Je suis toujours là, songeai-je. Je suis en sécurité, vivante.

Prise d'étourdissement, je me mis à rire. Je lâchai la main de Roy et commençai à tournoyer dans l'eau, telle une ballerine saisie de vertige. Je riais et tournais et agitais les bras sous son regard déconcerté. Pensait-il que j'avais perdu l'esprit ? Cela m'était bien égal. J'avais échappé au néant des eaux profondes et regagné la terre ferme. Rien au monde n'eût pu me paraître aussi merveilleux que ce moment-là.

Je m'approchai de Roy et plongeai mes yeux dans les siens. Je jetai alors mes bras autour de son cou et l'embrassai. Un baiser parce qu'il m'avait sauvé la vie, un baiser surgissant d'un endroit dont je ne connaissais pas l'existence. Et il me le rendit. Ses lèvres chaudes avaient le goût de la mer ; ses bras, forts et rassurants, me serrèrent comme si nous allions nous noyer. Je ne voulais rien d'autre que me perdre dans cette étreinte. Soudain, je me rendis compte de ce que j'avais fait et m'écartai vivement.

— Je suis désolée, m'excusai-je, le souffle court, découvrant brusquement que des gens nous observaient. Je… je dois y aller.

Je fis volte-face et j'avançai à grandes enjambées dans l'eau en direction de la plage. Je grelottais, mes vêtements étaient trempés, mes yeux me piquaient à cause du sel, et l'embarras qui m'avait saisie en mer n'était rien en comparaison de ce que je ressentais maintenant. Je ne comprenais pas ce qui m'avait pris, ce qui s'était emparé de moi pour que je l'embrasse.

— Ellen, attendez, m'interpella Roy tandis qu'il me rejoignait.

Il tenta d'attraper ma main, mais je me dégageai et continuai ma progression à travers les flots. Fais comme si ça n'était jamais arrivé, me dis-je. Ça n'est jamais arrivé.

J'aperçus alors deux hommes en jean qui couraient à notre rencontre. L'un d'eux était vêtu d'un T-shirt jaune, l'autre portait une casquette de base-ball des Red Sox et, autour de la taille, une ceinture à outils avec un niveau qui battait contre sa cuisse. Ils se précipitèrent dans la mer.

— Roy, ça va ? Elle va bien ? demanda l'homme au T-shirt jaune tout en m'aidant à regagner la plage.

— Je crois, répondit Roy en sortant péniblement de l'eau, son jean plaqué contre ses jambes.

L'homme à la casquette des Red Sox m'entoura de son bras.

— Vous allez bien, mademoiselle ?

J'essayai de hocher la tête, mais je tremblais si fort que je ne parvins pas à la bouger.

— Froid, parvins-je à articuler avec peine.

Un homme de forte carrure avec une barbe et les cheveux en brosse vint vers moi. Il portait une ceinture à outils et tenait un blouson de cuir marron. Il m'enfila le vêtement et en remonta la fermeture Éclair jusqu'en haut. Le blouson était pourvu d'une doublure aussi épaisse et confortable qu'une couverture en polaire. Je lui fus reconnaissante pour son geste.

— Vous voulez que j'appelle les secours pour qu'ils vous emmènent à l'hôpital de Calvert ? lança l'homme au T-shirt jaune. Ils seront là très vite.

Je ne savais absolument pas où se trouvait Calvert, mais la dernière chose dont j'avais envie, c'était de me retrouver aux urgences où le personnel voudrait probablement contacter ma mère (très mauvais) et Hayden (pire encore).

— S'il vous plaît, répondis-je en tremblant, je veux juste m'en aller.

Roy s'approcha de moi.

— Je vous ramène.

Oh, non ! pensai-je, sentant mes joues s'enflammer. Il faut que quelqu'un d'autre s'en charge, je ne peux pas partir avec lui. Je jetai un œil aux autres hommes, mais aucun n'intervint.

— Venez, fit Roy en me touchant l'épaule.

Je partis devant lui d'un pas rapide. Il me rattrapa et me guida en silence. Nous allâmes au bout de la plage, où j'aperçus le ponton et une maison en construction. Trois hommes fixaient des bardeaux sur le toit. Je suivis Roy jusqu'au parking en terre battue, devant la bâtisse, et il ouvrit la portière d'un pick-up Ford bleu.

— Désolé pour le désordre, dit-il en retirant du siège avant une boîte à outils, un mètre à ruban, un niveau et quelques pinceaux. Le matériel du charpentier, expliqua-t-il.

L'eau qui imbibait mes vêtements coula sous mes fesses lorsque je m'assis, et une petite flaque se forma sur le tapis de sol en caoutchouc. Je baissai les yeux sur mes pieds couverts d'une fine couche de sable.

— Je ne comprends pas ce qui m'est arrivé, dis-je dans un souffle. À un moment j'étais sur le ponton, la seconde suivante…

Je frissonnai et remontai le col du blouson sur ma nuque.

Roy mit le contact, la voiture toussa et crachota avant de démarrer.

— Vous n'êtes pas du coin, vous ? me demanda-t-il.

Les boutons du tableau de bord s'allumèrent et la radio s'illumina d'un bel éclat jaune.

— Non, marmonnai-je en secouant la tête.

— Les courants d'arrachement peuvent être très dangereux, par ici, expliqua Roy. Et le ponton est en sale état. Heureusement que je vous ai vue.

Je fermai les yeux, cherchant à repousser le souvenir du courant et du ponton, mais surtout celui du baiser. Une image de Hayden me traversa l'esprit – son sourire chaleureux, sa mèche de cheveux blonds retombant sur son front, le petit clin d'œil qu'il m'adressait lorsque quelque chose lui plaisait, ses yeux marron si doux, si *confiants*... Je ne pourrais jamais lui avouer ce qui s'était passé.

— Oui, heureusement, concédai-je.

Roy m'observa et je remarquai quelques légères rides sur son front. Ses sourcils étaient noirs, légèrement piquetés de gris.

— Merci... de m'avoir sauvée, déclarai-je.

Il pivota et démarra en marche arrière.

— De rien.

Il passa la première et nous roulâmes jusqu'à la sortie du parking. Pendant que nous attendions pour nous engager sur la route, il tapotait le volant de ses doigts.

— Vous étiez impressionnant en mer. Où avez-vous appris à nager comme ça ? questionnai-je après un long silence.

— C'est un sacré compliment, venant de quelqu'un qui a nagé au niveau... lequel, déjà ? Au niveau national.

Je me doutais qu'il plaisantait, mais il y avait à peine l'ombre d'un sourire sur son visage.

— Oh, eh bien, ça remonte à loin, répliquai-je.

Des gouttes d'eau tombaient de ses cheveux sur sa chemise. Ils étaient épais, sombres et ondulés, avec quelques mèches grises qui amélioraient encore son apparence. Je ne pus m'empêcher de me demander à quoi il ressemblerait en costume.

— Vous étiez sauveteur ?

Il s'engagea sur la route.

— Nan.

— Alors vous avez appris…

— Dans le coin, répondit-il en haussant les épaules, avant de se pencher pour allumer le chauffage. Où logez-vous ?

Dans le coin ? Comment quelqu'un pouvait-il apprendre à nager comme ça *dans le coin* ? Je mis mes mains devant la ventilation. Avec un peu d'entraînement, il aurait probablement pu participer aux Jeux olympiques.

— Vous logez où ?

— À l'hôtel Victory.

Je remarquai une petite cicatrice à côté de son nez, juste sous l'œil gauche.

— Chez Paula, fit-il en hochant la tête. Et vous restez en ville jusqu'à quand ?

— Pas longtemps. Pas longtemps du tout.

— Allez quand même faire examiner cette coupure.

— Quelle coupure ?

J'abaissai la visière, mais il n'y avait pas de miroir.

— Sur votre menton.

J'y posai la main. Elle fut tachée de sang.

Roy arrêta la voiture et mit son clignotant.

— Vous auriez besoin d'un ou deux points de suture. Je connais un médecin à North Haddam, je pourrais vous y conduire.

Mes joues s'embrasèrent, et je devinai qu'elles étaient écarlates.

— Non, non, répliquai-je. Ce n'est vraiment pas nécessaire.

L'idée qu'il m'emmène dans une autre ville pour consulter un docteur… eh bien, me déstabilisait. Je ne pouvais pas accepter.

— Ça ne me gêne pas, insista-t-il.

Il sourit, et je vis apparaître des fossettes.

— On était à l'école ensemble, et je suis sûr qu'il…

— Écoutez, l'interrompis-je, les mains levées en signe de protestation, j'apprécie énormément votre aide, mais il vaut peut-être mieux que je sorte de cette voiture et que je finisse à pied. Ce n'est pas loin, et j'ai assez abusé de votre temps.

Les légères rides sur son front se creusèrent.

— Vous ne marcherez nulle part. Je ne voulais pas me montrer insistant, il me semblait juste que vous devriez aller voir un médecin.

Il posa les doigts sur ma joue, abaissant mon menton pour mieux voir la coupure, et un frisson me parcourut le corps.

— Ça va aller, dis-je en m'asseyant droite comme un *i*. Je… hum… repars demain et… heu… j'irai voir un médecin à Manhattan dès mon retour.

Roy haussa de nouveau les épaules.

— Comme vous voulez.

Il tourna à gauche en direction de l'hôtel.

Je regardai par la vitre, me demandant si je devais mentionner le baiser et m'excuser. Après tout, je n'avais pas envie qu'il pense que… Je n'avais pas envie qu'il pense quoi que ce soit.

— Je suis désolée pour ce qui s'est passé là-bas.

Il me jeta un coup d'œil étonné.

— Vous n'avez pas à vous excuser. Ce genre de courant est dangereux. On peut facilement se retrouver en difficulté.

— Non, je ne parlais pas du courant, le coupai-je. Je voulais dire…

Je fus incapable de poursuivre.

Il actionna le levier de vitesse pour se garer, se cala sur son siège et passa la main sur le volant.

— Oh, ne vous en faites pas pour ça, répliqua-t-il. Ce n'était qu'un baiser.

Si c'était censé me soulager, c'était raté. Je me sentais insultée. Ça ne lui avait donc fait aucun effet ?

— Vous savez, les gens dans le Maine devraient mieux entretenir leurs pontons, rétorquai-je, ma voix montant dans les aigus sans que je puisse me contrôler. J'aurais pu être gravement blessée en tombant à travers ce truc.

Roy me regarda, surpris, avant de me répondre :

— Je suis content que vous n'ayez pas été blessée – une nageuse confirmée comme vous. Et je suis content, aussi, d'avoir été là pour vous secourir.

Le soleil de fin d'après-midi éclairait l'avant de l'habitacle d'une nuance dorée. Roy abaissa sa visière.

Je pensais qu'il se moquait encore de moi, jusqu'à ce que je remarque le sérieux de son expression.

— Cela dit, continua-t-il en souriant à présent, s'il y a une chose que les gens du Maine savent faire, c'est lire. Alors, si vous aviez *lu* le panneau…

Mais de quoi parlait-il ? Les gens du Maine qui lisent ? Quel panneau ?

— Évidemment que je sais lire, répondis-je sur la défensive, avec une voix de plus en plus perçante. J'ai passé quatre ans à l'université et trois à la fac de droit. J'ai lu des tonnes de bouquins.

— La fac de droit.

Roy hocha lentement la tête, comme s'il venait de comprendre quelque chose.

— Tout à fait, confirmai-je en scrutant son profil.

Il avait une barbe d'un jour que j'aurais pu trouver séduisante en d'autres circonstances, lorsque j'étais encore célibataire. Mais à cet instant, il me tapait franchement sur les nerfs.

— Alors, comme ça, vous êtes avocate ? me demanda-t-il.

— Oui.

— Et quelle est votre… heu, spécialité ?

— Je suis avocate en droit immobilier.

— Hmm.

Il se gratta le menton.

— Et l'intrusion dans une propriété privée, vous vous y connaissez bien ?

Évidemment que je connaissais, mais ce n'était pas un domaine légal auquel j'avais souvent affaire.

— En effet, dis-je en me raidissant davantage sur mon siège. Je connais tout sur le sujet. En ce qui concerne la loi sur l'intrusion dans une propriété privée, c'est moi l'experte du cabinet. Je m'occupe de tous les cas sur la question.

Une Toyota s'arrêta en face de nous et Roy fit signe au conducteur de passer.

— Une experte dans le domaine, appuya-t-il en haussant les sourcils. Il faut passer un diplôme spécifique pour ça ?

Un diplôme spécifique ? Quelle question idiote !

— Non, bien sûr que vous n'avez pas à…

Je m'interrompis, car l'étincelle que je vis briller dans ses yeux m'indiqua qu'il se moquait ouvertement de moi cette fois.

— D'accord. Alors, avec toutes vos études, toutes vos lectures, et votre expertise en intrusion dans une propriété privée et tout, pourquoi n'avez-vous pas lu le panneau DÉFENSE D'ENTRER devant le ponton ? Ou, si vous l'avez lu, pourquoi y être allée ?

De quel panneau parlait-il, et pourquoi me faisait-il passer un interrogatoire ? Je sentis un filet d'eau couler le long de mon dos. À y repenser, je me souvenais vaguement d'avoir aperçu un panneau sur la plage, près du ponton. Y était-il écrit DÉFENSE D'ENTRER ? Était-ce possible ? Non, sûrement pas, me dis-je. Sinon, je m'étais mise dans de sales draps. Il avait tous les droits de penser que j'étais complètement stupide.

— Je n'ai pas vu de panneau, lui répondis-je. Il n'y en avait pas. Je l'aurais remarqué.

Roy retira un morceau d'algue de la jambe de son jean et le jeta par la fenêtre.

— Eh bien, vous n'avez pas dû le voir, mais il y en avait bien un. Vous avez remarqué la maison en construction ? En fait, j'y travaille. Le ponton et la maison sont sur la même propriété. Ce panneau a été placé pour que les gens n'y pénètrent pas.

Il me lança un regard.

— En particulier sur le ponton.

Je contemplai à nouveau mes pieds sableux pataugeant dans une flaque d'eau et essayai de mettre de l'ordre dans mes idées. Je tentai de me représenter le ponton et la plage. Oui, je me souvenais du panneau, blanc avec des lettres noires. Qu'était-il écrit ? Oh ! mon Dieu, je crois que c'était bien : DÉFENSE D'ENTRER. Je me sentis nauséeuse. Je n'y avais prêté aucune attention. Comment avais-je fait pour passer devant et monter sur le ponton ? J'étais mortifiée. En tant que nageuse, je n'aurais pas dû me laisser prendre dans un courant, et en tant qu'avocate, je n'aurais pas dû entrer dans une propriété privée. Je détachai brusquement ma ceinture de sécurité. Je n'allais rien lui dire. Je ne pourrais jamais admettre ce que j'avais fait.

— Vous savez quoi ? déclarai-je, consciente que ma voix tremblait et qu'elle venait de monter d'une octave. Vous devriez conseiller au propriétaire de mieux entretenir son terrain.

Je me revis plonger dans l'océan et ma gorge se serra.

— Il a de la chance que je n'aie pas été blessée.

Je marquai une pause.

— Ou tuée.

J'agitai un doigt en direction de Roy.

— On pourrait le poursuivre en justice pour ce ponton. Il devrait être démoli.

Voilà qui était bien dit, pensai-je, au moment où une motte de sable se détachait de mes cheveux pour tomber sur mes genoux.

L'expression de Roy changea à peine, mais ce que je perçus dans son regard et au coin de sa bouche m'indiqua qu'il trouvait la situation extrêmement drôle. Je balayai le sable de mon short et le laissai tomber sur le tapis de sol. Il regarda par terre, puis ses yeux se reposèrent sur moi.

— Le ponton va être démoli. C'est pour cette raison qu'il y a une barrière.

— Très bien, mais elle n'est pas cadenassée.

La coupure au menton me faisait à présent vraiment souffrir.

— Elle est censée l'être.

— Oui, eh bien, elle ne l'était pas. Sinon, comment aurais-je pu me retrouver là-bas ?

Je crus qu'il allait me répondre, mais je ne lui en laissai pas le temps.

— Autre chose. Vous pourriez peut-être conseiller au propriétaire de faire mettre le panneau sur le ponton, et non pas dans le sable.

Excellente remarque, me dis-je. Ils auraient dû le placer à un endroit utile.

Il se tourna vers moi et, cette fois, il n'y eut aucun doute possible. Il souriait – un petit sourire ironique qui me donna le sentiment d'être devenue la souris de son chat.

— Oh, donc vous avez vu le panneau.

Mon Dieu, prise à mon propre piège ! Cet homme était odieux, exécrable et insupportable. Une impression de chaleur se diffusa derrière mes yeux, et je sus que j'allais me mettre à pleurer. Je ne le laisserais pas assister à ça. J'ouvris la portière et descendis de la voiture. Le siège était imbibé d'eau.

— Merci de m'avoir raccompagnée.

Je m'efforçai de parler sèchement afin de ne pas fondre en larmes. Je claquai la portière et j'entrepris de marcher jusqu'à l'hôtel. C'est alors que j'entendis Roy m'appeler.

— Ellen ! lança-t-il la tête penchée par la vitre du côté passager. Hé, Ellen !

Le ton de sa voix était sérieux, son regard grave. Je ne vis plus trace de ce petit éclat que j'avais remarqué lorsqu'il se moquait de moi. Très bien, pensai-je, écoutons ce qu'il a à dire. Je me rapprochai de la voiture.

— J'imaginais que ça pourrait vous intéresser, commença-t-il. Ils font des soldes chez Bennett, le magasin d'équipement nautique.

Il souriait à présent, et ses yeux s'éclairèrent.

— Les gilets de sauvetage sont à moins trente pour cent.

Chapitre 2

La lettre

Ruisselante, épuisée et humiliée, je montai l'escalier de l'hôtel Victory. Je poussai la porte et jetai un œil furtif dans le hall d'entrée. Assise à son bureau derrière le haut comptoir en bois de la réception, Paula Victory, la propriétaire, me tournait le dos. Elle chantonnait. Plus que tout, je souhaitais me réfugier dans ma chambre, prendre une douche brûlante et oublier le ponton, l'océan et Roy. Et surtout, je ne voulais pas que Paula me voie.

Cette femme indiscrète pouvait se montrer à la limite de la grossièreté. Plus tôt ce jour-là, lorsque je m'étais présentée à la réception, j'avais surpris son regard insistant sur ma bague de fiançailles. Elle avait eu ensuite le culot de me demander si c'était un vrai diamant. À présent, elle voudrait probablement savoir pourquoi je ne la portais pas. J'aurais pu lui répondre : *Parce que, une heure après mon arrivée dans votre ville, mes doigts ont commencé à gonfler comme des hot-dogs*. J'imaginais la tête qu'elle aurait fait. Heureusement qu'il y avait un coffre. Je frottai la peau nue de mon annulaire et visualisai mon anneau de chez Van Cleef & Arpels bien en sécurité.

Je m'accroupis, puis je me faufilai sous le comptoir, des gouttes d'eau dégoulinant de mes vêtements, et réussis à passer de l'autre côté. Dieu merci, pensai-je en retirant un morceau d'algue de ma jambe. Paula m'aurait sûrement demandé pourquoi j'étais trempée comme une soupe, à qui appartenait le véhicule dont la portière venait de claquer et, pour finir, que venait faire une New-Yorkaise ici, à Beacon.

Au moment où je sortais de la réception pour rejoindre le hall, j'entendis une voix derrière moi :

— On a oublié son maillot de bain, mademoiselle Branford ?

Je ne m'arrêtai ni ne proférai un mot. Je grimpai les marches deux à deux jusqu'au deuxième étage. Comme j'aurais aimé rentrer chez moi ! J'avais tellement envie d'être à New York, auprès de Hayden, de me blottir contre lui sur le canapé et de regarder *Nuits blanches à Seattle*. J'aurais passé ma main dans ses épais cheveux blonds et mes doigts auraient caressé son visage rasé de frais. Nous aurions bu une bouteille de petrus et mangé un plat à emporter de chez St Tropez, ce petit bistrot que nous aimions tant sur la 60e Rue Est. Au lieu de cela, j'étais trempée, frigorifiée, et j'étais *ici*.

Hayden avait raison. Je n'aurais jamais dû venir. J'aurais pu poster la lettre de ma grand-mère plutôt que de prendre ma voiture et de faire un long voyage jusqu'à Beacon pour la remettre en main propre. Ou j'aurais pu attendre de me sentir mieux pour accomplir cette mission. Ma grand-mère était morte depuis seulement une semaine. Nous avions été si proches, et j'étais toujours en état de choc. C'était peut-être pour cela que je n'avais pas remarqué le panneau, sur la plage.

Je tirai de la poche de mon short un ruban tressé tout dégoulinant auquel était attachée la clé de ma chambre. Je déverrouillai la porte et suspendis le blouson en cuir sur une chaise. Puis je retirai mes vêtements mouillés et m'enroulai dans une serviette. Je consultai ma montre : 18 h 15. Je pris mon téléphone portable sur la table de chevet et, assise sur le bord de la baignoire, j'appelai Hayden. Il décrocha au bout de deux sonneries.

— Ellen ?

Je poussai un soupir de soulagement.

— Hayden.

— J'ai essayé de te joindre. Tout va bien ?

Je fermai les yeux et serrai mes paupières aussi fort que possible pour ne pas pleurer. Je voulais qu'il me prenne dans ses bras, qu'il me réchauffe et me réconforte.

— Oui, tout va bien, mentis-je et je ne pus retenir le tremblement de ma voix.

— Où étais-tu cet après-midi ? Je t'ai appelée plusieurs fois.

Je repensai au ponton qui s'effondrait, au Nikon au fond de l'océan, traîné sur le sable par le courant. Je songeai à Roy qui m'avait secourue, mais je refusai de me remémorer le baiser.

— Je suis allée me promener, répondis-je, le cœur lourd.

— Oh, bien. Tu en avais certainement besoin après toutes ces heures de route. Alors, comment se passe ton premier séjour dans le Maine ? À quoi ressemble Beacon ?

À quoi ressemble Beacon ? Je ne suis pas sûre que tu aies envie de le savoir. Maman et toi aviez raison. Venir ici était une mauvaise idée. Regarde ce qui m'est arrivé. Peut-être que cet endroit porte la poisse. Peut-être est-ce la raison pour laquelle grand-mère est partie dès qu'elle a été en âge de le faire.

— Beacon ? Je suppose qu'elle ressemble à la plupart des petites villes.

Je pris une profonde inspiration.

— Hayden, je pensais… tu avais sûrement raison. Il n'y a pas de mal à poster une lettre. Je pourrais prendre la route pour New York dès ce soir et…

— Quoi ?

Il avait l'air choqué.

— Ellen, tu viens juste d'arriver. Pourquoi veux-tu déjà t'en aller ?

— Quand je suis partie ce matin, tu m'as dit…

— Je sais ce que j'ai dit, ma chérie, mais tu me connais, c'est mon côté pragmatique. Et je m'inquiétais de te savoir au volant toute seule pour un si long trajet. Je supposais que tu te sentirais seule. Mais maintenant, il est bien trop tard pour rentrer.

Bien trop tard. J'eus envie de pleurer. Je contemplai le tapis rond au crochet sur le carrelage de la salle de bains. Le tissage des fils bleu vif, rouges et dorés représentait une boussole.

— J'aimerais tellement que tu sois là.

— Tu sais bien que j'aurais aimé être avec toi si je n'avais pas cette réunion demain pour le dossier Peterson.

Je savais tout de cette réunion. Hayden et moi étions non seulement fiancés, mais aussi associés dans le même cabinet, même si lui était spécialisé dans les questions de litiges.

— Écoute-moi. Tu as affirmé toi-même que ta grand-mère ne t'aurait jamais demandé de faire une chose pareille, sauf si c'était vraiment important.

Je jetai un œil sur l'estampe encadrée, accrochée au-dessus du porte-serviette – un voilier rentrant au port au crépuscule.

— Je sais, mais maman avait probablement raison quand elle disait que grand-mère n'avait sans doute plus toute sa tête, à la fin. Si ça se trouve, elle croyait que Chet Cummings vivait en bas de la rue. Qui peut savoir ?

— C'est typique de ta mère, Ellen. Tu adorais ta grand-mère. C'est crucial, pour toi, d'apporter cette lettre. Et ça me rend encore plus fier de toi.

Assise sur le bord de la baignoire, enroulée dans ma serviette, je songeai à ma grand-mère lors du dernier jour de sa vie. Une semaine plus tôt, nous étions toutes les deux dans son salon, à Pine Point, dans le Connecticut, la ville où elle habitait depuis des années, là où ma mère vivait encore. Elle était si élégante, assise sur son canapé bleu pâle. Comme à l'accoutumée, ses cheveux gris étaient tirés en arrière et coiffés en chignon au-dessus de la nuque. Munie d'un stylo-plume, elle remplissait la grille de mots croisés du *Wall Street Journal*.

— Ellen, un mot en sept lettres pour « suffisant » ? me demanda-t-elle.

Je réfléchis un instant, me rencognai dans mon siège et croquai dans une pomme. À travers le bow-window, j'aperçus, à l'arrière de la maison, l'angle du patio coiffé de son toit d'ardoise et entouré par la roseraie. Le foisonnement de verdure s'étendait du haut de la colline jusqu'au portail en fer, tout au bout de l'allée. Des tondeuses à gazon bourdonnaient au loin comme des abeilles paresseuses.

— Assez ? proposai-je en comptant les lettres dans ma tête. Non, ça ne fait que cinq.

Une brise entrait par la fenêtre, faisant pénétrer des senteurs d'herbe fraîchement coupée et de pétales de rose.

Ma grand-mère marmonna indistinctement, puis retourna le journal afin de me le montrer. En face des mots croisés, la page présentait une publicité dont le mannequin à l'allure d'enfant abandonnée portait une robe noire aux formes carrées, cousue dans un tissu brillant et gaufré.

— On dirait un sac-poubelle, remarqua ma grand-mère. Qu'est devenue la mode depuis l'époque de Jackie Kennedy ? Elle au moins, c'était une icône.

— Jackie *Onassis*, fis-je.

Elle agita la main vers moi.

— Elle sera toujours Jackie Kennedy. Personne n'a jamais voulu considérer cet homme comme son mari.

— Eh bien, je pense néanmoins qu'elle l'a considéré comme tel.

— Sottises. Qu'a-t-elle bien pu lui trouver ? Bien sûr, il était riche, mais il n'était même pas séduisant. Pas autant qu'elle.

Je me levai de mon siège et vins m'asseoir sur le canapé, près de ma grand-mère.

— Peut-être était-il séduisant à sa manière. Elle devait se sentir en sécurité auprès de lui, un peu comme une figure paternelle. Après tout, elle avait subi un vrai traumatisme, avec l'assassinat.

— Ce n'est pas une raison pour se remarier, rétorqua-t-elle avant de secouer la tête en me fixant de ses yeux verts.

Elle commença à écrire sur sa page de mots croisés.

— Ah ! s'exclama-t-elle. Le mot est « correct ».

Elle se mit à l'épeler mais, parvenue à la lettre *r*, elle s'interrompit. Son corps se tendit et sa tête partit en arrière contre le dos du canapé. Ses yeux étaient clos, mais des rides profondes se dessinaient tout autour, comme si elle les plissait. Sa bouche s'était figée. Elle souffrait.

— Grand-mère ?

Je lui pris la main.

— Ça va ? Que se passe-t-il ?

Mon cœur battait à tout rompre.

Son corps se tendit de nouveau. À l'intérieur, tout semblait s'être arrêté. C'est alors que sa tête s'effondra sur sa poitrine.

— Grand-mère ! criai-je, terrifiée.

Je serrai sa main plus fort. La pièce tanguait autour de moi.

— Grand-mère, je t'en prie, dis-moi que tu vas bien.

Je fus saisie de nausée.

Soudain, d'une voix faible et haletante, elle prononça mon nom.

— Je suis là, ne t'inquiète pas.

Sous sa peau glacée, je sentais ses os fragiles.

— J'appelle une ambulance.

— Ellen, murmura-t-elle encore.

Son visage était livide, ses yeux toujours fermés.

— Ne parle pas. Ça va aller.

Je ne sais pas qui j'essayais de convaincre, ma grand-mère ou moi.

Je saisis le téléphone et composai le 911. Je dus me reprendre pour appuyer sur les touches car mes doigts étaient aussi mous que de la gelée. Ils me firent épeler deux fois le nom de la rue, pourtant si simple. Hill Pond Lane. Je devais parler trop vite. Ensuite, je me précipitai dans la cuisine et j'appelai Lucy, la gouvernante de ma grand-mère. Je lui demandai de prévenir ma mère, au Doverside Yacht Club, puis d'aller faire signe à l'ambulance quand elle la verrait.

Je retournai auprès de ma grand-mère. Ses yeux mi-clos et immobiles me fixaient. Elle saisit alors mon poignet avec une force qui me surprit et me tira vers elle, rapprochant mon oreille de sa joue. Je respirai son parfum de lavande.

— Je t'en supplie, m'implora-t-elle, ses paroles à peine plus fortes qu'un souffle d'air. J'ai écrit… une lettre. La chambre.

Son étreinte se resserra.

— Va… lui donner… Ellen.

— Grand-mère, je…

— Apporte-lui la lettre. S'il te plaît… promets.

— Bien sûr. Je te le promets. Je ferai tout ce que tu…

Sa main lâcha mon bras et sa bouche exhala un dernier soupir. Elle ne bougea plus.

Cette nuit-là, je cherchai la lettre. Je commençai par la table de chevet. Dans le tiroir étaient rangés trois stylos, un bloc de papier vierge, deux paires de lunettes, un paquet de bonbons Life Savers et un exemplaire de *Cent ans de solitude* de Gabriel García Márquez.

Je fouillai son bureau – un secrétaire en bois de cerisier importé de Paris. L'hebdomadaire local, le *Pine Point Review*, daté du mercredi, était posé dessus. J'ouvris le tiroir du milieu et dénichai un carnet d'adresses. Je le feuilletai, à la fois réconfortée et peinée à la vue de l'écriture familière aux traits élégants et énergiques. Mais je n'y trouvai aucune lettre.

Lorsque j'ouvris sa penderie, je fus accueillie par le parfum de lavande. Suspendus aux tringles, ses ensembles Chanel côtoyaient ses robes de prêt-à-porter achetées dans les grands magasins. Des pulls de toutes les couleurs étaient superposés sur les étagères, du pêche au rouge bordeaux. J'en caressai un rose. Le cachemire avait la douceur d'un nuage.

Sur une commode, des photos étaient disposées dans des cadres argentés. L'une d'elles représentait mes grands-parents le jour de la remise du diplôme de grand-père à l'université de médecine de Chicago. Il avait passé son bras autour des épaules de grand-mère. Le couple prenait la pause devant un bâtiment de pierre doté d'une imposante arche gothique. Le menton légèrement relevé, grand-mère fixait l'objectif. Un rang de perles entourait son gracieux cou de cygne. Grand-père la contemplait, un large sourire sur le visage.

Dans un cadre ovale, je vis un cliché de grand-mère et moi dans le parc d'Alamo Square, situé en face de la maison de mes grands-parents à San Francisco. J'avais dix ans, elle devait donc en avoir cinquante-cinq. Lorsque j'étudiais la photo, je fus frappée par notre ressemblance. Nous avions les mêmes yeux verts et de longs cheveux auburn, bien que grand-mère les portât toujours relevés. Je me souvins du jour où le cliché avait été pris. J'avais mon appareil en bandoulière, et des touristes nous avaient prises pour d'autres vacancières. Ils avaient proposé de nous photographier. Souriantes, nous nous étions tenues devant un immense parterre de fleurs rouges, la maison jaune de grand-mère visible en arrière-plan.

Je reposai le cadre et j'ouvris les tiroirs de la commode avec réticence, avant de me rappeler que j'agissais sur sa requête. À l'intérieur du premier, des tickets de vêtements se mêlaient à des garanties d'appareils ménagers dépassées depuis longtemps ; des piles de billets de divers pays liés par des trombones, souvenirs de voyages lointains, voisinaient avec des cartes d'anniversaire et de Noël reçues au cours de nombreuses années. Je trouvai aussi la photocopie de l'annonce publiée par Winston Reid lors de ma promotion au titre d'associée du cabinet. Mais toujours pas de lettre.

Je retournai dans la chambre et m'assis au bord du lit. Quel que soit le message qu'elle avait laissé, il n'était pas ici. Peut-être n'avait-elle rien écrit. Peut-être avait-elle perdu la raison à la fin de sa vie.

Tandis que je jetai un œil à sa bibliothèque où s'alignaient romans, biographies et photos de famille, je m'interrogeai sur ce que je devais faire. J'observai les peintures marines et pastorales accrochées aux murs. Elle avait même fait encadrer quelques clichés que j'avais réalisés enfant : des morceaux de bois sur la plage et une vieille paire de baskets.

J'ouvris de nouveau le tiroir de sa table de chevet dans lequel reposait *Cent ans de solitude*. Lorsque je pris le livre, une feuille de papier bleu pâle s'en échappa. En haut de la page, les initiales de ma grand-mère y étaient inscrites en lettres gaufrées : RGR. Ruth Goddard Ray. De sa grande écriture bien droite, elle avait écrit le nom du destinataire : Chet Cummings. Et, en dessous, son adresse : 55 Dorset Lane, Beacon, Maine. On aurait dit un brouillon. La page était couverte de ratures et de corrections, mais j'avais trouvé ce que je cherchais.

Je pris une grande inspiration et entrepris la lecture de la lettre.

Mon cher Chet,

J'ai eu envie de t'écrire tant de fois, mais j'ai toujours eu peur de le faire. J'imaginais probablement que tu renverrais ma lettre sans te donner la peine de l'ouvrir, que je la retrouverais dans une pile de courrier, marquée du cachet de non-distribution de la poste, avec tes mots griffonnés dans un coin qui me nargueraient : « Retour à l'expéditeur ». Ou que, tout simplement, tu l'ignorerais et la jetterais sans cérémonie à la poubelle, avec les épluchures d'orange, le marc de café et le journal de la veille, et jamais je ne saurais ce que tu en aurais fait. Dans les deux cas, la justice poétique aurait triomphé. Je l'avoue, je n'ai pas eu le courage d'affronter cette déception.

Puis j'ai eu quatre-vingts ans et, au bout de soixante-deux ans d'hésitation, j'ai enfin senti la nécessité pressante de t'écrire ainsi que la force d'en supporter l'issue, quelle qu'elle soit. Après avoir survécu à huit décennies, je pense qu'il est tant de régler les questions que j'ai jusqu'à présent délaissées et, plus important encore, de te demander pardon.

En réalité, je n'aurais pas pu rédiger cette lettre plus tôt, car j'ignorais où tu étais jusqu'à très récemment. J'avais su que tu vivais en Caroline du Sud, mais c'était il y a une éternité. Puis, un jour de mars dernier, j'ai découvert que tu étais retourné à Beacon. Je cherchais l'adresse d'un producteur de rosiers dans le New Hampshire sur Internet et, sans y penser, j'ai tapé ton nom et « Beacon, Maine ». Soudain, tu étais là ! À Dorset Lane. Tu n'imagines pas ma surprise. Il avait suffi d'un petit clic sur la touche d'un clavier et je t'avais retrouvé. Après avoir lu ton nom, j'ai dû rester assise face à mon écran, sans respirer, pendant trente longues secondes.

Depuis ce jour, j'ai laissé passer trois mois avant d'avoir le courage de t'écrire, mais me voilà, stylo et papier en main. Je tenais à te dire que je suis vraiment désolée de ce qui s'est passé entre nous, et je veux te présenter mes excuses. Je t'aimais, Chet. Je t'aimais tant et j'aimais ce que nous partagions : nos rêves, pour le futur, d'une vie ensemble à Beacon. Quand tu es venu à Chicago, j'ai dit que je ne t'aimais plus, mais je mentais. J'essayais de m'en convaincre moi-même, car c'était plus facile pour provoquer une rupture claire et nette. Du moins, c'est ce que j'ai cru à l'époque. Et tout ce que j'ai fait par la suite, c'était avec cette idée en tête : une rupture claire et nette.

Je sais ce que mon départ t'a coûté, et je m'en voudrai à jamais. Si je ne t'avais pas quitté comme je l'ai fait, tu ne serais pas parti de Beacon et tu n'aurais pas perdu ce à quoi tu tenais par-dessus tout. Je me suis toujours sentie responsable de ta perte et j'en suis désolée. J'espère que tu peux me pardonner.

J'ai tant de merveilleux souvenirs de cette période de notre vie. Cela me rendrait heureuse de savoir que tu en as gardé de bons, toi aussi. Je me demande s'il te vient parfois l'envie d'aller t'asseoir sous le chêne, d'écouter le chant des cigales et, la nuit, celui des grillons. Penses-tu de temps en temps aux hivers, lorsque la neige recouvrait les myrtilliers, leur donnant cet aspect onirique ? Te rappelles-tu, quand nous allions vendre les tartes de ta mère sur un étal, au bord de la route ?

Je pense toujours à toi chaque fois que je vois des myrtilles.

Tendrement,

Ruth

Je restai plantée dans la chambre, la lettre à la main, et songeai à ces mots adressés à un homme à qui grand-mère n'avait pas parlé depuis plus de soixante ans. De quelle nature était leur histoire d'amour ? Elle devait avoir dix-huit ans et n'était encore qu'une jeune fille. Après toutes ces années, elle lui demandait pardon de l'avoir quitté. Je m'assis sur son lit, tenant toujours ce bout de papier bleu, et m'interrogeai : comment réagirait Chet Cummings lorsque je lui donnerais cette missive ? Était-ce lui, son grand amour ? Avaient-ils vécu une passion secrète dont elle n'avait jamais osé parler ?

Enroulée dans ma serviette humide, dans la salle de bains de l'hôtel Victory, le téléphone toujours collé à l'oreille, je me demandais à quoi aurait ressemblé la vie de ma grand-mère si elle s'était mariée à Chet Cummings. Elle n'aurait jamais vécu dans cette grande demeure anglaise de style Tudor, avec ses six chambres, sa roseraie, ses fontaines, ou encore ses hectares de pelouse si verte en été et aux senteurs si délicieuses une fois coupée. Elle aurait vécu à Beacon. Elle aurait donné naissance à ma mère à Beacon ; et ma mère aurait vécu, se serait mariée et m'aurait eue à Beacon. J'aurais grandi comme une fille de la campagne, dans une petite ville, isolée et loin de tout ce que j'aime. Je ne pouvais imaginer une vie sans mes musées préférés, les clubs de jazz, les cafés à chaque coin de rue, Broadway, le pont de Brooklyn. La vie sans tout cela m'apparut tellement triste et monotone.

— Tu es toujours là ? demanda Hayden.

Je changeai l'appareil d'oreille.

— Oui, je suis désolée. Je pensais à grand-mère. Je me demandais ce qui serait advenu d'elle si elle était restée à Beacon.

— Eh bien, heureusement, ce n'est pas le cas. Sinon, je ne t'aurais jamais rencontrée.

Une goutte d'eau tomba de mes cheveux et atterrit sur ma lèvre. Je sentis le goût salé.

— Oui, heureusement.

Je posai les yeux sur le tapis de bain en forme de boussole. Peut-être fallait-il que je lève le voile sur cette partie de la vie de ma grand-mère. Je le ferais pour elle, comme pour l'aider à remplir ses mots croisés des dernières lettres.

— Tu as raison, Hayden, je devrais rester pour remettre ce message. Elle m'a demandé cette faveur et je le lui ai promis.

Je levai mes genoux contre ma poitrine et les entourai de mes bras, le téléphone coincé contre mon oreille.

— Mais tu me manques.

— Toi aussi, tu me manques.

— Je serai là demain soir. Jeudi au plus tard.

— Parfait. N'oublie pas que le dîner a lieu vendredi et qu'il n'existe qu'une seule personne dont j'ai besoin à mes côtés.

Impossible de rater ce dîner. Hayden y était l'invité d'honneur d'une association appelée « Les Hommes éminents de New York » et qui lui rendait hommage pour tous les projets bénévoles d'intérêt général dans lesquels il s'était impliqué. Ceux-ci allaient de la présidence de la fondation pour l'alphabétisation à la direction de la campagne de levée de fonds pour le Guggenheim.

— Ne t'inquiète pas, répondis-je. Je serai de retour bien avant. Je ne le raterai pour rien au monde.

Je fermai les yeux et j'imaginai Hayden qui recevait son prix des mains du maire. J'étais si heureuse que ses mérites soient reconnus ; et cela ne pouvait que l'aider pour sa candidature à l'élection au conseil municipal de l'année suivante. Même si, bien sûr, il n'avait nullement besoin d'un coup de main.

Son père, H. C. Croft, était sénateur de Pennsylvanie et président de la Commission des finances du Sénat. Son oncle, Ron Croft, avait été le gouverneur du Maryland durant deux mandats, et sa cousine Cheryl Higgins était une élue de la Chambre des représentants du Congrès du Rhode Island. Pour couronner le tout, sa grand-tante Celia avait été une suffragette. En plus de l'acier, où la famille Croft avait fait fortune, la politique était une entreprise familiale, et une activité qu'ils avaient dans le sang. Je connaissais assez bien le père et l'oncle de Hayden ; ils étaient tous les deux aussi séduisants que charismatiques, capables d'attirer les foules lors d'un bal de charité comme en débarquant dans une quincaillerie. Les médias s'agitaient déjà autour de la décision de Hayden de se porter candidat.

— Je suis si fière de toi, lui dis-je.

Je lui envoyai un baiser à travers le téléphone.

En raccrochant, je m'aperçus que j'avais manqué un appel de ma mère. Mon cœur commença à s'emballer comme un poisson hors de l'eau. Je ne pouvais pas lui parler, pas tout de suite, en tout cas. Elle possédait un sixième sens à mon égard : chaque fois que ça n'allait pas, elle le devinait. Et je ne me sentais pas en état de l'inquiéter en lui révélant que j'étais tombée dans l'océan et avais frôlé la noyade. Je ne lui avouerais certainement pas davantage que j'avais embrassé un total inconnu. Folle d'inquiétude, elle sauterait dans sa voiture pour venir à Beacon. Je me décidai donc pour un texto : **Tout va bien, hôtel charmant, te parle très vite. Bisous.** Je culpabilisai aussitôt. Certes, c'était un peu exagéré. Très exagéré, en fait, car tout était faux, mais, dès le lendemain, je trouverais quoi lui dire.

Je fis couler l'eau de la douche pour qu'elle chauffe. Le lendemain serait un autre jour, meilleur sur tous les plans. J'avais une conférence téléphonique prévue à 10 heures, qui ne durerait pas plus d'une heure. Ensuite, j'irais frapper à la porte de M. Cummings, nous papoterions bien tranquillement, je lui donnerais la lettre, puis rentrerais à Manhattan. Je serais à la maison à temps pour une vodka-tonic et, s'il ne faisait pas trop chaud dehors, pour un dîner sur la terrasse. Super.

Je testai l'eau de la main et la trouvai tiède. Paula m'avait prévenue lorsqu'elle m'avait montré la chambre.

— L'eau chaude met un moment à venir jusqu'ici depuis le chauffe-eau du sous-sol, m'avait-elle expliqué en étirant les bras comme pour insister sur la distance.

J'attendis une minute supplémentaire, puis la salle de bains fut envahie d'une buée réconfortante. Les pieds posés sur le tapis à la boussole, j'observai les lettres *N*, *S*, *E* et *O* disparaître dans le brouillard qui m'enveloppait.

Je me mis sous la douche et laissai le jet brûlant ruisseler du crâne jusqu'au creux des reins. Je passai mes mains dans les cheveux afin de me débarrasser du sel poisseux. C'était le paradis. Je vidai ensuite une mini-bouteille de shampooing sur ma tête et frottai avec la mousse, respirant son parfum floral. Au moment où je m'apprêtai à me rincer, la température de l'eau chuta. Le jet devint glacé et je restai dessous, tremblante, maudissant l'hôtel Victory, Beacon et l'État tout entier du Maine. Puis les larmes coulèrent.

Chapitre 3

Les médias se déchaînent

Lorsque je me réveillai dans la pénombre de la chambre, je me crus de retour dans notre appartement de New York et, l'espace d'une seconde, je me sentis heureuse. Peu à peu mes yeux distinguèrent des ombres inconnues et je me souvins que j'étais à Beacon. Mon cœur se serra, pris dans un étau de solitude et de mélancolie. Je me remémorai le ponton, l'océan, l'eau glacée, l'homme qui plongeait, et…

Oh, mon Dieu ! Le baiser ! Mais où avais-je eu la tête ? Je me repassai la scène. Il fallait croire que je l'avais perdue. J'étais là, de l'eau jusqu'à la taille, à le regarder, et la seconde suivante, j'étais prise de folie. Étais-je en train de saborder mon propre mariage ? Ne voulais-je donc pas épouser Hayden ? Cela n'avait aucun sens. Bien sûr que je le voulais. Je l'aimais et je souhaitais devenir sa femme. C'était une certitude.

Je roulai sur le dos et me frottai les yeux. Je n'allais plus y penser. Aujourd'hui était un autre jour, un nouveau départ, qui se révélait prometteur, puisque j'allais remettre la lettre de ma grand-mère à Chet

Cummings. Je tentai de l'imaginer. Marcherait-il avec une canne ? Vivrait-il seul ? Aurait-il une aide à domicile ? Serait-il un charmant vieillard ou un vieux grognon ? Se souviendrait-il de grand-mère ?

Il n'était que 7 h 15, d'après le réveil de la table de nuit, soit bien trop tôt pour rendre visite à un homme de quatre-vingts ans. J'avais prévu de me rendre chez lui juste après ma conférence téléphonique de 10 heures.

C'est alors que j'observai ma chambre. Comment avais-je bien pu atterrir dans cet endroit ? Ma secrétaire, Brandy, m'avait confirmé avoir réservé la « suite avec vue sur l'océan », mais celui qui avait ainsi baptisé cette chambre aurait eu tout intérêt à retourner à l'école hôtelière. Elle était petite avec du parquet et un tapis tressé. Sur la commode en acajou reposait un grand broc blanc et sa cuvette assortie (une pièce ancienne, avait fièrement souligné Paula). Un édredon blanc recouvrait le lit en acajou. Il n'y avait ni bureau ni table, uniquement une chaise à barreaux inconfortable posée dans un coin. Et aucun minibar. (Mini-quoi ? avait répondu Paula quand je lui avais posé la question.)

Et le pire, c'est qu'il n'y avait aucune vue sur l'océan. Les deux fenêtres donnaient sur l'entrée de l'hôtel, la pelouse, la rue et les maisons voisines. Je sortis du lit et fouillai dans ma mallette afin d'y dénicher le dossier de réservation que Brandy m'avait laissé.

Hôtel Victory
37 Prescott Lane, Beacon, Maine
Suite de luxe, avec vue sur l'océan
Deux nuits

Suite de luxe, avec vue sur l'océan. Nous y voilà.

Je fis une toilette rapide et j'enfilai un pantalon et un pull avant de partir à la recherche de Paula. Je voulais l'avertir qu'une erreur avait été commise sur ma réservation afin qu'elle m'installe dans la suite. Je me rendis à la réception, au salon et dans la salle à manger, et finis par la trouver au premier étage, en grande conversation avec une femme de chambre. J'eus du mal à décoller mon regard du pantalon de ma logeuse : jaune avec des dessins de teckels.

— Paula, je pense qu'il y a eu une petite erreur. Ma secrétaire a réservé une suite de luxe avec vue sur l'océan.

Je lui tendis le document.

— Mais la chambre dans laquelle je suis est… eh bien, il n'y a pas de vue sur l'océan.

Paula fit la moue tandis qu'elle parcourait la feuille de papier.

— Dans quelle chambre êtes-vous ?

— La 10.

— Est-ce que c'est bien écrit 10 sur la porte ? s'enquit-elle en attrapant un crayon logé derrière son oreille ; elle se servit du bout avec la gomme pour se gratter le crâne.

Je hochai la tête.

— En effet.

— Eh bien, alors, c'est la 8.

Comment cette chambre pouvait-elle être la numéro 8 ? Était-ce une manière particulière de compter, propre à l'hôtellerie du Maine et que j'ignorais ?

— Mais il est écrit 10 sur la porte.

Paula replaça le crayon derrière son oreille et me rendit mon bon de réservation.

— C'est la chambre 8, s'exclama-t-elle avec entrain, c'est notre suite de luxe, la meilleure chambre de l'hôtel, et elle a bien une vue sur l'océan.

— Mais j'ai regardé, on ne peut voir l'océan nulle part.

Je me demandai si je n'étais pas tombée au milieu d'une émission du style caméra cachée, et si les producteurs et l'équipe n'allaient pas soudainement apparaître en éclatant de rire devant le comique de la situation.

— Oh, on ne voit pas l'océan de la chambre, expliqua Paula. Il faut monter sur le toit.

— Je ne comprends pas.

— Le toit, répéta-t-elle, sur un ton qui insinuait que la réponse était évidente. Il y a une porte à côté de la penderie. Montez l'escalier et vous arriverez sur le toit. On a installé de jolies chaises de jardin, là-haut.

Des chaises de jardin. Sur le toit.

— Très bien, laissez tomber la vue sur l'océan, dis-je.

Je pourrais probablement trouver une meilleure chambre en ville, pensai-je.

— J'ai une autre question. J'ai besoin d'utiliser votre centre d'affaires. J'ai des dossiers à imprimer pour ma conférence téléphonique de 10 heures.

Paula pinça les lèvres tandis qu'elle échangeait un regard avec la femme de chambre. Aucune des deux ne parla.

— Une imprimante ? ajoutai-je. J'ai un document que je souhaite imprimer pour…

Paula me fixait de ses yeux dénués d'expression.

— L'imprimante est *un peu* cassée, finit-elle par avouer. Parfois, on a des problèmes de bourrage papier.

Elle mima un geste d'entortillement avec ses mains.

— C'est sûrement à cause de l'air salé. (Elle prononçait *solé*.) Enfin, vous pouvez toujours essayer.

Un peu cassée. Je me retournai et jetai un œil à travers la fenêtre du palier. Un homme et une femme faisaient rouler leur valise dans le parking. Les veinards ! Ils rentrent chez eux.

— Vous avez bien un centre d'affaires, repris-je, pivotant vers Paula. Ma secrétaire l'a demandé expressément. Vous êtes sûre que vous n'avez pas d'imprimante qui fonctionne ?

Je ne parvenais pas à croire que nous avions ce genre de conversation. J'aurais probablement pu rester au Ritz-Carlton, dans une ville voisine, avec de l'eau chaude en continu et du wifi dans les chambres, mais Brandy avait affirmé que ce serait plus pratique.

La femme de chambre repositionna la pile de serviettes dans ses bras. Sur son cou, je distinguai le bout d'un tatouage qui ressemblait à un perroquet.

Paula lui fit signe de partir.

— Eh bien, nous avons... voyons voir, une imprimante, un fax et un ordinateur. Je vais vous montrer, dit-elle, puis elle m'emmena à la réception.

Peut-être n'utilisait-elle pas le terme de centre d'affaires, même si elle en avait au moins le matériel.

— Nous y sommes.

Elle ouvrit une porte derrière son bureau qui donnait sur une petite pièce, où un vieil ordinateur était posé sur un fax poussiéreux. Derrière, je découvris un écran datant des années 1980 et une imprimante dont le câble électrique pendait sans vie ; à son extrémité, des fils à nu surgissaient comme des mauvaises herbes.

— C'est ça, le centre d'affaires ?

C'était une plaisanterie. L'agacement me gagnait. D'abord la chambre, maintenant, ça. J'allais devoir écrire une lettre de réclamation à l'Union des consommateurs. Cet endroit frisait le ridicule.

— L'imprimante ne fonctionne même pas, remarquai-je.

Paula se pencha au-dessus de la machine et la fixa du regard, comme si elle espérait la voir brusquement se mettre en marche.

— Oh, mais on peut la réparer.

Je ne sus plus quoi dire. Je dévisageai Paula, qui se grattait la tête avec son crayon, puis je quittai la réception et pris la porte. Je n'avais aucune idée de l'endroit où j'allais, je voulais seulement sortir d'ici.

L'air matinal sentait l'iode et la marée. Je respirai plusieurs fois pour tenter de me calmer. Je me retournai vers l'hôtel. Pourquoi Brandy avait-elle réservé ici ? Le bâtiment, avec ses deux étages, ses bardeaux blancs, ses volets bleus, ses deux cheminées et sa véranda qui courait sur toute la façade, avait été construit à une quinzaine de mètres en retrait de la route. À côté, une bâtisse grise abritait l'Association historique de Beacon. L'endroit aurait pu paraître charmant si quelqu'un avait songé à le moderniser.

Je parcourus quelques pâtés de maisons avant d'emprunter Paget Street, la rue principale du petit centre-ville de Beacon. À ma droite, une digue longeait l'océan et les crêtes scintillantes des vagues. Une jeune maman était assise avec ses deux petits garçons au bout du muret. Ces derniers observaient le contenu de leur seau, sûrement des coquillages ou des bernard-l'ermite. À moins que ce ne fût que du sable. J'aurais aimé avoir mon appareil, j'aurais pu faire une très jolie photo.

Je repris ma marche et passai devant le cabinet d'avocats Tindall & Griffin, l'agence immobilière Harborside et le salon de beauté Shear Magic. Tous étaient installés dans de vieilles maisons bien entretenues qui avaient été adaptées pour des besoins commerciaux. Je gardai l'œil ouvert, en quête d'un autre hôtel où j'aurais pu m'installer, mais ne vis rien. Plus loin, je me retrouvai devant la banque, dont la brique rouge de la façade était décolorée en rose pâle, puis face à un petit bâtiment à bardeaux blancs. Un panneau indiquait : CHEZ FRANK, TAILLEUR.

Laquelle de ces constructions existait déjà du temps de ma grand-mère ? Sûrement certaines d'entre elles. Je me sentis soudain d'humeur joyeuse en l'imaginant dans cette rue, en train d'admirer la vue, ou de courir le long de la plage. C'était sa ville, après tout, là où elle avait grandi. J'eus l'impression de marcher sur ses pas.

J'aperçus un endroit appelé l'Antler qui, à en juger par le panneau publicitaire lumineux pendu à la fenêtre pour la bière Michelob, devait être un pub. Un peu plus loin, je tombai sur un petit café-restaurant, le Three Penny Diner, en brique blanchie à la chaux. Des jardinières embellissaient des baies vitrées et leurs géraniums pourpres tendaient le cou pour sentir la caresse du doux soleil du Maine. J'eus soudain faim et mes pas me guidèrent à l'intérieur.

Un arôme de petits pains à la cannelle embaumait l'air. Une jeune serveuse m'accompagna jusqu'à un box et je commandai du café.

— Vous désirez manger quelque chose ? me demanda-t-elle.

— Auriez-vous des fruits frais ?

— Oui, des myrtilles, du melon, des bananes, des myrtilles et des myrtilles.

Elle me sourit.

— Eh bien, alors, je vais prendre les myrtilles.

Elle se pencha vers moi.

— C'est la spécialité locale, expliqua-t-elle dans un murmure. Mais, personnellement, je choisirais le doughnut aux pommes.

— Pardon ?

— Un doughnut aux pommes. Ils sont *teee*llement bons !

Elle allongea le mot comme si elle étirait un caramel.

— Ils sont faits maison.

Je secouai la tête.

— Je vais me contenter des fruits. Je ne mange jamais de doughnuts, mais merci quand même.

Il y avait un petit jukebox sur la table et je feuilletai la liste des chansons. J'y trouvai « The Way You Look Tonight », une vieille mélodie de Jerome Kern que j'adorais. Je glissai des pièces dans la machine et la voix de Rod Stewart s'échappa des enceintes.

La serveuse revint avec une tasse de café, un bol de myrtilles et un doughnut aux pommes.

— Cadeau de la maison, me dit-elle, et elle posa l'assiette devant moi. Je suis sûre que vous allez adorer.

Le café était fort et chaud, et les myrtilles étaient les plus grosses et les plus délicieuses que j'aie jamais mangées. Je regardais le doughnut recouvert de fins cristaux de sucre. Comme une sirène, il semblait vouloir m'attirer. Bon, d'accord, me dis-je, une petite bouchée ne me tuera pas. Il était tiède, sucré et un peu poisseux, et il fondit dans ma bouche. Je pris un autre morceau et, avant que je m'en rende compte, j'avais vidé mon assiette. Finalement, il y avait peut-être quelque chose qui valait la peine dans cette ville.

À 9 h 57, je m'assis sur le lit, le seul endroit confortable de la chambre, et composai le numéro pour ma conférence téléphonique. Je n'entendis rien d'autre que de la friture sur la ligne. Je regardai les petites barres sur mon téléphone, elles étaient quasi inexistantes. Pas étonnant, *il n'y a pas de réseau.* Je décrochai le téléphone fixe de la chambre. Mort. Silence complet. Pas même un clic.

Je repris mon portable, fis le tour de la chambre à la recherche de réseau. En vain. C'était un appel important, je devais absolument trouver une connexion. Pourquoi est-ce que tout allait de travers ?

Je me souvins alors de la salle de bains et de mes conversations de la veille avec Hayden. Je me précipitai à l'intérieur, baissai le siège des toilettes, ouvris mon ordinateur et m'assis. Durant les quatre-vingt-dix minutes suivantes, je prodiguai mes conseils juridiques pour une transaction immobilière d'un montant de deux cents millions de dollars, le tout assise sur les W.-C.

Une fois la conférence terminée, je réappliquai une couche de rouge à lèvres et d'ombre à paupières, puis je pris une enveloppe kraft à l'en-tête de notre cabinet – Winston Reid Jennings, avocats – et y rangeai précieusement la lettre de ma grand-mère. Sur le dessus, j'écrivis « Monsieur Cummings ».

Tandis que je me dirigeais vers la porte, je remarquai le blouson en cuir de l'ouvrier. Je l'avais posé sur la chaise pour le laisser sécher. Il faudrait aller le rendre, pensai-je en l'attrapant.

Il était encore humide, mais le cuir était souple. La doublure était moelleuse et les finitions impeccables. J'inspectai l'étiquette : Orvis. Moi qui croyais qu'ils ne vendaient que des paniers à chien et du matériel de camping, j'avais entre les mains un beau blouson. Je dénichai un sac en plastique dans la penderie et l'y rangeai.

Lorsque j'arrivai à la réception, Paula était assise à son bureau, où elle grignotait une carotte en lissant le papier froissé d'un journal.

— Mademoiselle Branford, je pense que l'imprimante sera réparée cet après-midi.

Comment ce vieux machin pouvait-il être réparable ?

— Merci, mais je n'en ai plus besoin. J'ai pu me débrouiller pour passer mon coup de fil.

Je me dirigeai vers la sortie, puis m'arrêtai.

— Au fait, je suis quasiment certaine de rendre la chambre aujourd'hui. Au cas où l'un de vos clients voudrait une suite.

Paula me jeta un regard avant de se replonger dans son journal.

— Mais vous avez réservé pour deux nuits.

Elle croqua dans sa carotte.

— Oui, je sais. Il est cependant probable que j'aie tout réglé aujourd'hui. Bien sûr, je ne demande pas à être remboursée.

— Waouh ! s'exclama Paula en tenant sa carotte en l'air. Quelqu'un est tombé du ponton à la plage de Marlin. C'est écrit là, dans le *Bugle*.

Elle approcha le journal de son visage.

— Hier après-midi, en bas de la maison en construction, alors qu'il est interdit d'entrer sur la propriété.

Mon estomac se noua.

— Ah bon ? fis-je d'une toute petite voix.

Mon nom était-il cité ? Avaient-ils pu communiquer mon identité ? Je ne tenais pas à ce que Paula – ou quiconque – apprenne qu'il s'agissait de moi. Personne ne devait l'apprendre. Je me suis toujours targuée de savoir parfaitement me maîtriser et d'être capable de prendre en main toute situation. Cette mésaventure sur le ponton, je devais la faire disparaître.

Je m'avançai vers l'hôtelière, m'intimant de me calmer. Personne, sur cette plage, ne connaissait mon nom. Il était impossible que je sois mentionnée dans ce journal.

— J'espère que tout le monde va bien, dis-je en essayant de prendre un air inquiet. Qu'est-ce qu'on raconte ?

— Oh, pas grand-chose. C'est un touriste.

Paula marqua une pause.

— Il était en train de se noyer.

Ils avaient écrit ça ? Je ne me noyais pas vraiment. J'étais juste… un peu fatiguée, rien de plus.

Paula se tourna vers moi.

— Un type a sauté à l'eau pour le sauver. Aucun des deux n'a été identifié.

Je me sentis de plus en plus oppressée.

— Un type a sauté à l'eau, répétai-je en tentant d'arborer un air blasé. Un coup de chance !

— Quoi ? demanda Paula, les yeux toujours fixés sur le journal.

— Elle a eu de la chance qu'il soit là.

Je me rapprochai davantage du bureau pour tenter de jeter un œil en douce, mais Paula plia le journal en deux avant de le retourner.

— Bien deviné, répliqua-t-elle en mordant de nouveau dans sa carotte.

— Pardon ?

Elle m'observa.

— Vous saviez que c'était une femme.

Oh, la gaffe ! Réfléchis, réfléchis. Dis quelque chose. J'avançai vers la porte.

— Eh bien, statistiquement, j'avais cinquante pour cent de chances d'avoir raison. Je suis tombée juste par pur hasard.

Je sentis les yeux de Paula braqués sur mon dos, comme si une cible y avait été peinte. Je sortis et descendis les marches du perron. Je cherchais à me rassurer : mon nom n'avait pas été indiqué dans l'article, sinon Paula en aurait certainement parlé.

J'allai jusqu'au parking. Le soleil faisait étinceler la peinture noire de ma BMW, sur laquelle se réfléchissait la toiture de l'hôtel. Je programmai mon GPS pour me rendre au 55 Dorset Lane, chez Chet Cummings, et mis de la musique. La voix de Diana Krall emplit l'habitacle, dans une version plus rythmée de « Let's

Face the Music and Dance » d'Irving Berlin. J'entendis grand-mère me dire : *Ellen, en termes de musique, tu es née dans la mauvaise décennie.* Cette pensée me fit sourire.

Tandis que la voix féminine du GPS me guidait vers ma destination, j'imaginais Chet : des cheveux blancs neigeux, un visage sillonné de rides, des yeux chaleureux. Il m'inviterait à prendre le thé et me raconterait son histoire d'amour avec grand-mère. Il serait encore nostalgique, mais n'éprouverait plus de colère.

Il aurait des cookies, probablement des Pepperidge Farm. Peut-être ceux avec de la confiture d'abricot au milieu. Grand-mère les adorait. Il me montrerait un vieil album avec des photos d'elle avant de me faire visiter sa maison.

J'atteignis Dorset Lane, une rue résidentielle bordée de coquettes maisons anciennes et je m'arrêtai devant le numéro 55. De style colonial, avec un étage, la maison de Chet Cummings était revêtue d'un bardage blanc, dotée de volets verts et d'une cheminée en pierre. Une allée de brique menait à une véranda surélevée en bois qui s'étendait le long de la façade. Devant, une haie de buis d'un mètre de haut bordait le jardin.

La maison semblait avoir été récemment repeinte. Son propriétaire devait connaître des artisans compétents, car les lieux étaient bien entretenus. Je pris l'enveloppe contenant la lettre de ma grand-mère et sortis de la voiture. Une Audi verte était garée dans l'allée.

Grand-mère, j'y suis. J'espère que tu regardes, me dis-je en grimpant les marches qui menaient à la véranda. J'étais à la fois nerveuse et enthousiaste à la perspective de rencontrer cet homme qui avait autrefois tant compté pour ma grand-mère. Je pris une profonde inspiration et frappai à la porte-moustiquaire. À travers elle, je distinguai la porte d'entrée, d'où je m'attendais à voir surgir Chet Cummings.

Je tendis l'oreille, à l'affût de bruits de pas, de grincements dans l'escalier, de craquements sur le parquet, mais le silence régnait, à l'exception d'un chien qui aboyait de l'autre côté de la rue. Il était possible que Chet vive seul et qu'il entende mal. Il portait peut-être un appareil auditif. Grand-mère en avait eu un qui faisait d'ailleurs un bruit d'enfer quand la batterie était faible.

J'ouvris la porte-moustiquaire et donnai quelques coups sur le battant en bois. Un break Volvo blanc se gara dans l'allée voisine. Une femme d'une quarantaine d'années en sortit et se dirigea chez elle, deux grands sacs de courses dans les mains, ses cheveux blonds rebondissant à chaque pas. Au moment d'entrer, elle se tourna et me dévisagea.

Je tapai de nouveau, plus fort cette fois. Il est sûrement chez lui, sa voiture est là. A-t-il éteint son appareil auditif ? me demandai-je. Je tournai à l'angle de la maison et regardai à travers une fenêtre. J'entrevis une salle à manger avec une table en pin et des chaises. Sur deux d'entre elles s'entassaient de hautes piles de papiers. On aurait dit que l'on s'était décidé à trier des mois de courrier. Au milieu de la table, un chat brun au pelage soyeux était allongé sur le flanc. Chet aimait donc les chats. Pour ma part, j'avais toujours préféré les chiens.

Je fis le tour de la maison, jetai un œil par les fenêtres et tapai aux carreaux. Parvenue devant la cuisine, j'appelai :

— Monsieur Cummings, monsieur Cummings, vous êtes là ? Il faut que je vous parle. S'il vous plaît. J'ai fait toute la route depuis New York !

Seul le piaillement des oiseaux me répondit.

Déçue, je traversai le jardin pour regagner ma voiture. J'étais si impatiente de le rencontrer, de lui parler et de l'écouter me dévoiler toute l'histoire. À présent, un sentiment de frustration et de vide m'étreignait. Reviens plus tard, me dis-je. Il a quatre-vingts ans, il ne va pas tarder. Il ne peut pas sortir indéfiniment.

Je retournai en ville, suivis Paget Street le long de la plage jusqu'à la maison en construction. Je fus soulagée de ne pas y voir le pick-up de Roy. Je me garai à côté d'une Jeep poussiéreuse. Deux hommes clouaient du papier goudronné sur le toit.

La porte était ouverte, aussi entrai-je, le blouson à la main. On se serait cru dans un dédale : des goujons d'ancrage étaient fixés à l'endroit où les murs allaient être montés, et chaque surface était couverte de câbles, de fils et de tuyaux. Des scies circulaires crissaient tandis que des ouvriers s'affairaient en tous sens avec leurs pistolets à clous et leurs perceuses électriques. Des câbles d'alimentation orange couraient sur le sol au milieu de la sciure, des copeaux de bois et des mégots de cigarette.

Je me dirigeai vers l'arrière de la maison et m'arrêtai sur le seuil d'une grande pièce qui avait vue sur la plage. Des rochers noirs couverts de lichen s'avançaient dans l'océan et, sur la droite, j'aperçus le ponton duquel j'étais tombée. Sur la barrière, on avait posé une lourde chaîne noire et un cadenas. Des palissades en bois empêchaient désormais l'accès au ponton depuis la plage.

— Besoin d'aide ?

Surprise, je me retournai et vis un homme sur un escabeau, son ventre proéminent débordant de la ceinture de son jean. Tandis qu'il fixait un câble à une poutre, il passa en revue mon pantalon en lin et mon pull en soie.

— En effet, répondis-je. Je cherche quelqu'un qui travaillait ici hier. Un homme avec des cheveux en brosse et une barbe.

— Oh, vous voulez parler de Walter.

Il descendit de l'escabeau et s'approcha d'un escalier en bois en construction. Je le suivis.

— Walter ? cria-t-il en grimpant les marches.

— Qu'est-ce qu'il y a, Hap ? fit une voix au-dessus de nous.

— Il y a une dame qui veut te voir.

Peu après, Walter, muni d'une perceuse, nous rejoignit.

— Tu as dit qu'il...

Il s'interrompit et son visage s'illumina d'un grand sourire.

— Eh ! Comment ça va ? Vous allez bien ?

Il donna un coup de coude à Hap.

— C'est la fille qui est tombée hier.

— Ah ouais ! J'en ai entendu parler. Roy s'est jeté à l'eau pour vous sauver, hein ?

Il sourit et me regarda de haut en bas. Je me demandai ce qu'ils avaient bien pu se raconter. L'un d'eux avait-il assisté au baiser ? Mon Dieu, j'espérai que non. Je sentis mon cou et mes joues s'empourprer.

— Oui, il, heu, m'a aidée…

— Et vous allez bien, aujourd'hui ? s'enquit Walter. Vous avez dû être drôlement secouée après ça.

— Je vais bien, je vous remercie.

Je m'écartai pour laisser passer deux hommes qui portaient une pile de planches en bois.

— Je suis venue pour…

— Roy est un sacré bon nageur, me coupa Hap, les yeux pétillants. Quand je pense que vous étiez en train de vous noyer. Vous avez vraiment eu de la chance.

Il remonta son jean et y rangea sa chemise qui dépassait dans le dos.

— En fait, je n'étais pas exactement en train de me noyer, précisai-je en redressant les épaules. Je suis une excellente nageuse. J'étais dans l'équipe de natation du lycée et nous…

— Eh, Walter, j'ai besoin d'un coup de main, tonna une voix grave du premier étage.

Walter leva la tête vers le haut de l'escalier.

— Désolé. On a une inspection demain. C'est un peu chaud, là, maintenant.

— Oh, bien sûr. Je ne veux pas vous monopoliser. Je voulais juste vous rendre votre blouson.

Je lui tendis le sac en plastique.

— Merci de me l'avoir prêté.

— Mon quoi ?

— Je l'aurais mis au pressing, mais je pars aujourd'hui et je voulais être sûre que vous le récupériez.

Il prit le sac et jeta un œil à l'intérieur.

— Oh, d'accord. Ce n'est pas mon blouson, c'est celui de Roy, mais je vais m'assurer qu'il le récupère. Il est sur un autre chantier en ce moment.

Celui de Roy ? C'était le blouson de Roy ? Le blouson avec la doublure confortable ? Et si chaud, en plus ?

— Bon, très bien, dis-je. Je voulais seulement le rendre à son propriétaire, alors, si vous pouviez le donner à, heu, Roy…

Je fis volte-face et m'éloignai avant de finir ma phrase, me sentant soudain un peu bizarre.

Une fois dans ma voiture, je programmai mon GPS pour retourner à l'hôtel. Après quelques virages, j'aperçus une maison à bardeaux rouges, et un panneau annonçant : SUPÉRETTE GROVER. Ce devait être l'air de la mer, pensai-je, car j'avais déjà faim. Je me garai sur le parking.

À l'arrière du magasin, des clients faisaient la queue pour acheter leur déjeuner au rayon traiteur. Je pris un menu et y découvris quelques choix de salades appétissantes. L'une était composée d'un méli-mélo de légumes verts, de fromage de chèvre, noix de pécan, raisins secs et lamelles de pomme. Celle de thon avait l'air bonne aussi avec des cubes de céleri, oignons, câpres et de la mayonnaise, servie sur un lit de laitue. Des câpres ? Je n'en avais jamais vu dans ce genre de composition. Ça avait l'air intéressant.

Des sandwiches étaient proposés au bas de la carte. Rosbif, brie et rondelles de tomate dans une baguette toastée. Ça semblait délicieux, mais j'allais devoir renoncer au brie (trop de cholestérol). Pourtant sans le fromage, que restait-il, sinon un banal sandwich au rosbif ? Celui au poulet me parut pas mal non plus : jeunes pousses de salade, tomates, graines germées, raisin et miettes de gorgonzola. Là encore se posait la question du fromage. Je vis ensuite quelque chose qui attira mon regard : le Spécial Thanksgiving. Escalope de dinde rôtie au four et sa farce savoureuse, sauce aux cranberries, le tout sur du pain complet. Parfait.

Derrière le comptoir, un adolescent et une femme enceinte s'affairaient à la préparation des plats, versaient les soupes, emballaient les cookies et mettaient les commandes dans des boîtes blanches. En attendant mon tour, j'étudiais les desserts. Cakes au citron, à la carotte, brownies aux pépites de chocolat, barres aux figues et aux noix, pudding aux croissants au chocolat, tartes aux myrtilles, tartes aux fraises et rhubarbe.

Fraises et rhubarbe. C'était la tarte préférée de ma grand-mère. Elle la faisait mieux que personne. Un souvenir d'enfance resurgit : j'avais neuf ans, nous étions dans la cuisine de sa maison, à San Francisco. Je la revis mettre un disque de Rosemary Clooney et m'expliquer chaque étape de la recette. Tous les ingrédients étaient soigneusement disposés devant nous sur le plan de travail et, tandis que je me tenais à ses côtés, je suivais chacun de ses mouvements.

Nous mélangions la farine, le beurre, une pincée de sel et un œuf pour faire la pâte, puis nous formions de petites boules que nous laissions reposer au réfrigérateur. Une fois la pâte prête, nous l'étalions pour former des cercles pour la croûte. Je la faisais toujours trop fine et ma grand-mère devait m'aider à boucher les trous. *Il faut être rapide,* m'enjoignait-elle et, de ses doigts aussi agiles que ceux d'un magicien, elle me montrait comment intégrer de petits bouts de pâte dans les creux. *Sinon, la chaleur de tes doigts fera fondre le beurre et la pâte collera à tes mains.*

Nous mélangions la rhubarbe et les fraises avec du sucre et du citron, une pincée de cannelle, un peu de vanille, du tapioca, de la farine et d'autres ingrédients dont je ne me souviens plus. Puis nous mettions le tout sur les cercles de pâte. Nous couvrions les tartes avec d'autres cercles, pincions le pourtour avec nos doigts, puis piquions la surface avec une fourchette pour laisser la vapeur s'échapper.

Pendant la cuisson, grand-mère et moi dansions dans la cuisine sur les chansons de Sinatra et de Shirley Horn, et je jetai un œil dans le four au moins un million de fois. Le dîner terminé, lorsque nous pouvions enfin goûter notre tarte, j'étais transportée au paradis. Délicieux mélange d'acidité et de douceur, une pâte légère au bon goût de beurre. J'avais toujours la petite fiche, vieille et jaunie à présent, sur laquelle grand-mère m'avait écrit la recette à l'encre bleue de son stylo-plume.

— Qu'est-ce que je vous sers, mademoiselle ?

Je levai les yeux et découvris un homme portant un tablier, carnet et crayon en main, prêt à noter ma commande.

— Je vais prendre le Spécial Thanksgiving, s'il vous plaît.

Je partis me servir une boisson dans le réfrigérateur et, ne trouvant pas de Perrier, je pris une eau gazeuse quelconque. Quand ma commande fut prête, l'homme au tablier me tendit une boîte. Puis il sourit, et de petites rides apparurent au coin de ses yeux.

Il fit claquer ses doigts.

— Je savais que je vous avais vue quelque part ! Vous êtes la fille qui est tombée dans l'océan, pas vrai ? La Nageuse !

Le jeune, derrière le comptoir, chuchota quelque chose à la femme enceinte et celle-ci s'exclama :

— Ouais ! Sur la plage de Marlin.

J'entendis quelqu'un murmurer derrière moi :

— Un gars l'a sauvée, elle allait se noyer.

Tout d'un coup, une vague de chuchotements se répandit dans toute la queue derrière moi.

Oh non, me dis-je, c'est un cauchemar ! Il fallait que je récupère ma boîte et file d'ici. Je sentis tous les regards braqués sur moi tandis que je prenais ma commande.

L'homme au tablier se pencha vers moi par-dessus le comptoir.

— Pour vous, c'est gratuit. Vous l'avez bien mérité. Cadeau de la maison.

Je secouai la tête.

— Non, non, c'est très gentil, mais j'insiste pour payer. Je veux payer. Je vais bien.

Je me précipitai vers la caisse, et la voix de l'homme au tablier retentit dans tout le magasin.

— Phil, pour le Spécial Thanksgiving, c'est cadeau. C'est la Nageuse !

Désireux de suivre la consigne, Phil, le caissier, me fit signe de m'approcher et refusa de prendre mon argent.

— On est bien contents que vous soyez en vie, m'dame, me dit-il d'un ton sérieux. Quand même, vivre l'expérience de la mort imminente, tout ça.

Je ne savais plus où me mettre. Je pris un billet de dix dollars et le jetai sur le comptoir. Il haussa les épaules, le rangea dans la caisse et indiqua au client suivant d'avancer. Puis il me fit un clin d'œil.

— Vous êtes bien mieux en vrai que sur la photo, cela dit.

La photo ?

Je venais à peine de me poser la question que je découvris la réponse. Près de la caisse, je vis deux immenses piles du *Bugle*. En haut à droite de la une s'étalait la photo en couleurs d'un homme et d'une femme immergés dans l'eau jusqu'à la poitrine. Le visage de l'homme était assombri, mais celui de la femme était clairement visible. Leurs cheveux étaient ébouriffés et pleins de sable et leurs chemises leur collaient à la peau. Leurs corps s'étreignaient et ils s'embrassaient fougueusement.

Chapitre 4

Le poids des mots…

Je restai devant la caisse, retenant mon souffle, les yeux fixés sur le journal. Je me mis à espérer que la femme se transformerait en quelqu'un d'autre que moi si je regardais la photo suffisamment longtemps. Mes yeux glissèrent sur le titre, écrit en capitales noires : UNE FEMME ÉCHAPPE À LA NOYADE AU LARGE DE LA PLAGE DE MARLIN GRÂCE À UN SAUVETEUR. Je sentis mes jambes se dérober sous moi. Je lus la légende : « La victime est ramenée sur le rivage par un sauveteur après avoir été entraînée par un courant d'arrachement. »

Une foule s'était formée autour de moi.

— C'est la fille qui a failli se noyer, lança un homme.

— Maman, pourquoi elle ne sait pas nager ? demanda un enfant.

Je me tournai vers lui, bras croisés, et répliquai sur le ton du défi :

— Je *sais* nager.

Ça suffit, me dis-je, il faut mettre un terme à tout ce cirque. Que se passerait-il si Hayden découvrait cette photo ? Quelles explications pourrais-je lui donner, moi qui n'en avais même pas ? Et si les médias s'en emparaient ? J'entends, les vrais médias, à New York, où on me reconnaîtrait. Les chances étaient peut-être minces, cependant mon cœur commença à cogner dans ma poitrine lorsque je songeai aux conséquences sur ma vie, sur celle de Hayden. Je ne pouvais pas prendre un tel risque.

La première chose à faire, c'était de me débarrasser de tous les journaux du magasin. Je me penchai vers Phil, de l'autre côté du comptoir.

— Excusez-moi, chuchotai-je, combien je vous devrais, si j'achetais tout ?

Je pointai une main tremblante en direction des quotidiens.

Phil me regarda en plissant les yeux.

— Vous les voulez tous ?

— Oui, tous.

Sa bouche se contracta un instant avant de s'ouvrir en un large sourire.

— Oh, je comprends. C'est un souvenir.

Derrière moi, quelqu'un marmonna :

— Elle va les dédicacer et les revendre.

— Je vous en prie, répondis-je.

Puis je tentai d'inspirer et d'expirer lentement, comme Hayden m'avait appris à le faire lorsque j'étais nerveuse ou en colère.

— Je n'ai aucune intention de faire une chose pareille.

Respire… respire…

— Je veux juste les acheter. S'il vous plaît, c'est combien ?

Je tenais mon portefeuille, prête à payer.

Phil se frotta le menton.

— Eh bien, il faudrait que je les compte. On en reçoit cinq cents par jour et un journal coûte cinquante cents.

— Parfait. Cinq cents multipliés par cinquante, ça fait…

— Oui, mais on en a déjà vendu un paquet, expliqua Phil en secouant la tête. Alors, voyons voir…

Il plissa les yeux, puis les leva au plafond.

Je sortis quatre billets de cinquante dollars, deux de vingt et un de dix.

— S'il vous plaît, prenez ça, l'implorai-je, et je posai la liasse sur le comptoir. Je paye pour les cinq cents.

Phil contempla les billets comme s'il s'agissait de devises étrangères.

— Eh ben ça alors…

Il se gratta la tête.

— Mais c'est trop.

— Non, je vous en prie, j'insiste, dis-je en poussant les billets vers lui.

Je dus faire trois allers-retours pour porter tous les journaux jusqu'à ma voiture et hâtai le pas afin d'éviter les regards scrutateurs des clients.

J'en lançai un exemplaire sur le siège passager et jetai le reste dans le coffre. Puis je montai dans ma BMW, démarrai en marche arrière et partis en trombe. Je conduisis au hasard pendant dix minutes. Lorsque j'arrivai devant un champ clos par une barrière en bois noire où trois chevaux étaient en train de paître, je me garai sur le bas-côté.

Je saisis le journal et pris le temps d'étudier la photo. L'espace d'un instant, je sentis de nouveau les bras de Roy m'enlacer, ses lèvres sur les miennes, le goût de l'eau salée. Et c'était…

Rien. Ce n'était rien du tout. J'étais une fiancée comblée, j'allais me marier dans trois mois et j'en brûlais d'impatience. Assise dans la voiture, je me mis à rêvasser : je me vis remonter l'allée de l'église, oncle Whit, qui remplacerait mon père défunt, à mon côté, son bras autour du mien. Hayden, si grand et élégant, me regarderait marcher vers lui. Je contemplerais son beau visage hâlé par sa pratique régulière du golf ou du tennis, ou par ses virées dans le yacht familial, ses cheveux décolorés par le soleil. Il aurait ce petit hochement de tête et ce clin d'œil que j'aimais tant.

Je dépliai le journal et commençai à lire.

Hier après-midi, une femme est tombée du ponton du 201 Paget Street, sur la plage de Marlin, puis elle a été entraînée par un courant d'arrachement. Un homme a vaillamment plongé pour lui porter secours et l'a ramenée jusqu'au rivage. La victime reconnaissante a donné un baiser à son héros. Aucun des deux protagonistes n'a été identifié. D'après Dan Snuggler, propriétaire de l'animalerie *Snuggler*, sur Cottage Street, l'incident a eu lieu vers 16 heures. Snuggler, qui promenait son caniche Milarky à ce moment-là, a pris la photo. « C'était un sauvetage sacrément courageux, a-t-il raconté. On aurait dit qu'elle ne savait pas nager. » Notre témoin a aussi remarqué que ce ponton se situe sur une propriété privée et il a ajouté : « Elle n'aurait peut-être pas dû y entrer sans autorisation. » Plus de photos en page 7.

« Plus de photos ? » Ma main se mit à trembler tandis que je tournai frénétiquement les pages – 4, 5, 6. Ouf, me dis-je en atteignant la page 7. Il n'y avait aucun autre cliché de Roy ou de moi, uniquement ceux du caniche de M. Snuggler qui gambadait sur la plage. J'en vins à m'interroger sur le genre de journalisme pratiqué dans cette ville. Et ce passage sur le héros qui avait vaillamment plongé ? Et cet autre sur la propriété privée ? Ridicule.

Je balançai le journal sur le siège arrière. Il allait falloir réparer les dégâts. J'attrapai le sac contenant mon déjeuner. Oui, j'allais m'y atteler de toute urgence. Je mordis dans mon sandwich. La dinde et la farce étaient encore chaudes. Je pris une autre bouchée. Les cranberries étaient rafraîchissantes et le pain semblait fait maison. J'ouvris ma bouteille d'eau gazeuse et avalai une gorgée.

Je contemplai les chevaux qui paissaient en agitant leur queue pour chasser les mouches. Cette photo ne devait absolument pas circuler, même si mon nom n'apparaissait nulle part, et même si elle n'était publiée que dans le *Beacon Bugle*. Il ne me restait plus qu'une solution : me rendre chez tous les marchands de journaux de la ville, acheter tous les exemplaires et trouver une grande benne à ordures pour les y jeter. J'allais retirer le numéro de la circulation.

Je fis le tour de la ville et m'arrêtai six fois. Je terminai par le Three Penny Diner, où l'arôme des doughnuts aux pommes sortis du four me submergea. Déposant deux billets de vingt dollars à la caisse, je pris leurs exemplaires et les plaçai dans mon coffre. Une fois celui-ci fermé, je me sentis soulagée. L'incident de la Nageuse était officiellement clos.

Il était bientôt 14 heures. Je programmai le GPS pour me rendre de nouveau chez Chet Cummings et démarrai la voiture. Lorsque je parvins à Dorset Lane, l'Audi verte était à la même place. Je frappai plusieurs fois à la porte et jetai un œil par la fenêtre de la cuisine : la maison semblait toujours déserte.

Je me demandai quoi faire. Je pouvais retourner à l'hôtel Victory, reprendre mes dossiers et travailler. C'était une option, mais la journée était si engageante, le ciel si incroyablement bleu…

De retour dans ma BMW, je m'appuyai sur le dos du siège, laissai la brise pénétrer par les vitres et scrutai la rue. Les maisons, toutes anciennes, devaient dater des années 1900. Chacune possédait une pelouse bien verte et des parterres couverts de toutes sortes de fleurs : échinacées, lupins, marguerites jaunes et blanches, bruyères et sauges de Russie. J'imaginai ma grand-mère, petite fille, dans l'un de ces jardins, comme je l'avais vue si souvent : pelle en main, un large chapeau jaune sur la tête, elle aurait retiré les mauvaises herbes, coupé les fleurs fanées et ajouté un peu de paillis ici ou là en fredonnant.

Mon cœur se serra à la pensée que je ne la reverrais plus jamais dans son jardin. Je fermai les yeux et tentai de retenir mes larmes. Ce lien unique qui nous avait unies me manquait tant. Peut-être espérais-je le retrouver ici, à Beacon, à travers Chet Cummings. Était-ce voué à l'échec ? Avais-je fait tout ce chemin pour rien ?

J'observai une nouvelle fois les habitations alentour. Et si ma grand-mère avait habité dans cette rue ?

Étais-je justement en train de regarder la maison de son enfance ? C'est alors que je pris conscience qu'il y avait bien une chose que je pouvais faire : trouver l'endroit où elle avait vécu. Rien de plus facile, j'étais spécialisée en immobilier. Je me voyais déjà traverser une rue de pittoresques bâtisses de style Nouvelle-Angleterre, convaincue que l'une d'elles était la sienne et que j'allais bientôt la découvrir. Tout d'un coup, je me sentis nettement mieux.

Je pris mon téléphone portable et cherchai sur Internet le numéro de la mairie. On saurait sûrement me dire où se trouvaient les registres fonciers. La femme qui me répondit m'annonça qu'ils étaient dans leurs locaux, au service des archives municipales. Enfin, quelque chose de positif.

La mairie de Beacon, au 92 Magnolia Avenue, était une construction de plain-pied en brique rouge : quatre fenêtres, des volets blancs et une coupole blanche au-dessus des doubles portes de l'entrée. Elle avait dû être construite dans les années 1960 – ni trop moderne, ni trop ancienne non plus.

En pénétrant dans les lieux, je fus saisie par une légère odeur d'ammoniaque. Sur un panneau mural, je lus que le service des archives municipales se trouvait en salle 117. Tandis que j'approchais de la porte, les effluves d'ammoniaque furent remplacés par ceux d'une sauce de spaghettis. Une femme aux cheveux gris coupés court, au visage aussi ridé que celui d'un carlin, était assise derrière l'un des deux bureaux que contenait la pièce. Elle mangeait une assiette de penne à la sauce marinara.

Sa table de travail était envahie de papiers, de blocs-notes griffonnés, de piles de dossiers desquels dépassaient des documents, de stylos, marqueurs et trombones colorés. Sa plaque indiquait ARLEN FLETCH.

Elle posa sa fourchette en plastique et leva les yeux, disposée à m'écouter.

— Je m'appelle Ellen Branford, dis-je en lui tendant la main. Je viens de New York.

Je lui décochai mon plus grand sourire. Dans un coin, je remarquai un four à micro-ondes jaune posé sur un petit meuble de rangement.

Arlen regarda ma main, puis la serra.

— Ma grand-mère a vécu à Beacon dans sa jeunesse.

Arlen hocha la tête et mélangea ses pâtes. De la fumée s'éleva de son assiette.

— Elle vient de décéder.

Arlen ne manifesta aucune émotion, mais se contenta de m'observer. Une porte se ferma dans le couloir, et un éclat de rire retentit.

— Je suis venue ici pour régler une petite affaire pour elle, et pendant que je suis là, j'aimerais trouver la maison où elle habitait.

Arlen glissa une dent de sa fourchette à l'intérieur d'une penne et l'enfourna dans sa bouche.

— Donc, je présume que vous n'avez pas son adresse.

— Exactement, répondis-je, soulagée de découvrir qu'elle pouvait parler. C'est ce que je cherche.

Elle baissa les yeux sur son assiette et la contempla pendant quelques secondes. Je crus qu'elle allait me demander de revenir vingt minutes plus tard afin qu'elle puisse finir son déjeuner, mais elle me gratifia d'un bref sourire avant de me dire :

— Eh bien, vous êtes au bon endroit.

Elle me conduisit dans un bureau contigu sans fenêtre où l'air sec dégageait une odeur de renfermé. À l'exception de deux écrans d'ordinateur posés sur une table, la pièce était remplie du sol au plafond de livres rangés dans des bibliothèques métalliques grises. Entre les données contenues dans les ordinateurs et les livres, je savais que ce bureau renfermait un exemplaire de tous les documents immobiliers concernant chaque propriété de Beacon, et cela depuis l'enregistrement de la première transaction.

J'y trouverais les titres de propriété, les contrats d'hypothèque, les poursuites de l'État pour les taxes foncières impayées, les avis de saisie immobilière, mais aussi les avis de faillite, les actes de vente et leurs règlements, ainsi que les droits de passage. Et, quelque part, il y aurait un titre de propriété au nom de mes arrière-grands-parents.

— Bien, laissez-moi vous montrer comment ça marche, déclara Arlen.

Elle saisit son crayon et l'agita comme si elle tenait la baguette d'un chef d'orchestre.

— D'abord, quelqu'un vient avec un document. Il pourrait s'agir d'un titre de propriété. C'est le plus fréquent. Ou ce pourrait être un contrat d'hypothèque, ou encore…

— Excusez-moi, la coupai-je.

Je commençai à lever la main pour lui éviter de perdre son temps, et de me faire perdre le mien, et lui expliquer que j'avais passé des centaines d'heures dans des bureaux tels que celui-ci à faire des recherches en tant qu'avocate spécialisée en droit immobilier. Cependant, son regard était tellement sérieux et solennel que je décidai de me taire.

— Désolée, poursuivis-je, je croyais avoir une question à vous poser, mais ce n'est pas le cas.

Elle hocha la tête.

— Très bien, donc, disons que nous avons un titre de propriété. Cecil ou moi… Cecil est assis là.

Elle pointa du doigt le bureau vide.

— On le fait passer dans la machine.

Elle m'indiqua un vieil horodateur de documents.

— Il inscrit la date sur le titre, ce qui enlève tout doute en cas de problème.

Elle pointa son crayon vers moi.

— Ça a toute son importance lorsque des gens se disputent un droit de propriété, vous voyez.

C'était le b.a.-ba en immobilier, mais je me mordis la langue et la laissai continuer.

— Ensuite, on photocopie et on numérise le document sur ce truc, dit-elle en me désignant un scanner. Puis Alice, qui travaille trois matinées par semaine, rentre tout dans l'ordinateur et catalogue les données afin qu'on puisse retrouver un titre de propriété à partir du nom du vendeur, ou de l'acheteur, ou par l'adresse de l'habitation concernée, et j'en passe.

Je patientai toujours bien sagement tandis qu'Arlen m'expliquait comment chercher dans le répertoire annuel des cédants et bénéficiaires le nom de mon arrière-grand-père et, si je le trouvais, comment une note m'indiquerait à quel type de document ça correspondrait, ainsi que le numéro de volume et de page du registre.

À mesure qu'Arlen parlait, je commençais à me demander si j'arriverais à dénicher le nom de mon arrière-grand-père dans l'impressionnante collection de registres que contenait l'histoire immobilière de Beacon. Et, si j'avais cette chance, où serait la maison ? À quoi ressemblerait-elle ? Serait-elle en brique ou en pierre ? À moins que ce ne soit une maison en bardeaux avec des volets. Elle pourrait aussi posséder une belle véranda comme chez Chet. D'un autre côté, elle pourrait être affublée d'une affreuse extension ou, pire, être délabrée et tomber en ruine. L'inquiétude me gagna. Et si elle appartenait à une communauté ? Ou à une bande de dealers ? D'ailleurs, y en avait-il à Beacon ? Je me posai la question.

Je levai les yeux et m'aperçus qu'Arlen me dévisageait. Elle semblait attendre une réponse de ma part.

— Excusez-moi, dis-je.

Elle agita son crayon.

— Vous avez déjà été l'objet de poursuites fédérales pour non-paiement de taxe foncière ?

Je secouai la tête.

— Non, jamais.

Certains de mes clients l'avaient été, mais je ne tenais pas à m'engager sur ce sujet.

Les yeux gris d'Arlen se mirent à pétiller d'entrain.

— Vous le sauriez, si ça avait été le cas. Ces types de l'agence fiscale gouvernementale sont des monstres.

— C'est vrai, murmurai-je.

À la fac de droit, j'étais sortie avec un garçon qui travaillait aujourd'hui dans le service juridique de l'agence. Je ne l'avais jamais considéré comme un monstre, bien que j'aie découvert plus tard qu'il avait une autre copine en même temps que moi. Arlen n'avait peut-être pas tort.

Elle fourra son crayon dans la poche de son pantalon.

— Vous devriez commencer ici.

Elle désigna une section de livres anciens reliés en cuir. Ces précieux volumes, aux couvertures écornées et effritées, aux pages jaunies étaient, je le devinai, remplis de magnifiques transcriptions de titres de propriété et autres qui auraient enthousiasmé Bartleby le scribe. Ils devaient renfermer les plus vieilles archives.

— Ensuite, vous pourrez chercher par là.

Elle tendit la main de l'autre côté de la pièce, vers des étagères d'ouvrages aux couvertures blanches plastifiées. Ils contenaient les photocopies de documents tapés à la machine à écrire et, plus tard, à l'ordinateur. Enfin, elle désigna la table de travail et ses deux écrans noirs lumineux.

— Tout ce qui a été enregistré ces cinq dernières années et demie est dans notre base de données. Vous y trouverez ce que vous cherchez.

Je hochai la tête.

— Merci. Avec tout ça, je vais pouvoir m'y mettre.

Je m'assis sur une chaise en métal et entrai « Goddard », le nom de famille de mon arrière-grand-père. Je me plongeai dans tous les registres annuels sur une période de vingt ans, depuis la fin des années 1800 jusqu'au début des années 1900. Bien que chaque registre soit classé par ordre alphabétique, les noms, eux, ne l'étaient pas. Je trouvai Grant avant celui de Gibson, et Gates apparaissait après Goats. Il en était toujours ainsi avec les vieux registres. Les gens venaient faire enregistrer leurs titres de propriété ou d'autres documents, et l'employé de mairie inscrivait les actes au fur et à mesure. De plus, toutes les données anciennes étaient écrites à la main, ce qui ralentissait la lecture. Au bout de deux heures, je n'avais toujours rien trouvé, j'avais la gorge sèche, et ce bureau mal aéré me donnait la migraine.

Arlen triait une pile de dossiers lorsque je la rejoignis à sa table de travail.

— Vous avez une question ? me demanda-t-elle.

Je secouai la tête et poussai un soupir de découragement. J'aurais tellement aimé retrouver la maison de ma grand-mère. Quel bonheur cela aurait été de poser mes pieds sur le sol qu'elle avait foulé des décennies auparavant. Il fallait bien l'admettre, j'étais terriblement déçue.

— Non, je n'ai pas de question. J'ai terminé. Merci encore pour votre aide.

Arlen hocha la tête et se remit au travail.

Je me retournai pour partir quand j'aperçus plusieurs vieilles cartes postales sépia, encadrées et accrochées à la porte. Je m'approchai pour les regarder de plus près. La plupart représentaient des rues du centre-ville de Beacon et ses boutiques. On pouvait voir des passants et des voitures aux ailes arrondies et aux immenses volants. L'une d'entre elles arborait un bâtiment blanc austère qui avait été autrefois la mairie ; une autre montrait une construction en brique rouge entourée d'une grande pelouse. Devant, un chêne au tronc noueux ressemblait à une sentinelle desséchée. En dessous de la carte postale on pouvait lire : « École primaire de Littleton, Beacon, Maine ».

École primaire de Littleton. Qu'est-ce que c'était ?

Je me tournai vers Arlen.

— En fait, j'ai une question, lui dis-je en pointant la carte du doigt. Savez-vous si cette école existait déjà dans les années 1940 ?

Dans ce cas, ma grand-mère y aurait été élève.

Enfilant une paire de lunettes demi-lune argentées, elle me rejoignit et scruta la carte postale comme si elle la voyait pour la première fois.

— C'est l'école de Littleton, déclara-t-elle.

— Oui. Vous avez une idée de sa date de construction ?

— Je crois que c'était pendant les années 1920, répondit-elle tandis qu'elle plissait les yeux et reculait légèrement, mais je peux vous le confirmer si vous patientez une minute.

Arlen alla fouiller dans un meuble de rangement et sortit une brochure d'un tiroir.

— Voilà. Un de nos établissements a fait un projet l'an dernier sur l'histoire des bâtiments anciens de Beacon. Et là, il y a un passage sur l'école de Littleton.

Elle me tendit le livret. Sur la couverture jaune, un dessin d'enfant représentait une grande maison verte à pignons. À l'intérieur, je découvris des photos de dizaines de bâtiments historiques, chacun accompagné d'un texte. Je feuilletai le dossier et tombai sur une photocopie de la carte postale que je cherchais. Construite entre 1923 et 1924, était-il expliqué, l'école avait ouvert lors de la rentrée de 1924. Alors oui, ma grand-mère y avait été élève.

— Gardez-le, me dit Arlen en fermant le meuble, on a plein d'exemplaires.

— J'ai encore une question, et je vous remercie vraiment très sincèrement pour votre aide.

Je serrai la brochure dans ma main.

— Est-ce que l'école existe toujours ?

Elle écarquilla les yeux et me dévisagea.

— Bien sûr qu'elle existe encore. Elle est sur Nehoc Lane.

Sur ces mots, elle fit volte-face, retourna derrière son bureau et attrapa son téléphone. Tandis que je la quittais, je remarquai une petite tache orange sur la manche de sa chemise. Un reste de sauce tomate ?

Après mes heures passées dans la salle étouffante des archives, j'accueillis avec délice l'air frais et le soleil de fin d'après-midi. Je programmai mon GPS pour me rendre à Nehoc Lane. La distance indiquée était de cinq kilomètres. Si je n'avais pas trouvé la maison de ma grand-mère, j'avais au moins déniché son école. Je commençai à voir Beacon sous un meilleur jour. Cette ville me semblait presque agréable.

Nehoc Lane, située dans un quartier résidentiel, était principalement composée de maisons blanches, protégées de la rue par de grands jardins fleuris de lilas et d'hortensias bleus.

L'établissement ressemblait beaucoup à la carte postale mais avec quelques différences majeures, parmi lesquelles l'allée circulaire et le petit parking devant le bâtiment, qui n'existaient pas lors de sa construction.

J'entrai et me garai. Puis je me promenai sur les lieux. Les mots « École primaire de Littleton 1924 » étaient gravés au-dessus de l'immense porte d'entrée en bois et je fus surprise par l'aspect lisse de la brique lorsque je passai ma main sur le mur. Je jetai un œil à travers les fenêtres à meneaux dont les moulures avaient été recouvertes d'épaisses couches de peinture blanche. Une annexe en brique rouge flambant neuve avait été ajoutée à l'arrière de l'établissement et, sur un flanc du bâtiment s'étendait une grande cour de récréation avec un sol au revêtement en caoutchouc amortissant. Un groupe d'enfants s'amusait sur les balançoires et les toboggans pendant que les mamans discutaient autour d'une table de pique-nique.

Je retournai sur mes pas jusqu'à l'entrée et j'aperçus un immense chêne dont les racines, semblables à des doigts arthritiques, sortaient de terre. Sa large voûte verdoyante et dense s'étendait au-dessus de la pelouse comme un parapluie de feuilles. Je m'adossai contre l'écorce rugueuse et imaginai ma grand-mère au même endroit. Elle aurait peut-être eu six ans et ç'aurait été son premier jour d'école. Ou onze ans, et elle serait tombée amoureuse d'un garçon. Je sentais sa présence autour de moi, dans l'herbe, dans les rayons du soleil qui filtraient à travers les branches, dans la terre encore tiède, là où je m'étais assise.

Je caressai le dessus d'une racine et, soudain, mes larmes jaillirent. Elles ruisselèrent sur mes joues et tombèrent sur mon pantalon, faisant apparaître des taches sombres sur le tissu.

— Grand-mère, tu me manques, murmurai-je d'une voix étranglée. Tu me manques tellement. Tu vois, je suis venue ici pour faire ce que tu m'as demandé, mais ça ne se passe pas comme prévu. D'abord, je suis tombée à la mer et je me suis presque… je me suis presque noyée, grand-mère. Ensuite, j'ai essayé de déposer ta lettre, mais je n'y suis pas parvenue. Et j'ai tenté de trouver ta maison, mais là aussi j'ai échoué. J'aimerais savoir pourquoi tout cela m'arrive. J'aimerais que tu me le dises.

Une brise agita les branches de l'arbre au-dessus de moi. Je pris ma tête entre mes mains et fermai les yeux.

Chapitre 5

Un endroit tranquille pour dîner

Sur le chemin du retour, je décidai de me rendre une dernière fois chez Chet Cummings. J'y arrivai à 17 heures. L'Audi verte était toujours dans l'allée, mais la maison était vide. Je commençais à me demander avec inquiétude s'il n'avait pas quitté la ville. Il rendait peut-être visite à un ami, à moins qu'une urgence familiale l'ait obligé à s'absenter pendant quelques jours. Je songeai à déposer la missive dans sa boîte aux lettres, mais cette idée me parut tellement frustrante. Pour autant, je ne pouvais pas demeurer à Beacon indéfiniment à attendre son retour. Je savais que ma grand-mère comprendrait. Très bien, me dis-je. Demain, nous serons jeudi. Il me reste une dernière chance de m'acquitter de ma mission. Je reviendrai tôt le matin avant de lui laisser l'occasion de sortir. Et s'il n'est toujours pas là, je laisserai la lettre et rentrerai chez moi.

Je regagnai mon hôtel, ma soirée déjà organisée. Je comptais prendre mon dîner sur place, dans la salle à manger, puis travailler quelques heures avant d'aller dormir. Lorsque je montai les marches qui accédaient à la réception, il me sembla qu'une soirée battait son plein. Trois couples d'une vingtaine d'années, grands et bronzés, discutaient et riaient devant l'accueil. Les hommes, vêtus de polos et de pantalons de toile, se disputaient au sujet d'un point litigieux marqué lors d'un match de tennis. Les femmes, avec leurs longues jambes de gazelle à peine couvertes de shorts très courts étaient penchées au-dessus d'un petit livre. L'une d'elles mentionna l'Antler, un pub que j'avais aperçu en ville, et je me demandai si elles consultaient un guide touristique.

Je ris intérieurement et me mis à imaginer ce que l'on pourrait trouver sur Beacon dans un guide Fodor[1].

Le Three Penny Diner : *Incontournable, si vous aimez les tables vertes en Formica et les juke-box. Surtout n'oubliez pas de goûter aux doughnuts.*

L'hôtel Victory : *Si vous êtes amateur des combles, demandez la suite avec vue sur l'océan. Le réseau téléphonique est disponible dans la salle de bains.*

Je passai ma tête dans le salon où quelques rafraîchissements avaient été disposés. Des bouteilles de vin, des plateaux de fromages et de crackers, et un bol de mousse à tartiner voisinaient avec des piles de couverts en plastique et d'assiettes en carton. Je me servis un verre de pinot noir. Le vignoble, Gallant River, était situé dans la vallée de Napa. Je n'en avais jamais entendu parler, mais Hayden le connaîtrait probablement. Je pris une poignée de crackers et regagnai ma chambre.

1. Fodor : célèbre éditeur américain de guides touristiques. (Toutes les notes sont de la traductrice.)

Le vacarme du hall me suivit tandis que je montais l'escalier. Lorsque j'entendis une femme déclarer « Si on mangeait ici ce soir ? », je décidai de sortir dîner. Paula pourrait peut-être me conseiller un restaurant.

J'étais en train de choisir ma tenue pour la soirée lorsque mon téléphone sonna. J'attrapai mon sac, extirpai mon téléphone et me précipitai dans la salle de bains, où je rabattis le siège des toilettes pour m'asseoir.

— Salut, ma chérie. Tu as l'air essoufflée, me dit Hayden.

— C'est parce que j'essayais de retrouver mon téléphone et d'aller dans la salle de bains.

J'étendis mes jambes, puis posai mes pieds nus sur le bord de la baignoire.

— Oh, tu peux me rappeler, si tu veux.

— Non, non, je t'explique : j'ai besoin d'aller dans la salle de bains pour te parler. Ça ne capte que dans cette pièce.

— Ça ne capte pas ? me demanda Hayden après un instant de silence.

À sa voix, je sentis qu'il était aussi stupéfait que si je lui avais annoncé qu'il n'y avait pas d'eau courante, ce qui, en y réfléchissant, n'était pas tout à fait inexact.

— Mais ça va, répondis-je, désireuse de ne pas m'étendre sur le sujet ; ça ne ferait que l'inquiéter. Eh, tu ne devineras jamais ce que j'ai découvert aujourd'hui !

— Dis-moi.

— L'école primaire de ma grand-mère.

— La quoi ?

— L'école primaire de ma grand-mère. Je suis allée la voir. Elle existe toujours, ici, à Beacon.

— Elle doit dater.

— Oui, elle a été construite dans les années 1920. J'essayais de trouver sa maison, mais je n'y suis pas parvenue. En revanche, j'ai découvert son école ! C'était vraiment merveilleux, Hayden, et j'ai…

— Désolé, ma puce, attends une seconde, tu veux bien ? Mon autre téléphone sonne.

Je patientai en détaillant une estampe sur le mur : un phare envoyant son faisceau lumineux vers la mer pour aider les bateaux à éviter les hauts-fonds. Puis j'entrai dans la chambre et pris la brochure sur l'école de Littleton afin de la lire à Hayden.

— Alors, tu pars quand ? me demanda-t-il lorsqu'il reprit la ligne. J'espérais que tu serais déjà en route.

— C'est ce que je pensais aussi, mais je n'ai pas encore pu rencontrer Chet Cummings. Il n'est jamais chez lui.

— Ellen, il s'est peut-être absenté. Je t'ai dit que c'était une bonne idée d'aller à Beacon, je le sais bien, mais tu ne peux pas y rester indéfiniment dans l'espoir qu'il se montre un jour.

— Je ne vais pas rester ici. J'aimerais être en train de rentrer à la maison, là, tout de suite.

Mon regard se perdit à travers l'une des fenêtres où une douce lumière ambrée annonçait la tombée de la nuit.

Nous restâmes silencieux un instant.

— Promets-moi que tu rentreras demain, reprit Hayden. Le dîner a lieu vendredi soir et je ne veux pas m'inquiéter en te sachant au volant ce jour-là. Je sais que tu feras tout pour arriver à temps, et que tu roules toujours très vite quand tu as peur d'être en retard. C'est dangereux.

— C'est promis, je n'irai pas vite. Ce sera inutile, puisque je pars demain. Le matin de bonne heure, je passerai une dernière fois chez Chet Cummings pour voir s'il est là.

J'entendis un bruit de tuyau cliqueter, tinter et toussoter : la plomberie reprenait vie.

— Et s'il n'y est pas ? interrogea Hayden. Qu'est-ce que tu as prévu ?

— Je laisserai la lettre chez lui, répliquai-je, et j'entendis l'eau jaillir dans le tuyau derrière moi. Je serai là demain, quoi qu'il arrive.

La ligne se mit à grésiller.

— Hayden, je crois que je suis en train de te perdre.

Le bruit s'amplifia.

— Je ne te reçois plus, criai-je. Je t'appelle plus tard.

Je raccrochai et consultai ma montre. Il n'était que 17 h 30, bien trop tôt pour aller dîner. Je jetai un œil au lit. Mes paupières étaient lourdes. Je pourrais peut-être m'allonger cinq minutes, pensai-je.

Je m'étendis sur le couvre-lit blanc et passai un oreiller sous ma tête. La taie en coton un peu raide sentait la lessive, le savon et le linge qui a séché au soleil.

Il faisait presque nuit quand je me réveillai. Quelqu'un criait dans la rue, des portières de voiture s'ouvraient et claquaient. Je frottai mes yeux et regardai ma montre. 20 h 30. J'avais l'estomac vide et besoin d'un bon dîner.

J'enfilai un pantalon gris Gucci, un haut couleur ivoire et un pull assorti à manches longues. Je contemplai mes escarpins Jimmy Choo ornés de bijoux, mais optai pour des sandales plates Tory Burch. Je passai autour du cou le collier de perles à double rang que ma grand-mère m'avait donné et j'actionnai le fermoir argenté en forme de coquille Saint-Jacques placé sur le devant. Je retouchai mon maquillage et saisis le numéro de *Forbes* dans ma mallette. Prendre un magazine me parut une précaution utile, car dîner seul est toujours très ennuyeux.

Avant que j'atteigne le palier du premier étage, un bruit assourdissant monta de la salle à manger. La petite bande que j'avais croisée plus tôt à la réception en semblait en grande partie responsable. Je m'attendais à voir Paula dans le hall, mais elle n'y était pas. Je la trouvai dehors, sur la véranda, en train de fumer une cigarette. Sous l'éclairage électrique, ses cheveux blonds cuivrés paraissaient presque orange.

— Une sacrée fête, dis-je en inclinant la tête vers la porte.

Elle me scruta de haut en bas, puis exhala une longue bouffée de fumée semblable aux volutes d'une fusée.

— Ils ont l'air de bien s'amuser.

Elle hocha la tête et regarda ses mains, inspectant ses ongles, comme si elle se demandait si elle n'allait pas sortir faire une rapide manucure.

Je fouillai dans mon sac à la recherche de mes clés de voiture.

— Y a-t-il un endroit en ville où je pourrais dîner au calme ?

Paula pinça les lèvres et dodelina de la tête.

— Eh bien, je dirais l'Antler. Leurs steaks sont bons. Les poissons aussi. Et leur soupe de palourdes est excellente.

Elle prononçait *polourde*.

— Ils ont un très bon pain de viande. Même les gens de la ville semblent l'apprécier.

— Ah oui, l'Antler.

Je serrai mon pull un peu plus contre moi tandis qu'une brise agitait les herbes de la pelouse.

— On dirait un pub, repris-je. Vous pensez que ce sera calme, ce soir ?

Paula plissa le nez et fit la moue.

— Un mercredi soir ? Ouais, c'est plutôt calme.

Elle écrasa sa cigarette dans un cendrier en verre posé sur la balustrade de la véranda et rentra.

Je décidai de marcher jusqu'en ville. Il faisait frais, ce soir-là, et je culpabilisais de ne pas avoir mis les pieds dans mon club de sport depuis une semaine. Les lampadaires éclairaient le centre-ville d'une douce lueur orange. Des dizaines de personnes flânaient dans les rues. Des touristes regardaient à travers les vitrines des magasins et les fenêtres de bureaux fermés pour la nuit. Quelques adolescents s'étaient rassemblés sur la digue. L'un d'eux retira sa casquette pour la poser sur la tête d'une des filles. Ils éclatèrent tous de rire.

Je me dirigeai vers la porte de l'Antler. Le panneau publicitaire jaune pour la bière Michelob scintillait comme un feu accueillant. Du pain de viande. Pourquoi quelqu'un, parmi tous les choix possibles de plats, aurait-il envie de prendre un pain de viande ? Un bon steak de thon, ou tout simplement une escalope de poulet avec une bonne sauce au vin blanc, d'accord, mais un pain de viande ? Certes, d'autres pourraient trouver mes choix culinaires tout aussi bizarres.

Mon magazine *Forbes* glissé sous le bras, j'ouvris la porte sur une grande salle sombre. Je distinguai un bar sur la gauche et des tables carrées alignées sur la droite. J'entendis de la musique country, le pincement des cordes d'une *pedal steel guitar* et la voix rauque d'une femme chantant des paroles que je ne pus déchiffrer. Le brouhaha des conversations se mêlait aux éclats de rire et au cliquetis régulier des ustensiles de cuisine. On ne pouvait pas dire que c'était calme, mais j'étais déjà sur le seuil et mon ventre gargouillait. Alors que je pénétrais à l'intérieur, j'aperçus près de la porte un petit panneau posé sur un chevalet sur lequel on avait écrit à la main : TOUS LES MERCREDIS SOIR, DEUX ENTRÉES POUR LE PRIX D'UNE. Eh bien, me dis-je, ceci explique cela. Curieux que Paula ne soit pas au courant.

Au sol, le parquet sombre était soigneusement ciré et toutes sortes de luminaires étaient suspendus aux poutres du plafond : lanternes en cuivre de bateau, suspensions en métal chromé en forme de grandes cloches, lustres en laiton aux branches courbées et aux ampoules à flammes vacillantes. Le bar, en bois teinté rouge, avait été enduit de plusieurs couches de laque. Le même bois avait servi à construire les solides tables et les chaises qui meublaient le pub.

Toutes les tables étaient occupées, ainsi que la plupart des tabourets de bar. Je traversai la salle, regardant droit devant moi, mais notant, à la périphérie de ma vision, une masse confuse de jeans, de pantalons treillis et de T-shirts. Je distinguai quelques jupes ou robes bain de soleil, mais la plupart des gens étaient en jean. J'étais bien trop habillée.

Je pris un siège à l'extrémité du bar, près de la piste de danse. « Your Cheatin' Heart », interprété par Hank Williams, commença à s'échapper des haut-parleurs, au-dessus de ma tête. À ma droite étaient assis un homme d'âge moyen et sa femme, une brune plantureuse aux cheveux relevés bien haut en queue-de-cheval ; à ma gauche, quelques tabourets vides, puis deux jeunes d'une vingtaine d'années portant des casquettes. Sur l'une d'elles, on pouvait lire « Homards en conserve ».

Un serveur corpulent aux cheveux poivre et sel s'approcha et essuya le comptoir de son torchon, puis il plaça devant moi un sous-bock au logo de la bière Coors Light ; les sommets bleus montagneux du dessin brillèrent sous l'éclairage.

— Qu'est-ce que je vous sers ?

J'allais me décider pour un verre de vin lorsque je remarquai un petit panneau qui indiquait : LES MEILLEURES MARGARITAS AU NORD DE TIJUANA. Eh bien, pourquoi pas !

— Je vais prendre ça, fis-je en montrant le panneau.

J'ouvris mon magazine et le feuilletai, mais il y avait tant de bruit que je ne parvins pas à me concentrer. Je levai les yeux vers un écran plat suspendu derrière le bar. La télévision diffusait une émission de téléréalité sur un chauffeur routier qui conduisait un semi-remorque dans un coin montagneux isolé, la nuit, au milieu d'une tempête de neige. Je commençais à m'angoisser pour le conducteur et à me ronger les ongles quand le barman posa la margarita devant moi.

Je bus une longue gorgée et demandai la carte. Je passai en revue les plats, à la recherche de quelque chose d'équilibré. Crevettes avec riz et haricots verts ? Non, les crevettes étaient frites. Duo de homards au beurre fondu ? Trop copieux, sans parler du beurre. L'escalope de poulet pourrait convenir, si je leur demandais de ne pas ajouter la sauce marinara et le fromage.

Le barman servit le couple à côté de moi. L'homme avait commandé le pain de viande et, peut-être avais-je très faim, mais son assiette me parut extrêmement appétissante. Elle contenait une belle portion de purée avec un petit morceau de beurre fondant sur le dessus, des haricots verts qui semblaient frais et une tranche de pain de viande aux fumets d'oignons et d'herbes. Je crus aussi voir des champignons.

Je m'interrogeai sur la teneur en graisse et le nombre de kilomètres qu'il me faudrait courir pour éliminer les calories. Si Hayden était là, il me choisirait un plat sain. Je jetai un autre coup d'œil à l'assiette de mon voisin. Oui, il y avait bien des champignons. Après tout, Hayden n'était pas là, et j'avais soudain une envie folle de manger un bon plat traditionnel bien réconfortant.

— Je crois que je vais prendre le pain de viande, déclarai-je au barman.

— Vous voulez une entrée ?

Une entrée. Je pensai commander une salade maison, mais je lorgnai à nouveau du côté de mes voisins pour voir ce qu'ils avaient choisi d'autre. La femme avait pris une soupe. Je poussai un soupir. Autant aller jusqu'au bout.

— Bien sûr. La soupe de palourdes.

Je me plongeai de nouveau dans l'émission de télévision. Le chauffeur avançait au ralenti sur une route très étroite qui longeait le flanc de la montagne. Il y eut un gros plan sur ses roues avant, ses chaînes écrasant le verglas. Je commençai à agiter mon pied.

— Hé, Skip, on peut avoir une autre tournée par ici ?

Je me retournai et j'aperçus à ma gauche un homme maigre dont le T-shirt était orné d'un dessin d'espadon jaune.

— Ça marche, Billy, répliqua le barman. Je m'en occupe. Désolé, on est un peu à court de personnel ce soir.

L'homme prénommé Billy embrassa le bar du regard.

— Où est Sassy ?

Puis il me jeta un coup d'œil insistant, et j'eus l'impression d'avoir une pancarte accrochée dans le dos avec, marqué dessus : PAS DU COIN.

— Elle a dû aller à Portland. Sa sœur vient de se faire opérer.

Billy secoua la tête.

— Oh, j'espère que tout s'est bien passé. Quand tu la verras, dis-lui que je la salue.

Il rejoignit un groupe d'hommes qui jouaient aux fléchettes dans un coin du pub meublé d'un canapé et de quelques gros fauteuils.

Tandis que je buvais ma boisson, Skip mixait des cocktails et les distribuait aux clients du bar ainsi qu'aux trois serveuses qui tournaient comme des avions attendant leur mission de vol. Puis il remplit plusieurs pintes aux verres givrés de bière à la pression avant de s'écrier :

— Bridget, apporte ça à Billy et aux autres gars là-bas, d'accord ?

Une jeune fille aux jambes fluettes et aux cheveux décolorés en blond platine posa les pintes sur un plateau et se dirigea vers les joueurs de fléchettes.

Sur l'écran, le chauffeur avait quitté la route de montagne et arrivait dans un grand relais routier, où il allait visiblement passer la nuit. Ouf.

Ma soupe de palourdes fut servie et je la remuai pendant quelques minutes, le regard perdu dans la vapeur qui s'élevait du bol. Lorsque je portai la cuillère à ma bouche, j'eus l'impression qu'on m'observait. Je levai les yeux et surpris Skip en train de me dévisager. Il fit claquer ses doigts.

— C'est vous. C'est ce que je pensais, mais ensuite je me suis dit non, c'est pas elle, et puis si. C'est bien vous.

— Pardon ?

Il sourit toutes dents dehors, si bien que je pus apercevoir un espace là où il avait perdu une molaire.

— Vous êtes la Nageuse ! J'ai vu votre photo dans le journal. Un sacré baiser !

Je commençai à bredouiller quelque chose, mais il posa sa grosse main d'ours sur la mienne et se pencha vers moi.

— C'est la maison qui offre… tout le repas. On traite bien les touristes, ici, surtout après… heu, ce qui vous est arrivé.

Je secouai vigoureusement la tête. Il fallait éviter à tout prix qu'on fasse le lien entre moi, la Nageuse, la quasi-noyade ou la photo dans le journal. Je frémis rien que d'imaginer Hayden tomber sur le cliché.

— Non, non, merci beaucoup, répondis-je, j'insiste…

Mais pour Skip, c'était une affaire réglée. Il se redressa et agita les mains.

— Hé, tout le monde, c'est la Nageuse !

Il me pointa du doigt.

— La fille qui a failli se noyer. La Nageuse ! crut-il bon de répéter.

Je devins écarlate. Je voulais descendre de mon tabouret pour prendre la fuite. Que se passait-il ? Moi qui pensais avoir acheté tous les exemplaires du journal. Il ne me restait plus qu'à foncer vers la porte et courir jusqu'à l'hôtel. Je voulais quitter Beacon pour ne plus jamais y revenir. En fait, je ne voulais plus jamais mettre les pieds dans l'État du Maine.

Mais quand j'essayai de me lever, je ne pus faire plus de trois pas.

Un homme au teint rougeaud, avec le prénom « Dave » cousu sur sa chemise, se précipita vers moi, suivi par un groupe de gens qui parlaient tous en même temps.

— Eh, la Nageuse, laissez-moi vous serrer la main, s'exclama Dave.

— Un autre verre pour la Nageuse ! s'écria un homme aux cheveux blancs à l'intention de Skip. Vous avez de la chance d'être encore en vie.

Oh, je me serais crue dans un mauvais rêve, lorsqu'on tente de se sauver et que nos jambes n'avancent plus.

— Je n'étais pas en train de me noyer, expliquai-je, humiliée, à l'homme aux cheveux blancs. Tout allait très bien. Ce gars qui m'a aidée, je l'ai laissé faire pour ne pas le blesser. Il est… Il est susceptible.

— Oh, et en plus elle est marrante ! fit-il en me tapant dans le dos. Vous ne vouliez pas le blesser.

La foule autour de nous éclata de rire.

— Bon, je suis désolée, il faut vraiment que j'y aille, dis-je en tentant de me faufiler vers la sortie.

Une femme mâchant un chewing-gum posa la main sur mon épaule.

— C'était une hypothermie ? C'est arrivé à mon cousin, un jour, et il s'est mis à peler de partout. C'était pas beau à voir.

Par réflexe, je touchai mon bras.

— Non, ce n'était pas de l'hypothermie.

Puis je fis volte-face.

Un homme chauve attrapa ma main et la secoua sans s'arrêter.

— Est-ce que vous avez vu toute votre vie défiler au moment où vous tombiez ?

Il ne voulait pas me lâcher.

— Parce que, une fois, je suis tombé d'une échelle, et je vous jure que j'ai vu toute ma vie défiler – y compris le soir où j'avais trop bu et où j'avais fait des avances à ma belle-sœur.

— Excusez-moi, dis-je en retirant brusquement ma main.

Deux étudiantes du Vermont me demandèrent si je pourrais retourner nager un jour, puis elles se disputèrent pour savoir si je le devais ou pas. Et un ancien officier de police de Bangor me demanda si j'avais pris de la drogue lors de l'incident.

— Un toast à la Nageuse ! cria quelqu'un, et tout le monde leva son verre, sauf moi.

Skip passa une margarita à une fille, qui la passa à un homme, qui me la tendit. Je l'avalai en quelques gorgées, tandis que des gens continuaient à me bombarder de questions pour savoir si j'avais voulu mourir.

Autour de moi, la foule était si dense que je me sentis oppressée. Je ne parvenais plus à respirer.

Skip intervint.

— Allez, laissez-la tranquille, elle revient de loin.

Le groupe se dispersa lentement. Skip me fit signe de revenir m'asseoir à ma place.

— Vous êtes un peu pâle. Vous devriez finir votre soupe.

Je remarquai qu'il avait posé une autre margarita sur le comptoir. Il avait raison, j'avais faim, mais je commençai d'abord par boire la moitié de mon verre de margarita. Une douce chaleur me parcourut le corps.

Je goûtai la soupe. Elle était généreusement agrémentée de jeunes palourdes, dont la saveur s'accordait parfaitement avec les pommes de terre en dés, les oignons et le céleri finement coupés. Des brins d'aneth flottaient à la surface. C'était divin. Je la dégustai jusqu'à la dernière goutte en m'intimant de ne pas penser aux autres ingrédients. Il devait y avoir de la crème et certainement du beurre. Je tombai aussi sur de petits morceaux de bacon. Hayden aurait estimé que j'avais perdu la tête. Mais c'était bon. Qu'est-ce que c'était bon !

La foule continuait d'affluer à l'Antler et de s'agglutiner au bar. Des verres passaient au-dessus de moi pour alimenter les clients massés dans la salle. La musique résonnait, « Long Hot Summer » de Keith Urban s'échappait des haut-parleurs, et l'on aurait dit que le pub tout entier rayonnait et vibrait.

— Skippy… hé, Skippy, appelai-je.

J'entendis à peine ma voix au milieu du vacarme. Sans savoir pourquoi, je trouvais ça très drôle, et plus j'élevais le ton, plus je riais.

Je levai mon verre et le pointai du doigt.

— C'est quoi, déjà ? Skippy, c'est quoi ?

Je ne parvenais pas à me souvenir du nom du cocktail.

Skip hocha la tête et leva le pouce, mais je ne compris pas très bien ce qu'il voulait signifier. Je hurlai son nom encore une fois et montrai à nouveau mon verre pour attirer son attention.

— C'est quoi, déjà ? Comment ça s'appelle ?

Avant que j'aie pu réagir, Skip m'avait fait porter un autre verre. Bientôt, la musique devint plus forte et plus entraînante, et les clients envahirent la piste de danse.

— Dites, vous voulez vous asseoir avec nous ?

Une femme à la coupe au carré et au regard fatigué se tenait devant moi. Elle me rappelait une assistante juridique qui avait travaillé chez Winston Reid.

— Moi, c'est Bliss, et voici Wendy, poursuivit-elle.

Wendy avait le look d'une pom-pom girl : un corps athlétique et des cheveux blonds.

Je leur serrai la main et me présentai. J'étais contente d'avoir de la compagnie.

— Ouais, on sait qui vous êtes. Vous êtes la Nageuse, déclara Wendy.

Elle me gratifia d'un large sourire radieux avant de me conduire à une table près du groupe d'hommes qui jouaient aux fléchettes.

Nous essayâmes de parler par-dessus la musique, mais tout ce que je parvins à comprendre, c'était qu'elles étaient assistantes dentaires et s'offraient une soirée entre filles.

Une serveuse nous apporta une autre tournée et les menus, et Skip répéta que c'était la maison qui régalait. Combien de verres avais-je bus ? Et n'avais-je pas déjà commandé à dîner ? J'en avais l'impression mais, juste au cas où, je demandai à nouveau une soupe de palourdes et un pain de viande.

Bliss se lança dans le récit d'une dispute qu'elle avait eue avec leur responsable, et je m'enfonçai dans mon siège pour observer la partie de fléchettes. Quatre hommes jouaient au 301, un jeu que j'avais découvert à l'université, lors de ma première année passée à l'étranger, à Oxford, quand jc sortais avcc Blake Abbott. Blake, un Anglais et un vrai magicien aux fléchettes, m'avait appris à jouer.

L'un des hommes tira, et le type appelé Billy se mit à rire.

— Bon sang, Gordon, qu'est-ce qu'il a, ton bras, ce soir ? se moqua-t-il.

— Sois réaliste. Tu crois vraiment que tu peux me battre ? rétorqua Gordon en faisant la grimace.

Un autre joueur, appuyé contre le mur, intervint :

— Allez, dégagez, les gars, c'est mon tour.

Il se plaça et lança trois fléchettes.

— Jake, tu tires comme une fille, déclara un autre joueur.

Je ne pus voir lequel avait parlé, mais je présumai que c'était Gordon.

C'était quoi ce commentaire stupide ? Je donnai un bon coup sur la table devant Bliss. Je tapai peut-être un peu trop fort car ma main me fit très mal.

— Non mais vous avez entendu ?

La jeune femme me regarda, les yeux écarquillés.

— Quoi ? Quoi ?

Mon doigt tremblotait tandis que je le pointais sur elle et tentais de formuler ma phrase :

— Je vais vous dire. Un des types, là-bas…

— Ouais ?

Bliss et Wendy étaient suspendues à mes lèvres.

Je secouai la tête.

— Ouais. L'un des types, par là-bas, a dit à un autre type, par là-bas, qu'il tirait aux fléchettes comme une fille.

Je fus soulevée par une telle vague d'indignation que j'en eus la chair de poule.

— Ça ne vous rend pas dingues quand les hommes parlent comme ça ?

Wendy se pencha vers moi.

— Ouais, ça me rend complètement dingue. Il y avait un gars, au cabinet du Dr Belden, le parodontiste chez qui je travaillais, qui n'arrêtait pas de sortir des trucs de ce genre.

Je jetai un regard plein de fiel aux joueurs de fléchettes, sans trop savoir sur qui déverser ma colère, mais quasi certaine qu'ils la méritaient tous.

— Tirer comme une fille, continuai-je. Qu'est-ce que c'est censé signifier ? Les filles ne savent pas tirer ? Elles ne savent pas… quoi ? Jouer aux fléchettes ?

J'étais furieuse. Hors de moi. Enragée. J'allais leur montrer de quoi les filles étaient capables.

Je sortis mon portefeuille de mon sac et y dénichai un billet de cent dollars. Puis je repoussai ma chaise et grimpai dessus. Je restais là, à regarder la salle. Je me sentais invincible. J'allais apprendre un truc ou deux à ces hommes bornés.

— Voilà, j'aimerais dire quelque chose.

J'essayai de me faire entendre par-dessus le tumulte, mais c'était impossible.

— Hé-ho ! criai-je en agitant les mains. Hé-ho ! Excusez-moi.

Je tentai alors de siffler avec mes deux petits doigts, comme mon père me l'avait appris, mais je n'obtins rien de plus qu'un souffle.

Finalement, je pris une grande inspiration et hurlai :

— Silence ! La Nageuse veut parler !

Tout, autour de moi, s'arrêta sur-le-champ : les conversations, les rires, les disputes, l'entrechoquement des verres, le cliquètement des fourchettes et des couteaux. Et tout le monde me regarda.

— Vous voyez ce billet de cent dollars ? déclarai-je en le brandissant. Je parie que je peux battre n'importe lequel d'entre vous aux fléchettes. N'importe lequel, répétai-je, penchée au-dessus de ma chaise comme la figure de proue d'un navire. Y compris l'imbécile qui a dit à je ne sais pas qui... à Jake, là-bas...

Je pointai un doigt ramolli vers le groupe.

— ... qu'il tirait aux fléchettes comme une fille !

Je souris et attendis de voir le gros macho qui allait se présenter pour relever le défi. Il y eut un mouvement sur le canapé, près de la cible des fléchettes. Deux hommes y étaient assis et je ne distinguais que leurs dos. L'un d'eux se leva, étira les bras et se retourna. Il s'avança vers moi. Il était grand, avec des cheveux bruns ondulés, une mâchoire carrée et un visage un peu brut. On aurait pu l'imaginer aussi bien pilote de ligne que bûcheron. Dans toute autre situation, il aurait même pu paraître beau. Il portait un jean délavé, une chemise bleu pâle à col boutonné et un blouson en cuir marron. Lorsqu'il s'approcha et entra dans la lumière, je reconnus le blouson et déglutis. C'était Roy.

— Je crois que je suis l'imbécile dont vous parlez, lâcha-t-il tranquillement. Je relève le défi.

Je descendis de la chaise, me sentant sobre tout à coup. Le ponton, le sauvetage en mer, le baiser. Qu'avais-je fait ? La personne que je ne voulais surtout plus revoir de toute ma vie, et maintenant…

— Hum. Salut, dis-je.

Je tentai de garder une voix assurée, souris et lui fis un petit signe de la main, comme si tout cela n'avait aucune importance.

Il posa une bouteille de bière et quelques fléchettes sur la table.

— À ce que je vois, vous vous êtes bien remise.

— Remise ?

Je saisis une fléchette et la tins par la pointe pour en étudier le poids. Il aurait tout aussi bien pu s'agir d'une enclume.

Il retira son blouson et le posa sur le dos d'une chaise.

— De votre séance de natation, l'autre jour.

Je crus distinguer une petite lueur dans ses yeux.

— Je n'avais aucun besoin de me remettre de quoi que ce soit, répliquai-je.

Je tins la fléchette au niveau de mon oreille et tendis le bras en guise d'échauffement.

— Bon, très bien, répondit-il en haussant les épaules. Oh, merci d'avoir rapporté mon blouson.

— Pas de problème.

Je rectifiai ma prise. J'espérais donner l'impression que mes gestes subtils faisaient partie d'une stratégie élaborée.

— Je ne savais pas qu'il était à vous.

Il but une gorgée de bière.

— J'espère que vous êtes meilleure aux fléchettes qu'en natation, lança-t-il, et il croisa les bras en me jetant un regard perçant.

Je l'espérais aussi. Oxford appartenait à un passé lointain et je ne m'étais pas franchement entraînée depuis. Si l'on ajoutait les quelques verres que Skippy m'avait servis et…

— Je suis une bonne joueuse, très bonne, même.

Je lui décochai un sourire éclatant et plein d'assurance.

— Très bien. Je vous laisse choisir le jeu. Cricket ? 301 ? Shanghai ?

Je réfléchis au jeu le plus simple et le plus direct. Une partie qui n'impliquerait pas un comptage des points trop élaboré, car je ne me sentais pas particulièrement douée pour les maths à cet instant. Enfin, j'eus une idée. Je pris une profonde inspiration.

— OK, les Présidents morts.

Roy éclata de rire.

— Les Présidents morts ! C'est à ça que vous voulez jouer ?

Non, en fait, ce que je voulais vraiment, c'était me tirer d'ici.

— D'accord, poursuivit-il. Voilà ce qu'on va faire. Si vous atteignez Franklin en premier, vous gardez vos cent dollars et vous partez avec les miens. Si c'est moi qui mets dans le mille en premier, je ramasse la mise.

Roy sortit son portefeuille et en sortit cinq billets de vingt dollars.

— Mais vous devez toucher le visage, renchérit-il.

Toucher le visage ? Impossible.

— Parfait.

J'agitai la main, comme pour signifier que je faisais ça tous les jours. Pendant ce temps, les gens avaient quitté la piste de danse, une foule s'était rassemblée autour de nous et le volume de la musique avait été baissé. Des gouttes de transpiration dégoulinaient dans mon dos. J'avais trop chaud et me sentais nauséeuse.

Roy alla retirer les fléchettes de Jake sur la cible. Ressaisis-toi, allez. Je relevai mes manches. Après tout, il suffit de lancer ces maudites fléchettes et de viser la cible. Ne tire pas comme une malade, n'envoie pas les fléchettes voler dans toute la salle. Il va gagner, c'est certain, mais dès que ce sera terminé, tu te sauves de là.

— Un peu d'échauffement ? proposa Roy.

L'ombre d'un sourire apparut sur son visage tandis qu'il me présentait les fléchettes.

J'aurais beau m'entraîner une semaine, ça ne me serait d'aucune utilité, pensai-je.

— Franchement, je n'en ai pas besoin, mais puisque vous insistez.

Et je m'emparai de nos projectiles.

Allez, finissons-en. J'avançai jusqu'au marquage au sol. Je m'efforçai de tenir la fléchette comme Blake me l'avait enseigné, à la manière d'un stylo, mais on aurait dit que mon bras appartenait à quelqu'un d'autre. Je la redressai jusqu'à ce qu'elle soit parallèle à mon oreille.

Puis je visai et la lançai. Elle s'éleva assez haut et se ficha à l'endroit opposé de celui que j'avais visé. Je m'en moquai. Au moins avais-je atteint la cible.

Je tirai la deuxième fléchette en fixant le même point. Cette fois, elle atterrit bien plus près. Mes cinq lancers suivants furent meilleurs et, au fur et à mesure, je me rendis compte que je prenais un certain plaisir à vivre cette expérience extracorporelle : tenir les petits projectiles, les regarder flotter en l'air, puis atteindre leur cible. Je tirai les deux dernières fléchettes. Elles se fichèrent assez près du but que je m'étais fixé, et cela me suffit à me sentir mieux.

En comparant mes résultats avec ceux de Roy, cependant, il ne faisait aucun doute sur l'identité du vainqueur. Il était habile et précis, et sans doute en train de penser à ce qu'il allait pouvoir s'offrir avec mes cent dollars.

— Je suppose que je commence, déclara Roy.

Nous venions de faire un lancer afin de nous départager, et sa fléchette avait atterri bien plus près de la bulle que la mienne. Rien de surprenant.

Je pris mon billet et le pliai en trois pour faire apparaître le visage de Benjamin Franklin. Puis je le glissai sous le double, le cercle dont le fil de fer est le plus à l'extérieur de la cible, au niveau du segment numéro 4.

S'il vous plaît, que ça se termine vite.

— Bien, je suis prête, fis-je sur un ton joyeux et optimiste. Un tir chacun, jusqu'à ce que l'un de nous atteigne Franklin, c'est ça ?

Roy acquiesça d'un signe de tête.

— Il faut toucher le visage.

Ouais, c'est ça. Le visage. Je voulais déjà atteindre la cible. Quelque part. N'importe où.

Roy prit une fléchette, visa, et rata le coin du billet d'un millimètre.

— Waouh ! s'exclama quelqu'un, et des murmures s'élevèrent autour de nous.

Des perles de sueur se formèrent au-dessus de mes lèvres tandis que j'observais l'efficacité de son tir.

— C'est pas si mal, dis-je d'un air aussi détendu que possible.

Maintenant, c'était mon tour. J'attrapai une fléchette et essayai de détendre ma prise. J'avais une boule au ventre et étais dans un tel état de nerfs que je sentis des picotements dans tout le corps. Contrôle-toi, me dis-je, tu dois te contrôler.

Roy s'appuya contre le mur, mains dans les poches. Je fixai le petit visage vert accroché à la cible. J'eus l'impression qu'il se tortillait sous mes yeux. Je baissai la tête pour m'éclaircir les idées. Vas-y, lance-la. Allez. Je me redressai et positionnai la fléchette au niveau de mon oreille, puis je la laissai partir. Elle dessina un léger arc-de-cercle et s'enfonça avec un bruit sourd. Durant un instant, le silence fut total, puis une femme hurla :

— Elle l'a eu !

Je restai figée sur place pendant que les clients, autour de nous s'écriaient :

— Elle a réussi !

— Un tir ! Elle l'a eu en un seul tir !

Une foule hilare se précipita vers moi et applaudit. Je crus que mes jambes allaient se dérober sous moi. Je m'avançai jusqu'à la cible et découvris que j'avais non seulement touché Franklin, mais qu'en plus je lui avais percé le nez. Incroyable. Si j'essayais dix mille fois encore, jamais je ne serais capable de répéter l'exploit. Je retirai la fléchette et le billet, et j'eus le souffle coupé à la vue du visage mutilé.

Quelqu'un scanda :

— La Nageuse est une lanceuse ! La Nageuse est une lanceuse !

Bientôt, toute la salle reprit les paroles ; les gens tapaient dans leurs mains ou sur les tables. J'étais assaillie par leur chant.

Roy me rejoignit, ses cinq billets de vingt dollars à la main, tandis que le bruit était assourdissant. S'il avait perdu son sourire, son regard était plus bleu que jamais. Avec son jean, sa chemise à col boutonné et son blouson sous le bras, il me parut soudain si beau que je ne pus le quitter des yeux. Il secoua la tête pour marquer son incrédulité.

— Surtout, ne dépensez pas tout d'un coup, dit-il en me souriant et tendant l'argent. Vous l'avez bien gagné. Je n'ai jamais rien vu de pareil.

Je contemplai les billets dans sa main. Comme pour un tour de magie une fois que vous avez compris le truc, ils avaient perdu leur attrait. Je n'avais plus vraiment envie de prendre son argent. Ça ne me semblait pas bien, et il avait l'air si… Je n'aurais su le dire, mais…

Les gens formèrent un cercle autour de Roy et moi. Ils continuaient de chanter et de se rapprocher.

— La Nageuse est une lanceuse.

Il fit soudain très chaud, et le bruit… J'aurais voulu qu'il s'arrête. La foule était trop près, la chaleur devenait insupportable. J'eus besoin de m'asseoir.

J'aperçus Roy glisser l'argent dans ma main. J'eus la sensation de toucher des feuilles mortes. La pièce se mit à tourner. Je regardai Roy et tentai de parler.

— Je n'ai jamais vu…

Je voulais lui dire que, moi non plus, je n'avais jamais rien vu de pareil, mais aucun son ne sortit de ma bouche. Je ne pus que me désigner du doigt comme si nous jouions aux charades. Des taches noires apparurent dans mon champ de vision, faisant disparaître les gens et les objets, comme s'ils étaient engloutis dans le vide. Mes jambes s'effondrèrent. Les taches noires s'étendirent et je ne vis plus la salle. Une dernière seconde, je distinguai le visage de Roy avant qu'il ne s'efface.

Chapitre 6

Une fille de la ville se lâche

— Allez chercher une autre serviette !

J'entendis une voix de femme.

— C'est bon, elle revient à elle, dit un homme proche de moi

J'ouvris les yeux. J'étais étendue sur le dos, sur quelque chose de dur, et des gens au-dessus de moi m'observaient. Je percevais des bribes de conversation.

— Elle va bien ?

— Elle s'est évanouie.

— Faut-il appeler les urgences ?

De la musique country parvint à mes oreilles. Peut-être étais-je au milieu d'un quadrille. Des violons et des banjos jouaient sur un tempo entraînant.

— OK, laissez-lui de la place, s'il vous plaît. Le spectacle est terminé.

C'était la voix de Roy. Je tournai la tête et le découvris accroupi à mes côtés, le front creusé par l'inquiétude et le regard doux. Je sentis son aftershave, un parfum frais et boisé. La foule commença à se disperser.

— Que s'est-il passé ? demandai-je.

J'aperçus une lanterne en cuivre de bateau qui se balançait au plafond. Quelque chose de froid était posé sur mon front. Une serviette humide.

Roy se gratta le menton et me sourit, laissant apparaître ses fossettes.

— Je dirais que vous vous êtes évanouie.

Je gémis légèrement et j'entrepris de me lever.

— Houlà, pas si vite.

Il posa sa main sur mon dos pour m'aider à me redresser.

Une fois assise, je découvris une salle surpeuplée remplie de gens attablés, d'autres agglutinés au bar, ou jouant aux fléchettes. L'Antler.

— Ça va ?

Il me donna une petite tape sur le bras. J'inspirai profondément et je hochai la tête.

— Je crois. Je voudrais me lever.

Il me prit la main et, doucement, je me mis debout, puis époussetai mes vêtements. Je me recoiffai rapidement et j'esquissai un sourire.

— Merci.

— De rien. On va vous chercher une chaise.

Nous marchâmes jusqu'à une table pendant que j'essayais de me remémorer ce qui s'était passé. M'étais-je évanouie dans ses bras ? Oh, non, s'il vous plaît, dites-moi que ce n'était pas arrivé.

— Est-ce que vous, hum, m'avez rattrapée quand je suis tombée ?

Il acquiesça.

Mes joues s'embrasèrent. D'abord le baiser et maintenant, ça. Visiblement, je passais mon temps à faire l'idiote devant cet homme.

— Eh bien, alors, merci… encore, murmurai-je faiblement.

Je m'assis sur une banquette en similicuir rouge et pressai la serviette humide contre mon front. Roy prit une chaise et s'installa en face de moi.

— De rien… encore, répondit-il.

La chanson avec les violons se poursuivait et je reconnus John Denver qui chantait « Thank God I'm a Country Boy ».

— Restez là, reprenez vos esprits.

— Je vais bien, vous savez.

Il se dirigea vers la porte.

— On devrait peut-être sortir prendre l'air. Ça vous dit ?

Ce qui me disait vraiment, c'était d'arrêter de me ridiculiser dans cette ville.

— Non, merci. Je vais bien. Je ne sais pas ce qui s'est passé.

Une serveuse arriva et posa deux verres d'eau sur la table.

— Il faut croire que vous venez toujours à mon secours, continuai-je.

— Au bon endroit au bon moment, j'imagine.

Roy glissa la main dans la poche avant de son jean et en sortit un billet de cent dollars plié, avec cinq autres billets de vingt à l'intérieur.

— C'est à vous. Ils ont glissé quand vous, heu…

Je contemplai la petite pile, et le trou sur le nez de Franklin. Je ne voulais pas de cet argent.

— Prenez-les, fit-il en me les mettant dans la main.

Je fixai les billets un instant, puis les rangeai dans mon portefeuille.

— Merci.

Le morceau de John Denver se termina et une guitare électrique se mit à rugir. Quelques accords claquèrent, suivis par une voix féminine sensuelle qui ordonna : « On y va, les filles ! » Un timbre magnifique, celui de Shania Twain, remplit la salle avec sa chanson « Man ! I Feel Like a Woman ! »

Nous restâmes assis un moment tandis que la foule arrivait sur la piste de danse.

— Ce dont vous avez besoin, peut-être, c'est de bouger un peu, déclara Roy. On dirait que c'est votre genre de musique. On y va ?

Les paroles de Shania parlaient de femmes qui avaient bien le droit de s'amuser. Une danse avec Roy. En avais-je vraiment envie ? Oh, et pourquoi pas, me dis-je en me levant.

— D'accord.

— Tu connais le *two-step*[1] ? me demanda-t-il lorsque nous trouvâmes un coin sur la piste.

Je rougis à son tutoiement.

— Je connais celui du Texas.

— Ça ira.

L'une de ses mains prit la mienne et il posa l'autre derrière mon épaule afin d'instaurer la distance appropriée entre nous, c'est-à-dire le *cadre*. J'eus soudain l'impression d'avoir de nouveau douze ans et d'être de

1. *Two-step* : danse country.

retour au studio de danse de Trimmy Taylor, à Pine Point, où j'avais grandi.

Trimmy, avec son corps menu de danseuse et ses nombreux liftings, qui lui donnaient en permanence un air stupéfait, nous disait toujours : *Créez le cadre, créez le cadre*. Je revoyais ses cheveux noirs relevés très haut en un chignon sans fin et sentais encore son parfum floral tandis qu'elle tournoyait, son partenaire maintenu à la distance parfaite.

Merci, Trimmy, pensai-je alors que Roy m'entraînait sur la piste. Il me guidait avec une telle fluidité que j'aurais pu avoir les semelles pleines de colle, cela n'aurait fait aucune différence.

— J'ai vu que tu savais nager, mais j'ignorais que tu savais aussi danser, lui dis-je pendant que nous essayions quelques passes.

— Nager n'est pas mon unique talent.

Je remarquai que nous étions le seul couple à danser un two-step. Les autres se mouvaient au hasard. Nous évoluâmes sur la piste et exécutâmes des pas dont j'ignorais totalement me souvenir.

— Il y a des écoles de danse, ici, dans le Maine ? demandai-je d'un air faussement surpris.

Roy me fit tourner de nouveau, puis nous tournoyâmes ensemble ; nos mains s'entremêlèrent et, un court instant, nous restâmes enlacés.

Il remit sa main sur mon épaule.

— Peut-être qu'il y en a, et peut-être qu'il n'y en a pas.

— Ah, il fait le mystérieux.

Roy me regarda et me sourit. Je lui rendis son sourire, puis nous éclatâmes de rire. Quel bonheur de danser ! Je ne me rappelais même pas la dernière fois que ça m'était arrivé.

— On dirait qu'ils ont peur de nous, remarqua Roy.

— Que veux-tu dire ?

Il jeta un œil autour de nous et rit.

— Ils s'en vont tous.

En effet, il ne restait plus que quelques rares couples à danser. Tous les autres étaient au bord de la piste et nous regardaient.

Roy tourna et me reprit la main.

— J'ignorais que les filles de la ville pouvaient se lâcher comme ça.

— Je parie qu'il y a plein de choses que tu ignores sur elles.

— Eh bien, j'en sais au moins une, répondit-il pendant qu'il me guidait avec aisance. C'est une chance que tu ne saches pas nager, parce que…

— Eh ! Attends une minute.

Je me détachai de Roy et m'arrêtai, faisant celle qui venait de subir un affront. Je sentais comme de petites décharges électriques courir le long de mes bras.

— Je voudrais émettre une objection sur la manière dont tu décris l'incident, poursuivis-je. Il est évident que je sais nager, et c'est ce que j'étais en train de faire quand tu m'as rejointe. J'étais fatiguée à cause du courant d'arrachement, c'est tout.

— D'accord, d'accord, fit Roy en levant les mains. Puis-je reformuler ma question, maître ? Ce n'est pas ce que vous, les avocats, vous dites au tribunal : puis-je reformuler ma question, ou un truc comme ça ?

Nous recommençâmes à danser.

— Mouais, quelque chose comme ça. OK, permission accordée.

— Bien. Je voulais dire que c'est une chance que tu aies eu des « difficultés » à nager parce que, sinon, on ne serait pas là en train de danser, et tu n'es pas une mauvaise danseuse.

La chanson s'acheva et les personnes agglutinées au bord de la piste nous applaudirent. Roy se recula et frappa dans ses mains à mon intention. Je ris et les gratifiai d'une petite révérence. Quelques notes de piano signalèrent le début d'un autre morceau, beaucoup plus lent. Ce genre de moment m'avait toujours semblé embarrassant, celui où l'on ne sait pas si on doit rester et attendre d'être réinvitée, ou remercier son cavalier et partir.

— Merci, dis-je, et je fis volte-face pour m'éloigner.

De nombreux couples revenaient sur la piste. Roy me saisit la main.

— Attends, tu ne peux pas partir tout de suite, Nageuse. Elle est bien, cette chanson.

Il sourit, faisant apparaître ses fossettes.

Comment pouvait-il affirmer qu'il aimait bien ce morceau après seulement quelques notes ? Puis je réalisai que je le pouvais, avec mes airs favoris.

— D'accord.

Il prit ma main et, cette fois, il m'attira contre lui. Je posai mon autre main sur sa nuque au moment où Willie Nelson commençait à chanter « Always on My Mind ».

Oh, mon Dieu, là, ça devenait un peu bizarre. Danser un slow sur une chanson d'amour avec un autre homme que Hayden. Un homme qui m'avait sauvé la vie. C'était bizarre, mais c'était assez agréable, aussi. Dans ses bras, je me sentis toute petite, comme une ballerine, et il était si fort que je l'imaginais me soulever d'une seule de ses mains puissantes. Je ne savais même pas ce que faisaient mes pieds. Je me laissais aller, sa main dans mon dos, mon visage tout près du sien. Son aftershave exhalait un délicieux parfum de cèdre.

Roy baissa la tête.

— Tu es toujours aussi chanceuse ?

— Que veux-tu dire ? Chanceuse de ne pas m'être écroulée par terre et de ne pas m'être ouvert le crâne ?

Il éclata de rire.

— Oui, ça aussi, mais je pensais aux fléchettes.

Sa main glissa légèrement dans le creux de mon dos et mon corps tressaillit. Je dansais avec un autre que Hayden et je me sentais… Franchement ? Très bien.

— Ah, parce que tu pensais que c'était de la chance ?

J'émis un rire désinvolte.

— Tu dois savoir une chose : je jouais sans arrêt aux fléchettes quand je faisais mes études à Oxford, poursuivis-je.

— Hum… Oxford. Et tu joues toujours ?

— Pas vraiment, à moins que tu ne tiennes compte de ce soir.

— Alors, peut-être que tu devrais. Ce pourrait être le début d'une nouvelle carrière.

Je m'apprêtais à rétorquer que jouer aux fléchettes n'était pas du genre de Hayden, mais je me retins.

— Pas facile de trouver le temps. Avec tout mon travail.

Je songeai que Roy, en tant que charpentier, devait accomplir ses huit heures par jour et pas plus, et que ce devait être confortable. Pas besoin de rester tard, de rapporter du boulot à la maison, ni de travailler les week-ends.

— Tu dois y jouer souvent, dis-je. Tu es bon.

Il haussa les épaules, puis murmura :

— Pas assez pour te battre.

Je sentis son souffle chaud dans mon cou.

— On en revient à la chance, alors, chuchotai-je.

Je fermai les yeux et nous dansâmes en silence jusqu'à la fin de la chanson.

— Tu veux manger quelque chose ? s'enquit Roy une fois de retour à notre table. Histoire d'éponger les margaritas.

Comment était-il au courant de ce que j'avais bu ?

— Bonne idée.

Je me rendis compte qu'on ne m'avait pas servi tout mon dîner et me demandai si j'allais parvenir à avoir un repas complet ce soir.

— J'aimerais beaucoup goûter le pain de viande.

— Tu devrais aussi essayer la soupe de palourdes.

Il prononçait *polourde*, comme Paula.

— Elle est vraiment délicieuse.

— D'accord.

Je me sentis prête pour un troisième bol. Peut-être allais-je enfin pouvoir le terminer.

Il se leva pour parler à la serveuse, quelques tables plus loin, qui nota sur son carnet de commandes. Puis il revint s'asseoir.

— Alors, commença-t-il, où as-tu appris le two-step ?

Il y avait un petit récipient blanc rempli de morceaux de sucre et de dosettes d'édulcorants Sweet'N Low et Splenda. Je le fis glisser vers le milieu de la table.

— Trimmy Taylor.

— Qui ça ?

Roy souriait, comme s'il pensait que je lui faisais une blague.

J'entrepris de ranger les paquets par couleur. Les sucres d'un côté, les Splenda jaunes de l'autre et les Sweet'N Low roses au milieu.

— Trimmy Taylor. Elle donnait des cours de danse à tous les gamins de Pine Point, dans le Connecticut. C'est là où j'ai passé mon enfance.

Roy hocha la tête, mais je ne sus dire si cela signifiait qu'il connaissait la ville ou non. Il prit un paquet de Splenda et le rangea avec ceux que j'avais triés. Sa main frôla la mienne.

— Pine Point est dans le comté de Fairfield, près de l'État de New York. Tu sais où est Greenwich ? Ou West…

— Je sais où est le comté de Fairfield, m'interrompit-il.

Il se leva et, un instant, j'eus peur qu'il s'en aille. Et si je l'avais vexé, ou lui avais dit quelque chose d'idiot, et qu'il veuille partir ? Mais il vint s'asseoir à côté de moi sur la banquette.

J'en eus la chair de poule.

— Donc, poursuivis-je en essayant de ne pas laisser entendre le tremblement de ma voix, Trimmy avait un studio et elle nous enseignait la danse de salon. Elle devait avoir au moins un million d'années, dis-je en riant. Et elle a appris à danser à toute la ville.

Roy sourit.

— On aurait bien besoin de Trimmy Taylor par ici.

La serveuse arriva avec nos soupes et une corbeille de petits pains.

— Et toi, où as-tu appris à danser ? demandai-je.

J'étais incapable d'imaginer une école comme celle de Trimmy Taylor à Beacon.

Il me tendit la corbeille.

— Eh bien, cette danse en particulier… voyons… c'est une fille qui me l'a montrée.

— Oh, fis-je en me servant un petit pain. Une petite amie ?

Je tentai de garder un ton indifférent.

Il acquiesça d'un signe de tête.

— Mais c'était il y a une éternité.

Je fus soulagée par ses derniers mots, puis je me repris. Comment pouvais-je flirter avec ce type, lorsque Hayden m'attendait à New York ?

Roy remua sa soupe.

— Sinon, tu es venue faire quoi à Beacon ?

Je coupai un petit morceau de pain croustillant et le beurrai.

— Je suis ici pour ma grand-mère. Elle m'a demandé de régler une petite affaire.

— À Beacon ?

— Oui. Elle a vécu ici.

— Ah bon ? Quand ?

— Oh, c'était il y a longtemps.

Je goûtai la soupe, que je trouvai encore meilleure. Les brins frais d'aneth ajoutaient une saveur qui la rendait absolument parfaite.

— Tu sais, cette soupe est vraiment bonne.

— C'est une de leurs spécialités, m'expliqua Roy.

Pendant quelques instants, nous nous concentrâmes sur notre dîner.

Je finis mon bol d'une traite.

— Je crois que j'avais encore plus faim que je ne le pensais, dis-je en posant ma cuillère.

Il m'observa et sourit.

— C'est à cause de la danse. Et des fléchettes.

Son haleine sentait l'odeur à la fois douce et amère de la bière. Il était assis tellement près que son bras me frôla deux fois. Je me demandai s'il s'en rendait compte.

Le pain de viande fut servi, et il était extraordinaire. J'en savourai chaque bouchée et essayai de deviner quels étaient les ingrédients qui le rendaient si exquis. Nous prîmes notre temps pour le déguster, puis finîmes par commander un café. Enfin, Roy consulta sa montre.

— Il est bientôt 23 heures. Je commence tôt demain matin.

Pendant une seconde, j'eus envie de toucher sa main posée sur la table, de l'effleurer avec la mienne.

— Moi aussi, je ferais mieux d'y aller, déclarai-je encore un peu étourdie par l'alcool. Ça me fera du bien de marcher.

— Marcher ? Non, pas question, je te raccompagne, déclara Roy en se levant. Enfin, si tu veux.

Oui, je le voulais. Je n'avais pas envie que la soirée s'achève. Pas maintenant. C'était si bien.

— Oh, ce serait super.

Nous marchâmes vers la sortie en fendant la foule. Autour de nous, des clients, debout, formaient de petits groupes ; d'autres, attablés, buvaient et discutaient ; enfin, au bar, des couples étaient assis, tournés l'un vers l'autre, tandis que Skip attrapait des verres à vin sur un rail au-dessus du comptoir.

Il salua Roy, puis marqua un petit temps d'arrêt lorsqu'il vit que je partais avec lui. Il nous gratifia d'un immense sourire.

— Eh, dit-il en me faisant signe d'approcher, n'oubliez pas ça.

Je le rejoignis au bar et il me tendit mon magazine *Forbes*.

Je réfrénai un éclat de rire. Ne l'avais-je pas glissé dans mon sac à l'hôtel par crainte de m'ennuyer ?

— Oh, oui, merci.

Une légère brise iodée soufflait dehors, et la rue était silencieuse, à l'exception du mugissement des vagues qui s'écrasaient contre la digue.

— Je suis garé quelques rues plus loin, m'expliqua Roy.

Nous longeâmes les devantures fermées des magasins. Le ciel était plein d'étoiles.

— La nuit est si claire ! m'exclamai-je. Regarde, on voit Orion.

— Oui, les trois étoiles forment la ceinture et celles-là, les bras et les jambes.

Du doigt, il en traça le contour.

— Vues d'ici, les étoiles ont l'air tellement plus brillantes et plus proches.

Elles étaient suspendues au-dessus de nos têtes, dessinant comme un filet posé dans le ciel.

— Peut-être qu'elles le sont, Ellen.

Roy ouvrit la portière côté passager de son pick-up et je me hissai sur la banquette. Il s'installa derrière le volant et jeta son blouson à l'arrière. Nous roulâmes en silence dans la ville, puis le long de la plage, passâmes devant le chantier où il travaillait avant de prendre la rue qui menait à l'hôtel Victory. Sur la véranda, les lumières brillaient d'un doux éclat jaune. Il se gara sur le bord de la route.

Je tenais mon sac en cuir sur mes genoux et Roy commença à fixer mes mains des yeux. Je sentais son regard appuyé et, tout ce à quoi je pensais, c'était à Hayden, à ce qu'il se dirait s'il savait que j'étais assise dans le pick-up d'un homme qui fixait mes mains de façon si intense. Et pourquoi étais-je là, observée avec tant d'insistance ? Il fallait que je sorte de cette camionnette au plus vite, mais j'étais incapable de bouger.

Les doigts de Roy se mirent alors à effleurer les miens. Ils parcoururent chaque phalange et jointure, chaque doigt de haut en bas. J'eus soudain l'impression d'avoir été branchée dans une prise électrique. Une vague de chaleur déferla dans tout mon corps. Je pouvais à peine respirer.

Il tourna son visage vers moi et se pencha. Il lâcha ma main et passa son bras autour de mes épaules avant de s'arrêter brusquement.

— Est-ce qu'on peut enlever ce sac à main ? demanda-t-il en le poussant de mes genoux.

Ses fossettes se creusèrent de nouveau.

— Bien sûr, murmurai-je le souffle court. Je vais le poser par terre.

Mais il s'en était déjà saisi. Seul problème, il l'avait attrapé par le côté, renversant la moitié de son contenu. Rouge à lèvres et stylos atterrirent sur le sol. Mon téléphone et une cascade de pièces de monnaie se déversèrent sur le siège. Mon portefeuille et mon iPod tombèrent également, avec une poignée de billets. Enfin, l'enveloppe de Winston Reid, celle où j'avais écrit « Monsieur Cummings » et qui renfermait la lettre de ma grand-mère, s'échappa à son tour.

— Désolé, dit Roy tandis qu'il m'aidait à tout ramasser. Visiblement, je ne suis pas doué pour porter un sac à main.

J'éclatai de rire. Il prit l'enveloppe et, brusquement, son sourire s'effaça, remplacé par une expression inquiète.

— Qu'est-ce que c'est ? Winston Reid Jennings, avocats à la cour ?

— C'est le cabinet dont je fais partie, répondis-je en récupérant mon iPod.

— Ton cabinet d'avocats.

Il avait l'air furieux. L'homme qui avait dessiné la ceinture d'Orion du bout du doigt avait disparu, et j'ignorais pourquoi.

— Qu'est-ce qui ne va pas ?

— Je sais très bien ce que tu fais.

Son regard était glacial à présent.

— J'aurais dû me douter depuis le début que ça allait arriver.

J'empoignai mon téléphone et un tube de rouge à lèvres.

— Tu aurais dû te douter que *quoi* allait arriver ? De quoi parles-tu ?

Il agita l'enveloppe sous mon nez.

— Je parle de ça. Tu me poursuis à cause du ponton, de ta chute.

Le ponton. Des poursuites. Je n'arrivais pas à saisir le sens de ses paroles.

— Je ne comprends rien. Pourquoi irais-je te poursuivre à cause du ponton ? Je suis tombée et tu m'as aidée.

Je faillis ajouter que si je voulais poursuivre quelqu'un, ce serait plutôt le propriétaire des lieux et l'entreprise chargée des travaux ; les gros bonnets, pas un employé, mais il ne m'en laissa pas l'opportunité.

— Vous, les avocats des grandes villes, vous êtes tous les mêmes. Plus personne ne prend ses responsabilités. C'est toujours la faute de quelqu'un d'autre. Et c'est à cause de vous, les avocats.

Tous les mêmes ? À cause de moi ? Mais pourquoi m'attaquait-il ainsi, moi et ma profession ?

— Je ne comprends toujours pas pourquoi tu te fâches, répliquai-je, et je n'apprécie pas du tout tes critiques vis-à-vis de moi ou de mon travail.

Il désigna l'enveloppe.

— Tu es avocate. Les avocats entament des poursuites contre les gens. Tu en as parlé toi-même au sujet du ponton.

— Le ponton ? Oh, bon sang ! Tout ce que je voulais dire, c'est qu'il avait besoin d'être réparé.

Il secoua la tête.

— Non, ce n'est pas ce que tu insinuais.

Le rouge me monta aux joues. Mais pour qui se prenait-il ?

— Tu te trompes complètement. Ce qu'il y a dans cette enveloppe n'a rien à voir avec toi.

Roy me jeta un regard noir.

— Ah, vraiment ? Alors pourquoi elle est à mon nom ?

— Comment ça ?

— Ouais, à mon nom. Cummings.

Cummings ? Il s'appelait Roy Cummings ? Incroyable, il avait le même nom de famille. Je commençais à comprendre. Il ne me restait qu'à lui expliquer qu'il n'était pas celui que je cherchais. Et que je n'étais pas venue ici pour poursuivre quiconque. J'étais à Beacon pour accomplir le dernier souhait de ma grand-mère. C'est ce que j'aurais dû faire, mais j'étais alors bien trop en colère. J'attrapai mon sac et sortis du pick-up.

— Tu ne sais rien du tout, lui lançai-je d'une voix tremblante. Ni sur les avocats ni sur les poursuites judiciaires, et encore moins sur moi. Et je vais te dire un truc : je préfère être une avocate d'une grande ville comme New York qu'un type du Maine complètement borné qui fait des raccourcis idiots.

Je rejetai la tête en arrière et le regardai droit dans les yeux, comme un missile visant sa cible.

— Rendez-vous au tribunal, assenai-je avant de claquer la portière.

Je remontai le chemin de l'hôtel en fulminant. J'espérai qu'il pense vraiment que j'allais le poursuivre en justice, et que ça lui donnerait des cauchemars. Quel sale arrogant ! Heureusement que je ne l'avais pas laissé m'embrasser. Mais où avais-je donc la tête ?

La porte grinça quand je l'ouvris. Le hall était vide, baigné par la faible lueur de deux appliques murales et la lumière diffuse de l'écran d'ordinateur de Paula. J'inspirai et j'expirai profondément en essayant de retrouver mon calme.

Et alors, j'eus un flash : Comment ça, le laisser m'embrasser ? Attends une minute. Je ne l'aurais certainement pas laissé faire. Ça ne se serait jamais produit.

Je l'en aurais empêché. J'étais fiancée, enfin ! Ma bague était dans ma chambre, numéro 10, ou 8, ou peu importe. J'étais fiancée à un homme que j'adorais et qui m'attendait en ce moment à New York. Et il était brillant – il n'y avait pas un problème qu'il ne fût capable de résoudre –, il était raffiné, et il était toujours très élégant, et beau, et il était sur le point de devenir une étoile montante en politique. Une image de Hayden me traversa l'esprit : je le visualisai derrière son bureau, vêtu d'un de ses costumes de Savile Row, peut-être le gris anthracite à fines rayures, d'une chemise blanche amidonnée et d'une cravate Hermès – probablement la bleue, avec les motifs en forme de H, si petits qu'ils ne ressemblaient pas à une lettre.

Il n'y aurait jamais eu de baiser.

Chapitre 7

La maison de Comstock Drive

Le klaxon d'une voiture retentit au-dehors. Deux longs coups stridents. Puis le silence. Puis encore un autre.

Il faisait sombre dans la chambre, seul un petit rai de lumière filtrait à travers les stores. J'ouvris à moitié les yeux et je me retournai avec l'intention de me rendormir. Impossible : chaque muscle de mon corps était douloureux et j'avais mal à la tête.

Les margaritas.

Je tentai de déglutir mais j'avais la gorge trop sèche.

Les margaritas.

Une touffe de cheveux était plaquée sur mon front et quelques mèches s'étaient collées au coin de mes lèvres.

Une chaise. Quelqu'un, debout sur une chaise, criait.

Je repoussai mes cheveux.

C'était moi, sur la chaise. Oh, non.

Les gens poussaient des acclamations. Ils levaient leur verre. Tout ça pour moi. J'étais debout sur une chaise et j'interpellais des joueurs de fléchettes.

Des joueurs de fléchettes…

Ohhh.

Mon cœur fit un bond dans ma poitrine, comme une planète déviée de son orbite.

Il y avait une histoire de billet de cent dollars et de trou dans le nez de Ben Franklin. J'avais lancé des fléchettes et Roy aussi et…

Roy.

Il était là. Je me souvenais, maintenant. Nous avions joué aux fléchettes et avions dansé le two-step, on avait parlé de Trimmy Taylor, de son lifting et de son cadre, on avait mangé un pain de viande, Skip avait passé son temps à nous servir des verres et Roy m'avait ramenée et il m'avait embrassée.

Une minute !

Les yeux à présent grands ouverts, je me rappelai de mon sac qui s'était renversé, et de toutes mes affaires qui s'étaient éparpillées sur le sol du pick-up. Ensuite, Roy avait agité une enveloppe sous mon nez. Celle avec la lettre de ma grand-mère à l'intérieur. Il croyait que j'allais le poursuivre en justice. Et il s'appelait Cummings. Et il essayait de m'embrasser.

À l'extérieur, le klaxon repartit de plus belle. J'eus envie de me précipiter à la fenêtre et de hurler : *Et on dit que les New-Yorkais sont malpolis !* mais cela m'aurait demandé trop d'efforts.

Je me couvris la tête de mon oreiller et gémis. Heureusement, ce n'était pas arrivé. Je devais être très soûle. Avais-je été séduite par son habileté à utiliser un pistolet à clous ou à installer une canalisation en PVC ? Il avait été horrible avec moi. Grossier. D'où sortait-il cette idée que j'allais lui faire un procès ? Et tout son blabla sur les avocats des grandes villes. Au secours…

Je me tournai pour regarder le réveil. La luminosité des nombres m'assaillit douloureusement. 10 h 30. Comment pouvait-il être déjà 10 h 30 ? Et quel jour étions-nous ? Il me fallut une minute pour me souvenir que nous étions jeudi. Moi qui avais prévu de me lever à 7 heures.

Ma tête pesait une tonne lorsque je me mis péniblement en position assise. Après être restée ainsi pendant un bon moment, je me levai pour gagner la salle de bains. L'image que me renvoya le miroir m'horrifia, et les néons vert-jaune au plafond n'arrangeaient rien. De grandes traînées sombres de maquillage s'étalaient en paquets sous mes yeux. Avais-je ressemblé à ça, hier soir ?

Je me démaquillai, me promis d'arrêter l'alcool, puis m'habillai avant d'aller chercher mon téléphone portable. De retour dans la salle de bains, je baissai le siège des toilettes et j'appelai le bureau de Hayden. Sa secrétaire, Janice, m'annonça qu'il était en réunion. Déçue, je raccrochai et j'écoutai les deux messages que ma mère m'avait laissés lorsque j'étais à l'Antler. « As-tu déposé la lettre ? Comment ça s'est passé ? Quand reviens-tu ? »

Je commençai à composer son numéro avant de me raviser. Je n'étais pas en état d'avoir une longue conversation embrouillée avec elle. Et si je m'étais inquiétée que son sixième sens la mette en alerte la veille, j'avais vraiment du souci à me faire aujourd'hui. Elle aurait su avant même que je lui dise bonjour que quelque chose n'allait pas. Je lui envoyai un texto : **Tout va bien. N'ai pas pu contacter M. C mais vais essayer maintenant. Pars aujourd'hui. T'appelle vite. Bisous.**

J'espérai que ce message la tranquilliserait. Je serais en mesure de lui faire un rapport complet très bientôt. J'attrapai mon sac, les clés de ma voiture et descendis l'escalier. Lorsque je traversai le hall, j'aperçus Paula en grande conversation avec un homme qui tenait un robinet de baignoire et une clé à mollette. Elle m'adressa un petit salut de la tête.

Le siège de ma voiture était chaud. Je baissai les vitres et m'apprêtai à brancher le GPS avant de réaliser que je n'en avais plus besoin : je connaissais par cœur le chemin pour me rendre chez Chet Cummings. Très vite, je débouchai dans sa rue et remontai l'allée pour me garer derrière l'Audi verte, qui n'avait pas changé de place.

Personne ne répondit lorsque je frappai à la porte. J'attendis une minute pour retenter ma chance, mais je n'eus pas davantage de réponse. Je jetai un œil à travers les fenêtres : aucun signe d'activité. Où cet homme se rendait-il donc chaque jour ? Travaillait-il ? Je me demandai s'il y avait un McDonald's dans le coin. J'avais entendu dire qu'ils employaient des personnes âgées.

De retour sur la véranda, je sortis de mon sac l'enveloppe avec la lettre de ma grand-mère. Tandis que je me questionnais sur la décision à prendre, je passai mon doigt sur le nom – Monsieur Cummings. Allez, me dis-je, laisse la lettre ici. Tu dois la laisser, régler ta note d'hôtel et prendre la route. Tu as fait tout ce qui était en ton pouvoir. Grand-mère comprendra.

Une voiture remonta l'allée voisine : la femme avec la Volvo blanche. Je lui adressai un petit signe de la main, mais elle ne me le rendit pas. Elle sortit de son véhicule et traversa la pelouse de M. Cummings. Elle portait un débardeur noir et un jean skinny blanc qui mettaient en valeur sa silhouette. Elle avança à grandes enjambées jusqu'à la véranda et posa ses mains sur ses hanches comme si elle était la propriétaire des lieux.

— Vous cherchez quelqu'un ? me demanda-t-elle, le front plissé, ses yeux sombres braqués sur moi.

Je fus si surprise que je pus à peine lui répondre.

— Je voulais voir M. Cummings, parvins-je enfin à balbutier.

Elle scruta l'enveloppe dans ma main.

— Et pourquoi ?

Là, c'en était trop. Je n'en revenais pas de son indiscrétion.

— Ce sont mes affaires, répliquai-je.

Elle se pencha vers moi et je sentis les effluves de son parfum épicé.

— Je suis sa voisine et son amie. Je veille sur lui.

— Comme c'est gentil, ironisai-je (ma voix était montée d'un ton). Mais c'est personnel et je préfère n'en discuter avec personne d'autre que lui.

Je remis l'enveloppe dans mon sac et descendis les marches de la véranda. Pour qui se prenait-elle ? *Je veille sur lui.* Impossible de laisser la lettre ici, à présent. J'imaginai déjà cette femme la passant au-dessus d'une bouilloire sifflante pour l'ouvrir. Je la posterais de Beacon ou sur la route, mais hors de question de la déposer devant la porte.

De retour à l'hôtel, je rangeai mes vêtements dans mon sac de voyage. Je rassemblai mes affaires de toilette dans la salle de bains, débranchai le chargeur de mon téléphone ainsi que le câble de mon ordinateur, et retouchai mon maquillage dans le miroir.

Je fouillai la pièce des yeux une dernière fois. Je notai une petite fêlure sur le broc blanc posé sur la commode. Curieux, je ne l'avais pas remarquée avant. Je jetai un œil dans la salle de bains pour m'assurer de ne rien oublier. Ma dernière vision fut celle de l'estampe représentant le voilier rentrant au port au crépuscule. Jusqu'à présent, je ne m'étais jamais souciée de regarder le nom du bateau. Sur la coque, en lettres bleues, était écrit : *Je reviens*[1]. Je fermai la porte de la chambre et descendis dans le hall.

Dans la salle à manger, un service rapide était proposé pour le déjeuner. Paula franchit la porte battante de la cuisine.

— Vous nous quittez ? me demanda-telle.

Un sentiment de culpabilité m'envahit. Je partais sans avoir rempli ma mission. Pas de la façon dont ma grand-mère le souhaitait, en tout cas.

— Oui, il est temps que je rentre.

Je suivis Paula à la réception et signai dans un registre, sous la colonne indiquant les départs, avant de payer ma note.

— J'espère que notre petite ville ne vous a pas semblé trop ennuyeuse.

Un sourire malicieux se dessina sur son visage, telle une étincelle prête à s'allumer.

— Non, pas trop.

Elle prit un stylo et le glissa derrière l'oreille.

— Eh bien, peut-être à la prochaine.

1. En français dans le texte.

Je haussai les épaules et tentai un sourire.

— Je pense avoir réglé ce pour quoi je suis venue.

Je fis rouler mon sac jusqu'à la porte que je refermai derrière moi.

L'air était agréablement frais. J'entrouvris les vitres de la voiture pour profiter de la brise. Je programmai le GPS pour rentrer chez moi et choisis la route touristique. Je vis défiler des champs verdoyants, des pins, des cours de récréation où des enfants jouaient à chat. Comme j'aurais aimé photographier ces scènes et ces paysages si j'avais eu mon appareil photo. Je passais devant des exploitations de myrtilliers avec leurs stands installés sur les bords de route : des cagettes débordantes de fruits et de beaux bouquets colorés de fleurs fraîchement coupées étaient disposés sur les étals. Je songeai à ma grand-mère et à ses muffins aux myrtilles, à la façon dont elle parvenait à obtenir une croûte légèrement croustillante sur le dessus et où l'intérieur était parfaitement moelleux. À cette évocation, mon estomac gargouilla.

Après avoir roulé pendant quinze minutes, je longeai un mur en pierre sur ma gauche. Il semblait infini, mais j'entrevoyais de temps en temps un champ qui devait être immense. Des panneaux signalant une propriété privée apparaissaient à intervalles irréguliers, leurs lettres autrefois rouges avaient viré au rose. Par endroits, quelques blocs de pierres et de roches s'étaient effondrés sur les bas-côtés. « Les bonnes clôtures font les bons voisins », dis-je tout haut en me remémorant le vers du poème de Robert Frost.

Enfin, je parvins au bout du mur et vis apparaître de nouveau des habitations. Je passai devant une allée privée couverte de marelles tracées à la craie bleue et rose, puis devant un panneau qui m'indiqua que l'autoroute était droit devant.

Après quelques centaines de mètres, j'aperçus un petit supermarché. Une pancarte indiquait SUPÉRETTE CHEZ EDDY, bien que le *é* de « supérette » ait disparu. Cependant, on pouvait encore voir la trace de la lettre. *Suprette chez Eddy.* Cela sonnait un peu à la façon dont un habitant du Maine l'aurait prononcé. Devant le magasin se trouvait une unique et vieille pompe à essence rouge et blanc. Je jetai un œil à ma jauge et remarquai qu'il ne restait plus qu'un quart du réservoir. Je me garai devant la pompe. Un adolescent au visage couvert de taches de rousseur et aux cheveux roux s'avança à pas lents vers ma voiture. Il mit sa main en visière pour protéger ses yeux du soleil.

— Le plein ? demanda-t-il.

— Oui, merci.

Je coupai le moteur.

— Je vais dans la boutique une minute, d'accord ?

L'adolescent haussa les épaules d'un air indifférent.

Il faisait frais et sombre à l'intérieur. Caisses, boîtes de conserve, jus de fruits et paquets de céréales, légumes et pains, briques de lait, boîtes d'œufs et magazines s'empilaient dans les quatre petits rayons de la supérette. Les lames du parquet craquèrent tandis que je me dirigeais vers les grands réfrigérateurs, à l'arrière. Je ne trouvai pas de Perrier, mais je fus attirée par une autre bouteille : boisson gazeuse Higgins aux extraits végétaux. Sur l'étiquette, il était précisé : « Mis en bouteille dans le Maine. Au goût unique de la région. » Aucune idée de ce que cela pouvait signifier de si particulier. J'attrapai deux bouteilles, me présentai à la caisse et posai mes achats sur le comptoir en chêne. Le bois était jauni et abîmé par des inscriptions gravées au stylo. « Charlie et June », « Fitz était ici », « Liza T. », « Pete Ronin est un taré ».

La fille à la caisse avait un visage rond et elle posa sur moi un regard vide.

— Ce sera tout ?

— C'est tout.

Je retirai de mon portefeuille une liasse de billets. Sur le dessus, je découvris celui de cent dollars entourant les cinq autres de vingt – mes gains contre Roy. Je les rangeai et donnai l'un de mes billets.

La caissière fourra les deux bouteilles dans un sac en papier. J'étais en train de songer à mon trajet de retour – j'espérai ne pas me retrouver coincée dans les bouchons – quand on me tapa sur l'épaule.

— Excusez-moi.

Je me retournai. Une femme en pantalon rouge et chemisier bleu se tenait derrière moi, un paquet de brocolis surgelés à la main. Je reconnus Arlen Fletch, l'employée des archives municipales de la mairie. Elle se pencha vers moi.

— J'espérais tomber sur vous, chuchota-t-elle sur le ton de la confidence. Vous vous souvenez de moi ? À la mairie ?

— Bien sûr. Nous avons discuté de l'agence fiscale gouvernementale.

À cette évocation, Arlen se renfrogna comme un vampire devant une croix. Puis son visage se radoucit.

— Vous avez laissé ceci au bureau.

Elle me tendit un bout de papier sur lequel j'avais écrit « Frank et Dorothy Goddard », les noms des parents de ma grand-mère, que j'avais cherchés dans les archives. J'avais eu l'intention de le jeter. Comme il était étrange que cette femme l'ait non seulement conservé, mais qu'elle l'ait gardé sur elle. Et dire que les gens trouvaient les New-Yorkais bizarres.

— Merci de… me l'avoir gardé, lui répondis-je.

Je le lui pris des mains en me forçant à sourire.

— Et merci pour votre aide, l'autre jour.

Je m'avançai vers la sortie, mais Arlen me suivit tandis que je passais devant les cagettes d'épis de maïs et de tomates.

— Oh, mais ce n'est rien. J'étais persuadée que l'on se reverrait. Parfois, le hasard fait bien les choses.

— Oui. Bien. Merci, alors.

Dehors, je payai le jeune garçon aux taches de rousseur pour l'essence et me dirigeai vers ma voiture lorsque je m'aperçus qu'Arlen était toujours derrière moi, son paquet de brocolis à la main. Je m'arrêtai devant mon véhicule et cherchai mes clés.

— Est-ce que je peux faire quelque chose pour vous ?

Un sourire apparut sur son visage ridé qui me rappela de nouveau un carlin.

— Je l'ai trouvée.

— Oui, je sais.

Je lui tendis le morceau de papier pour lui montrer que je l'avais gardé. S'attendait-elle à une récompense ?

Elle pencha la tête et plissa les yeux.

— Non, vous regardez du mauvais côté, révéla-t-elle en agitant la main. J'ai trouvé la maison de votre grand-mère ! Vous voyez ? J'ai écrit : « Bradley G. Porter et Susan H. Porter. » Ce sont les propriétaires actuels.

Je baissai les yeux sur le bout de papier et vis les noms qu'elle avait notés au dos. Il y avait une adresse. « 14 Comstock Drive ».

— Vous avez trouvé la maison de ma grand-mère ?

— Oui m'dame ! confirma Arlen avec un petit haussement d'épaules.

— Mais j'ai cherché dans tous les registres depuis 1900 et… Oh, je ne sais pas, mais j'ai regardé partout sans succès.

Arlen se pencha encore plus près de moi.

— Eh bien, vous avez dû rater quelque chose parce que moi, je l'ai trouvée.

Elle me décocha un clin d'œil.

J'eus envie de la serrer dans mes bras, de la soulever et de la faire tournoyer. J'eus envie d'embrasser son petit visage plissé. Voilà qui allait vraiment donner du sens à mon voyage. Je la remerciai chaleureusement.

— Eh bien, je vais programmer l'adresse dans mon GPS et m'y rendre tout de suite, l'informai-je.

— Votre GPS ? Vous n'avez pas besoin de ce truc. C'est quasiment au coin de la rue.

Et elle m'indiqua un itinéraire long et complexe, contenant, entre autres, quatre virages, un embranchement et un cours d'eau. Peut-être remarqua-t-elle que j'avais pâli.

— Vous avez l'air un peu perdue, me dit-elle. Attendez.

Arlen alla à sa voiture et revint avec un plan de la ville plié en trois. Oh, mon Dieu, je vous en prie, laissez-moi utiliser mon GPS.

La carte était jaunie et sentait l'humidité. Arlen en retira une légère couche de poussière avant de la déplier et de l'étaler sur le capot d'une Toyota.

— C'est juste là. Comstock Drive.

Elle attrapa un stylo rose et entoura quelque chose.

— Prenez la route 55 et là, tournez à gauche sur Algonquin, puis ici, sur Verrick ; passez le petit pont au-dessus du ruisseau et prenez à gauche à l'embranchement.

Elle traça le chemin avec son stylo à mon intention.

— Vous atteindrez alors l'exploitation agricole de Kenlyn. Il y a un grand mur en pierre. Vous ne pouvez pas le rater. Dépassez l'exploitation, et vous tomberez sur Comstock Drive quelques rues plus loin, sur la droite.

Ma tête bourdonnait. Je me saisis du plan et j'ignorai le flot d'informations, à l'exception de l'orthographe de Comstock afin de pouvoir le rentrer dans mon GPS.

— L'exploitation de Kenlyn ? demandai-je.

— Oh, c'est une ancienne exploitation de myrtilliers. On n'y cultive plus rien, d'ailleurs. Ce n'est qu'une grande étendue de terre aujourd'hui, mais impossible de la manquer. Elle est entièrement clôturée par ce fameux mur de pierre.

J'étais presque certaine qu'elle parlait de l'endroit que j'avais longé en voiture.

— Gardez la carte, me dit Arlen.

Je la remerciai de nouveau, montai en voiture et m'affalai sur le siège. *Elle a trouvé la maison.* Je voulais la voir, la toucher, la sentir. Je voulais me tenir devant la porte d'entrée, là où ma grand-mère s'était tenue. Je voulais marcher dans ses pas et me fondre dans le bois, les clous et le plâtre de son foyer.

J'ouvris l'une de mes bouteilles d'eau, laissai le liquide glacé couler dans ma gorge, et je me mis à imaginer la maison. Mais cette fois, avec un immense sentiment de joie. Elle serait petite et confortable, le sol un peu penché, les escaliers seraient raides et les chambres exiguës et mansardées. Les couloirs seraient étroits, les poignées de porte anciennes en verre, et les moulures et ornements, couleur acajou, seraient cirés et brillants. Et je sentirais la présence de ma grand-mère partout, des chevrons en passant par le plâtre, jusqu'aux moindres couches de peinture.

Je jetai le plan sur le siège passager et programmai 14 Comstock Drive sur le GPS. J'eus droit à toute une liste de rues avec le nom de Comstock : Comstock Lane à Louderville et Comstock Circle à Tolland, mais aucun Comstock Drive nulle part, y compris à Beacon. Avec un soupir, je repris le plan d'Arlen et tentai de comprendre l'itinéraire qu'elle avait tracé.

Puis je quittai le parking et me retrouvai bientôt près du mur en pierre. L'exploitation de Kenlyn. Trois rues plus loin, j'entrai dans Comstock Drive.

Le numéro 14 était une maison de style Nouvelle-Angleterre dans un voisinage de bâtisses semblables : une construction à bardeaux blancs d'un étage, entourée d'une véranda dont la balustrade était en bois blanc. Des lucarnes s'ouvraient au premier. Dans le jardin côté rue, il y avait un érable et, sur l'une de ses branches, on avait accroché une balançoire en bois. Une jeune femme d'une trentaine d'années, vêtue d'un short en jean et d'un sweat-shirt vert de l'université de Dartmouth, poussait une petite fille qui devait avoir sept ans.

Je me garai et marchai vers elles.

— Bonjour, déclarai-je en tendant la main à la jeune femme. Je m'appelle Ellen Branford. Je viens de New York et suis en visite à Beacon. Ma grand-mère y a vécu dans son enfance.

— Ah bon ! Je suis Susan Porter. Voici ma fille, Katy.

— Je suis désolée de vous déranger, mais si je me suis arrêtée devant chez vous, c'est parce que ma grand-mère n'a pas seulement vécu à Beacon, elle a habité là, expliquai-je en indiquant la maison.

— Chez nous ?

Les yeux de Susan s'illuminèrent.

— Vous êtes sûre ?

— Certaine. J'ai eu votre adresse à la mairie. Alors voilà, je me demandais…

— Vous voulez visiter ? me proposa-t-elle en prenant sa fille par la main.

Je soupirai de soulagement.

— Oui, s'il vous plaît.

Je les suivis le long de l'allée qui menait à la maison et, tandis que les rayons du soleil chauffaient mon dos, je songeai à grand-mère empruntant le même chemin. Il y avait longtemps, ses souvenirs s'étaient créés entre ces murs. J'espérai que la maison en partagerait certains avec moi.

Nous montâmes l'escalier de la véranda et Susan me fit entrer dans un salon lumineux, où une brise légère s'insinuait par les fenêtres ouvertes. J'admirai la cheminée en pierre des champs, et elle m'expliqua qu'elle était d'origine. Je tentai d'imaginer ma grand-mère enfant dans cette pièce sans y parvenir.

Elle me montra la salle de séjour, dont le sol était jonché de jouets et de peluches dispersés comme des mines. Nous pénétrâmes ensuite dans la cuisine et la salle à manger, décorée de buffets encastrés et vitrés.

— Je crois que ces meubles sont aussi d'origine, m'informa Susan.

Je caressai le bois en acajou et essayai de sentir la présence de grand-mère, en vain.

Un escalier étroit conduisait à l'étage. Je crus percevoir un parfum de lavande lorsque nous arrivâmes sur le palier. Susan m'introduisit dans la chambre parentale aux murs vert pâle, puis dans la chambre d'enfant en vichy, et enfin dans une troisième, pour les amis, avec un futon placé dans un coin.

C'était une maison ancienne et ravissante. Mais c'était tout. Ce que je m'étais attendu à voir ou à sentir ne s'y trouvait pas. Ce que je croyais pouvoir deviner de la vie de ma grand-mère ne m'était pas apparu.

— Merci, dis-je une fois sur le palier en m'efforçant de ne pas avoir l'air déçue. Vous avez une maison magnifique, et c'est très gentil de votre part de me l'avoir fait visiter.

Je regardai en bas des escaliers.

— J'essaie d'imaginer ma grand-mère ici.

— Quand était-ce ?

— Il y a plus de soixante ans. Les Goddard s'y sont installés quand...

Susan écarquilla les yeux. Elle posa la main sur mon bras.

— Les Goddard ?

— Oui, le nom de jeune fille de ma grand-mère est Ruth Goddard.

— Ruth Goddard ? C'était votre grand-mère ?

Je reculai d'un pas, surprise par son animation.

— Oui, répondis-je avec hésitation. Pourquoi ? Vous avez entendu parler d'elle ?

— Suivez-moi, il faut que je vous montre quelque chose.

Susan ouvrit une porte dans le couloir, et elle et Katy me firent monter un escalier étroit. Lorsque nous pénétrâmes dans le grenier, je fus saisie par la chaleur étouffante de l'été.

— Nous faisons des travaux ici, surtout ne faites pas attention au désordre. Brad veut y installer un bureau.

Je contemplai l'immense pièce dotée de lucarnes sur deux côtés. Elles étaient couvertes de vieux stores verticaux aux fines lamelles métalliques entrouvertes. Le soleil filtrait à travers et dessinait des formes géométriques sur le parquet sombre. Des grains de poussière voletaient. Une scie circulaire et d'autres outils étaient posés à même le sol.

Dans une partie de la pièce, de vieilles plaques de plâtre avaient été retirées et l'ossature des murs était visible.

Susan se dirigea vers un coin du grenier faiblement éclairé.

— Ce que je voulais vous montrer, c'est ça.

Elle me désigna le mur. Je crus distinguer une peinture. Elle mesurait moins d'un mètre de haut sur un mètre vingt de large. Je m'approchai. Un jeune homme et une jeune fille se faisaient face, main dans la main. En arrière-fond, dessiné avec soin, un chêne solitaire se dressait devant un petit bosquet d'arbres et une grange en bois rouge patiné.

La jeune fille portait une longue robe verte de la couleur de la mousse. Son compagnon était vêtu d'un pantalon et d'une chemise de couleur terreuse. Ils étaient entourés de plantes sauvages, de fleurs et d'un ciel d'azur. La scène avait un aspect quasi mystique, comme si la nature elle-même avait donné naissance au couple.

Je tendis la main pour toucher les nervures d'une grande feuille verte. Le tableau était à la fois chaud et froid, rude et doux. La feuille sembla prendre vie sous mes doigts, je pus presque ressentir son énergie.

— Qu'est-ce que c'est ? demandai-je.

— On l'a trouvé en enlevant les vieilles plaques de plâtre. La peinture avait été faite directement sur le mur.

— C'est étrange, remarquai-je. Et magnifique.

Elle hocha la tête.

— Regardez ce qui est inscrit, là. Il y a des noms au-dessus des personnages, et l'artiste a signé en bas à droite.

Je levai les yeux et aperçus en effet les noms au-dessus des deux jeunes gens. Pour le garçon, il était écrit « Chet » en petites lettres soignées, et « Ruth » pour la jeune fille. Dans le coin droit, au bas du tableau, je découvris, comme Susan me l'avait dit, la signature. Je reconnus cette écriture énergique, avec ses grandes lettres élégantes si familières et lus : « Ruth Goddard ».

Chapitre 8

Une escapade vers le nord

Je quittai la maison et roulai, à peine consciente de ce qui m'entourait, à l'exception de la route devant moi. S'il y avait des pins, des marguerites jaunes et de la bruyère bleue sur les bas-côtés, je ne vis rien. Et si une biche tachetée avait sauté dans les bois ou qu'un écureuil roux avait grimpé en haut d'un chêne, je ne les aurais pas remarqués. J'étais encore dans le grenier de Susan Porter. Et à cause de cela, j'oubliai de tourner et me retrouvai dans le centre de Beacon.

Un peu étourdie, je me garai dans un parking en face de la banque. De l'autre côté de la rue, des chaises longues et des serviettes de plage s'étalaient sur le sable, et quelques personnes s'égaillaient au bord de l'eau. Je marchai vers la digue, m'y assis et pris une profonde et lente inspiration. Je songeai à ma grand-mère, à Chet Cummings et au tableau.

Le ciel était empli de lourds nuages blancs. Le soleil de la fin de journée de juin dardait ses rayons sur la mer. Je tournai la tête et observai les divers commerces :

le Three Penny Diner, l'Antler, l'agence immobilière Harborside, le cabinet d'avocats Tindall & Griffin. Quelque chose avait changé. Peut-être avait-on retouché la brique rouge de la façade de l'agence, ou que les bardeaux blancs du cabinet avaient été nettoyés au karcher. À moins que des géraniums aient été rajoutés dans les jardinières suspendues aux fenêtres du Three Penny Diner. Leurs fleurs rouges me semblèrent plus éclatantes. J'inhalai l'air marin et imaginai grand-mère assise au même endroit, un pinceau à la main, Chet Cummings à ses côtés. Une porte secrète venait de s'ouvrir sur la vie de ma grand-mère, une vie dont nous ignorions tout. C'était un cadeau, inattendu et fabuleux. Que restait-il encore à découvrir sur elle ? Je n'en avais aucune idée, mais ce que je savais avec certitude, c'est que je n'allais pas quitter Beacon maintenant.

Quand je regagnai le parking de l'hôtel Victory, je fus surprise de voir que la moitié des places étaient occupées. C'était bon pour les affaires de Paula, mais je me demandais avec inquiétude si elle avait déjà donné ma chambre.

— Vous avez oublié quelque chose ? me demanda-t-elle, me toisant de haut en bas lorsque j'entrai dans le hall. Vos fléchettes, peut-être ?

— Mes fléchettes ?

Comment était-elle au courant ? Je commençai à comprendre ce que voulaient dire les gens quand ils parlaient de la vie dans les petites villes.

— Pas du tout, je...

— Oh, mais alors, vous êtes vraiment de retour ! s'exclama-t-elle en désignant mon sac de voyage.

— Oui. Il y a du nouveau et j'ai besoin de passer quelques jours de plus ici – probablement jusqu'à dimanche.

Je posai ma carte de crédit sur le comptoir.

— J'espère qu'il vous reste une chambre ?

Elle ouvrit son registre relié en cuir, tourna cinq pages, se frotta le menton et déclara :

— Je peux vous redonner la suite avec vue sur l'océan.

— Parfait.

J'inscrivis mon nom et mon adresse sur la colonne indiquant les arrivées. Je connaissais la procédure.

Paula me tendit la clé avec le ruban tressé et je montai les deux volées d'escalier. La chambre me sembla chaleureuse et confortable – les marines, le broc et sa cuvette en faïence, le lit et son édredon blanc. Je plaçai mon sac sur le repose-bagages et en retirai mes vêtements. Je rangeai mes affaires de toilette dans la salle de bains sur le panier à linge en osier.

Je posai un bloc-notes sur le dessus du réservoir des toilettes, à côté d'un autre, plus petit, dont la couverture était ornée d'un dessin à la plume de l'hôtel Victory. Je ramassai une poignée de stylos et de crayons au fond de ma mallette et les mis dans un verre à dents. Je le disposai à côté des blocs-notes, sur le réservoir, et hochai la tête en signe de satisfaction. Mon nouveau bureau.

Puis j'abaissai le couvercle des toilettes, m'y assis, pris une profonde inspiration et composai le numéro du portable de Hayden. Il répondit à la deuxième sonnerie.

— Hayden, c'est moi.

— Salut ! Où es-tu ?

Il avait l'air d'humeur joyeuse, content d'entendre ma voix.

— Tu as dépassé Portland ?

Je serrai les dents et tins le téléphone un peu plus fort.

— En fait, je suis toujours à Beacon. À l'hôtel Victory.

— Tu es toujours à Beacon ? Est-ce que tout va bien ? Je pensais que tu serais sur la route, à cette heure-ci.

Son ton était inquiet.

— Oui, moi aussi, à vrai dire, mais il s'est passé quelque chose d'étrange. J'allais rejoindre l'autoroute quand j'ai croisé la femme qui travaille aux archives municipales.

— Qui ça ?

— La femme qui travaille aux archives municipales, à la mairie.

Mes yeux se posèrent sur le tapis de bain et son dessin de boussole, avec ses lettres enjolivées, *N*, *S*, *E* et *O*.

— Qu'est-ce qu'elle voulait ?

— Elle a trouvé l'adresse de la maison de ma grand-mère. Alors je suis allée là-bas et la propriétaire, Susan Porter, m'a laissée entrer. Et devine ce qu'il y avait dans le grenier ?

— Où ça ?

— Dans le grenier, répétai-je. Tu ne vas pas y croire. Il y avait une peinture réalisée par ma grand-mère. Sur le mur, dans le grenier. Hayden, c'est incroyable ! Les propriétaires faisaient des travaux de rénovation et ils l'ont trouvée. La peinture représente ma grand-mère et Chet Cummings. Ensemble. Elle a écrit leurs noms et elle a signé son tableau. Et il est bon. Je veux dire, très, très bon.

En me remémorant la jeune fille et le jeune garçon, main dans la main, je souhaitai que Hayden soit là pour voir cette œuvre.

— Je ne savais pas que ta grand-mère peignait.

— Non, c'est ça qui est extraordinaire, répondis-je.

Je me souvins de la minutie, dans l'exécution des fleurs et de la végétation, des expressions si pleines de vie sur les visages de ma grand-mère et de Chet Cummings, des textures utilisées pour peindre la grange et les arbres.

— On ne savait pas, nous non plus.

— Tu as pris des photos ? Tu avais ton appareil avec toi ?

Je revis l'instant où la sangle de mon appareil avait glissé entre mes doigts et où je l'avais regardé sombrer au fond de l'océan. Ma poitrine se serra tandis que le chagrin m'envahissait.

— Non, je ne l'avais pas.

— C'est dommage.

Je hochai la tête et gardai le silence.

— Alors, continua-t-il, tu penses partir demain de bonne heure ? Tu devrais prendre la route à l'aube pour éviter les embouteillages du vendredi. C'est déjà un long trajet s'il n'y a pas de ralentissements, mais tu ferais mieux de ne pas trop y compter, donc si tu pars à, voyons voir…

— Hayden, le coupai-je, faisant tourner nerveusement le rouleau de papier toilette sur son dérouleur. Je ne rentrerai pas avant dimanche.

Un silence qui sembla durer une éternité s'installa.

— Attends, je ne comprends pas, finit par dire Hayden. Et le dîner des Hommes éminents de demain soir ? Tu veux dire que tu n'y seras pas ?

Je regardai par terre, écrasée sous le poids de la culpabilité.

— Hayden, je suis vraiment, vraiment désolée. Mais le fait d'avoir trouvé ce tableau, c'est comme… comme un signe que je dois rester ici. Je dois essayer de remplir les blancs, de découvrir la partie cachée de la vie de ma grand-mère. Et je sais qui peut m'aider à le faire : Chet Cummings. Il peut me révéler des choses que j'ignore sur ma grand-mère, sur son enfance et sa jeunesse ici, à Beacon. Et sur son tableau. Des éléments que même ma mère ne connaît pas. J'ai besoin de quelques jours.

Il y eut à nouveau un silence, puis Hayden reprit la parole.

— Je comprends, Ellen, assura-t-il d'une voix calme et résignée. Tu as besoin d'aller au bout de cette histoire. C'est juste que je ne m'attendais pas à ce que ce soit si long. Je voulais tellement que tu sois à mes côtés pendant ce dîner.

— Je sais. Et je te le revaudrai un jour.

Je serrai le téléphone comme si je tenais sa main.

Je me réveillai tôt le lendemain suivant avec un nœud à l'estomac. On était vendredi et je ne rentrais pas à la maison. J'imaginai Hayden en train de fouiller dans son dressing pour trouver la bonne association entre le costume, la chemise et la cravate qu'il porterait à son dîner. Il voudrait mon avis sur son choix, et je ne serais pas là pour le lui donner. Il voudrait que je sois assise auprès de lui pendant le repas, que je le regarde lorsqu'il recevrait son prix et ferait son discours de remerciement. Et je ne serais pas là pour le faire.

Le petit coffre à l'intérieur de la penderie s'ouvrit lorsque je tapai les chiffres de ma date de naissance sur le clavier. J'y pris ma bague de fiançailles, et le diamant rayonna à la lumière de la pièce. Quand je voulus la mettre à mon doigt, elle me résista. Je finis par y parvenir avec l'aide d'une crème pour les mains. Elle me serrait, mais au moins je la portais.

Je m'assis au bord du lit et contemplai les facettes du diamant qui captaient la lumière. Je me remémorai ensuite ma conversation de la veille avec Hayden et me sentis de plus en plus mal. Manquer le dîner était déjà douloureux, mais le souvenir de ce qu'il m'avait dit quand je lui avais parlé du tableau de grand-mère me rendait malade. *Tu avais ton appareil avec toi ?*

Je fermai les yeux et tentai de ne pas penser à mon Nikon. Impossible : je ne pensais qu'à ça. Je compris alors que je ne pourrais pas rentrer à New York sans un appareil photo. Il fallait que je trouve un magasin ici, dussé-je conduire jusqu'à Portland pour le remplacer.

Je m'habillai rapidement, puis descendis à la salle à manger. Elle était pleine de voyageurs arrivés pendant la nuit. Je détaillai la sélection de nourriture proposée au buffet et lus les inscriptions manuscrites sur les étiquettes devant chaque plat. Les œufs cocotte, agrémentés de fromage et de morceaux de saucisse, semblaient délicieux, et je crus déceler l'arôme des piments jalapeño. Je m'arrêtai devant un plateau de pommes fourrées aux noix de pécan cuites au four, recouvertes d'un glaçage brillant, puis des effluves de cannelle m'attirèrent jusqu'à un grand bol de muesli fait maison. J'inspectai le cake à la banane et aux noix, les muffins aux myrtilles, le gâteau marbré au café, les céréales, les bagels et un grand récipient rempli d'une salade de fruits frais.

Chaque plat était tentant, mais j'avais hâte de prendre la route. J'attrapai un bagel et une banane, puis me mis en quête de Paula. Je la trouvai devant la porte de la cuisine, en conversation avec le cuisinier, et lui demandai l'adresse d'un bon vendeur d'appareils photo.

Elle leva les sourcils.

— Vous n'en avez pas déjà un ? Je pensais vous avoir vue avec, l'autre jour.

Y avait-il quelque chose qui pouvait lui échapper ?

— Oui, eh bien, cet appareil est *un peu cassé*, dis-je en reprenant son expression.

J'en aurais presque souri si le souvenir de la perte de mon Nikon n'était pas si douloureux.

— Vous êtes photographe ? m'interrogea-t-elle en me scrutant attentivement.

— Pas exactement. C'est un hobby, mais un hobby sérieux.

— Vous ne trouverez pas de magasin qui vende des appareils photo, à Beacon. Il faut aller à Lewisboro. Je me souviens d'une boutique du nom de Brewster, elle doit encore exister.

— On est loin de Lewisboro ?

— Oh, environ à quarante-cinq minutes. Bien entendu, si on prend ma voiture. Avec la vôtre, vous mettrez une demi-heure.

Je me sentis soudain gênée d'avoir ma BMW, bien que je ne sache pas vraiment pourquoi. Une fois sur le parking, je cherchai le numéro et l'adresse de Brewster's Camera World sur mon téléphone portable. Le magasin était toujours à Lewisboro et, lorsque j'appelai, l'homme qui me répondit m'affirma qu'ils vendaient des Nikon. Formidable ! Je raccrochai avec un soupir de soulagement et ce fut d'humeur joyeuse que je partis pour la maison de Chet Cummings.

Mais le temps que je débouche dans sa rue, mon moral avait de nouveau baissé. Dans son allée, l'Audi verte était toujours garée au même endroit. Il n'y avait aucun autre véhicule, ce qui signifiait qu'il s'était encore absenté. Je roulai lentement devant l'habitation et m'interrogeai : devais-je quand même tenter ma chance et aller frapper à la porte ? Mais dès que je vis la Volvo blanche dans l'allée d'à côté, je changeai d'avis. Je n'irais certainement pas me frotter encore une fois à la voisine.

Frustrée, je repassai devant la maison. C'est alors que je remarquai un bout de papier scotché sur la porte. À l'exception du chat, c'était le premier signe de vie que je découvrais sur les lieux. Je fis demi-tour au bout de la rue et me garai quelques mètres plus loin. Je courus jusque chez Chet Cummings en me cachant derrière les arbres, les buissons et les clôtures afin de ne pas être vue par la voisine. Arrivée devant la maison, je me dépêchai de monter l'escalier de la véranda.

Le mot avait été rédigé au feutre et collé sur la porte avec de l'adhésif transparent.

Mike,
Je serai de retour à 17 heures.
CRC

CRC. Chester R. Cummings. C'était bien Chet. Il n'était donc pas parti. Et il serait chez lui à 17 heures. Si j'arrivais un peu plus tôt, je ne pourrais pas le rater. C'était parfait. J'étais tellement contente que j'aurais dansé un two-step sur sa véranda. Je refis le chemin en sens inverse en me dissimulant de nouveau derrière les arbres, les buissons et les clôtures, jusqu'à ce que j'atteigne ma voiture et me jette à l'intérieur.

Je programmai mon GPS pour Lewisboro, un trajet estimé à quarante-cinq minutes. Je quittai Beacon en direction du nord et pris l'autoroute bordée de pins. Devant moi, les arbres se dessinaient à l'horizon et, au-dessus, s'étendait un immense ciel agité. J'aurais pu faire une photo magnifique. Je réfléchis à la façon dont j'aurais capturé l'ensemble dans mon viseur. En bas du cadre, j'aurais gardé la route et les arbres, et laissé le ciel remplir le reste de l'espace.

La composition.

Ma grand-mère en parlait toujours. C'est elle qui m'avait offert mon premier appareil photo de qualité, un vieux Nikon F. Très solide et entièrement mécanique, il fonctionnait avec des pellicules, mais, à l'époque, il était à la pointe de la technologie. Grand-mère m'en avait fait cadeau l'été de mes treize ans, pendant les deux semaines de vacances que j'avais passées dans la maison de Steiner Street, à San Francisco.

— Il est temps que tu montes au niveau supérieur et laisses ton petit Kodak, m'avait annoncé grand-mère en entrant dans la chambre que j'occupais à chaque visite.

Je l'appelais « la chambre du jardin » car elle était composée d'un lit en bois blanc, d'un tapis vert pâle et d'un papier peint au motif de vignes et de fleurs.

Elle m'avait tendu un paquet emballé dans du papier-cadeau couleur lavande. J'y avais découvert un appareil photo volumineux en chrome noir tenu par une sangle noire.

Stupéfaite, j'étais restée silencieuse un instant avant de pouvoir la remercier.

— Il n'est pas neuf, m'avait expliqué ma grand-mère, mais l'homme à qui je l'ai acheté a été très soigneux. Les professionnels utilisent ce modèle, tu sais.

Elle m'avait adressé un clin d'œil.

Je le savais. Avec ce nouvel appareil, j'allais franchir un cap très important. Lorsque j'utilisais mon vieux Kodak, il me suffisait de regarder dans le viseur et d'appuyer sur le déclencheur. Le Nikon se situait dans une tout autre catégorie. J'allais devoir acquérir un certain degré de connaissances en matière d'appareils photo reflex à objectif. Je devrais apprendre à faire la mise au point moi-même et à régler les poses en utilisant les vitesses d'obturation et les ouvertures du diaphragme. Le seul élément automatique était un simple photomètre.

Je m'étais rendue dans le bureau de mes grands-parents avec le manuel d'utilisation dont les pages étaient cornées et froissées. Puis je m'étais pelotonnée dans le canapé et l'avais étudié pendant deux heures, jusqu'à ce que ma grand-mère vienne me chercher.

— Je pensais que tu aurais déjà fait quatre pellicules de photos, m'avait-elle lancé du seuil de la porte. Laisse tomber ce livre et viens avec moi.

Je l'avais suivie en bas, puis nous étions sorties.

— Mais j'essaye encore de comprendre comment ça marche, les vitesses d'obturation et les ouvertures de diaphragme, avais-je protesté, tandis que nous traversions la rue.

Elle m'avait emmenée à Alamo Square et nous avions grimpé jusqu'en haut de la colline qui dominait la ville baignée par la lumière dorée du soleil couchant.

— Il faut que je connaisse bien le fonctionnement si je veux faire de bonnes photos. Ça n'a rien à voir avec mon vieil appareil.

— N'importe quoi ! avait-elle lancé en balayant l'air de la main. Je ne m'inquiéterais pas pour ça. Tout vient avec le temps.

J'avais laissé pendre l'appareil autour de mon cou au bout de sa longue sangle. Derrière moi, grand-mère avait joué avec l'une de mes tresses, et m'avait fait doucement tourner sur moi-même afin que je puisse avoir une vue panoramique de la ville : bosquets d'arbres, bancs publics, immeubles suspendus comme par miracle aux pentes abruptes, la Transamerica Pyramid, l'hôtel de ville et les fameuses Painted Ladies, ces belles maisons victoriennes pimpantes parmi lesquelles se trouvait celle de mes grands-parents.

— Mais si je ne sais pas bien m'en servir, les photos seront surexposées, ou trop sombres, ou…

— Oh que c'est technique, tout ça ! s'était-elle exclamée en riant.

Près de nous, un taxi jaune s'était arrêté pour prendre un groupe de touristes qui parlaient avec un accent français. Ma grand-mère m'avait enlacée.

— La chose la plus importante de toutes, m'avait-elle dit en tendant la main vers la ligne d'horizon, c'est la composition, ce que ton œil choisit de photographier. Ce qui doit rester, ce qui doit sortir.

Elle avait désigné l'appareil photo.

— Quand tu regardes dans ton viseur, tu dois savoir ce qui fait sens. Tu dois te demander s'il y a un meilleur angle pour observer la scène qui est devant toi ; une manière plus intéressante, ou à laquelle tu n'aurais pas encore pensé. Il y a tant de façons différentes de regarder la même chose, Ellen.

Elle s'était penchée vers moi et m'avait tenue délicatement par le menton.

— Personne ne peut t'apprendre ça. Tu l'as en toi, ou tu ne l'as pas.

Elle avait embrassé le haut de ma tête.

— Toi, tu n'as pas à t'inquiéter. J'ai vu tes photos. Tu l'as.

Je n'avais jamais vraiment songé à interroger ma grand-mère sur ses connaissances en photographie ou en composition. Je ne m'étais jamais demandé quelles qualifications elle pouvait bien avoir pour parler avec autant d'assurance. Je suppose que j'avais cru tout simplement que les grands-mères savaient tout.

Plus tard, ce soir-là, alors que mes parents se préparaient pour sortir, j'avais répété à ma mère les paroles de grand-mère.

— Et qu'est-ce que ta grand-mère peut bien connaître en matière de composition ?

Elle avait éclaté de rire avant de brandir son spray de laque.

J'avais baissé les yeux sur le carrelage à damier noir et blanc de la salle de bains, tandis que ma mère avait vaporisé un nuage de produit autour de sa coiffure. Je m'étais sentie blessée pour grand-mère, mais j'avais été incapable de la défendre. Je ne disposais d'aucun élément concret pour affirmer qu'elle était compétente. Pourtant, je savais que tout ce qu'elle m'avait dit était vrai.

Trente-deux minutes après mon départ de Beacon, je quittai l'autoroute et pris la sortie pour Lewisboro. Je suivis les panneaux afin de me rendre dans le quartier commercial. Brewster se situait au rez-de-chaussée d'un vieil immeuble en brique d'un étage, flanqué entre un magasin d'antiquités, Silver Serpent Antiques et la boutique d'un tailleur, Ross Martin Clothiers.

C'était un endroit étroit, tout en longueur et faiblement éclairé. L'air était sec, comme dans un grenier, et le magasin était rempli de matériel de photographie : boîtiers, objectifs, trépieds, filtres, flashes et autres articles rangés dans de vieilles vitrines en chêne et en verre. Derrière le comptoir, un homme portant des lunettes à monture grise discutait de flashes avec un adolescent et son père. Il m'adressa un signe de tête.

— Quelqu'un va venir s'occuper de vous, m'annonça-t-il.

Il s'avança vers une porte et je l'entendis appeler :

— P'pa, p'pa, il y a une cliente. Tu peux venir ?

Peu après, un homme âgé apparut. Des rides profondes sillonnaient son front et d'autres, autour de la bouche, m'évoquèrent une suite de parenthèses. Un fin duvet de cheveux blancs recouvrait sa tête.

— En quoi puis-je vous aider, mademoiselle ?

Je lui indiquai le modèle de mon appareil photo et lui demandai s'il en avait un en stock.

Il se gratta la joue, puis leva les yeux au plafond.

— Eh bien, mademoiselle, il vient d'être remplacé par un autre qui est légèrement différent. Mais vous avez de la chance, poursuivit-il l'œil pétillant, nous avons le nouveau modèle en magasin. Je vais vous le montrer. Vous pourrez voir s'il vous convient.

Il prit une clé et ouvrit un casier derrière lui. Il déplaça quelques boîtes et retira un appareil photo qu'il déposa sur le comptoir.

— Je crois comprendre que vous connaissez bien les Nikon ?

Je hochai la tête.

— Oui, je m'en sers depuis des années.

Il me sourit.

— Des années ? Eh bien dites donc.

— J'avais un vieux Nikon F. J'aime toujours beaucoup la sensation que procurent ces appareils mécaniques.

— Sans blague ? lança-t-il en tapant le comptoir de la main.

Il m'observa, bouche bée.

— Ça, c'était un vrai appareil, continua-t-il. Il a marqué son époque, ce que je ne dirais pas de tous ces machins digitaux qu'on vend aujourd'hui. Tout doit avoir un fichu ordinateur à l'intérieur.

— Je suis de votre avis. Tous ces vieux appareils étaient bien plus simples. Mais j'imagine qu'on ne peut pas empêcher le changement.

— C'est bien vrai. Maintenant, si vous voulez vraiment connaître les atouts de cet appareil, il faudra attendre que mon fils Mark ait fini avec ses clients.

— Oh, ça va aller, je crois que je peux m'en sortir toute seule.

Il me tendit l'appareil.

— Très bien, alors, mademoiselle, essayez-le.

Je le mis en marche et collai le viseur à mon œil.

— Il me paraît un peu plus lourd, remarquai-je, tandis que je zoomais sur un panneau derrière le comptoir : NOUS ACCEPTONS LES CARTES VISA ET MASTERCARD.

Je pris une photo. Puis je fixai l'objectif sur la vitrine et photographiai une passante. Elle portait un chapeau rose de pêcheur.

— Alors comme ça, vous aviez un Nikon F, me dit le vendeur en se grattant de nouveau la joue.

Je jetai un œil aux clichés que je venais de prendre sur l'écran LCD de l'appareil. Le chapeau de la passante, éclatant, se détachait nettement.

— Oui. Ma grand-mère me l'avait offert.

— C'est un très beau cadeau.

J'acquiesçai.

— C'était aussi une merveilleuse grand-mère.

Je pris en photo une vitrine remplie d'étuis.

— En fait, elle vivait dans le Maine. C'est pour ça que je suis ici.

Le vieux monsieur se mit à ranger des boîtes de flashes sur une étagère.

— Ah bon ? Et elle habitait où ? Ici, à Lewisboro ?

Je mis en route le menu de l'appareil et fis défiler les différentes options : Configuration ; Prise de vue ; Lecture.

— Elle a grandi à Beacon.

L'homme se retourna et me dévisagea.

— À Beacon ? Moi aussi, j'ai grandi là-bas. Comment s'appelle votre grand-mère ?

— Son nom de jeune fille était Ruth Goddard.

Ses yeux s'écarquillèrent.

— Ruthie ? Ruthie Goddard ? Votre grand-mère ? Pas croyable !

Il renversa la tête en arrière et sourit.

— Figurez-vous que j'étais en classe avec elle.

— Vous la connaissiez ? Vous avez connu ma grand-mère ?

Mon pouls s'accéléra.

— Bien sûr ! On s'est connus à l'école primaire. En CE1, je crois. Où habite-t-elle, maintenant ?

Je baissai les yeux.

— Elle est morte il y a un peu plus d'une semaine.

Lorsque je relevai la tête, je vis que l'homme posait sur moi un regard plein de douceur et de compassion.

— Oh, je suis vraiment désolé de l'apprendre, mademoiselle… mademoiselle… quel est votre nom ?

— Ellen Branford, lui dis-je en lui tendant la main.

— Wade Shelby, répondit l'homme en me secouant vigoureusement le bras. Ruthie était une fille adorable. Et une artiste douée, aussi. Elle avait beaucoup de talent.

Je posai l'appareil sur le comptoir.

— En effet. Je viens de découvrir qu'elle peignait.

— Et comment ! répondit-il. C'était une sacrée peintre. Ça l'a menée jusqu'à l'université. Elle est allée étudier l'art.

L'université ? Étudiante en art ? Impossible, il devait faire erreur. Grand-mère était allée à Stanford et avait obtenu un diplôme en littérature. Il devait la confondre avec quelqu'un d'autre.

— Absolument, poursuivit-il. Elle est partie pour devenir artiste, pour recevoir une bonne formation et elle n'est jamais revenue.

— Qu'est-ce que vous voulez dire ?

Wade se pencha davantage vers moi.

— Eh bien, à l'époque, elle fréquentait un garçon, Chet, chuchota-t-il. Sa famille vivait à Beacon depuis des générations. C'était un bon petit. Et c'était sérieux, entre eux. Tout le monde disait qu'ils allaient se marier. Mais Ruthie est allée à l'université et, ensuite, on a appris qu'elle avait rencontré quelqu'un d'autre. Un médecin, ou un étudiant en médecine.

Il haussa les épaules et posa ses mains sur le comptoir.

— Et voilà, le gars de la ville nous avait pris notre Ruthie.

— Le médecin ?

Wade acquiesça.

Je songeai à grand-mère, fiancée à Chet, qui entrait à l'université, rompait avec lui et se mariait avec quelqu'un d'autre. Il était un peu bizarre d'entendre mon grand-père décrit comme le gars de la ville.

— Je n'arrive pas à croire que vous connaissiez ma grand-mère, ajoutai-je. J'ai appris tellement de choses sur elle depuis que je suis arrivée dans le Maine.

Je sortis ma carte de crédit et la déposai sur le comptoir.

— Vous voulez acheter cet appareil photo ?

J'acquiesçai et Wade le rangea dans sa boîte. Puis il inséra ma carte dans la machine.

— Qu'est devenu Chet ? demandai-je.

— À vrai dire, je ne m'en souviens pas, répondit-il. C'était un gentil garçon, pourtant.

Il me rendit ma carte et mit la boîte dans un sac.

— Quand je pense que c'était votre grand-mère, je regrette de ne pas en savoir plus.

Il fit le tour du comptoir pour me tendre mon paquet.

— Cela dit, il y a quelqu'un à qui vous pourriez parler.

— Qui ?

— Lila Falk. C'était une très bonne amie de Ruth.

— Lila Falk ?

— Absolument. Aux dernières nouvelles, elle vit toujours dans le Maine, dans une maison de retraite. À Kittuck, je pense. C'est sûr, elle devrait avoir des tas de choses à vous raconter.

Je notai le nom de Lila Falk au dos de mon ticket de caisse.

— Je séjourne à Beacon. Où est Kittuck ?

— C'est au nord, répondit Wade. Au nord de Beacon et de Lewisboro.

— Est-ce loin ?

— Quel genre d'engin avez-vous ?

— D'engin ? J'ai une BMW.

Il sourit.

— Vous pouvez y être en une heure.

Chapitre 9

M. Cummings

Je m'assis dans ma voiture, garée à quelques maisons du magasin, et tentai de trouver le centre de soins Saint Agnes sur le moteur de recherches de mon téléphone. Ce ne fut pas difficile de dénicher le numéro, car c'était l'unique maison de retraite de Kittuck. Visiblement, c'était aussi la seule sur des kilomètres à la ronde. La publicité qui s'afficha sur mon écran indiquait : « Au service des habitants de Kittuck, North Prouty, South Prouty et Loudon », et toute une liste d'autres villes.

La femme qui répondit à mon appel me confirma que Lila Falk résidait bien chez eux, mais elle me suggéra de lui rendre visite plutôt le lendemain.

— Les vendredis après-midi sont plutôt remplis. On a un petit concert qui commence bientôt, et ensuite certains de nos pensionnaires vont suivre leur atelier de travaux manuels. Mais il n'y a rien demain. Vous pouvez venir à ce moment-là ? Peut-être vers 13 ou 14 heures ?

Je vérifiai mon agenda sur mon téléphone. J'étais libre toute la journée.

— Oui, je pense que c'est jouable.

À 16 heures tapantes, je débouchai sur Dorset Lane. Je savais que j'étais très en avance, mais je ne pouvais pas me permettre de manquer Chet Cummings. Je m'aperçus immédiatement que quelque chose avait changé : une Jeep bleue était garée à côté de l'Audi.

Les battements de mon cœur s'accélérèrent. Ça y est, grand-mère, je vais enfin pouvoir lui remettre ta lettre.

Je me garai devant la maison, pris l'enveloppe, marchai jusqu'à la porte d'entrée et frappai énergiquement. Mes tentatives restèrent sans réponse.

Il est là, c'est certain, me dis-je. Je descendis les marches pour regagner l'allée, puis me retournai et j'observai la façade. Il avait peut-être débranché son appareil auditif. Je fis le tour de la maison et regardai par les fenêtres. Arrivée devant celle de la salle à manger, j'aperçus un coupe-vent bleu marine accroché au dos d'une chaise, et je notai que les piles de courrier que j'avais remarquées deux jours auparavant avaient disparu.

J'avais presque rejoint le jardin de devant lorsque je tombai sur une échelle posée par terre. Je m'arrêtai, jetai un œil à la fenêtre du premier étage, et regardai de nouveau l'échelle. Ça peut marcher, me dis-je. Le sonotone de Chet Cummings était probablement éteint, ou alors il était en train de regarder la télévision à plein volume, comme le faisait grand-mère. Il était sûrement en haut, et il n'y avait qu'un moyen de le savoir.

Je glissai la lettre de ma grand-mère dans ma poche et parvins à fixer l'échelle contre le mur de la maison.

Je montai quelques barreaux, m'intimai de ne pas regarder en bas et continuai mon ascension. Lorsque j'atteignis la fenêtre à l'étage, je distinguai une pièce meublée d'un tapis gris, d'un bureau en bois recouvert de livres et de papiers, et d'une bibliothèque blanche. Je sursautai lorsque je vis un vieil appareil photo sur l'une des étagères. À première vue, ce n'était pas un Nikon, mais je fus incapable de reconnaître la marque. Un Leica, peut-être ? Je scrutai l'appareil attentivement afin d'essayer de lire l'inscription.

C'est alors que j'entendis une voix, en dessous de moi. Une voix d'homme. En colère.

— Non mais ça va pas ? Qu'est-ce que vous fichez ici ?

Je me raidis, les jointures de mes doigts devinrent toutes blanches tant je serrai l'échelle. Je regardai en bas. Habillé en jean et T-shirt bleu marine, coiffé d'une casquette délavée avec l'inscription « Fournitures pour plomberie » sur le devant, se tenait Roy. *Roy*. Visiblement, je ne réussissais pas à me débarrasser de lui. Il était partout. Et il me surprenait chaque fois dans une position humiliante. Je fouillai du regard autour de nous pour m'assurer que personne n'était en train de prendre une photo.

— Je suis venue régler une affaire, lui répondis-je d'un ton glacial.

Je lui en voulais encore pour son comportement après notre départ de l'Antler. Et ce que je pouvais bien fabriquer ici ne le concernait pas.

Roy mit sa main en visière et plissa les yeux.

— Ça alors, c'est encore toi !

Je descendis de l'échelle aussi gracieusement que possible, sentant les yeux de Roy posés sur moi tout du long.

— Oui, c'est bien moi, répliquai-je en atterrissant sur le sol, non sans remarquer sa barbe d'un jour.

— Qu'est-ce que tu fais là ? Et pourquoi tu espionnes là-haut ?

— Qu'est-ce que je fais là ? Qu'est-ce que toi, tu fais là ? rétorquai-je.

J'époussetai mon pantalon d'un revers de main.

— Tu me suis, c'est ça ? Mais pourquoi ?

Il me regarda, bouche bée.

— Te suivre, moi ? C'est plutôt le contraire.

— Écoute, j'ai des choses à régler ici. J'essaie de retrouver quelqu'un.

Roy jeta un œil à l'échelle, puis à moi.

— C'est comme ça que tu cherches les gens ? En espionnant par leur fenêtre ?

Je redressai la tête et me tins bien droite.

— Je ne suis pas obligée de te répondre.

Il était aussi désagréable que la voisine de Chet.

— Oh, et au fait, continuai-je, tu es sur une propriété privée, ici.

— Oui, mais c'est toi qui t'y es introduite. C'est ma maison.

Sa maison ? *Sa* maison ? Comment était-ce possible ? Mon cerveau se mit à tourner à plein régime : quelle erreur avais-je donc commise ? Je m'étais servie de l'adresse indiquée sur la lettre de ma grand-mère, et j'avais vérifié sur deux sites Internet d'annuaires et sur celui des impôts fonciers. Chester R. Cummings,

55 Dorset Lane. C'était la bonne adresse. Pourtant, je m'étais visiblement trompée quelque part. Le nom de famille de Roy était bien Cummings, mais il n'était pas celui que je cherchais. Je n'arrivais pas à croire que j'avais perdu quatre jours. Je ne serais pas avec Hayden pour sa soirée, et malgré cela, je ne savais même pas où vivait Chet.

— J'ignorais que c'était chez toi. Sinon, je ne serais pas venue. J'avais une mauvaise adresse, c'est tout.

Je me retournai et me dirigeai vers la rue.

— Tu veux dire que tu ne vas pas me donner ton avis de poursuite ?

Je fis volte-face.

— Pardon ?

Il me rejoignit, retira sa casquette et passa une main dans ses cheveux.

— À moins que tu aies trouvé quelqu'un d'autre à poursuivre en justice ? Je n'ai pas peur des avocats des grandes villes. Ce ne sont que des hommes comme les autres. Ou devrais-je dire des femmes comme les autres ? insista-t-il en remettant sa casquette.

Un faible rayon de soleil se faufila entre les branches d'un hêtre, formant des motifs sur la pelouse.

— Tu sais, répondis-je, tandis que je sentais mon visage se contracter, j'essaie juste de remettre une lettre à quelqu'un. Je suppose que Cummings est un nom de famille répandu dans le coin.

Je soupirai avant de hausser les épaules.

— J'espère que Chet Cummings est plus sympa que toi.

Je pivotai et traversai le jardin pour regagner ma voiture.

— C'est Chet Cummings que tu cherches ? m'interpella Roy.

Je continuai à marcher. Je n'avais plus rien à lui dire. J'allais retourner à l'hôtel et essayer de comprendre. De mettre le doigt sur mon erreur. Quoi qu'il en soit, ma quête se terminait ici. J'avais fait de mon mieux pour réaliser le souhait de grand-mère et, même si j'étais déçue de devoir m'avouer vaincue, il fallait reconnaître que je ne pouvais pas aller plus loin.

À cet instant, Roy m'appela de nouveau.

— Je le connais.

Je m'arrêtai. Il connaissait Chet Cummings. J'avais trouvé la mauvaise maison et le mauvais Cummings, mais il savait qui il était. À New York, la chance qu'une chose pareille se produise serait d'un milliard sur…

Mais je n'étais pas à New York. J'étais à Beacon. Là, les probabilités y étaient bien plus fortes. Et ce n'était sûrement pas la première fois que des gens confondaient deux familles du même nom.

— Tu le connais ? m'exclamai-je en me tournant vers Roy.

— Ça vaudrait mieux, c'est mon oncle.

— Ton oncle ? Chet Cummings ? Tu en es sûr ? Je veux dire, je parle de Chet Cummings…

Roy hocha la tête.

— Ouais. Je suis quand même censé connaître ma propre famille.

Sa famille ! Incroyable. L'image d'Épinal que je m'étais forgée de Chet et moi, papotant devant un bon thé et des cookies dans une cuisine chaleureuse, m'apparut de nouveau.

Roy me jeta un regard suspicieux.

— Alors c'est toi qui es venue rôder par ici ces derniers jours.

Une chaleur envahit ma nuque et le rouge me monta aux joues.

— Je ne rôdais pas.

— Une voisine m'a dit qu'une femme était venue plusieurs fois, qu'elle avait frappé à la porte et regardé par les fenêtres. Elle m'a dit aussi qu'elle avait une voiture noire immatriculée à New York.

Il indiqua ma voiture.

— C'est la tienne ?

Pourquoi me sentais-je toujours sur la défensive avec lui ? Je mis mes mains sur les hanches.

— Oui, c'est ma voiture. Et, oui, je suis venue ici. Je cherchais ton oncle.

Son regard vacilla imperceptiblement.

— Alors, tu ne venais pas pour moi.

Pourquoi serais-je venue pour lui, avec sa barbe mal rasée et son jean élimé ?

— Pour toi ?

J'éclatai de rire.

— Je viens de te le dire. Non.

Il me dévisagea.

— Et qu'est-ce que tu veux à mon oncle ? Le poursuivre en justice, lui aussi ?

C'en était trop.

— Bon sang, je ne suis pas là pour poursuivre qui que ce soit. Ma grand-mère m'a demandé de lui rendre un service, ce qui m'a conduite jusqu'à Beacon.

Roy hocha la tête, la bouche légèrement entrouverte.

— Oh, c'est ta grand-mère qui intente des poursuites.

La moutarde me monta au nez. Je fermai les yeux et comptai jusqu'à dix. Il fallait que je me calme, sinon je risquais de me retrouver de nouveau dans le *Bugle* du lendemain, mais cette fois dans la rubrique des faits divers, accusée de meurtre.

— Personne ne poursuit personne, finis-je par énoncer. Ça n'a rien à voir.

J'avançai vers ma voiture et songeai à ma grand-mère, à ma promesse de remettre sa lettre, et au fait que j'avais échoué. Je suis désolée, grand-mère, pensai-je. Tellement désolée. Les larmes me montèrent aux yeux.

À cet instant, je sentis une petite tape dans mon dos.

— Ellen, attends.

Je me retournai. Mes mains tremblaient. Tout ce que j'avais refoulé depuis l'enterrement de ma grand-mère – la colère, le chagrin, la tristesse, la solitude –, tout explosa.

— Ma grand-mère est morte la semaine dernière, criai-je en sanglotant, c'est pour elle que je suis là. Parce que, juste avant de mourir, elle m'a demandé de remettre une lettre à ton oncle. Et je l'ai mise dans une enveloppe de mon cabinet parce que… je ne sais pas, je voulais simplement la protéger.

Je baissai les yeux.

— C'est tout. Et je me fiche de ce que tu peux bien penser.

Je pivotai pour m'en aller, mais Roy me retint par le bras.

— Ellen, attends. S'il te plaît.

La brise fit tinter un carillon tout près.

— Je suis désolé pour ta grand-mère. Sincèrement désolé.

Une abeille voletait paresseusement au-dessus d'une fleur de trèfle, puis s'envola. Le ciel s'assombrit. Et je me rendis compte d'à quel point j'avais envie, j'avais besoin de parler de ma grand-mère.

— On était très proches, repris-je d'une voix brisée. Elle comptait tellement pour moi. Maintenant, elle est partie et moi je suis là, et tout s'écroule, je n'arrive pas à faire ce qu'elle m'a demandé et j'ai l'impression que je la déçois profondément.

Roy secoua la tête.

— Je suis sûr que tu ne la déçois pas. Et je te dois des excuses. Je t'en prie, pardonne-moi.

J'essuyai mes larmes d'un revers de main.

— Je ne comprends pas. Pourquoi pensais-tu que je voulais te poursuivre ?

— C'est ce que font les avocats, non ? Quand j'ai aperçu ton enveloppe avec mon nom dessus…

— Tous les avocats ne font pas ça. En tout cas, ce n'est pas ce que moi, je fais.

— D'accord.

Nous restâmes dans son jardin en silence, puis il me demanda si j'avais la lettre avec moi. Je sortis l'enveloppe de ma poche et nous nous assîmes sur un banc. Roy enleva sa casquette.

— De quoi parle-t-elle ?

Il tendit la main vers elle, mais je la tins serrée.

— Je suis désolée, mais je ne peux pas vraiment en discuter avec toi. Il faudra que tu interroges ton oncle. C'est sa maison ?

Roy acquiesça.

— Excuse-moi, mais je dois lui remettre la lettre en personne.

Roy regarda l'enveloppe, puis il leva les yeux vers moi.

— Ellen, tout ce qui concerne mon oncle me concerne aussi.

— Eh bien, je sais que tu t'occupes de lui mais…

— Non, ce n'est pas ce que je veux dire.

Le bleu de ses yeux perdit son éclat et les coins de sa bouche s'affaissèrent, lui donnant un air résigné. Il baissa la voix.

— Tu vas devoir te débrouiller avec moi, parce que mon oncle est mort.

Je crus que mes poumons se vidaient entièrement de tout oxygène. L'unique chose que j'aurais pu faire pour ma grand-mère se révélait irréalisable. Son amour de jeunesse s'était éteint.

— Je suis désolée, murmurai-je. Quand est-il…

Je laissai ma phrase inachevée. Une goutte de pluie tomba sur mon bras.

— En mars dernier.

Trois mois plus tôt, pensai-je, seulement trois mois.

— Je suis vraiment désolée, répétai-je.

Et je l'étais. Pour Roy, pour moi qui avais failli à ma mission, et pour ma grand-mère.

Roy posa sa main sur mon épaule.

— Tu ne crois pas que tu devrais m'expliquer ce qui se passe ?

La porte-moustiquaire s'ouvrit et le chat brun, que j'avais vu sur la table de la salle à manger deux jours plus tôt, descendit l'escalier et traversa la pelouse d'un pas nonchalant. Il sauta sur le banc entre Roy et moi, et me renifla les cheveux. Puis il frotta sa tête contre ma joue.

— Monsieur Puddy, viens ici.

Roy prit le chat dans ses bras. Je tendis la main et caressai la tête soyeuse de l'animal.

— Je t'ai dit tout ce que je savais, repris-je. Ma grand-mère souhaitait que j'apporte cette lettre à ton oncle.

Allongé sur les genoux de son maître, le chat ronronnait.

— Je peux la voir ? demanda Roy d'une voix très faible, comme dans un souffle.

Je gardai l'enveloppe, incapable de la lâcher. Ça ne devait pas se dérouler ainsi. J'aurais dû être en train de parler à Chet. Tout allait de travers.

Roy posa le chat par terre, et ce dernier se faufila derrière la haie.

— Ellen, je voudrais voir la lettre. S'il te plaît.

Il tendit la main et je dus me résigner.

— D'accord.

Il la tint quelques secondes avant de l'ouvrir. Il sortit ensuite la feuille de papier bleu pâle couverte de l'écriture de ma grand-mère et se mit à lire. Au bout d'un moment, il releva les yeux.

— Pourquoi pensait-elle que mon oncle la lui renverrait ou la jetterait ?

— Il faut que tu continues à lire.

Je reçus une autre goutte de pluie. Roy reprit sa lecture mais s'interrompit de nouveau.

— Elle voulait lui demander pardon, me lança-t-il d'un regard interrogatif. Pourquoi ?

Je secouai la tête.

— Je n'en sais rien. J'espérais que ton oncle pourrait me l'expliquer.

Roy se replongea dans la lettre.

— La Caroline du Sud, ajouta-t-il plus tard. Oui, mon oncle a vécu là-bas assez longtemps, mais il est revenu dans la région avant de retourner à Beacon il y a trois ans. Il semble que ta grand-mère ait été très surprise de découvrir qu'il était revenu.

Roy parcourut encore quelques passages, hochant parfois la tête.

— Ah ! déclara-t-il, alors ils étaient amants.

— Oui, ils l'étaient.

— « Si je ne t'avais pas quitté comme je l'ai fait, lut Roy à voix haute, tu ne serais pas parti de Beacon et tu n'aurais pas perdu ce à quoi tu tenais par-dessus tout. Je me suis toujours sentie responsable de ta perte et j'en suis désolée. »

Il me regarda.

— Que veut-elle dire en parlant de ce à quoi il tenait par-dessus tout ? Qu'est-ce que c'était ?

Je secouai de nouveau la tête.

— Je n'en sais rien. Je ne comprends rien à cette lettre. Elle ne m'a pas expliqué ce qu'elle contenait, elle m'a juste demandé de la remettre.

Roy défroissa la feuille du plat de la main. Puis il recommença à lire, tandis que quelques gouttes de pluie s'écrasaient sur le banc.

— Donc on sait qu'elle l'a quitté pour un autre homme.

— Oui, mon grand-père.

Roy haussa les sourcils.

— Ah ! fit-il, ton grand-père.

Il changea de position sur le banc et je sentis le frôlement de sa jambe contre la mienne.

— Mais on ignore pourquoi, remarqua-t-il.

— Pourquoi elle l'a quitté ?

Mes yeux se perdirent dans le ciel qui s'assombrissait.

— Pourquoi quelqu'un quitte une autre personne ? J'imagine qu'elle ne l'aimait plus… ou qu'elle était plus amoureuse de mon grand-père.

— Mon oncle était un mec super.

— Mon grand-père aussi, rétorquai-je en souriant.

Il scrutait la missive, comme s'il s'attendait à ce qu'une révélation sur son oncle surgisse d'entre les lignes. Puis il passa le doigt le long de la petite cicatrice, près de son œil.

— Mon oncle était là le jour où je me suis blessé.

J'observai la cicatrice, une petite ligne courbe, et me demandai ce que cela ferait de la toucher.

— Comment est-ce arrivé ?

— Le jour où j'ai appris à faire du vélo à deux roues. Je suis tombé et me suis coupé. Je me suis aussi cassé le bras droit. J'avais six ans.

— Et ton oncle…

— Il m'a emmené d'urgence à l'hôpital. Il m'a tenu la main pendant qu'on remettait mon bras en place, qu'on le plâtrait, et pendant qu'on faisait des points de suture sous mon œil. J'étais mort de trouille. Alors, il m'a dit que si je surmontais cette épreuve, il me donnerait une médaille du courage.

Je lui souris.

— C'est mignon.

Les yeux de Roy brillèrent.

— N'est-ce pas !

Il releva la tête, les yeux perdus dans le ciel.

— Crois-moi si tu veux, mais il m'en a donné une. Une vraie médaille. Il est venu me voir le soir même et m'a donné une boîte de velours noir. À l'intérieur, il y avait la médaille. Une Croix pour service méritoire. Elle appartenait à mon grand-père. Il l'avait gagnée pendant la Seconde Guerre mondiale et l'avait donnée à oncle Chet.

— C'est vrai ?

— Bien sûr. Et oncle Chet a insisté pour que je la prenne, même si je sais qu'il y tenait énormément. Elle est toujours sur ma commode. Dans sa boîte.

— C'est une belle histoire.

J'étais si émue par le geste de son oncle que cela me rendit plus triste encore de ne pouvoir le rencontrer.

— C'était un type génial, poursuivit Roy. Un second père pour moi. Le mien voyageait beaucoup pour son travail et oncle Chet, lui, s'occupait de moi. Il m'a évité pas mal d'ennuis, quand j'étais gosse. Il possédait une petite marina et j'avais l'habitude de traîner là-bas, je l'aidais à réparer les bateaux, à rafistoler les coques, les moteurs, ce genre de bricolage. Il m'a appris à me servir des outils, à les aimer. Savoir qu'on pouvait fabriquer des choses de ses mains, les réparer soi-même.

Roy me fixa avec une telle intensité que je pus presque sentir la présence de Chet Cummings avec nous.

— C'était ça qui le motivait.

— Il devait être très doué, dis-je. Et un excellent mentor.

Roy s'appuya contre le dossier du banc et contempla la pelouse.

— Si n'importe quoi se cassait, oncle Chet était capable de le réparer. Il ne lui venait jamais à l'idée de jeter un objet pour en acheter un neuf.

Il s'interrompit pour observer un moineau sautiller dans l'herbe.

— C'était un homme exceptionnel, et je suis content qu'il soit venu vivre avec moi, à la fin de sa vie.

Quelques gouttes de pluie continuaient de tomber sur le banc.

— Alors, c'est ta maison, ici ?

— Oui, de la cave au grenier.

— Mais le nom du propriétaire est Chester R. Cummings. C'est ton oncle, non ?

— Non, c'est moi, Chester Roy Cummings. Mais on m'a toujours appelé Roy.

— Ah, voilà qui explique pas mal de choses.

Les feuilles du hêtre, agitées par le vent, chatoyaient. Chet Cummings, songeai-je, avait transmis son savoir et ses compétences à Roy. Quel précieux héritage.

— Tu as eu de la chance d'avoir un père et un oncle comme Chet, constatai-je. J'ai à peine connu mon père. Il est mort quand j'avais quatorze ans.

— C'est tellement jeune.

J'acquiesçai. Je tentai de me remémorer le visage de mon père, de m'en représenter chaque détail qui, avec le temps, était devenu plus vague. Dans quelques années, il se passerait la même chose avec le souvenir de ma grand-mère.

— C'est très dur de perdre quelqu'un si tôt, constata Roy. En fait, c'est dur à n'importe quel âge.

Il regarda de nouveau la lettre.

— J'aurais aimé t'aider, Ellen, mais je ne sais pas à quoi ces excuses font référence. Est-ce que ta grand-mère t'avait parlé de mon oncle ?

— Non. Elle ne mentionnait pratiquement jamais Beacon. C'est pour cette raison que j'étais tellement impatiente de le rencontrer.

Roy soupira.

— Je comprends.

Il me tendit la lettre.

L'air sentait la pluie, et je me demandai quand le ciel allait la laisser se déverser. Un instant, je crus que c'était la lettre que fixait Roy, mais c'était en réalité ma bague de fiançailles.

Un long silence s'installa. Enfin, il ouvrit la bouche.

— Tu vas te marier.

— Oui, finis-je par admettre.

Je me sentais mal à l'aise et un poids me pesait sur l'estomac.

Il se pencha pour arracher quelques brins d'herbe.

— Je n'avais pas remarqué ta bague.

— J'ai dû l'enlever, avouai-je d'un ton coupable, comme si je l'avais dupé. Quand je suis arrivée ici, mes doigts ont enflé.

Je tentai de rire.

— C'était encore pire que maintenant, lui dis-je en lui montrant ma main. C'est peut-être à cause de l'air iodé.

Il hocha la tête et joua avec un brin d'herbe. Puis il le laissa s'envoler dans le vent.

Une goutte tomba sur la lettre, créant une petite flaque d'encre bleue. Je la séchai de mon doigt, puis pliai la feuille et la rangeai dans l'enveloppe.

Monsieur Puddy s'approcha de Roy et se frotta contre sa jambe.

— Donc l'histoire de la lettre, fit Roy en se levant, c'est qu'il l'aimait, mais qu'elle était amoureuse de ton grand-père.

La pluie redoubla. Je me levai à mon tour et observai le ciel, désormais gris cendré.

— Quelle était cette phrase ? continua Roy. « C'était plus facile pour provoquer une rupture claire et nette. Du moins, c'est ce que j'ai cru à l'époque. » J'ai l'impression que ta grand-mère a regretté d'avoir quitté mon oncle.

— Oh, non, elle était heureuse en mariage, répondis-je.

La pluie qui s'abattait sur ma peau me fit frissonner. Nous restâmes silencieux, puis je lui donnai l'enveloppe.

— Tiens, c'est à toi de la garder.

L'espace d'une seconde, nous fûmes immobiles, chacun tenant un coin de la missive. Enfin, je la lâchai.

— Voilà, je crois que ma mission se termine ici. Je vais quitter Beacon.

Roy soupira.

— Oui, je suppose que c'est terminé.

Le tonnerre retentit faiblement au loin.

Ses yeux semblaient tristes et fatigués. Nous nous serrâmes la main, mais au moment de nous séparer, il retint la mienne. Son regard était si intense que je finis par détourner le mien. Il tenait toujours ma main lorsque la pluie s'abattit sur les feuilles et que le grondement du tonnerre s'amplifia.

Nous allions nous retrouver sous une véritable averse. Monsieur Puddy miaula, traversa la pelouse en courant, monta l'escalier et se réfugia sous la véranda. Lorsqu'il s'assit devant la porte d'entrée, une partie de moi se demanda comment je réagirais si Roy m'invitait chez lui.

À cet instant, il lâcha ma main.

— Eh bien, conclut-il en remettant sa casquette sur sa tête, bon retour, alors, Nageuse.

La pluie se déchaînait, tandis que je me précipitais dans ma voiture. Un coup de tonnerre claqua au moment où je fermai la portière. Je mis en marche les essuie-glaces à temps pour voir Roy courir dans sa maison, le chat sur les talons. Désormais, la véranda était vide et je démarrai, l'eau ruisselant sur mon pare-brise.

Chapitre 10

La bibliothèque

Quand je levai les stores, le lendemain matin, le temps était dégagé. Des nuages roses étaient suspendus dans un ciel bleu resplendissant et plein de promesses. Toute trace de pluie de la veille avait disparu, mais le souvenir de Roy Cummings me hantait encore : la douceur de son regard lorsque je lui avais parlé de ma grand-mère, la tendresse avec laquelle il avait évoqué son oncle, et sa capacité à comprendre ce que signifiait la perte d'un être cher.

En regardant par la vitre, je me rendis compte qu'il y avait de l'animation dans le bâtiment d'à côté, à l'Association historique de Beacon. Des voitures étaient garées dans toute la rue et les gens affluaient tels des rangs de fourmis vers l'entrée de la grande bâtisse grise. Je respirai l'air marin à pleins poumons. Un jeune garçon descendait la rue à vélo en roue libre, le bruit de son dérailleur s'affaiblissant à mesure qu'il disparaissait de ma vue. Quelle journée idéale pour une balade à bicyclette ! Comme j'aurais aimé en avoir une.

Il existait peut-être un loueur. Je me voyais déjà m'élancer sur une route de campagne battue par le vent, mon appareil photo passé à l'épaule, sans GPS pour me guider. Puis je me souvins que nous étions samedi, et que j'avais rendez-vous avec Lila Falk.

Samedi.

Oh, non ! Le dîner des Hommes éminents avait eu lieu la veille et je n'avais pas encore appelé Hayden. Il allait penser que je m'en fichais. Moi qui rêvassais au sujet de vélos et… de Roy Cummings.

J'attrapai mon téléphone, débranchai dans mon geste le chargeur de la prise murale et me précipitai dans la salle de bains. L'écran m'informa que j'avais manqué un appel de Hayden. Je m'assis sur le siège des toilettes, et mon pied remua nerveusement tandis que j'écoutais son message. « Salut, Ellen, il doit être une heure et demie et je viens de rentrer. Tu as raté une sacrée soirée. Tout le monde m'a demandé où tu étais. Je pense que je m'en suis plutôt bien sorti avec mon discours. Tu aurais été fière de moi. »

Je mis ma tête entre mes mains et fermai les yeux. Je me sentais atrocement mal. Bien sûr que j'aurais été fière de lui. Et je suis certaine que son discours était fantastique. Je pouvais l'imaginer sur l'estrade, sans notes, parlant juste avec son cœur. Plus tard, il avait dû serrer la main du maire et échanger avec lui une anecdote amusante.

Je tombai directement sur sa messagerie lorsque je tentai de le joindre. Je laissai un message enjoué et joyeux, le félicitai et lui dis à quel point j'avais hâte de le voir. Je finis en lui envoyant des baisers par téléphone.

Je raccrochai et songeai que j'avais une chance immense d'avoir Hayden dans ma vie. Gentil, loyal, honnête, celui que tout homme voulait avoir comme ami ; celui qui ne pouvait laisser aucune femme indifférente. Et, cerise sur le gâteau, c'était un Croft. Qui se mariait avec moi.

Alors, quel était le problème ? Pourquoi m'étais-je réveillée en pensant à Roy Cummings ? Roy ne m'intéressait pas. Pas de cette manière, en tout cas. D'accord, il était plutôt pas mal, une fois qu'on dépassait sa paranoïa vis-à-vis des avocats. Et il était assez charmant, dans le genre du gars un peu puéril, originaire d'une petite ville. Je devais aussi admettre qu'il était bel homme. En réalité, il était carrément attirant. Si je ne le connaissais pas et que je le voyais marcher dans la rue à Manhattan, je suis sûre que je…

Je serrai mon téléphone. Il fallait que j'arrête tout de suite. On aurait dit que j'étais attirée par lui. J'étais fiancée, j'aimais Hayden, j'allais me marier. Il devait y avoir une raison logique pour expliquer ces sentiments étranges que j'éprouvais envers Roy. Ils ne pouvaient pas avoir surgi de nulle part. Je posai les yeux sur l'estampe représentant le phare, et tentai de comprendre, comme je l'aurais fait avec un problème légal. J'allais organiser et réorganiser chaque pièce du dossier jusqu'à ce que cela prenne sens : moi, Hayden, notre mariage. Grand-mère, Beacon, Roy, le ponton, l'Antler.

Au bout d'un moment, tout s'éclaircit. J'allais me marier dans trois mois. Cela signifiait que je ne serais bientôt plus sur le marché. Fini la drague, les rendez-vous. Je serais une femme mariée. Alors, n'était-il pas logique que je veuille encore tester mon pouvoir de séduction sur les hommes ? Savoir que je les attirais toujours ? Si je ressentais la moindre étincelle, le moindre frémissement pour Roy, c'était pour cela. Je voulais me prouver que je pouvais encore plaire. N'était-ce pas évident ? Je fis tourner ma bague de fiançailles autour de mon doigt et me remis à respirer, soulagée. Tout s'expliquait.

— Que se passe-t-il à côté ? demandai-je à Paula en attrapant un muffin aux myrtilles et un verre de jus d'orange sur le buffet du petit déjeuner.

Elle remplaça une cafetière vide par une pleine.

— C'est le pique-nique annuel. Pour lever des fonds. Ils organisent des jeux, des concours et une vente aux enchères.

Un sourire malicieux se peignit sur son visage.

— L'année dernière, Troy Blanchard a remporté un lot d'un an de manucure et pédicure chez Shear Magic. Vous savez, le salon de beauté.

— Oui, je l'ai vu.

— Il a raconté que c'était pour sa femme, poursuivit Paula, les yeux pétillants de joie. Mais Poppy Norwich l'a vu là-bas un jour, la main dans le bol à manucure !

Elle pouffa de rire.

— Oh, on l'a bien charrié. Je ne crois pas qu'il recommencera.

— Ça, c'est sûr, rétorquai-je.

Je pris une bouchée de muffin. Il était un peu sec et il n'y avait pas assez de myrtilles. *Pourquoi appeler ça un muffin aux myrtilles si on ne peut même pas y trouver de fruits ?* aurait dit ma grand-mère. Je bus une longue gorgée de jus d'orange et songeai à tout ce qu'elle aurait pu apprendre aux gens du coin.

Paula arrangea une pile de serviettes sur la table et se tourna vers moi.

— Vous devriez aller faire un tour à l'association, si vous voulez en savoir plus sur Beacon. Ils exposent de jolies choses.

— Ah bon ?

— Absolument. Des trucs anciens. Et avec votre grand-mère qui était d'ici, tout ça…

Ma grand-mère qui était d'ici ? Lui en avais-je parlé ?

La plupart des gens venus pour pique-niquer étaient déjà dans le parc. Ils discutaient entre amis ou regardaient leurs enfants participer à la course aux œufs ou à celle à trois jambes.

J'étais contente de rester à l'intérieur, où le calme régnait. Je déambulai dans la maison, et les parquets craquaient sous mes pas, tandis que j'allais d'une pièce à l'autre. L'une exposait des gravures de l'atelier Currier and Ives. Dans une autre, de vieilles photos sépia du centre-ville de Beacon étaient affichées. Je fus ravie de remarquer que la plupart des bâtiments représentés existaient encore. Quelques meubles anciens emplissaient la pièce suivante, parmi lesquels un ravissant sofa, un bureau et une commode haute en bois de cerisier.

Dans la dernière salle, je découvris des tableaux de peintres locaux. La plus vieille pièce, une scène de bateau en mer, datait de deux cent cinquante ans. D'autres toiles représentaient le port, ou des jeunes filles qui pataugeaient dans la mer, leurs jupes gonflées comme des ballons au-dessus des vagues. Il y avait aussi des paysages : des champs, des forêts et des fermes où des vaches broutaient paresseusement sur fond de collines vert menthe.

Mais la peinture qui m'arrêta net et fit bondir mon cœur était celle d'un petit bâtiment d'un étage à bardeaux jaunes avec des moulures blanches autour des fenêtres. Des marches en brique rouge menaient à une porte d'entrée bleue, surmontée d'un panneau où il était écrit : À LA MYRTILLE IRRÉSISTIBLE, CAFÉ & BOULANGERIE. Des roses grimpaient joyeusement le long d'un treillis à droite du battant et, à travers la vitrine, on apercevait des clients assis devant de petites tables en bois.

Je connaissais la bâtisse. Aujourd'hui, la façade était blanche plutôt que jaune et l'escalier était en bois et non plus en brique. Mais c'était bien la boutique du tailleur du centre-ville. Je connaissais aussi l'artiste. J'aurais reconnu son style entre mille, et la signature me le confirma. Au bas à droite, ma grand-mère avait écrit son nom.

Je m'approchai, posai la main sur le cadre et caressai les ornements sculptés. Puis je touchai le tableau, la porte bleue et le panneau, au-dessus. J'imaginai la main de ma grand-mère mélangeant les peintures, créant les couleurs et les appliquant sur la toile. Je n'arrivais pas à croire que j'avais découvert une autre de ses œuvres. Il y en avait deux, à présent. Beacon révélait ses secrets et j'étais heureuse d'en être la détentrice. J'examinai chaque centimètre du tableau : la manière dont grand-mère avait saisi les détails des bardeaux patinés, le reflet des roses dans les carreaux, l'éclat du bleu sur la porte. Je lus alors la petite pancarte accrochée au mur : « *Le Café Myrtille*, par Ruth Goddard. Cette peinture a remporté le premier prix au festival des arts de Beacon en 1950. »

Le festival des arts de Beacon. Le premier prix. Génial ! Ma grand-mère avait obtenu la plus haute distinction. Mais que représentait ce festival ? Et y avait-il d'autres toiles ? J'en avais trouvé deux, il pouvait en exister davantage. Si grand-mère peignait si bien, si elle avait gagné ce concours, elle avait sûrement réalisé d'autres tableaux.

J'interpellai une femme dont le badge accroché à son pull indiquait qu'elle était « bénévole ». Je lui demandai si elle avait d'autres informations sur la peinture ou sur l'artiste.

— C'était ma grand-mère, lui dis-je, et je lui montrai le tableau, étonnée de constater que cette révélation ne l'excitait pas autant que moi.

— Oh, vous devez aller voir Flynn, ma chère.

— Qui est Flynn ?

— Flynn Sweeney. C'est notre directeur. Il pourra vous renseigner.

Elle me conduisit vers la porte de derrière et me montra un homme grand et rondouillard au nez bulbeux. Il se tenait à une longue table. Devant lui, un panneau annonçait : VENTE AUX ENCHÈRES SILENCIEUSE. Des dizaines d'objets étaient disposés, dont un grand vase en terre cuite, des manuels d'instruction pour bricoler chez soi, une couverture en crochet, des cannes à pêche, des taquets pour bateaux, un carton contenant des DVD de science-fiction d'occasion et huit verres à eau décorés avec la tête de Donald Duck. Je me demandai si le salon de beauté Shear Magic avait encore fait don de ses soins de pédicure et manucure.

Je me présentai puis mentionnai à Flynn Sweeney le tableau de ma grand-mère.

— C'est *Le Café Myrtille*, précisai-je.

— Oh, vraiment ?

Il me scruta de ses yeux marron, couleur des coques de noix de pécan, et déplaça un ensemble de couteaux à viande d'un bout à l'autre de la table. Essayait-il de repérer l'endroit qui les mettrait le plus en valeur ?

— C'est elle qui l'a peint ?

— Oui, elle s'appelait Ruth Goddard et…

— Elle est originaire de Beacon ? demanda-t-il.

Puis il pencha la tête et recula afin d'avoir une vue d'ensemble de la table.

— Oui, elle est née ici.

— Ce café appartenait aux Chapman, expliqua-t-il après avoir déposé les couteaux à viande sur le côté droit, près d'une selle de vélo. Pendant des années, ce commerce a été tenu par un membre de la famille. Une sœur ou un frère ou un oncle ou quelqu'un, jusqu'à ce que l'endroit finisse par fermer. Je pense que c'était à peu près…

Il réfléchit.

— Oh, il y a environ vingt ans.

Je hochai la tête.

— Eh bien, je voulais savoir si vous possédiez d'autres tableaux de ma grand-mère. D'après ce que je sais…

— C'est tellement dommage qu'ils aient fermé, m'interrompit-il en s'emparant d'un fer à friser. Ils faisaient des muffins aux myrtilles divins. On n'en trouve plus nulle part qui soient à peu près mangeables, de nos jours.

— Je suis d'accord avec vous.

Sur ce sujet, il marquait un point.

— C'est toujours malheureux quand un endroit qui fait de la nourriture de qualité ferme, poursuivis-je. Mais pensez-vous que vous auriez d'autres toiles en réserve ? Celles de ma grand-mère, bien sûr. Ruth Goddard. Voyez-vous, je ne suis pas d'ici et je suis venue pour…

— Ah, vous n'êtes pas d'ici ?

— Non, je viens de…

— Eh bien, figurez-vous que ce petit café était le préféré des touristes. Les gens faisaient la queue devant la porte chaque matin pour s'acheter des muffins tout juste sortis du four. Je vous assure que vous n'avez rien mangé d'aussi exquis de toute votre vie !

— Je vous crois. Et, par hasard, auriez-vous d'autres œuvres de ma grand-mère ?

À son regard, j'eus l'impression que ma question l'avait surpris. Il prit un pot de lait en verre.

— Si nous en avions d'autres, elles seraient exposées.

— Et les archives ? Auriez-vous des archives que je pourrais consulter pour chercher des informations sur ma grand-mère ?

Il retourna le pot.

— Je ne sais pas qui nous a donné ça, murmura-t-il. L'étiquette est tombée. C'est embêtant.

Je patientai pendant qu'il inspectait l'objet. Enfin, il leva les yeux vers moi.

— Hein ? Ah oui, les archives.

Il se gratta le menton.

— Toutes les informations dont nous disposons sont inscrites sur la pancarte à côté du tableau.

— Alors, c'est tout ? Seulement ce qu'il y a sur la pancarte ? Il y est indiqué qu'elle a remporté un genre de concours artistique. Le festival des arts de Beacon.

— En effet. Il avait lieu chaque année.

Il me regarda en plissant les yeux.

— Vous avez dit qu'elle avait gagné le concours ?

J'acquiesçai.

— Eh bien alors, essayez la bibliothèque. Cherchez dans les vieux numéros du *Beacon Bugle*. Ils ont peut-être publié un article sur cet événement.

Le *Bugle*. Quelle excellente idée !

— Très bien, répondis-je, merci pour cette suggestion.

— Allez voir ceux qui sont datés de juin, juillet et août. Le festival se déroulait toujours en été.

Son regard devint fuyant, et il frotta le pot de lait comme s'il s'agissait de la lampe d'Aladin et qu'il espérait voir un génie en sortir.

— L'été, dit-il dans un soupir, c'est la saison des myrtilles. Les Chapman. Ils savaient vraiment faire des muffins. En parlant de concours, ils auraient gagné tous ceux de pâtisserie, n'importe quel jour de la semaine, n'importe quelle semaine du mois, n'importe quel mois de…

Je n'entendis pas la suite. Je hâtai le pas, admirai au passage un miroir de maquillage, un jeu de Pachisi et un cadre en métal avec un coin cabossé avant de sortir aussi vite que possible.

La bibliothèque publique de Beacon était une grande maison coloniale blanche entourée d'une palissade, située dans une petite rue non loin du centre-ville. Sur une plaque au-dessus de l'entrée figurait la date de 1790. Un panneau me guida jusqu'à l'accueil. Je pénétrai dans une salle ensoleillée où des gens lisaient autour de tables ou dans des fauteuils.

Un homme avec des lunettes rondes se tenait derrière le bureau de prêt et discutait avec une dame âgée.

— Très bien, Molly. On ne vous fait pas payer l'amende. Encore une fois. Mais promettez-moi que vous essaierez de rapporter ces nouveaux livres à temps, d'accord ?

Une dizaine d'ouvrages consacrés à l'observation des oiseaux s'entassaient sur le comptoir en une haute pile. Le bibliothécaire les rangea dans un sac de courses et la femme s'en alla. Il se tourna alors vers moi.

— Que puis-je faire pour vous ?

Il m'adressa un sourire las.

— Vous aussi, vous avez une amende pour livre non retourné que vous souhaitez négocier ?

— Non, lui assurai-je. Je voudrais consulter de vieux exemplaires du *Beacon Bugle*.

— Vieux comment ?

— De l'été 1950. Je ne sais pas précisément quel mois.

Les lunettes à monture noire du bibliothécaire glissèrent sur le bout de son nez et il les remonta.

— Oh, à ce point-là.

Je craignis qu'il m'annonce qu'il ne les avait pas.

— Vos archives remontent-elles aussi loin ?

Il hésita et me lança un rapide regard scrutateur avant de déclarer :

— Oui, bien sûr, elles sont là-haut. Il faut que je vous y emmène.

Il ouvrit un tiroir dont il sortit un trousseau de clés.

— Marge, dit-il à une femme qui tentait de faire rentrer une chemise dans un dossier suspendu déjà débordant. Je vais aux archives. Je reviens dans une minute.

Il me demanda de le suivre, et nous traversâmes quelques salles remplies de livres et un espace de lecture doté de chaises et de canapés d'aspect confortable. Nous montâmes un escalier dont la rampe en acajou bien cirée rutilait. Au premier étage, il déverrouilla une porte et me fit entrer dans une petite pièce ensoleillée dotée de fenêtres à meneaux. Des grains de poussière en suspension voletaient telles de petites danseuses.

— Tous les vieux journaux sont là, m'expliqua-t-il en me désignant une bibliothèque en bois qui faisait le tour de la pièce.

Il fit glisser sa main le long des étagères et s'arrêta sur une collection de grands livres reliés en toile bordeaux. Il prit un volume dont les dates, 1er juin 1950-15 juin 1950, étaient inscrites en lettres gaufrées sur la tranche et le posa sur une table disposée au centre.

— Je commencerais ici, me conseilla-t-il. Et si vous ne trouvez pas ce que vous cherchez, essayez les volumes suivants.

Il me montra les cinq livres qui abritaient les autres numéros de l'été 1950.

— Ce sont tous des exemplaires originaux, déclara-t-il d'une voix posée, presque respectueuse. Et ils sont très fragiles.

— Ne vous inquiétez pas, je ferai très attention.

Il m'observa un instant, puis, semblant satisfait, il quitta la pièce.

J'ouvris le premier des deux volumes du mois de juin et fus surprise de découvrir l'aspect jauni et délicat du papier. Je caressai la première page, étonnée de la sentir si douce et lisse. Je la tournai, lentement et prudemment, ainsi que les suivantes, effrayée à l'idée de les abîmer ou de les déchirer. J'avais sous les yeux l'histoire de Beacon. Quel émerveillement de songer que l'exemplaire du *Bugle* que je contemplais avait été imprimé plus de soixante ans auparavant !

En me plongeant dans les journaux de cet été-là, je ne m'attendais pas à trouver autant de sujets intéressants que j'aurais envie de lire. Je ne cessai d'être distraite. Il y avait un article sur la première transplantation rénale qui s'était déroulée à Chicago. La guerre de Corée venait de débuter et le président Truman avait engagé l'armée de l'air et la marine dans le conflit. L'émission de télévision musicale *Your Hit Parade* démarrait sur NBC et le film *Annie, la reine du cirque* sortait en salle.

Les publicités et les photos étaient aussi fantastiques. Il y avait des clichés de femmes en tailleurs aux vestes cintrées et aux jupes fourreau sous le genou. Les costumes de flanelle gris semblaient l'uniforme du moment chez les hommes, qui portaient tous un chapeau. On pouvait acheter une maison pour huit mille dollars et une voiture pour mille sept cents dollars.

Je finis par dénicher ce que je cherchais dans le journal daté du 15 août. La manchette indiquait : « Une lycéenne gagne le concours d'art de la ville. » En dessous, je découvris une photo de grand-mère vêtue d'un pull et d'une longue jupe plissée, un collier de perles autour du cou. Elle se tenait près d'un chevalet sur lequel reposait son tableau. De l'autre côté, un homme en costume et cravate portait une plaque. Le cliché semblait avoir été pris sur Paget Street, au cœur de la ville. On pouvait voir la digue et l'océan en arrière-plan, et une partie de la statue de la femme portant un seau de raisins.

> Ruth Goddard, 18 ans, originaire de Beacon, sourit en recevant sa récompense pour le premier prix du festival annuel des arts de Beacon. Le tableau de Mlle Goddard, *Le Café Myrtille*, a gagné le prix de la meilleure toile exposée. Mlle Goddard, qui a obtenu une bourse de l'Institut d'art de Chicago, entrera à l'université le mois prochain. Félicitations à notre lauréate !

L'Institut d'art de Chicago. Je fixai la page jaunie. C'était bien ce que m'avait dit Wade, le vendeur de chez Brewster. Grand-mère avait reçu une bourse. Mais cela n'avait aucun sens. Elle n'avait parlé que de Stanford, d'où elle était diplômée. Elle n'avait jamais mentionné Chicago. Pas un mot. Et pourtant, les faits étaient là, sous mes yeux.

Un sentiment de malaise m'envahit : il y avait tant de choses que nous ignorions sur ma grand-mère. Je relus l'article et étudiai la photo. Puis j'emportai le livre au rez-de-chaussée, posai la page sur la vitre de la photocopieuse et insérai ma monnaie. La machine grogna, gémit et, peu après, une feuille de papier jaillit et tomba sur le sol. Je la ramassai, jetai un œil au cliché et m'interrogeai : Qui était cette fille ?

Chapitre 11

Lila

Lorsque je quittai la bibliothèque et pris l'autoroute en direction du nord vers Kittuck, il était midi. Je mis de la musique. Sarah Vaughan chantait « My Funny Valentine », mais sa voix n'eut pas l'effet apaisant habituel. Elle ne parvint pas à dissiper le sentiment de trouble qui s'était emparé de moi depuis la lecture de l'article du *Bugle*.

L'autoroute serpentait à travers une forêt de pins verdoyants. Le temps que je mette de vieux airs d'Oscar Peterson, j'avais dépassé la sortie pour Lewisboro et son magasin de photos. Fidèle aux prévisions de Wade, je parcourus en une heure la distance entre cette dernière ville et Kittuck.

Il était à peine 14 heures lorsque je pénétrai dans la maison de retraite de Saint Agnes, un petit immeuble en brique de deux étages qui aurait semblé moderne dans les années 1990. Je fus saisie par une odeur d'antiseptique typique des cabinets médicaux, mélangé à des effluves de naphtaline. La réceptionniste me tendit un badge de visiteur et m'informa que je devais prendre l'ascenseur jusqu'au deuxième étage.

Je sortis en face du bureau des infirmières. Deux femmes en uniforme blanc s'activaient derrière le comptoir, l'une travaillait sur un ordinateur, l'autre écrivait sur un tableau blanc accroché au mur. Une grande horloge murale égrenait les heures. L'infirmière assise devant l'ordinateur se retourna et me demanda si j'avais besoin d'aide. D'après son badge, elle s'appelait Noreen.

— Je suis venue voir Lila Falk. Je m'appelle Ellen Branford. J'ai appelé hier.

Noreen hocha la tête et me fit signe de la suivre.

— Vous êtes une amie ?

— Elle et ma grand-mère se connaissaient. Depuis l'enfance.

— Vous arrivez au bon moment, m'expliqua-t-elle en m'emmenant dans le couloir. Sa fille Sugar lui rend visite tous les samedis, mais elle a appelé pour dire qu'elle viendrait plutôt dimanche.

Des bruits d'émissions de télévision me parvinrent tandis que nous passions devant des portes ouvertes. Certains pensionnaires étaient assis dans des fauteuils roulants devant leur chambre. Un homme aux cheveux blancs avançait lentement vers nous avec une canne. Noreen se tourna vers moi.

— Lila a presque quatre-vingts ans, vous savez.

Je le savais, en effet.

— Oui, ma grand-mère avait quatre-vingts ans quand elle…

Je m'interrompis et repris mon souffle.

— Elle avait quatre-vingts ans.

Nous marchâmes jusqu'au bout du couloir.

— Lila souffre de démence. À un stade avancé.

Dans ce cas, j'espérais ne pas avoir fait le déplacement pour rien. Après ce que m'avait raconté Wade, je m'étais imaginé que Lila Falk pourrait me parler de l'enfance de ma grand-mère.

— Elle a des hauts et des bas, expliqua Noreen.

Nous nous écartâmes pour laisser passer un homme en déambulateur.

— Parfois, elle va bien, d'autres fois, ce n'est pas terrible. Elle ne sait plus qui elle est ni où elle est.

Nous nous arrêtâmes devant une porte ouverte.

— Je voulais juste vous prévenir. Pour vous préparer.

J'acquiesçai. Noreen frappa au battant et nous entrâmes dans la chambre. Les murs étaient peints en bleu pâle et la pièce exhalait une odeur d'eau de Javel. Une petite femme aux cheveux gris cotonneux était assise dans l'un des deux lits d'hôpital. Elle regardait la rediffusion d'une vieille émission de télévision, *Match Game*, dans laquelle des concurrents tentaient de faire correspondre des réponses de célébrités aux questions qui leur étaient posées.

— Bonjour, Dorrie, dit Noreen.

La vieille dame leva les yeux et un sourire s'épanouit sur son visage, à l'image d'une fleur qui s'ouvre.

— Bonjour, Noreen, répondit-elle dans un murmure, et je reconnus une pointe d'accent anglais.

Nous nous avançâmes vers une femme menue assise dans un grand fauteuil installé près de l'autre lit. Ses yeux étaient si bleus qu'ils semblaient avoir capté la lumière du ciel. Elle portait un pantalon couleur crème assorti à la couleur de ses cheveux ondulés et une chemise dont le motif représentait de petits boutons de rose. Une couverture au crochet rose recouvrait ses jambes, sur lesquelles j'aperçus un exemplaire du magazine *Glamour*.

— Lila, vous avez de la visite, dit Noreen.

Lila leva la tête, ses yeux se posèrent sur l'infirmière, puis sur moi.

— C'est Mlle Branford. Elle aimerait vous parler d'une personne que vous connaissez.

Lila saisit son magazine, le tourna et le regarda à l'envers.

— Bon, je vous laisse, toutes les deux.

Je remerciai Noreen et tirai une chaise près de Lila.

— Madame Falk, commençai-je, nous ne nous sommes jamais rencontrées, mais je crois que vous étiez une amie de ma grand-mère, Ruth Goddard.

Je prononçai ce nom lentement.

— Vous avez vécu toutes les deux à Beacon pendant votre enfance.

— Beacon ? interrogea-t-elle sans quitter des yeux son magazine. Qui est-ce ?

— Beacon, la ville. Là où vous avez passé votre enfance. Ici, dans le Maine.

Lila repositionna la couverture sur ses genoux avec le plus grand soin, comme si elle suivait un plan précis et élaboré.

— Vous souvenez-vous de Ruth ? insistai-je. Vous étiez très proches durant votre jeunesse.

Lila se replongea dans son magazine et en tourna les pages.

— Vous étiez probablement à l'école ensemble, ajoutai-je. Elle est allée à l'école de Littleton.

Je revis l'arbre noueux, près du vieux bâtiment.

— Je suis passée dans le coin, l'autre jour, et devinez quoi ?

J'attendis une réponse, mais Lila se contenta de tirer sur le bas de sa manche, que quelqu'un avait replié.

— L'école est toujours là. Un immeuble en brique rouge. Vous vous en souvenez ?

Lila continua à tirer sur sa manche, semblant vouloir défaire le revers.

— Laissez-moi vous aider.

Je commençai à déplier le tissu tandis qu'elle observait mes mains.

— Il faut juste le mettre comme ça.

Lila me regarda et, malgré son visage impassible, ses yeux bleus s'illuminèrent.

— Ruth ?

Je souris.

— Non, je ne suis pas Ruth, madame Falk. Je suis sa petite-fille, Ellen.

Elle pencha la tête, puis elle tendit la main et toucha le fermoir en argent en forme de coquillage du collier de perles de ma grand-mère.

— Quelle joie de te voir, Ruth !

Elle poussa un soupir de contentement et m'adressa un petit sourire.

J'allais la détromper de nouveau avant de m'interrompre.

— Moi aussi, je suis contente de te voir.

Elle me fixa de ses yeux bleus perçants.

— Littleton ?

Les rides, sur son front, se creusèrent. Je rapprochai ma chaise.

— Oui, l'école primaire de Littleton.

Elle contempla de nouveau son magazine et me montra une publicité pour un parfum, *Seven Secrets*. Il y avait une carte parfumée qu'elle arracha, puis gratta avec son ongle. Elle la mit devant mon nez.

— Sens ça, Ruth, dit-elle en agitant le petit carré odorant.

J'inspirai, m'attendant à un effluve puissant, mais fus saisie par celui du gardénia, et ce parfum m'évoqua la véranda de la maison de ma grand-mère, à San Francisco. Je me rappelai ses gardénias, plantés dans de gros pots en terre, leurs pétales blancs éclatants comme de la neige qui contrastaient avec leurs feuilles d'un vert profond.

— Ça sent bon.

Lila inclina la tête et me dévisagea.

— Tu as changé de coiffure.

— Pardon ?

Je passai la main dans mes cheveux tandis qu'elle haussait les épaules en souriant.

— C'est joli. Tu as toujours été jolie.

Elle posa la carte parfumée contre sa joue, comme un objet qu'elle aurait tenu avec tendresse.

— Tu te souviens du fleuriste ? Celui qui nous donnait des fleurs.

J'observai Lila, le petit carré toujours collé contre son visage, ses yeux fixés sur un point invisible, au-dessus de moi.

— Oui, répondis-je.

Elle mit la carte dans ma main.

— Des marguerites et des œillets.

Elle soupira.

— Parfois, il nous offrait des gardénias.

Je contemplai la peau fragile de ses doigts noueux et le bleu pâle de ses veines apparentes.

— Et on les mettait dans des vases, tentai-je.

— Oh, moi, je les mettais dans un vase, répliqua Lila.

Son regard se perdit de l'autre côté de la fenêtre, peut-être à la recherche d'un buisson de gardénias. Puis elle se tourna vers moi.

— Toi, tu les peignais.

En entendant ces mots, j'eus l'impression qu'elle venait d'ouvrir les volets d'une pièce restée depuis longtemps plongée dans l'obscurité. *Toi, tu les peignais.* Évidemment, il y avait d'autres toiles. J'en étais sûre. J'aurais voulu poser un million de questions à Lila, sur les tableaux, sur leur amitié, et sur Chet Cummings. J'aurais voulu libérer les petites bribes d'information qui, je le savais, emplissaient de manière erratique son cerveau. Mais je restai là, assise patiemment, mains croisées, à attendre qu'elle poursuive.

— Qu'est-ce que tu préférais, dans mes peintures ?

— On pouvait presque…

Elle ferma les yeux et leva la main.

— On pouvait presque les toucher.

Elle frotta le tissu de sa chemise, et je me demandai ce qu'elle voyait, quelles images de ma grand-mère elle faisait revivre.

Lila détourna les yeux. Elle saisit le coin de la couverture de son magazine, le plia, le défroissa, le replia, et répéta son geste encore et encore.

Enfin, elle déclara d'une voix légèrement tremblante :

— Ça a été terrible pour lui, tu sais, quand tu es partie.

J'attendis la suite, mais elle garda le silence. Aussi je l'interrogeai :

— Terrible pour qui ?

— Chet, répondit-elle dans un souffle.

— Ah, oui. Chet.

— Il n'a pas compris pourquoi tu avais changé d'avis si soudainement. Tu l'aimais et puis… Et puis il y a eu Henry.

Je fus stupéfaite d'entendre le nom de mon grand-père. J'essayai de me figurer ce triangle amoureux, tant d'années auparavant. La pensionnaire qui partageait la chambre de Lila remua dans son lit et murmura dans son sommeil.

— Chet pensait que tu allais revenir, mais moi je savais que tu ne rentrerais pas. Quand il a appris la nouvelle… quand il a découvert…

Elle soupira.

— La nouvelle ? questionnai-je.

— Que tu t'étais fiancée. Il ne pouvait pas y croire, Ruthie. Il valait mieux pour toi que tu ne l'aies pas vu à ce moment-là. Le pauvre garçon était désespéré. Il fallait qu'il quitte… Il devait partir.

— Il fallait qu'il quitte quoi ? demandai-je.

Elle sembla ne pas m'entendre.

— Et puis tout s'est écroulé.

— Tu veux dire, Chet et moi ?

— Non, je veux dire…

Dans le lit voisin, la femme éclata d'un rire aigu, et Lila et moi nous tournâmes vers elle. Elle s'était réveillée et regardait de nouveau la télévision.

Lila se redressa, la couverture glissa sur ses genoux. Ses yeux, profonds comme de la glace, me scrutaient.

— Ruthie, il faut que tu ailles voir Sugar. Elle a des affaires à toi. Je n'avais pas assez de place. Tu comprends, n'est-ce pas ? Il y a des photos, je crois. Et des lettres.

Des photos et des lettres. Je sentis une pointe d'excitation.

— Sugar ? Ta fille ?

Lila bâilla et hocha faiblement la tête.

Bien sûr que j'irais lui rendre visite. Si elle avait quoi que ce soit à me raconter ou à me donner qui avait appartenu à ma grand-mère, je serais très heureuse de la rencontrer.

— Oui, je serai ravie d'aller la voir.

Lila soupira et regarda ses mains, comme si elles avaient appartenu à quelqu'un d'autre. Une annonce passa dans un haut-parleur : « Le Dr Martin à la réception. Le Dr Martin à la réception. »

Ses paupières s'affaissèrent.

— Il y a un médecin qui séjourne dans cet hôtel ? Que c'est pratique.

Elle bâilla de nouveau et cligna des yeux.

— Lila ?

Je lui touchai le bras. Ses paupières se fermèrent, sa tête tomba sur sa poitrine. Elle s'était endormie.

Sur la route du retour, le soleil de fin d'après-midi dardait ses rayons d'un orange chatoyant. Quelques millions de pins plus tard, je me garai dans le parking de mon hôtel. Il était presque 18 heures lorsque j'entrai dans le hall. Un fumet d'oignons sautés m'accueillit et je me souvins que je n'avais rien avalé depuis le petit déjeuner.

Paula n'était pas à la réception. Une jeune femme dodue avec des cheveux bouclés coupés court, d'une nuance de rouge loin d'être naturelle, était assise derrière le comptoir.

— Bonjour. Je peux vous aider ? me salua-t-elle joyeusement d'une voix chantante.

— Je suis Ellen Branford. J'ai une chambre chez vous. La 8 ou la 10. C'est la suite avec vue sur l'océan.

J'indiquai l'escalier, et mon bras sembla peser une tonne.

— Deuxième étage, première chambre à droite.

La jeune femme portait un petit insigne noir sur lequel le nom de « Totty » était imprimé en lettres blanches.

— Très bien, chère madame. Bienvenue.

La voix de Totty montait à chaque fin de phrase, donnant l'impression qu'elle ne cessait de poser des questions. *Bienvenue ?*

— Paula est absente, ce soir ? demandai-je en cherchant ma clé dans mon sac.

— En effet.

Totty sourit, et des fossettes se dessinèrent sur ses joues, donnant à son visage un aspect enfantin. Je la remerciai et me dirigeai vers l'escalier. En passant devant le salon et la salle à manger, je remarquai que presque toutes les tables étaient occupées. Un serveur apportait une soupe et une salade à un couple assis près de la porte. Je lui fis signe et il vint à ma rencontre.

— Est-ce possible de commander à dîner et d'être servie dans ma chambre ?

— *Sì, sì*, bien sûr, me répondit-il avec son fort accent italien. Vous choisissez, on vous l'apporte. Je vais vous chercher le menu.

Il revint rapidement avec une carte que j'étudiai.

— Je crois que je vais prendre la salade Victory, lui dis-je en lui indiquant la première entrée de la liste.

« Jeunes pousses de chou, cranberries, noix, fromage de chèvre, sauce au vinaigre de framboise. »

Il prit note sur un carnet en hochant la tête.

— Et le poulet grillé, ajoutai-je en montrant le premier plat indiqué.

« Demi-poulet fermier rôti au beurre et aux herbes fraîches, purée de pommes de terre et carottes du potager. » Je n'avais jamais mangé un demi-poulet de ma vie, mais j'avais envie d'essayer.

— Poulet rôti, murmura-t-il en notant.

— Qu'est-ce que vous proposez en dessert ? demandai-je en abandonnant toute prudence.

Je me promis de me ressaisir dès mon retour à Manhattan. Je pourrais même m'entraîner pour la course de dix kilomètres que Winston Reid sponsorisait à l'automne prochain.

Le serveur prit un bout de papier dans sa poche et me lut la sélection du jour : cheesecake, brownie sundae, tarte aux myrtilles et glaces.

— Tarte aux myrtilles, annonçai-je sans réfléchir. Oh, et un verre de vin blanc, s'il vous plaît. Qu'est-ce que vous avez au verre ?

Il se gratta le menton.

— Au verre, nous avons la cuvée du patron, et d'autres que je vais vous chercher sur la carte et…

Je secouai la main.

— Laissez tomber, je prendrai la cuvée du patron.

Si Hayden m'avait entendue dire ça, il aurait fait un malaise. *La cuvée du patron, Ellen ? Et tu ne sais même pas ce que c'est ?*

— *Sì, sì*, on vous l'apporte, affirma le serveur en hochant plusieurs fois la tête.

Je me traînai jusqu'en haut des escaliers, déverrouillai ma porte et laissai tomber mon sac sur le sol. Je me jetai sur le lit et passai mes bras autour de l'oreiller. Le long trajet jusqu'à Kittuck et le retour à l'hôtel m'avaient épuisée. À moins que ce ne soit la rencontre avec Lila. Quelle qu'en soit la raison, j'avais juste besoin de fermer les yeux cinq minutes et de laisser ma tête reposer sur l'oreiller.

Je bâillai et songeai au triangle amoureux qu'avaient formé grand-mère, Chet Cummings et mon grand-père. Je pensai à Lila Falk et à sa fille, Sugar, et aux affaires de ma grand-mère que cette dernière devait avoir conservées. Enfin, je me dis que mon oreiller était bien douillet sous ma tête.

Une demi-heure plus tard, quelqu'un frappa à la porte. Je me redressai d'un bond, incapable pendant quelques secondes de me souvenir où je me trouvais.

— Mademoiselle, c'est Rodolfo.

Un autre coup fut frappé.

— Mademoiselle, j'apporte votre dîner.

Mon dîner ?

— Oui, j'arrive.

Je repoussai quelques mèches de cheveux de mon visage et tentai de défroisser mes vêtements. J'ouvris la porte. Rodolfo tenait un plateau bleu orné de dessins de coquillages entre les mains : il contenait un verre à pied ancien, gravé en cristal et rempli de vin blanc, une salade colorée par les jeunes pousses et les cranberries, une grande assiette blanche recouverte d'une cloche argentée étincelante, une part de tarte aux myrtilles et une rose dans un soliflore.

C'était tellement beau que j'en restai bouche bée. Puis je me ressaisis.

— Entrez, je vous en prie.

Rodolfo fouilla la chambre du regard.

— Je pose ça où ?

Je crus qu'il plaisantait. Il n'y avait nulle part où mettre le plateau, à l'exception du lit.

— Ici, je suppose.

— *Sì, sì.*

Il posa son chargement et je fouillai dans mon portefeuille pour dénicher quelques billets.

— Merci, lui dis-je en lui donnant son pourboire.

— Merci à vous, répondit-il.

Il fit une petite révérence avant de partir.

Je m'assis sur le lit et goûtai la salade. Les jeunes pousses de chou étaient fraîches et croquantes, et les gros morceaux de chèvre savoureux. Les noix caramélisées croustillèrent sous mes dents. Je soulevai la cloche argentée, et un fumet d'herbes parfumées embauma l'air. Le poulet était doré à point, parsemé d'estragon frais et d'autres herbes que je ne sus identifier. La purée de pommes de terre semblait crémeuse et riche en beurre, et les carottes étaient nappées d'une sauce épaisse et sombre. En quelques minutes, j'avais tout englouti, tarte comprise, avec sa pâte feuilletée et ses myrtilles encore tièdes. Je me demandai si Paula accepterait de partager ses recettes. Je l'avais sous-estimée, c'était évident.

Repue, je poussai le plateau sur le côté et m'allongeai de nouveau. Je distinguai une craquelure au plafond qui avait la forme de l'État du New Hampshire. Peu à peu, tout mon corps se détendit. Ne t'endors pas, m'intimai-je. Il faut que tu appelles Hayden, et maman, et Sugar…

Nous marchions dans un champ immense, envahi par les hautes herbes et entouré de murs de pierre. Quelques roches s'étaient détachées et Hayden les ramassait pour les replacer dans le mur, chaque fois au bon endroit. Il les tournait et les repositionnait jusqu'à ce qu'il soit satisfait du résultat. Souvent, il reculait pour évaluer son travail et, parfois, il retirait une pierre pour la caser ailleurs. Je commençais à ramasser les roches les plus petites et cherchais des fentes dans le mur où j'aurais pu les insérer.

— Cela se produit à chaque fin d'hiver, m'expliquait-il. C'est la dilatation et la contraction qui en sont la cause.

— C'est comme pour les nids-de-poule, répondais-je. Les routes subissent le même phénomène et ils apparaissent.

— Tu es vraiment une fille de la ville, constatait-il, et il passait ses bras autour de mon cou avant de m'attirer à lui.

Nous nous asseyions ensuite sur le mur et regardions les herbes du champ agitées par le vent.

Il sautait du mur et repoussait quelques ronces.

— Des myrtilles, disait-il.

Là, à ses pieds, des pousses vertes sortaient de terre.

— Comment savais-tu que tu en trouverais ici ?

— Elles seront toujours là, répliquait-il.

Puis il m'embrassait avec une passion qui me transportait.

Quelqu'un frappait à la porte. J'essayai de me tirer du sommeil, de quitter le champ et ses murs de pierre, ses herbes hautes et ses myrtilles.

On cogna de nouveau, un peu plus fort. Rodolfo. Il venait chercher le plateau. Je sentis l'odeur de vinaigrette, et elle ne me sembla plus si appétissante. Je me redressai et me frottai les yeux.

Rodolfo tapait toujours à la porte.

Je tentai de me rappeler mon rêve, mais il commençait déjà à s'effacer, comme un brouillard qui cacherait le soleil. Soudain je me souvins du champ, de Hayden et moi près d'un mur bordé d'herbes hautes. Nous soulevions des pierres et les replacions dans la paroi.

Le bruit continuait derrière la porte. Rodolfo insistait vraiment. Il en était presque impoli.

— Une minute, grognai-je, et je commençai maladroitement à m'extraire du lit. J'arrive.

Très bien, viens récupérer ton fichu plateau, pensai-je. Et, au moment où mon pied toucha le sol, je me souvins que l'homme de mon rêve n'était pas Hayden, mais Roy Cummings. Roy. Oh, mon Dieu ! Roy m'avait embrassée. Et c'était un baiser fabuleux, encore plus extraordinaire que celui de la plage. Je sentais encore ses bras autour de mon cou, ses lèvres sur les miennes. Son baiser avait le goût des embruns ou de la fin d'une belle journée d'été.

Je pris le plateau et m'avançai vers la porte. Le tenant en équilibre d'une main, je tournai la poignée de l'autre. Les herbes hautes, les myrtilles, le baiser. Je voulais retourner dans mon rêve. Je voulais revivre le baiser. Je voulais Roy. J'en avais mal.

J'ouvris le battant, prête à donner le plateau à Rodolfo et là, dans un imperméable brun clair sur mesure en gabardine italienne, attaché-case d'une main et sac de voyage Louis Vuitton de l'autre, se tenait Hayden.

Chapitre 12

Combat de coqs

— Hayden !

Je lâchai le plateau et laissai assiettes et couverts tomber par terre dans un grand fracas. Au bout du couloir, une femme ouvrit la porte de sa chambre, jeta un œil, puis la referma.

— Mais qu'est-ce que tu fais là ?

Hayden était devant moi, avec ses cheveux dorés ébouriffés, dans son costume gris de Savile Row. La cravate italienne en soie jaune que je lui avais offerte au Noël dernier était nouée sous le col d'une chemise blanche amidonnée. Il était magnifique.

— Ellen, tu vas bien ?

Il sourit en regardant toute la vaisselle éparpillée par terre.

Je chassai Roy de mes pensées et me jetai à son cou. Son étreinte sentait le cuir et m'évoqua les salles d'audience, aux épais lambris en acajou et aux tapis d'Aubusson plusieurs fois centenaires.

— Oui, ça va. Je suis surprise, c'est tout.

Il pressa ses lèvres contre les miennes et me donna un long baiser intense. À cet instant, j'eus l'impression d'être de retour à New York, de replonger dans ma vie trépidante, avec les courses en taxi, les téléconférences, les déplacements en limousine, les soirées de levées de fonds à l'Opéra et les galas dans les musées. Je me vis dans notre appartement, installée sur le canapé le dimanche matin, une tasse de café à la main, les journaux étalés sur la table, le soleil pénétrant par les fenêtres. Le bonheur.

Nous ramassâmes le contenu du plateau répandu sur le sol et Hayden me suivit dans ma chambre.

— Pourquoi ne m'as-tu pas dit que tu venais ? lui demandai-je.

— Parce que je ne le savais pas avant cet après-midi.

Je pris son manteau et le vis jeter un œil autour de lui.

— C'est ça, ta chambre ?

Son regard passa de la cuvette en faïence avec son broc ébréché à la chaise à barreaux inconfortable, puis à la minuscule salle de bains avec le verre à dents rempli de stylos et de crayons que j'avais posé sur le réservoir des toilettes.

Je suspendis son manteau au dos de la chaise.

— Ce n'est pas si terrible.

Il me regarda d'un air sceptique.

— Ellen Branford, la reine des hôtels cinq étoiles, me déclare que ce n'est pas si terrible. Je suis impressionné.

— Je t'assure. Je trouve même que ça a son charme.

Il leva le menton et m'observa.

— Tu as l'air… je ne sais pas… il y a quelque chose de différent.

Il étudia mon visage.

— Oh, tu n'es pas maquillée. C'est peut-être ça.

— Je ne suis pas maquillée ?

Je touchai ma joue.

— Ne te mets pas dans un état pareil, répondit-il en riant. Tu n'en as pas besoin.

Comment avais-je pu oublier de me maquiller ?

— J'étais si pressée, ce matin. Je suis allée rendre visite à une vieille amie de ma grand-mère, dans une maison de retraite.

— Elle a une amie ici ? demanda Hayden en écartant les cheveux de mon visage et en plongeant ses yeux dans les miens.

— Oui. Et tu ne devineras jamais ce que j'ai découvert aujourd'hui.

Je lui racontai ma visite au magasin de photo, le tableau à l'Association historique et l'article déniché à la bibliothèque.

— Il y a tant de choses que nous ignorions sur ma grand-mère.

Il me jeta un regard étonné.

— Comme si elle avait mené une vie secrète ?

— Pas exactement. Enfin, j'espère que non. Pourtant il y a en effet des choses dont elle n'a jamais parlé.

— En quelque sorte, tu as résolu un mystère, dit-il, tandis que nous nous asseyions sur le lit. J'aimerais beaucoup voir ses peintures. Il faudra que tu me les montres.

— Promis. J'ai très envie que tu les voies. Mais avant qu'on parle de tout ça, je veux que tu me racontes comment tu as atterri ici. Je croyais que tu allais passer ta journée en conférence pour trouver un accord sur l'affaire Dobson.

Le visage de Hayden s'éclaira d'un large sourire.

— Que se passe-t-il ? Dis-moi.

— On y est parvenus ce matin.

— Ah bon ? Oh, Hayden, c'est génial !

Je me jetai de nouveau à son cou.

— Et toi qui croyais que ça ne se résoudrait jamais !

— On a obtenu vingt-neuf millions et demi de dommages et intérêts, annonça-t-il, et il secoua la tête en signe d'incrédulité. Je n'aurais jamais cru qu'on atteindrait un tel montant.

Si notre client empochait son argent, notre cabinet recevrait une énorme commission. Pour Hayden, c'était encore un exploit à son actif.

— Waouh, c'est fabuleux ! m'exclamai-je.

— Je suis plutôt content et le conseil d'administration de Dobson est ravi. Parfois, tout va dans le bon sens, et là, c'est le cas.

— Félicitations ! m'écriai-je, fière de lui. Tu as dû te montrer extrêmement persuasif.

— Oh, je peux l'être quand je le veux, dit-il avec un sourire espiègle. Je me souviens d'avoir utilisé mes pouvoirs de persuasion sur toi, quelquefois.

— Possible, répliquai-je en feignant l'indifférence. Mais tu n'obtiendras jamais vingt-neuf millions cinq de ma part.

Il prit ma main.

— Blague à part, sais-tu quelle a été la meilleure partie de cet accord ?

Je secouai la tête.

— Le fait que j'aie pu te rejoindre ici. J'étais dans un taxi, je rentrais chez nous, et là je me suis dit : Pourquoi n'irais-je pas dans le Maine ? J'ai attrapé quelques affaires et je suis monté dans un avion.

— Oh, Hayden !

Il avait l'art de me faire fondre.

— Tu m'as manqué, avoua-t-il en m'attirant vers lui. Je n'aime pas être chez nous sans toi.

Je posai ma tête contre sa poitrine.

— Toi aussi, tu m'as manqué.

— Je n'arrêtais pas de penser à toi, toute seule ici. Je me suis dit que, comme ça, tu aurais de la compagnie et que nous pourrions rentrer ensemble à New York.

Il se leva.

— Et, à propos de New York, je t'ai apporté quelque chose.

Il me fit un clin d'œil avant de prendre un paquet dans sa mallette.

— Qu'est-ce que c'est ?

— Ouvre-le, dit-il en se rasseyant à mes côtés.

Je déchirai le papier d'emballage. C'était un livre. *Le Monde d'Henri Cartier-Bresson*[1].

— Hayden, c'est mon photographe préféré.

— Je sais. Et c'est une première édition.

— Il est magnifique.

Je commençai à feuilleter les pages, découvrant les photos en noir et blanc.

— Le père du photojournalisme.

1. *The World of Henri Cartier-Bresson*, d'Henri Cartier-Bresson.

Je m'arrêtai sur l'image d'un homme roulant à bicyclette dans une petite rue de France. Le cliché avait été pris d'un escalier.

— J'adore celle-là. Regarde la courbe formée par les marches et la rambarde en fer. Les formes sont sublimes. Et l'homme qui file sur son vélo, il est presque flou. Il n'avait qu'une demi-seconde pour prendre la photo. C'est incroyable ! « Photographier, c'est mettre sur la même ligne de mire la tête, l'œil et le cœur. »

— Quoi ?

— Oh, c'est une des plus belles citations de Cartier-Bresson. C'est tellement vrai, tu ne trouves pas ?

J'attirai Hayden vers moi et l'embrassai.

— Quel cadeau fabuleux ! J'ai hâte de me plonger dans chaque photo.

— Je suis content que tu l'aimes.

Je fermai le livre et le serrai contre moi.

— Je l'adore.

Il me sourit.

— Bon, alors, raconte-moi ce qui s'est passé. As-tu fini par rencontrer le fameux M. Cummings ?

Je baissai la tête.

— Non. Je ne pourrai pas le rencontrer.

— Pourquoi ? Que s'est-il passé ?

Je tirai sur un fil qui dépassait du couvre-lit.

— Chet Cummings est… En fait, il est mort.

Hayden prit ma main.

— Oh, ma puce, je suis désolé.

— Oui. Moi aussi.

— Quand est-ce arrivé ?

— Il y a trois mois.

— Oh, non. Quelle déveine ! Tu as fait tout le voyage jusqu'ici et… Ma pauvre chérie.

Un vent frais pénétra par la vitre ouverte. J'eus soudain froid. Je fermai la fenêtre et allumai le chauffage. On entendit un grognement et un cliquetis, puis la ventilation se mit à ronronner. Une odeur métallique monta de la bouche d'aération au sol, suivie par un grand souffle d'air tiède.

Hayden redressa les oreillers, retira ses chaussures et s'allongea sur le lit. Il desserra sa cravate et me fit signe de le rejoindre. Je me blottis dans le creux de son bras.

— Allez, raconte-moi tout. Tu n'as pas pu remettre la lettre et…

— Non, je l'ai donnée. À son neveu.

Hayden me regarda.

— Son neveu ? Qui est-ce ?

— Un type qui s'appelle Roy Cummings. Chet vivait chez lui.

— Oh.

Il s'interrompit avant de reprendre.

— Et que compte-t-il en faire ?

— Aucune idée, mais j'ai pensé que je devais la lui laisser. Tu n'es pas de mon avis ?

Hayden me considéra d'un air perplexe.

— Je ne sais pas, Ellen. Ça m'étonne de ta part. La lettre ne lui était pas destinée. Je l'aurais donnée à l'exécuteur testamentaire ou à l'administrateur nommé par le tribunal s'il… Cet homme est-il son exécuteur testamentaire ?

Je tentai de me rappeler ce que Roy m'avait expliqué dans son jardin. *Tout ce qui concerne mon oncle me concerne aussi*, ou quelque chose comme ça. Il n'avait pas déclaré explicitement qu'il était son exécuteur testamentaire, mais j'avais cru comprendre qu'il gérait ses affaires. J'espérai que je n'avais pas tiré des conclusions hâtives. Et si je m'étais trompée ? Avais-je manqué de jugeote ?

Je hochai la tête.

— Oui, je crois.

— Tu crois ?

— Non, je veux dire, il l'est.

— Bon, dans ce cas tout va bien.

Hayden s'étira et poussa un profond soupir. Je l'aidai à enlever ses boutons de manchettes en or, celles qui étaient ornées des armoiries familiales, et il les posa sur la table de chevet. Puis il commença à m'embrasser dans le cou. Je fermai les yeux et sentis son souffle chaud et familier, la douceur de ses cheveux contre ma peau, leur parfum aux agrumes qui me rappelait celui de notre shampooing.

Il dégrafa mon chemisier, ses doigts jouèrent délicatement sur le tissu. Je retirai sa cravate, déboutonnai sa chemise, puis il s'allongea et m'embrassa. La craquelure sur le plafond qui ressemblait au New Hampshire parut s'effacer doucement tandis qu'au-dehors les grillons chantaient. Nous nous déshabillâmes et fîmes l'amour.

Hayden était déjà levé lorsque je me réveillai, le dimanche matin. Assis dans le lit à côté de moi, en caleçon et T-shirt bleu, il tapait sur son ordinateur.

— Salut, dis-je en bâillant et en me frottant les yeux. Quelle heure est-il ?

Il consulta sa montre.

— Un peu plus de 9 heures.

Un rayon de lumière filtrait à travers les stores.

— Est-ce qu'il a l'air de faire beau ?

— Je n'en sais rien, je n'ai pas vérifié, répondit-il toujours rivé à son ordinateur.

— Tu n'as pas regardé ?

Il secoua la tête.

— Je bossais.

Il déposa un baiser sur ma joue.

— Hayden, j'ai vraiment envie que tu voies les peintures de ma grand-mère. Je ne pense pas que l'association historique soit ouverte aujourd'hui, mais on peut sans doute rendre visite aux Porter pour que je te montre celle qui est dans leur grenier.

— Excellente idée ! J'adorerais la voir.

— J'appellerai Susan plus tard.

Mon estomac gargouilla et je me rendis compte que j'étais affamée. Mon appétit semblait déréglé, ces derniers jours. J'avais tout le temps faim, et ce qui me tentait n'avait rien à voir avec l'alimentation diététique à laquelle j'étais habituée. J'avais envie de nourriture réconfortante, comme du pain de viande ou de la purée de pommes de terre, du poulet aux boulettes de pâte, des macaroni au fromage, ou du pot-au-feu. Je me tournai vers Hayden.

— Tu veux prendre le petit déjeuner ?

— Oui. Donne-moi une minute, j'ai un truc à finir.

Alors que je me dirigeais vers la commode, il m'attrapa par le bras et ses doigts glissèrent le long de mon biceps.

— Eh bien, tu as encore un sacré tonus musculaire, remarqua-t-il en souriant. Tu as fait de l'exercice, ici.

— Pas vraiment.

Je me demandais même s'il existait des salles de sport dans le coin. Je pris un short et un haut dans le tiroir.

— Ah, mais si ! m'exclamai-je. J'avais oublié, je suis allée nager.

— Nager ?

Il me jeta un regard rapide.

— Oh, oui, c'est vrai que tu faisais partie d'une équipe de natation. À Exeter, c'est ça ?

Il retira le bouchon d'un stylo et commença à écrire sur un carnet.

— Ouais, Exeter, confirmai-je.

J'enfilai mon short et mon haut puis relevai l'un des stores. Le soleil envahit la chambre. Appuyée sur le rebord de la fenêtre, je regardai dehors et respirai l'air frais aux senteurs d'herbes sauvages.

Hayden leva la tête.

— Qu'est-ce que c'est calme, ici.

Je ne réussis pas à savoir s'il le disait en mode reproche ou compliment.

— Oui, c'est calme.

J'entrai dans la salle de bains, prête à saisir ma brosse à dents, lorsque je me figeai sur place. Au-dessus du lavabo, fichée dans un coin du miroir, se trouvait une carte couleur ivoire, ornée de lettres cursives noires gaufrées. Je m'approchai pour lire.

Mme Cynthia Parker Branford
vous prie de lui faire l'honneur
d'assister au mariage de sa fille
Eleanor Newhouse
avec
M. Hayden Stewart Croft

samedi 7 octobre
à six heures trente
à l'église Saint Thomas
New York, NY

Je sentis un petit pincement au cœur. Je pris l'invitation et, assise au bord de la baignoire, la contemplai. Samedi 7 octobre. Les lettres, gravées sur le papier, étaient définitives.

— Alors, quel est le verdict ? me demanda Hayden de la chambre.

— Le verdict ?

J'essayais de me souvenir du nombre d'invitations que nous avions commandées. Deux cents ? Deux cent cinquante ? Tout ce que je me rappelais, c'était le chiffre, au bas de la liste des invités : trois cent trente-sept personnes. Ils étaient tous conviés à venir assister à notre mariage. La famille, les amis, les associés…

— L'invitation, insista Hayden d'un ton impatient. Qu'en penses-tu ? Ce n'est pas génial ?

J'imaginai l'église, les cierges, les arrangements floraux, les bancs qui se remplissent, le quintet à cordes interprétant les morceaux que nous avions choisis. Des picotements me parcoururent tout le corps.

— Oui, c'est magnifique.

— Ne t'avais-je pas dit qu'ils étaient les meilleurs, chez Smythson ? insista Hayden, qui se tenait à présent sur le seuil de la porte. Ce n'est pas pour rien qu'ils sont les graveurs officiels de la reine.

— Je te crois, fis-je en hochant la tête.

— Tu ne peux pas trouver un travail de cette qualité ici, aux États-Unis.

Je passai mes doigts sur les lettres en relief et me demandai pourquoi je me sentais soudain un peu angoissée. Peut-être était-ce à l'idée de ces cartes distribuées dans tout le pays à des dizaines et des dizaines de gens, les conviant à venir assister à l'événement, à nous voir, Hayden et moi, échanger nos vœux.

Chaque future épouse était probablement nerveuse à la vue du faire-part de son mariage. Pourquoi pas ? C'était sûrement une réaction normale. Après tout, il y avait un côté si… concret. *Plus de place à l'erreur*, semblait-elle annoncer.

L'erreur ? Non, ce n'était pas le mot exact. D'ailleurs, ce n'était absolument pas ce que je voulais dire. Ce que je voulais dire… c'était quoi, en fait ?

Je dois être en train de devenir folle, pensai-je tandis que j'observais mon reflet dans le miroir. Je suis fiancée à l'homme le plus extraordinaire du monde, et nous allons avoir le plus magnifique des mariages.

Tout à coup, Hayden était près de moi, sa tête posée dans le creux de mon épaule. Il me prit l'invitation des mains, la regarda, sourit avec satisfaction et la remit dans le coin du miroir.

— Graveurs officiels de la reine, fit-il en hochant la tête.

— Oui.

Je passai mes bras autour de lui et le tins serré fort contre moi.

Totty, la femme de l'équipe de nuit, n'était plus à la réception lorsque Hayden et moi descendîmes pour le petit déjeuner. Paula était de retour, et elle marqua un temps d'arrêt quand elle aperçut Hayden.

Je souris chaleureusement.

— Voici mon fiancé, Hayden Croft. Il arrive de New York.

Je me tournai vers Hayden.

— Paula Victory, la propriétaire de l'hôtel.

Paula cligna des yeux.

— Votre fiancé.

Elle énonça le mot en l'étirant, comme s'il contenait six syllabes. Puis elle le regarda.

— Quel genre de nom est-ce donc ?

— Croft, répondit-il. C-R-O-F-T.

— Jamais entendu avant.

— C'est anglais. Mes ancêtres…

— Oh, non ! Je parlais de votre prénom. Haven ?

— Non, Hayden, avec un *y*, précisa-t-il en rajustant le col de son polo.

— Ha ha ! fit Paula en me jetant un coup d'œil. Votre fiancé.

Un des côtés de sa bouche remonta pour former un demi-sourire.

— Eh bien, ce n'est pas beau tout ça ?

Elle scruta Hayden de haut en bas avant d'émettre un hochement de tête approbateur.

— Je tiens à vous remercier d'avoir pris soin d'Ellen, dit-il en passant son bras autour de moi.

Paula se mit à rire.

— Oh, mais c'est inutile, répliqua-t-elle. Ellen sait très bien s'occuper d'elle-même.

J'entraînai Hayden vers la porte avant que Paula ait le temps d'ajouter quoi que ce soit.

— Bon, eh bien nous, on sort prendre le petit déjeuner. À plus tard !

— C'est moi qui conduis, me dit Hayden en s'arrêtant en bas des escaliers.

— Pas besoin de la voiture. C'est à cinq minutes à pied.

Il sembla surpris.

— Tu peux aller à pied au centre-ville d'ici ?

— Bien sûr.

Nous flânâmes dans Prescott Lane. Des branches de rosier blanc du Japon s'échappaient des clôtures des maisons. J'attirai une fleur à moi pour en respirer le parfum. Elle sentait la rosée et le soleil des petits matins. Parvenus au bout de la rue, nous nous engageâmes à droite sur Putnam Street et continuâmes notre balade en direction de la mer.

Lorsque nous débouchâmes sur Paget Street, l'océan nous apparut, mosaïque de bleus et de blancs sous un soleil resplendissant.

— On a fait le tour de la ville ? questionna Hayden en ajustant ses lunettes de soleil.

Je lui pris la main.

— Oui, c'est Beacon.

Je l'emmenai au Three Penny Diner. La plupart des tables étaient occupées, et seul un box était encore libre. La jeune serveuse avec qui j'avais parlé la première fois s'approcha de nous avec les menus. Ses cheveux rouges cascadaient en larges boucles. Elle nous fit un grand sourire avant de nous guider jusqu'à nos places. Nous nous assîmes face à face, commandâmes du café et étudiâmes la carte.

— Je sais déjà ce que je veux, expliquai-je à Hayden. Les doughnuts aux pommes. Tu devrais les goûter, ils sont fabuleux.

— Des doughnuts ?

Il me regarda, sidéré.

— Tu manges des doughnuts ?

— Eh bien quoi ?

— Je ne sais pas. Les glucides ? Les calories ? Tu n'en manges jamais. Je suis étonné, c'est tout.

Il se replongea dans la carte et je songeai à ces beignets tout chauds sortis de la friteuse : le dessus, couvert de sucre, qui croustillait quand on croquait, l'intérieur si moelleux, la saveur de la pomme, et la pâte qui fondait dans la bouche. Ça ne pouvait pas être bon pour la santé. Il avait raison.

La serveuse revint et déposa deux tasses de café devant nous.

— Vous avez choisi ?

Je savais que j'aurais dû commander des flocons d'avoine ou demander s'il y avait d'autres céréales complètes au fond de leur réserve, mais le souvenir du doughnut aux pommes que j'avais mangé la fois précédente était encore trop vif. J'en commandai un et rendis mon menu avec un léger sentiment de résignation.

Hayden me jeta un coup d'œil mais ne dit rien. Puis il décocha un grand sourire à la serveuse.

— Je voudrais une omelette blanche à la ciboulette, quelques rondelles de tomates et un toast de pain aux douze céréales, sans beurre, s'il vous plaît.

Une omelette blanche à la ciboulette ? Ce n'était même pas au menu. J'eus envie de rappeler à Hayden que nous n'étions pas à New York, mais je gardai le silence.

La serveuse fit cliqueter son stylo plusieurs fois.

— Je suis désolée, monsieur, mais nous n'avons pas de ciboulette ni ce genre de pain.

— D'accord, répondit-il en levant les mains d'un geste conciliateur. Une omelette blanche, des rondelles de tomate et… quel genre de pain avez-vous ?

Elle fit encore cliqueter son stylo.

— Blanc, complet, au seigle.

Il réfléchit quelques instants.

— Bon, je prendrai le pain complet.

La serveuse nous lança un sourire rapide et s'en alla.

Je bus une gorgée de café. Il avait le goût de la noisette et des soirées au coin du feu.

— J'aimerais bien acheter le *Wall Street Journal*, dit Hayden. Tu crois que c'est possible, par ici ?

— Il y a un petit magasin en bas de la rue, je pense qu'ils en ont.

Il se leva et regarda autour de lui.

— J'ai aperçu des journaux, quand nous sommes entrés… Oh, les voilà.

Il alla à la caisse et revint avec le *Boston Globe* et le *Beacon Bugle*.

— Ce devrait être intéressant, déclara-t-il.

Le gros titre en première page du *Bugle* annonçait : « Des pierres sur la route 9 interrompent la circulation. » En dessous, il y avait le cliché d'un embouteillage et, devant les voitures, sur la chaussée, un tas de rocs tombés d'un camion.

Dieu merci, il n'est pas en train de regarder ma photo.

— J'imagine que c'était une journée tranquille, remarquai-je.

Hayden posa le *Bugle* sur la table et prit le *Globe.*

— C'est formidable qu'une si petite ville parvienne à conserver un quotidien. Combien d'exemplaires peuvent-ils bien vendre ? Quatre, cinq cents journaux par jour ?

— Plus de trois mil…

Il leva les yeux vers moi.

— Hein ?

— Non, rien.

La serveuse nous apporta nos assiettes, et j'essayai de persuader Hayden de goûter mon doughnut.

— Allez, tu es dans le Maine.

Je lui donnai un coup de coude.

— Chad ne le saura jamais.

— Ha ! s'exclama-t-il. Chad est mon coach depuis sept ans. Il le saura.

Mais il saisit le beignet et prit une petite bouchée. Il la mâcha lentement, et je le vis savourer comme je l'avais vu faire des centaines de fois en dégustant du vin.

— Waouh ! fit-il. J'ignorais qu'un doughnut pouvait être aussi bon.

— Bienvenue dans le Maine !

Soudain, je me sentis profondément heureuse. C'était une journée magnifique et nous allions la vivre ensemble. Ce miniséjour à Beacon se transformait en un agréable moment de vacances pour nous deux.

Je feuilletai le *Bugle*, survolai un article sur un officier de police qui avait été décoré, une annonce pour un vide-grenier à l'église Saint Mary et une lettre, adressée au rédacteur en chef, dans laquelle un lecteur se plaignait de l'augmentation de la taxe foncière. Je tournai la page et lus qu'une foire agricole sponsorisée par l'Association des fermiers et maraîchers de l'agriculture biologique du Maine se tenait près d'ici. Je me demandai à quoi cela pouvait bien ressembler. Concours de barattage par des jeunes filles en tablier blanc ? Dégustation de lait ? Ça pouvait être amusant.

— Hayden, je pense qu'on devrait aller voir ça.

Je lui montrai la page.

— Une foire ? Avec des chevaux et des vaches ? Ce genre de choses ?

— Oui, j'imagine. Et si on allait voir sur place ?

Il avala une bouchée de son omelette.

— Je ne suis pas très fan de ces bêtes-là, Ellen, mais pour toi, je suis prêt à tenter l'expérience.

Nous nous attardâmes devant notre petit déjeuner, finîmes notre café, pliâmes le *Bugle* avant de quitter l'établissement. Je téléphonai chez les Porter, mais personne ne décrocha. Le répondeur finit par se mettre en marche et je laissai un message, où je demandai si je pouvais passer voir le tableau avec Hayden.

Sur le chemin de retour à l'hôtel, nous passâmes devant un magasin de vêtements. La vitrine présentait des articles en jean, des boots et du matériel de camping.

— Arrêtons-nous ici une seconde, dis-je en tirant Hayden par le bras. Je veux m'acheter un jean.

— Je t'ai déjà vue en jean ?

Je ris.

— Je ne me souviens pas de la dernière fois où j'en ai porté un. Cela dit, je ne me rappelle pas non plus la dernière fois où j'ai été à une foire agricole.

J'enfilai un jean délavé, coupe droite et taille basse, avec beaucoup de surpiqûres sur les poches et les coutures. Hayden siffla lorsque je sortis de la cabine d'essayage.

— Je le prends, déclarai-je au vendeur. Et je le garde sur moi.

Je me tournai vers Hayden.

— Et toi ?

Il contempla son pantalon de toile et ses chaussures de bateau Top-Sider.

— Je pense que je vais rester comme ça.

Nous regagnâmes l'hôtel et déverrouillâmes la voiture.

— Si nous allons à la foire, dit Hayden, est-ce que je vais être obligé d'aller voir des poulets ou des animaux de ce genre ?

Je m'assis sur le siège passager et levai la main, comme si je faisais un serment.

— Pas de poulets, je le jure. Peut-être quelques cochons.

Il secoua la tête.

— Des cochons. Berk.

Puis ses yeux brillèrent.

— Écoute, je veux bien aller à cette foire si tu me trouves un endroit dans le coin où je peux jouer au golf.

Je secouai la tête.

— Je suis désolée, mon chéri, il n'y a pas de golf, par ici.

— Au moins un terrain d'entraînement ?

Hayden démarra et je consultai le *Bugle*. Une carte indiquait le lieu de la foire, non loin de la ferme de Kenlyn.

Nous roulâmes pendant quinze minutes, dépassâmes la ferme et la maison des Porter.

— Voilà, c'est ici que ma grand-mère a vécu, dis-je tandis que nous passions devant l'allée déserte.

Peu après, nous arrivions à la foire, et un homme nous dirigea vers un parking en terre battue. Des gens sortaient des véhicules avec des enfants et des poussettes. Des adolescents étaient adossés aux portières de pick-up.

Au bout du terrain, les fleurs des champs avaient tout envahi et formaient un épais massif. Je m'arrêtai pour cueillir un bouquet de boutons-d'or et de marguerites. J'arrachai un brin de carotte sauvage et observai un papillon machaon noir se poser sur une branche de gerbe d'or. Je m'étirai avant de prendre une profonde inspiration. L'air était agréablement doux.

— Très bien, je suis prête, déclarai-je en admirant mes fleurs.

Nous suivîmes la foule vers l'entrée.

Une pancarte indiquait la liste des activités de la foire, parmi lesquelles une démonstration d'ânes et de mulets, une course d'obstacles de chevaux de trait, un défilé de tracteurs anciens, une présentation de chiens de berger, un concours de tartes aux pommes, des conférences avec des intitulés du style : « Comment aiguiser la lame de sa faucheuse européenne » ou « Introduction au lombricompostage ».

La foire s'étendait sur plusieurs hectares. On y trouvait des tentes, des stands, des espaces dédiés à la restauration et aux démonstrations. Il y avait la queue pour les attractions, dont une grande roue et un manège où les gens tournaient en rond à bord de nacelles. Les pères portaient leurs petits sur les épaules, les personnes âgées étaient assises sur des chaises pliantes. Les arômes de pizzas cuites au feu de bois et de crumbles aux pommes flottaient dans l'air.

Devant un stand qui vendait des fleurs et des herbes, je portai un pot de thym à mes narines. Le parfum me rappela le poulet que ma mère faisait rôtir dans sa cuisine. Je vis de la verveine citronnée, arrachai une petite feuille et la frottai entre mes doigts. Je fus transportée dans le patio de ma grand-mère, à boire du thé glacé.

Nous nous promenâmes dans la foire, attirés par les produits locaux : sirop d'érable, biscuits pour chien, pelotes de laine teintes à la main, poteries et peintures. Nous achetâmes une barquette de myrtilles et les mangeâmes en marchant. Nous observâmes des femmes fabriquer de la laine à partir de toisons de mouton et des bergers allemands montrer comment ils gardaient leur troupeau.

— Allons par ici, dis-je en pointant le doigt vers une grande tente. Des gens s'agglutinaient devant l'entrée et on entendait un coq chanter.

Hayden sourit avec dédain.

— Je croyais que nous étions d'accord. Pas de poulets.

— Allez, insistai-je en lui prenant la main. On va juste jeter un œil.

À l'intérieur, l'odeur de grains et d'animaux était saisissante. J'aperçus une vingtaine de cages en bois grillagées. Dans chacune d'elles, un poulet gloussait, picorait et grattait le sol sous les regards admirateurs des passants.

— Oh, Hayden, tu as vu comme ils sont beaux ?

Je lui montrai un coq géant de Jersey noir et une poule andalouse bleue avec une queue à grandes plumes. Cette dernière inclina la tête avant de gratter le sol de sa cage.

— Je suppose qu'ils ont un certain… hum, charme. Je vais aller voir ce qu'ils proposent d'autre en dehors des poulets.

Hayden s'éloigna.

J'avançai jusqu'à la cage suivante, où gloussait un coq Plymouth rock barré. Ses plumes en zigzag noires et blanches lui donnaient l'aspect d'une peinture abstraite. Je me baissai pour le voir de plus près.

— Que tu es mignon, toi !

Je me penchai davantage pour me mettre au niveau de ses yeux. Le coq dodelina de la tête vers moi.

— Mais oui, tu es très mignon, tu sais.

— Ellen ?

Je me retournai. Vêtu d'un jean et d'un T-shirt rouge délavé des Patriots de Nouvelle-Angleterre, portant une casquette des Red Sox et arborant une barbe d'un jour, Roy me regardait.

Pendant un instant, je crus que mon cœur s'était arrêté de battre. Je parvins tout juste à lui dire bonjour.

Le Plymouth rock choisit cet instant pour chanter, et son appel strident retentit dans toute la tente.

Roy porta deux doigts à la visière de sa casquette.

— Bonjour à toi. Je croyais que tu partais.

Ses yeux étaient trop bleus. Je n'avais rien vu d'aussi bleu.

— J'étais censée partir aujourd'hui, répondis-je. Mais j'ai dû aller voir quelqu'un, hier, et maintenant, il y a un léger changement de plan.

— Et je vois que tu utilises sainement ton temps.

Il sourit.

— En venant voir des coqs et en cueillant…

Il prit ma main et l'ouvrit. J'avais oublié que je tenais toujours mon bouquet.

— Hum, fit-il, des boutons-d'or et de la carotte sauvage.

Quand il me lâcha, j'eus la sensation que ma main était vide. Je pouvais à peine parler.

Une petite fille d'environ quatre ans s'avança vers l'une des cages, accompagnée de son père.

— Ne t'approche pas trop, lui dit celui-ci, il pourrait être dangereux.

Roy m'observa et se gratta le menton.

— Tu es en jean. Je me disais bien qu'il y avait un truc différent.

Je ne sus dire s'il approuvait ou non.

— C'est ma tenue de week-end.

— Ça te va bien. Maintenant, tu es habillée correctement pour aller à l'Antler.

Il sourit. La poule andalouse, avec sa belle queue, lissa son plumage et se dandina en tendant le cou vers la cage voisine, comme si elle voulait attirer l'attention du coq qui s'y trouvait.

— Qu'est-ce qu'elle fait, papa ? demanda la petite fille. Pourquoi danse-t-elle ?

Le père plissa le front.

— Je ne sais pas, ma puce. Elle essaie peut-être d'engager la conversation.

La fillette pouffa de rire et ils s'éloignèrent.

— C'est bon, j'ai vu tous ces fichus poulets…

C'était Hayden, qui venait vers nous. Il s'interrompit lorsqu'il vit Roy.

Je lâchai mes fleurs.

— Hayden, dis-je en prenant un ton excessivement joyeux. Je te présente Roy Cummings. Tu te souviens ? Je t'ai parlé de lui : le neveu de Chet Cummings ?

Je me tournai vers Roy.

— Et voici mon fiancé, Hayden Croft.

Je les regardai se serrer la main, la gorge sèche. Je crus déceler un changement dans le visage de Roy. Sa mâchoire parut se crisper imperceptiblement.

— Hayden m'a fait une surprise, hier soir. Il a débarqué à l'hôtel Victory, où je séjourne.

Le coq Plymouth rock commença à se pavaner. Il semblait un peu agité : il ébouriffait ses plumes noires et blanches en gloussant.

Roy mit les mains dans les poches de son jean.

— C'est super. D'où venez-vous ? De Manhattan ?

Hayden acquiesça.

— Oui, j'ai conclu une affaire, hier, et je me suis dit : Pourquoi ne pas prendre l'avion pour fêter ça ? Et me voilà !

Il fit une pause avant d'ajouter :

— Ellen m'a dit que vous étiez de Beacon.

— C'est exact, j'ai grandi ici.

— C'est un coin sympa, répondit Hayden. Très tranquille, cela dit. Que font les gens pour leurs loisirs ? Il y a des terrains de golf ?

Roy observa Hayden, de ses chaussures bateau Top-Sider jusqu'à son polo orange.

— Oh, vous pratiquez le golf ?

Hayden hocha la tête.

— Oui, mais pas suffisamment à mon goût. Et vous ?

— Non. Ça ne m'a jamais vraiment intéressé. Il y a plein d'autres choses à faire ici. L'hiver, on peut faire du ski de fond, de la randonnée à raquettes ou du patin à glace. Ou encore de la motoneige.

Nous dûmes nous éloigner des poulets pour laisser passer un groupe d'adolescents.

— L'été, reprit Roy, les gens vont à la pêche. Beaucoup d'entre eux ont un bateau à moteur. Sinon, ils font de la voile. D'autres aiment bien la natation.

Il me jeta un coup d'œil.

— Oui, Ellen m'a dit qu'elle était allée nager, déclara Hayden.

Je lançai un regard de mise en garde à Roy.

— Hayden était content que je puisse faire un peu de sport.

— Je ne t'aurais jamais crue capable d'aller dans une eau aussi froide, remarqua Hayden.

— Pourtant, intervint Roy, quand on a été dans l'équipe de natation d'Exeter et qu'on est allé jusqu'au niveau national, j'aurais pensé…

— C'était il y a très longtemps, répliquai-je en le fusillant du regard.

Je le vis réprimer un sourire.

— Vous êtes ici pour combien de temps ?

— Quelques jours, répondit Hayden.

Il passa son bras autour de moi et me serra contre lui.

— Je me suis dit qu'il valait mieux que je rejoigne Ellen, vu qu'elle ne se décidait pas à rentrer.

Je me forçai à sourire.

Roy pencha la tête et me fixa des yeux.

— Tombée sous le charme de Beacon, Ellen ? Ce sont des choses qui arrivent. Parfois, des gens viennent ici et ne repartent plus jamais.

— J'ai seulement besoin de rester quelques jours de plus, précisai-je. Je dois éclaircir certaines choses au sujet de ma grand-mère.

Hayden serra mon épaule.

— En ce qui concerne Ellen, je ne suis pas inquiet. C'est la personne la plus citadine que je connaisse. Je ne crois pas qu'elle puisse survivre dans une ville aussi petite. C'est une fonceuse, elle n'aurait pas assez de patience.

Je ne sus que penser de la remarque de Hayden. En effet, je vivais à New York depuis des années et, il avait raison, je n'avais aucune envie de vivre ailleurs. Cela signifiait-il pour autant que je serais incapable de le faire si je le souhaitais ? Il semblait croire que je ne pouvais affronter le moindre changement.

Roy haussa les épaules.

— Quelquefois, les gens n'imaginent pas qu'ils pourraient mener une existence plus calme, jusqu'à ce qu'ils le fassent.

Il regarda Hayden, puis moi.

— Je crois qu'Ellen pourrait vivre et réussir sa vie n'importe où, y compris à Beacon.

— Eh bien, merci pour ce vote de confiance, répliquai-je en essayant de rire.

Une tension assez bizarre émanait de cette conversation, comme un courant électrique qui aurait été à peine perceptible sur un voltmètre, mais qui me mettait très mal à l'aise.

La main de Hayden se raidit sur mon épaule.

— Je ne voulais pas dire qu'elle ne le pourrait pas. Je pense simplement qu'elle ne serait pas aussi heureuse si elle vivait en dehors d'une grande agglomération.

Il se tourna vers moi.

— Ce n'est pas vrai, chérie ?

Que se passait-il ? J'avais l'impression d'être au milieu d'une joute.

— Je ne sais pas, répondis-je, et le bras de Hayden sur mon épaule me parut soudain peser très lourd. Je vis là-bas pour le moment et j'en suis ravie, mais je pense que je serais capable de m'adapter.

— Eh bien voilà, dit Roy en souriant, et ses fossettes apparurent.

— De toute façon, nous partons dans quelques jours, intervint Hayden, et son ton signifiait que le sujet était clos.

Je me dégageai de son étreinte.

— Bien, il faut qu'on y aille, n'est-ce pas Hayden ?

Je le pris par le bras afin de le guider vers la sortie.

— Les Porter seront peut-être rentrés chez eux et nous pourrons leur rendre visite.

Je regardai Roy.

— J'ai trouvé la maison d'enfance de ma grand-mère et je veux la montrer à Hayden. Alors je pense qu'on…

— Mais c'est génial ! s'exclama Roy. Et où est-elle ?

— Dans Comstock Drive.

— Près de la ferme de Kenlyn, nota-t-il.

— Exactement. Nous sommes passés devant pour venir ici. On m'a expliqué que c'était une exploitation de myrtilles, avant ?

— Oui, confirma Roy, c'était il y a longtemps.

— On dirait que ça tombe en ruine, remarqua Hayden. C'est dommage. C'est une immense propriété et personne ne l'exploite. Je suis étonné qu'aucune société n'ait encore cherché à l'acquérir pour y construire des maisons, ou des immeubles.

Il me décocha un sourire.

— Ou un golf ?

— Hayden fait une fixette sur le golf, expliquai-je en souriant.

À cet instant, des enfants entrèrent sous la tente, escortés par deux jeunes femmes qui leur intimèrent de rester groupés.

— Et pourquoi faudrait-il exploiter ce terrain ? demanda Roy d'un ton légèrement tranchant. Pourquoi faut-il tout transformer en maisons, en immeubles ou en terrains de golf ? Pourquoi ne peut-on pas laisser certaines choses comme elles sont ?

Le coq géant de Jersey noir, avec sa crête rouge vif, commença à picorer nerveusement sur le sol de sa cage.

— Je plaisantais, pour le golf, dit Hayden en me lançant un regard. Ellen peut vous assurer que je suis toujours…

— On entend tellement d'histoires sur de jolies petites villes détruites par un surdéveloppement, l'interrompit Roy. Les gens débarquent des grandes villes du Nord, souvent des promoteurs qui veulent se faire de l'argent, ils dégotent un endroit comme Beacon et ils trouvent que c'est chouette parce que c'est charmant et tranquille. Alors ils construisent des tas de maisons ou d'immeubles.

Ses yeux se posèrent sur le coq noir, mais je devinai qu'il voyait tout autre chose.

— Ouais, et ensuite ils ajoutent un golf et un country club, poursuivit-il. Et puis une marina et des tas de restaurants. Il ne faut plus très longtemps pour qu'on voie s'installer des Gap, Victoria's Secret et autres Bed Bath and Beyond. Et là, ces promoteurs se demandent pourquoi ce n'est plus si joli et si calme.

Il me regarda.

— Alors ils vont ailleurs. Mais ceux qui ont vécu là toute leur vie sont coincés dans une ville qu'ils ne reconnaissent plus.

Le coq géant de Jersey noir secoua ses ailes et poussa le cri le plus strident et assourdissant que j'aie jamais entendu. Je sursautai.

— Quelle voix ! lançai-je en riant nerveusement.

— Ouais, quelle voix, répéta Roy, les lèvres si serrées qu'elles formaient une ligne fine et droite comme un tiret entre ses deux oreilles.

Je frottai mes bras pour chasser la chair de poule qui les recouvrait.

— Espérons que Beacon ne finira jamais avec un centre commercial et des chaînes de magasins. Ce serait affreux, ajoutai-je.

Lorsque Roy nous regarda de nouveau, je remarquai que ses yeux bleus avaient pris une teinte ardoise. Sa voix s'était durcie et son ton était glacial.

— La ferme de Kenlyn a été subdivisée en un million de parcelles et elles sont toutes en train d'être vendues. Alors, votre idée de l'exploiter, dit-il en s'adressant à Hayden, se concrétise déjà. Peut-être que la prochaine étape, ce sera la construction du terrain de golf.

Ni Hayden ni moi ne prononçâmes une parole. Et avant que je puisse songer à une réponse appropriée, Roy baissa la visière de sa casquette, grommela un « À plus tard », nous tourna le dos et disparut.

Hayden et moi nous regardâmes.

— C'était quoi ce cirque ? me demanda-t-il.

Je fis la grimace.

— Je n'en sais rien. Il n'avait pas l'air ravi à l'idée que la ferme devienne un terrain de golf.

Hadyen secoua la tête, déconcerté.

— Mais qu'est-ce que j'ai dit ? Je n'essayais pas de l'insulter.

— Je le sais bien, Hayden. Écoute, laissons tomber, d'accord ?

— Et qu'est-ce que c'était, cette leçon sur les promoteurs ? Sortons d'ici.

Je le suivis le long des attractions, et son pas s'accéléra progressivement pendant que nous sillonnions entre les vendeurs de myrtilles et les manèges, passions devant les étalages de produits locaux du Maine, traversions l'espace réservé aux arts et artisanats, et gagnions la sortie.

— Attends-moi ! appelai-je quand il me distança.

— Viens, me répondit-il en criant. Fichons le camp de cet endroit de bouseux.

Il se retourna vers moi, ce qui l'empêcha de voir devant lui une pile de pièges à homards disposés avec un soin tout artistique. Il trébucha et s'affala sur le sol à plat ventre, bras et jambes étalés.

— Hayden !

Je me précipitai et m'accroupis à ses côtés. Ses yeux étaient clos et son visage grimaçant. Quelques personnes s'arrêtèrent pour regarder, et un homme âgé surgit d'un stand pour voir ce qui se passait.

— Ma cheville, geignit Hayden.

— Qu'est-ce que tu t'es fait ?

— Je ne sais pas, mais ça fait un mal de chien. Pourquoi ont-ils laissé ces cages en plein milieu du chemin ?

Il tenta de s'asseoir.

— Tu veux que je t'aide ? questionnai-je, main tendue.

— Non, je peux me débrouiller tout seul, répliqua-t-il avec brusquerie.

Il réussit à s'asseoir. Puis il serra sa cheville et prit plusieurs inspirations.

— Je devrais peut-être aller chercher de l'aide, suggérai-je.

— Hors de question ! Partons d'ici.

Il s'appuya sur moi, se leva lentement et épousseta ses vêtements.

— Ça va aller ? lui demandai-je.

Hayden boitilla vers le parking, se servant de mon épaule comme d'une béquille.

— Non, ça ne va pas. Je crois que je me suis foulé la cheville. Je t'avais dit que je n'avais aucune envie de venir voir ces foutus poulets.

C'étaient surtout des coqs, pensai-je, mais je ne me risquai pas à le contredire.

Chapitre 13

Ne vous mettez jamais les médias à dos

Hayden ne dit plus un mot jusqu'à ce que nous soyons arrivés à la voiture.

— Il vaudrait mieux que tu conduises, annonça-t-il.

Il se hissa sur le siège passager et souleva sa jambe blessée à l'intérieur comme si c'était un paquet qu'il emmenait pour le trajet. Il attacha sa ceinture d'un claquement sonore.

Je quittai la place de parking et dépassai des files de véhicules jusqu'à la sortie.

— Je suis vraiment désolée que notre visite de la foire se soit… Hum… Désolée pour ta cheville.

Hayden geignit quand il retira sa chaussure. Sa cheville avait pris la taille d'un pamplemousse.

— Oh, non ! Regarde ça.

Il grimaça.

— Il te faut de la glace.

Je conduisis la voiture hors du parking et rejoignis la route.

— Je m'arrête au premier endroit que je vois.

Il abaissa le pare-soleil pour se protéger de la lumière.

— Je n'arrive pas à croire que j'ai trébuché contre ces fichues cages.

Je me mordis la lèvre pour me retenir de rire, mais je ne pus dissimuler un sourire.

— Quoi ? Quoi ?

— C'était des pièges à homards.

— Ouais, je sais. C'est ce que je voulais dire.

Je pris la direction de la route touristique, mais réalisai trop tard que je ne connaissais pas cet itinéraire. Nous traversâmes une petite ville aux maisons à bardeaux et un port où des gens embarquaient des glacières dans des bateaux à moteur et d'autres hissaient les voiles sur leur embarcation. Puis nous longeâmes une crique bordée de maisons à flanc de coteau érodées par les intempéries. Sur la plage, des enfants en maillot de bain se promenaient avec leurs seaux, débordant de trésors que je ne pouvais qu'imaginer : de petits poissons frétillant dans l'eau. Du sable. Des coquillages.

Hayden tendit le cou pour regarder autour de lui.

— Est-ce que tu sais où tu vas ? Ce n'est pas le chemin qu'on a pris à l'aller. Tu devrais peut-être brancher ton GPS.

Je n'avais aucune idée du lieu où nous nous trouvions.

— Bien sûr que je sais où je vais.

Je fouillais le paysage des yeux à la recherche d'un endroit familier. Nous avions besoin de glace et d'un trajet rapide pour rentrer à l'hôtel, et je devais surtout éviter de contrarier Hayden davantage. J'aperçus alors un restaurant en bordure de mer. Il y avait une terrasse avec des tables et des parasols.

— Je vais aller voir s'ils ont de la glace, dis-je.

— J'aimerais bien manger aussi. Je viens avec toi.

Il boitilla à mes côtés jusqu'à la terrasse. Une dizaine de tables recouvertes de toiles cirées vichy étaient dressées. Une femme en T-shirt nous guida vers nos places. Nous commandâmes des boissons et je demandai un sac de glace. Hayden posa sa jambe sur une chaise vide.

Au menu, il y avait de nombreux plats à base de homard qui semblaient appétissants, mais en me rappelant la cause de la blessure de Hayden, j'abandonnai l'idée.

— Je vais prendre les palourdes frites, lui dis-je en fermant la carte. Et la salade maison.

Hayden écarquilla les yeux.

— Des palourdes frites ? *Frites* ?

— C'est juste pour cette fois. C'est délicieux, les palourdes, et je n'en mange pas tous les jours, ça ne me tuera pas.

Je pris sa main et la serrai.

— Ne t'en fais pas. On va nous apporter de la glace pour ta cheville. Ça va aller.

— Mouais, répondit-il d'un air résigné.

La serveuse revint avec deux thés glacés et une poche de glace, que Hayden posa immédiatement sur sa cheville. Puis il commanda mon plat et, pour lui, un hamburger de poisson.

— Pouvez-vous vous assurer que le poisson est grillé ? demanda-t-il.

Après le départ de la serveuse, nous observâmes les vacanciers aller et venir sur la jetée, avec leurs cannes et leur matériel de pêche. Je m'enfonçai dans mon siège, fermai les yeux et savourai la caresse du soleil sur mes épaules.

— Je voulais attendre le bon moment pour te l'annoncer, déclara soudain Hayden.

J'ouvris les yeux.

— M'annoncer quoi ?

Impossible de deviner s'il s'agissait d'une bonne ou d'une mauvaise nouvelle. Il ne souriait pas, mais il n'avait pas l'air non plus inquiet.

Il se redressa sur sa chaise.

— Lors de mon dîner de vendredi, j'ai rencontré le rédacteur en chef de la rubrique « Mode & Tendances » du *New York Times*.

— Ah bon ?

A priori, ce n'était pas une mauvaise nouvelle. Je bus une gorgée de thé glacé, puis pris un sachet de sucre.

— Oui, Tom Frasier. Il veut faire un papier sur notre mariage.

— Oh, fis-je en secouant le sachet. Du genre : « Comment ils se sont rencontrés » ?

Ça restait gérable. Ils allaient probablement nous interviewer rapidement par téléphone et publier un article léger et sympathique.

Hayden replaça la poche de glace.

— En vérité, c'est un peu plus compliqué. Ils veulent publier un long article sur nous et notre mariage. Avec des photos… la totale.

Là, ça se corsait. Je me crispai.

— Qu'est-ce que tu veux dire, un long article ? Que veulent-ils écrire sur nous ? Il te l'a expliqué ?

— Toutes sortes de choses. Qui a fait ta robe, chez qui tu te fais coiffer, la couleur de ton vernis… Je ne sais pas.

— Mon vernis à ongles ? Je n'en sais rien moi-même.

— Eh bien, ils ne te le demanderont probablement pas. Ce que je veux dire…

Je ne l'écoutais plus. Cette nouvelle me tombait dessus, écrasante et glaçante à la fois. Bien sûr, on avait déjà parlé de moi dans la presse. Si on faisait une recherche sur Internet, on trouvait des dizaines d'entrées à mon nom. Des articles du *Times*, par exemple, sur le projet Sullivan, et dans le *Wall Street Journal* sur l'immeuble Cleary ou le contrat de Battery Park, sans oublier quelques interviews à la radio et plusieurs références dans des magazines. Mais c'était différent. C'était professionnel. Là, on entrait dans le domaine personnel. Et il était hors de question que les médias envahissent ma vie privée.

Je regardai un groupe de collégiens bronzés monter à bord de leur bateau à moteur Boston Whaler. Ils transportaient une glacière et du matériel de pêche. Une partie de moi n'avait qu'une envie : partir avec eux et ne plus revenir.

Hayden posa sa main sur la mienne.

— Ça va bien se passer, chérie. Et plus tu fais ce genre de chose, plus tu t'y habitues.

Ses paroles ne me furent d'aucun réconfort.

— Comment ça se passe ? demandai-je. Ils prennent rendez-vous avec nous ? Ensemble ? Séparément ?

J'espérais qu'ils n'allaient pas me poser des questions pièges, ou essayer de me faire dire des sottises, quelque chose qui pourrait embarrasser Hayden ou sa famille.

— On va les rencontrer ensemble, hein, mon chéri ?

— Mais oui, bien sûr. Ne t'inquiète pas comme ça.

Je bus une grande gorgée de thé.

— Et les photos ? Où vont-ils les prendre ?

— Eh bien, ils viendront photographier la cérémonie à l'église et ils seront aussi au Metropolitan Club pour la réception.

Le mariage et la fête. Ils allaient couvrir les deux. Je pris un autre paquet de sucre.

— Et… il y a autre chose, continua Hayden.

Je vidai tout le paquet dans mon verre.

— Oui ?

— Un sujet en particulier les intéresse : notre histoire familiale à chacun. La mienne, à cause des liens avec la politique. Et la tienne, notamment parce que ton père a été un tel gourou dans la finance.

Ma peau commença à me picoter.

— Bref, Tom Frasier m'a appelé tôt ce matin, pendant que tu dormais, et quand je lui ai dit où nous étions et ce que tu faisais là, ça l'a franchement enthousiasmé. Il a dit que ça pouvait donner matière à un encadré. Tu vois le genre : une fille originaire d'une petite ville épouse un membre d'une famille de grands politiciens.

Un encadré ? Ma famille se retrouvait dans un encadré ?

— Hayden, je ne veux pas qu'on me mette dans un encadré. Je ne veux rien de tout ça.

Hayden plongea ses yeux dans les miens et me caressa la joue.

— Écoute, mon cœur, je savais que ça t'inquiéterait, et je veux que tu saches que j'ai longuement réfléchi à ce projet. Je l'ai tourné dans tous les sens, je t'assure. Et, chaque fois, j'en suis arrivé à la même conclusion : nous devons le faire.

— Mais…

— Écoute-moi, s'il te plaît.

Hayden se pencha plus près de moi, ses yeux me fixèrent, et je reconnus le ton de sa voix, celui, ferme et convaincant, qu'il utilisait au tribunal.

— Premièrement, annonça-t-il, le doigt dressé pour commencer à compter, mon père me répète toujours qu'il ne faut jamais se mettre les médias à dos. Et il a raison. Ils n'oublient rien.

Il leva un autre doigt.

— Deuxièmement, on peut utiliser cet article à notre avantage. Ça ne fera pas de mal à nos carrières respectives de bénéficier d'une bonne couverture médiatique et de permettre aux gens de mieux nous connaître, tu n'es pas d'accord ?

Il n'attendit pas ma réponse.

— Nous devrons seulement nous assurer que nous pourrons placer ce que nous avons à dire, quelles que soient leurs questions.

Ce serait probablement plus dur à faire qu'il n'y paraissait, mais je savais qu'il ne servirait à rien de l'interrompre.

— Et troisièmement, dit-il en levant un autre doigt, ça pourrait m'être utile pour ma candidature au conseil municipal, l'année prochaine. Une occasion supplémentaire pour qu'on voie mon nom et ma tête.

Il me regarda, s'attendant à ce que je manifeste mon accord.

Je bougeai nerveusement mon pied sous la table.

— Hayden, tout ça me met mal à l'aise. Tu m'as cité tous ces arguments logiques pour me démontrer que nous devrions le faire, mais je ne me sens pas mieux pour autant. Il s'agit de notre mariage.

Il détourna le regard, et ses yeux fixèrent un point, quelque part dans le patio.

— Je ne peux pas leur dire non, Ellen. Le *Times* a déjà cité notre union comme l'événement social de la saison. Je sais qu'il faut parfois imposer ses limites, mais pas dans ce cas-là. D'ailleurs, avec plus de trois cents invités, on ne remarquera pas quelques journalistes de plus.

L'événement social de la saison ? Je commençai à me ronger les ongles.

— J'ai l'impression que notre mariage est en train de devenir une émission spéciale d'*Entertainment Tonight*[1].

— Non, absolument pas, chérie. Je ne le permettrai pas.

La serveuse revint et posa deux corbeilles en osier contenant notre déjeuner. Je regardai les palourdes frites, mais je n'avais plus faim. Hayden retira le pain qui couvrait son hamburger pour inspecter le poisson. Je poussai ma corbeille de côté et regardai le port. Un bateau de pêche aux homards rentrait au quai.

1. Célèbre émission d'information américaine sur les people.

Hayden me prit par le menton et tourna mon visage vers lui avant de m'embrasser. Je me mis à paniquer. Je savais que je ne pourrais jamais le faire changer d'avis et que je serais obligée de le suivre dans ce projet qu'il avait accepté. Je n'arrêtais pas de me demander dans quelle situation je m'étais fourrée. Puis, brusquement, j'eus un éclair de lucidité. Cette situation était exactement celle à laquelle j'aurais dû m'attendre tout du long. J'épousais Hayden Croft, et cela entraînait certaines responsabilités. Dès le début de notre relation, je savais qu'il me faudrait affronter ce genre de chose un jour ou l'autre. Et ce jour était arrivé.

— Hayden, dis-je en me forçant à sourire. J'accepte. Je peux le faire. Ça ira.

Je joignis mes mains et espérai être convaincante.

— Tu as raison, l'habitude viendra avec l'expérience. Je suis un peu désorientée depuis que je suis ici, mais dès que nous serons de retour à New York, je serai de nouveau dans mon élément. Je me remettrai en selle et je serai prête à tout. Tu peux m'envoyer toute la cavalerie de journalistes de New York, je saurai les recevoir.

Hayden baissa les yeux sur son hamburger, puis me regarda. Son front était soucieux.

— Bon, mais voilà…

Oh-oh. Cette fois, ça sentait la mauvaise nouvelle.

— Ils viennent ici dans deux jours.

Une barre douloureuse, annonciatrice de migraine, apparut derrière mes yeux. Je glissai au bord de ma chaise.

— Qui vient ? Et comment ça, *ici* ?

— Le *Times*. Ils envoient un journaliste et un photographe à Beacon.

— Oh, mon Dieu !

Je me redressai et fis tomber une cuillère de la table. Elle claqua bruyamment en atterrissant sur le sol en ciment.

— Mais pourquoi ici ? Et pourquoi dans deux jours ?

J'agrippai la nappe.

— Je ne suis pas prête.

Je passai ma main dans mes cheveux : ils étaient secs et cassants. Je contemplai mes ongles : ils étaient rongés et le vernis rose s'écaillait.

Hayden saisit ma main et m'attira vers lui.

— Tu sais, en dehors de satisfaire la presse, il y a un autre avantage à nous exposer aux médias.

Je le regardai dubitative.

— Cette petite ville simple et traditionnelle peut nous être bénéfique. Elle dévoilera un aspect méconnu de nos personnalités, nous, les avocats implacables de Manhattan.

Il avala une palourde.

— On fait la paix ?

J'essayai de sourire. J'entendais le bateau à homards qui s'approchait en hoquetant. Mes tempes m'élançaient. Je ramassai la cuillère que j'avais fait tomber, et lorsque je découvris mon reflet dans sa surface courbe, j'y vis ma tête à l'envers.

— Tu n'aurais jamais dû me laisser manger cette palourde, se plaignit Hayden.

Il boita jusqu'à la porte de l'hôtel en se tenant le ventre.

— Viens, montons.

Paula dévisagea Hayden.

— Qu'est-ce qui vous est arrivé ?

— Des pièges à homards.

— Oh, bon sang. Votre jambe s'est fait prendre dans un piège à homards ? Vous avez essayé de les attraper ? C'est illégal, vous savez.

Hayden devint écarlate.

— Je suis un citoyen respectueux de la loi, rétorqua-t-il. De plus, je ne saurais même pas comment faire pour en attraper un.

Paula ferma un œil à moitié, comme si elle réfléchissait à la question, puis elle hocha la tête vers moi.

— Vous avez reçu un appel.

Elle me tendit un bout de papier.

— Un monsieur.

Elle jeta un œil à Hayden.

En haut de la feuille de papier, il y avait un dessin à l'encre de l'hôtel Victory. Hayden s'agita derrière moi pour essayer de lire le message par-dessus mon épaule.

14 h 15
Ellen Branford
Roy a appelé. Il dit qu'il est désolé.

— Très bien, merci, dis-je.

Je tentai de paraître indifférente lorsque je lus le nom de Roy inscrit de la main de Paula, de sa petite écriture serrée.

— Laisse-moi voir ça.

Hayden me prit le papier des mains.

— Ah, il a au moins l'intelligence de demander des excuses. Du moins, à toi.

Il me lança un sourire satisfait.

Nous montâmes l'escalier comme des alpinistes, d'un pas lent et mesuré à la fois, et Hayden s'appuya au maximum sur la rampe et sur mon épaule. Je déverrouillai la porte. Il se traîna jusqu'au lit où il suréleva sa cheville sur un oreiller.

— Tu ne crois pas que ça a empiré ? s'inquiéta-t-il. Moi, j'en ai l'impression.

C'était difficile à savoir.

— Non, ça semble aller un peu mieux.

Hayden avait tendance à l'hypocondrie et il valait mieux pécher par excès d'optimisme.

— Eh bien, ça fait de plus en plus mal. J'aimerais bien avoir plus de glace.

— Je vais t'en chercher.

Je déversai le reste de liquide fondu de la poche en plastique dans le lavabo de la salle de bains. Au moment où je posai ma main sur la poignée de la porte de la chambre, Hayden me rappela.

— Ça fait super mal, tu sais, et j'ai des douleurs d'estomac atroces. C'est à cause des palourdes, j'en suis sûr.

— Tu veux que je te trouve un docteur ?

Il secoua la tête.

— Non, non, ça va aller.

Je descendis l'escalier et me demandai pourquoi les hommes pouvaient se montrer si déroutants. Ça fait super mal, mais n'appelle pas le docteur. J'ai des douleurs atroces, mais je n'ai pas besoin d'aide. J'imaginai qu'il était plus amusant de se plaindre.

L'une des femmes de chambre me donna de la glace. Lorsque je retournai dans notre chambre, Hayden avait placé les deux oreillers sous sa jambe. Je mis la poche de glace autour de sa cheville.

— Oh, ça fait du bien, lâcha-t-il dans un soupir. Merci, chérie.

Je m'apprêtai à m'asseoir à côté de lui quand il ajouta :

— Je me demandais juste...

— Oui ?

— Peut-être qu'une bande Velpeau pourrait me soulager, et un flacon de Pepto-Bismol, aussi, pour mon estomac.

Une bande Velpeau. Du Pepto-Bismol. Je regardai dans la pièce, comme s'ils allaient brusquement apparaître.

— D'accord, je vais faire un tour à la pharmacie du centre-ville.

— Ellen, tu es la meilleure.

Il me tapota la main. Quand je me relevai, il ajouta :

— Et tu pourrais aussi me prendre un tube d'Alka-Seltzer ? Je risque d'en avoir besoin.

Je le contemplai, allongé sur le lit. Il me parut si pitoyable, si mal à l'aise, avec sa poche de glace qui fondait autour de sa cheville enflée.

— Ça va aller, le rassurai-je, ne t'inquiète pas.

Chapitre 14

La ferme de Kenlyn

Je descendis les deux volées d'escalier, le cœur lourd d'inquiétude. L'arrivée de la presse, ici, dans deux jours, me tétanisait. Je montai en voiture et restai assise pendant une minute, à fixer la fine couche de sel qui s'était déposée sur les vitres. Puis je roulai jusqu'au centre-ville et me garai en face d'un caviste, le Wine Cellar. L'enseigne était plutôt engageante : une bouteille de bourgogne sous une branche de vigne aux grappes violettes. Je poussai la porte et entrai dans une boutique accueillante emplie de vieux casiers à vin en acajou. Des centaines de bouteilles étincelaient sous les petites ampoules encastrées au plafond. J'aperçus un panneau signalant les vins français et m'en approchai sans attentes particulières. Je fus surprise de découvrir quelques bonnes bouteilles de bordeaux, dont un Château Beychevelle 2000 saint-julien. Lorsque j'en pris une, le dessin de son voilier à un mât sur l'étiquette me donna l'impression de retrouver un vieil ami.

Au fond du magasin, le long comptoir en chêne était si bien ciré qu'il aurait largement éclipsé une piste de bowling. Derrière, un homme au visage rond et tanné par le soleil lisait un magazine nautique.

Je me dirigeai vers lui et déposai la bouteille sur le comptoir.

— J'aurais aussi besoin d'un tire-bouchon, s'il vous plaît.

— C'est un bon saint-julien, remarqua-t-il en regardant l'étiquette. Vous l'avez déjà goûté ?

J'acquiesçai.

— Excellent, n'est-ce pas ? poursuivit-il.

Il attrapa un tire-bouchon en plastique et un sac en papier.

— J'aime beaucoup son bouquet de réglisse et de cassis.

Je pris quelques billets de vingt dollars dans mon portefeuille et les déposai devant lui.

— Oui, moi aussi, lui dis-je.

— Je ne le vends pas très souvent, m'expliqua-t-il en rangeant les articles dans le sac avant de me le tendre. Quelques touristes occasionnels me l'achètent, et il y a un monsieur, en ville, qui m'en commande quelques caisses de temps en temps.

Ce devait être un bon client, songeai-je, car ce vin coûtait cher.

Je le remerciai et marchai vers la sortie.

— Mademoiselle ? Heu, mademoiselle ?

Je me retournai. L'homme agitait quelque chose.

— C'est à vous ?

Je fis demi-tour et vis qu'il tenait le papier avec le message téléphonique que Paula m'avait donné. Le message de Roy.

— C'était glissé entre vos billets.

Je contemplai l'écriture en pattes de mouche de Paula :

14 h 15
Ellen Branford
Roy a appelé. Il dit qu'il est désolé.

Je le remerciai et partis.

Dehors, à la lumière du soleil, je contemplai de nouveau le mot et me demandai de quoi s'excusait Roy. D'être parti si brusquement ? De sa diatribe sur les promoteurs et leur impact supposé sur les petites villes ? Je pensais sincèrement qu'il avait surréagi à propos des changements qui se produisaient à Beacon. Que Roy ait perdu son sang-froid dès le départ me dépassait. Hayden n'avait fait que plaisanter en parlant de son terrain de golf. J'avais essayé de le lui expliquer.

Je montai en voiture et quittai la ville. Je ne tournai pas dans Prescott Lane, la route que j'aurais dû prendre pour retourner à l'hôtel. Je pris la direction de Dorset Lane et de la maison de Roy, et me persuadai que je voulais simplement lui assurer que j'avais eu son message et ne lui en voulais pas.

Arrivée au milieu de la rue, j'aperçus l'Audi verte stationnée dans l'allée comme un feu vert à un croisement. Je me garai derrière, marchai jusqu'à la porte d'entrée et sonnai trois fois. Rien.

Je retournai en ville, dépassai les magasins, longeai la plage et me rendis sur le site de la maison en construction. Là, sur le terrain en terre battue devant la bâtisse, le pick-up bleu de Roy était garé, le soleil de fin d'après-midi se réfléchissant sur son capot.

Je marchai jusqu'à l'arrière de la maison où je m'attendais à trouver la porte ouverte et à entendre le ronronnement d'une scie ou les coups d'un marteau, à voir Roy, une ceinture à outils passée autour de la taille. Mais la maison était silencieuse, et c'est alors que je me rappelai que nous étions dimanche.

Je regardai l'océan et aperçus quelqu'un, sur les rochers, qui jetait des galets dans la mer. Bien qu'il me tournât le dos, je reconnus Roy. Je l'appelai mais il ne m'entendit pas. Face à lui, les vagues s'écrasaient contre les rocs en formant une gerbe d'eau. Je le rejoignis et criai de nouveau son nom.

Il fit volte-face et lâcha quelques cailloux qui disparurent dans l'écume.

— Ellen. Que fais-tu ici ?

Ses cheveux, ébouriffés par le vent, semblaient rêches, son visage était brûlé par le soleil, comme s'il avait passé un après-midi sur un bateau. Son regard me parut fatigué, ou peut-être hagard.

Oh, non, c'était une mauvaise idée. J'enfouis mes mains dans mes poches.

— J'ai eu ton message.

Une vague se fracassa contre les rochers et je reculai pour éviter les embruns.

Il tenait entre les mains un galet gris qu'il frottait entre ses doigts.

— Bon, je suis content que tu l'aies eu, répondit-il, et il lança la petite pierre dans l'océan.

Un mur de silence s'éleva entre nous.

— Je n'avais pas ton numéro, me décidai-je à lui dire. Et je voulais que tu saches que je l'avais eu… le message… Merci pour tes excuses.

Je ramassai une coquille de moule à mes pieds. Elle était noire et lisse. Tandis que les vagues tournoyaient autour des rochers, j'eus l'impression de revivre l'instant où les bras de Roy m'avaient enlacée ; je revis son regard résolu le jour où il m'avait secourue.

— Ouais. Eh bien, d'accord, répondit-il en jetant une autre pierre.

Elle s'éleva haut dans les airs, forma un arc gracieux, brilla un instant sous l'éclat du soleil avant de disparaître.

— Je suis passée chez toi, mais tu n'étais pas là.

Le vent s'engouffra dans ma chemise et je frissonnai.

— J'ai appelé, commença Roy, parce que je voulais te dire que j'étais désolé. Je me suis mis en colère et j'ai été trop loin.

— Oui, franchement, on n'a pas compris.

— J'étais juste un peu énervé par ce que ton fiancé a dit.

Je frissonnai de nouveau et me frottai les bras.

— Il ne pensait pas à mal.

— Il est promoteur ? Dans les affaires ?

— Hayden ? Dans les affaires ?

J'éclatai de rire.

Je songeai à son métier d'avocat, son investissement dans le milieu caritatif, sa prochaine candidature à l'élection du conseil municipal, la venue du journaliste et du photographe du *New York Times* ici, dans quelques jours. Il était dans les affaires, en effet !

— Il est avocat.

— C'est pareil, non ?

Je soupirai.

Au-dessus de nos têtes, une mouette fit un piqué, se redressa, vola en décrivant des cercles, puis prit son envol et s'éloigna.

Roy me fit face.

— Je voudrais te montrer quelque chose. Tu aurais quelques minutes ?

Je consultai ma montre. Il était 17 h 15. Hayden m'attendait, il avait besoin de son bandage et de ses médicaments. Je devais rentrer.

Roy balançait ses clés dans sa main, et le soleil se reflétait sur le métal.

— Oui, répondis-je. J'ai quelques minutes.

Nous empruntâmes des chemins qui m'étaient désormais familiers. Roy conduisait, une main sur le volant, l'autre à la recherche d'une station sur la radio. Comme je l'avais fait trois jours auparavant, nous parvînmes devant le mur de pierre et suivîmes la route qui le longeait. Le soleil, voile jaune sur l'horizon, commençait à décliner en cette fin d'après-midi. Enfin, je vis une large ouverture dans le mur, qui débouchait sur un sentier en terre. Nous nous y engageâmes.

— Voici la ferme de Kenlyn, déclara Roy, tandis que son pick-up rebondissait dans un bruit de ferraille sur le sol caillouteux.

— Oui, je suis passée devant plusieurs fois.

— Cette terre appartenait à mes grands-parents.

— Ah bon ?

J'aperçus pour la première fois ce que le mur dissimulait à la vue.

Des hectares de fleurs des champs et d'herbes sauvages s'étendaient et croissaient en toute liberté. Je passai ma tête par la vitre pour mieux voir : les marguerites jaunes, les boutons-d'or, les carottes sauvages, les lupins violets et les gerbes d'or recouvraient les collines avoisinantes. Et soudain, j'eus l'impression de comprendre beaucoup mieux Roy et la raison pour laquelle il s'était montré tellement à vif au sujet de cet endroit.

— Ce n'est plus dans notre famille depuis longtemps.

— C'est magnifique, chuchotai-je par crainte de briser le charme. Ce n'est pas un problème, que nous soyons ici ?

Il haussa les épaules et ignora ma question.

— Je vais te montrer la plus belle vue. C'est en haut de cette côte, par là-bas, fit-il en pointant le doigt.

Nous poursuivîmes notre route en voiture ; des tiges et des branches craquaient sous les roues et bruissaient sous le métal de la carrosserie. Roy s'arrêta à quelques mètres du mur et sortit du pick-up.

Puis il fit le tour et vint ouvrir ma portière.

— Fais attention.

Il prit ma main et m'aida à descendre. Les fleurs des champs, denses et hautes, montaient presque jusqu'à hauteur de genoux. On entendait le chant régulier des sauterelles, des grillons et des abeilles.

— Est-ce vrai qu'il y avait des myrtilliers partout, avant ? demandai-je.

Je tournai sur moi-même pour pouvoir embrasser la propriété du regard.

— Oui, il n'y avait que ça, répondit Roy.

Nous marchâmes jusqu'au mur de pierre qui mesurait près d'un mètre de haut à son point le plus élevé. Le reste de l'édifice était plus bas à cause des effets du temps et des intempéries, et de l'évidente indifférence de ses propriétaires. Rocs et blocs de pierre s'étaient effondrés au sol comme s'ils avaient sauté pour s'échapper.

Roy glissa son pied dans un interstice et grimpa. Il m'offrit sa main et je montai avant de m'asseoir sur une grande pierre plate. Je fis passer mes jambes par-dessus le mur près des siennes.

Mon regard se perdit au-delà du champ, en bas de la côte, et se posa sur un bosquet de pins.

— Tu as raison, pour la vue.

J'aurais adoré prendre une photo à la lumière de la fin de journée.

Roy ramassa quelques pierres détachées et entassées sur le haut du mur et en inséra certaines dans les trous autour de nous.

— Je connais un poème qui parle de réparer un mur, dis-je.

Il hocha la tête.

— Robert Frost. « En réparant le mur ».

Je saisis une pierre.

— « Quelque chose ici n'aime pas le mur… »

Roy baissa les yeux sur les blocs de pierre couverts de lichen et de touffes d'herbes vertes qui poussaient entre les interstices.

— « Qui envoie le sol gelé gonfler en dessous, récita-t-il. Et expose au soleil les pierres du dessus, et laisse une brèche où même deux êtres, ensemble, passent de front. »

Je le regardai, bouche bée.

— Tu le connais en entier ?

Il sourit malicieusement.

— Avant, oui. Je l'avais appris par cœur à l'école. Je pourrais probablement m'en souvenir s'il le fallait.

— Impressionnant.

Une abeille bourdonnait paisiblement à mes pieds.

Roy contemplait le champ.

— Je me suis dit que, si tu voyais cet endroit, tu pourrais peut-être comprendre pourquoi je me suis énervé, cet après-midi.

— Oh, tu veux parler de ton discours contre les promoteurs ?

Il acquiesça.

— Je crois que je te comprends. Je sais que le développement immobilier peut être à double tranchant.

— Je ne suis pas un de ces activistes cinglés, ceux qui s'opposent à chaque nouvelle idée. Je ne pense pas que toute évolution soit mauvaise, mais j'ai vu des choses négatives réalisées au nom du progrès.

Il se rapprocha de moi. Je retins ma respiration.

— Et je viens d'une longue lignée de Cummings, des gens butés originaires du Maine, qui voyaient les choses comme moi, conclut-il.

— Vraiment ? Et jusqu'où remontent les racines de ta famille dans la région ?

— Cinq générations.

Il me montra le soleil, qui n'était plus qu'une petite boule douce à l'horizon.

— C'est joli, tu ne trouves pas ?

— Très.

— Ma famille venait d'Augusta, expliqua Roy.

Il glissa une autre petite pierre dans une crevasse entre nous.

— C'est la capitale de l'État.

— Oui, je le sais.

Il m'observa.

— Tu as de très beaux yeux. Un peu verts. Un peu bleus. Ils sont indescriptibles.

Il continua de me regarder et se rapprocha encore.

— Ils sont bleu-vert, précisai-je en m'écartant.

— Je crois que c'est ce que je viens de dire.

Il sourit, et ses yeux restèrent posés sur moi avec insistance.

Je commençai à me sentir mal à l'aise. Je ne pouvais pas le laisser me faire des avances. Non, ce serait affreux. Mais pourquoi étais-je venue ? Juste pour lui dire que j'avais bien eu son message ? Ou est-ce que je flattais mon ego en attirant son attention ?

— Alors comme ça, tes ancêtres étaient d'Augusta ? demandai-je en changeant le cours de la conversation.

Roy attrapa une petite pierre sur le mur et me montra une veine rose brillante au milieu.

— Oui, jusqu'à ce que mon grand-père transgresse les règles et parte vivre à Beacon.

— Pourquoi ?

— Il a rencontré une femme qui y habitait et il en est tombé amoureux.

Le vent agita les fleurs des champs à nos pieds. Je sentis le regard de Roy posé de nouveau sur moi.

— Cette femme était ma grand-mère, déclara-t-il, et sa main courut légèrement le long de mon bras.

Je sautai du mur et ignorai le frisson qui parcourait mon corps.

— Eh bien, il a choisi un endroit magnifique, dis-je en regardant autour de moi.

J'essayai de cueillir une petite fleur bleue, mais la tige était résistante et je ne pus la casser.

Roy me rejoignit.

— Tu n'y arriveras pas comme ça.

Je sentis la chaleur de son corps près du mien. Nous nous touchions presque.

— Regarde.

Il cassa net la tige d'une main, et son bras effleura mes hanches. Puis il en cueillit d'autres et me tendit le bouquet. Nos doigts se frôlèrent brièvement.

Le soleil continuait sa course sur l'horizon tandis que nous flânions le long du mur et que le bourdonnement des insectes faiblissait.

— Et que s'est-il passé, alors ? interrogeai-je. Pour tes grands-parents ?

— Oh, eh bien, ils ont acheté cette propriété. Mon grand-père voulait créer une exploitation de myrtilles.

J'aperçus une sauterelle surgir d'un fourré devant nous.

— C'était une bonne idée, non ?

— Oui. Ici, à l'époque, c'était une région idéale pour les myrtilles. Tu as vu la statue, en ville ?

— La statue ?

— La femme avec le seau de myrtilles.

Ce devait être celle que j'essayais de photographier quand j'étais tombée du ponton.

— Oui, je crois que je l'ai aperçue.

— Ça change, hein ? La plupart des villes auraient érigé la statue de leur fondateur, ou une autre personne importante. Nous, on a la femme aux myrtilles.

— Je croyais qu'elle portait un seau de raisin.

— Du raisin ? fit Roy en haussant les sourcils. Ne répète jamais ça à un habitant de Beacon. Les gens du coin te jetteront hors de la ville sur un rail de chemin de fer !

J'éclatai de rire.

Il tendit la main et toucha mon front juste au-dessus de mon œil droit. Je tressaillis.

— Tu as quelque chose, là, dit-il en essayant de l'enlever.

— C'est une tache de rousseur, ça ne partira pas.

Il se pencha.

— Ah, oui, je le vois, maintenant.

Je me remis à marcher.

— Et alors, que s'est-il passé, ensuite ?

— Que s'est-il passé ? Ah, tu parles de la ferme ? Eh bien, mon grand-père a appris tout ce qu'il fallait savoir sur les myrtilles. Il a cherché la meilleure variété pour sa terre.

— J'ignorais qu'il y en avait plusieurs.

Roy parut étonné.

— Bien sûr qu'il y a plus d'une variété.

— C'est intéressant.

Je me demandai comment elles poussaient. Je les imaginais plutôt en plantes grimpantes, en grappes serrées, le long de treilles.

— Ce sont des plantes grimpantes, c'est ça ?

Il chassa un insecte de sa chemise.

— Les myrtilles ? Une plante grimpante ? Elles poussent sur des buissons.

— Oh, oui, des buissons. Bien sûr.

Il cueillit une marguerite jaune et me l'offrit.

— Ravissante, dit-il.

— C'est vrai.

Je fis tourner la tige entre mes doigts.

— Je ne parlais pas de la fleur.

Je ris nerveusement et sentis le rouge me monter aux joues. Il fallait que nous revenions à l'histoire de sa famille.

— Et ensuite, qu'est-il arrivé ?

Roy sourit.

— Je crois que mon grand-père aurait été capable de faire pousser n'importe quoi, de la luzerne aux artichauts. C'est ce que mon oncle Chet disait toujours. Il savait ce qui pouvait marcher et ce qui ne le pouvait pas ; ce qui rendait ses plantes plus fortes, ses myrtilles plus grosses, ce genre de chose.

— Il avait trouvé sa voie, semble-t-il.

— Probablement.

Il dégagea une mèche de cheveux de mon front.

— Elle tombait sur ton œil, et tes yeux sont trop beaux pour rester cachés.

Je baissai le regard sur mon bouquet afin qu'il ne remarque pas que je rougissais.

— Donc, ils avaient leur exploitation.

— Oui, c'était une affaire qui tournait. Ils vendaient aux épiceries, aux restaurants et aux hôtels. Ma grand-mère les vendait aussi directement, elle avait son propre éventaire.

Je songeai à tous ceux que j'avais vus dans le Maine.

— Et ça marchait bien ?

— Oui, pas mal. Ensuite ma grand-mère a eu oncle Chet. Dès qu'il a su marcher, il s'est mis à courir dehors dans les myrtilliers, il cueillait des fruits et il les mangeait. Il me racontait qu'il avait toujours des taches violettes sur ses vêtements. Il a hérité du talent de mon grand-père. Peut-être même plus. Il adorait cet endroit.

Roy s'arrêta devant plusieurs blocs de pierre tombés du mur. Il les ramassa et les remit en place, puis chassa la poussière de ses mains.

J'imaginai un gamin en salopette qui gambadait au milieu des rangées de myrtilliers sous le chaud soleil d'été.

— Quelle belle histoire !

— C'est vrai, mais rien ne dure éternellement.

Roy détourna le regard, attiré par un merle qui atterrit sur le mur en gonflant ses ailes.

— Mes grands-parents ont fini par vendre. Ils étaient trop vieux pour garder leur exploitation.

Nous parvînmes au bout du terrain. Là, il y avait un bosquet d'arbres, et un peu à l'écart, un immense chêne. Il me fit penser à l'invité d'une fête qui n'aurait pas voulu se mêler aux autres convives.

— Ton oncle n'était pas là pour les aider ? S'il aimait tellement cet endroit...

Nous marchâmes vers le vieux chêne solitaire et Roy s'adossa contre son tronc.

— Non, il a quitté Beacon à l'âge de vingt ans et il n'est plus revenu pendant des années.

Au-dessus de nous, l'entrelacement de branches et de feuilles ressemblait à une sculpture.

— Il s'est passé quelque chose. Il n'a jamais voulu en parler, mais depuis, la ferme le rendait malheureux.

Je contemplai le mur en haut du champ, la prairie qui s'étendait et, tout en bas, un bosquet de pins.

— Je n'arrive pas à croire que ça ne lui ait pas manqué.

— Oh, je pense que si. En fait, je ne l'ai jamais entendu en parler, mais d'autres personnes m'ont raconté qu'à son retour à Beacon, il a beaucoup souffert de voir sa chère ferme appartenir à quelqu'un d'autre ; de vivre dans cette ville et de devoir passer devant tous les jours.

— Alors, pourquoi est-il revenu ?

— Je suppose que, pour oncle Chet, c'était encore chez lui.

Je me mis à réfléchir. Pouvait-on vraiment tirer un trait sur son vrai foyer ? J'en doutais.

— À qui appartient cette terre, aujourd'hui ? demandai-je.

— Un type de Boston l'a achetée il y a quelques années, mais il est mort et ses enfants en ont hérité. Ils ne vivent pas dans la région. Ils veulent la vendre et comptent d'abord la diviser. Tu vois, couper et découper.

Couper et découper. Oui, je voyais très bien. Je l'avais fait moi-même pour les propriétés de plusieurs clients, et je n'y avais jamais réfléchi, sauf pour me demander ce que pouvait rapporter un hectare. Je n'avais jamais songé à ce que ces terres avaient pu signifier aux yeux de ceux qui y avaient vécu.

— Tu ne pourrais pas l'acheter ?

Roy se mit à rire.

— Pas franchement. Et en plus, qu'est-ce que je ferais de centaines d'hectares ? Je ne suis pas agriculteur.

— Je ne sais pas. Je prenais mes rêves pour la réalité. J'espérais que tu pourrais faire revenir cette propriété dans ta famille. Comme ça, un jour, quand tu seras marié, tu pourras en faire quelque chose. Ou la donner plus tard à tes enfants.

Je coupai une tige de carotte sauvage et l'ajoutai à mon bouquet.

— Ouais, je ne suis pas près de me marier.

— Ah bon ? Un homme comme toi, sympa, séduisant, avec un bon travail ? Je pensais que tu aurais plein de demandes.

— Je n'ai pas encore trouvé la bonne personne. Il faut la trouver, pour pouvoir se marier.

Avait-il déjà été marié ? me demandai-je. Je l'observai, fascinée, retirer délicatement une coccinelle de sa manche et la déposer sur la tige d'un lupin.

— J'ai failli me marier, un jour, dit-il, comme s'il lisait dans mes pensées. Mais j'ai attendu trop longtemps. Elle est partie avec un autre. Aux dernières nouvelles, ils ont eu des enfants.

— Quand était-ce ?

Il réfléchit un instant.

— Oh, il y a six ans.

— Et personne, depuis ?

— Personne de sérieux.

Il ramassa une pierre sur le sol et la replaça dans le mur.

— Si j'ai la chance de rencontrer la femme de ma vie, je ne gâcherai pas tout cette fois. Je ne la laisserai pas partir.

Je souris.

— Et comment comptes-tu t'y prendre ? Tu vas lui passer les menottes ?

— Non, je ne crois pas !

Il se gratta la nuque, les yeux mi-clos et sourit.

— Je pourrais plutôt lui construire quelque chose. Un palais, peut-être.

— Un palais ? Ça, c'est une idée. Comme l'empereur qui a fait construire le Taj Mahal pour sa femme. N'est-ce pas romantique ?

— Elle n'est pas morte en couches ? demanda-t-il. Et ce serait pour cela qu'il lui aurait construit le palais ?

Roy avait raison. Ce n'était sûrement pas le meilleur exemple.

— Oui, elle a dû mourir en couches. Mais si on met cette histoire de côté, quelle femme ne rêverait pas d'un palais ?

— Je finirai peut-être par le découvrir.

Nous gardâmes le silence un moment, puis Roy finit par dire :

— Il vaut mieux que je te raccompagne.

Nous regagnâmes le pick-up et je me retournai pour admirer la vue une dernière fois.

— Eh bien, si tu ne peux pas acheter cette ferme, tu ne pourras malheureusement pas les empêcher de la subdiviser.

Le regard de Roy, calme et résigné, se posa sur moi.

— Je ne pourrai pas les arrêter, Ellen.

Nous restâmes immobiles un instant pendant qu'un faucon volait au-dessus de nous, son corps suspendu, ses ailes bougeant à peine. Roy ouvrit la portière du côté passager.

— Attends une seconde, lui dis-je en remarquant quelque chose à côté de la roue avant.

Près de la trace du pneu, où des tiges de fleurs des champs étaient écrasées et emmêlées, une petite tache bleu-violet attira mon attention. Je repoussai les fleurs et attrapai une branche noueuse. Elle craqua. Sur le morceau qui resta dans ma main, il y avait trois petites myrtilles.

Autour de moi, tout se figea : le bourdonnement des insectes, la brise, le lent déclin du soleil. Je tins la branche d'une main tremblante.

— Regarde, dis-je, elles sont encore là.

Il toucha le bout de la branche.

— Les myrtilles sont très résistantes. Dans des conditions favorables, elles peuvent survivre très longtemps.

Il me décocha un sourire.

— C'est bon à savoir, non ? Il y a des choses qui peuvent tenir le coup, quoi qu'il se passe autour d'elles.

Après la disparition de Chet, celle de ma grand-mère, il était si troublant de penser que cette brindille, avec ses trois petites baies éclatantes, était toujours là. Je la gardai précieusement tandis que je montais en voiture. Le soleil dardait ses rayons rouges et dorés sur le champ. Les insectes s'étaient tus, comme si eux aussi savaient que la fin du jour était proche. Roy démarra et le pick-up quitta la propriété pour s'engager sur la route principale. L'air frais du début de soirée pénétrait par les vitres baissées.

— Tu ne m'as jamais vraiment expliqué pourquoi tu es toujours à Beacon, remarqua Roy.

Nous longeâmes la ferme, puis tournâmes à gauche au croisement pour prendre la direction de la ville.

— Tu te rappelles que je t'ai raconté avoir trouvé la maison d'enfance de ma grand-mère ?

Roy ralentit pour laisser passer un écureuil qui traversait la route.

— Oui, tu as dit qu'elle se trouvait sur Comstock Drive.

— Il y a une peinture dans le grenier de la maison, sur un mur. Les propriétaires l'ont trouvée quand ils ont commencé des travaux de rénovation, elle était cachée derrière une plaque de plâtre. C'est une œuvre de ma grand-mère. Elle est extraordinaire. Elle s'est représentée avec ton oncle.

Roy fit volte-face et me regarda.

— Mon oncle ? Et ta grand-mère ? Ensemble ?

Je hochai la tête.

— Oui. Ils étaient adolescents. On les voit debout, sous un chêne. Le tableau a un côté presque mystique. Et c'est magnifique. Vraiment très beau.

— J'aimerais le voir.

J'avais très envie de le lui montrer, moi aussi, bien que je ne sache pas vraiment comment faire. Je lui parlai ensuite du tableau de l'Association historique de Beacon, de l'article du *Bugle*, à la bibliothèque, de la boutique d'appareils photo et de ma rencontre avec Lila Falk.

— Waouh ! fit Roy. Tu as été très occupée. Et tout ce que tu as découvert… Tu ne savais rien, quand tu es arrivée ?

Sa voix débordait tellement d'entrain que mon enthousiasme redoubla.

— Non, rien du tout, confirmai-je. Et je continue à découvrir d'autres choses. C'est pour ça que j'ai décidé de rester. Dans la famille, on n'a jamais su que grand-mère était une artiste ni qu'elle avait étudié dans une école d'art. Et ses tableaux sont excellents.

Je regardai par la vitre et vis défiler les pins.

— J'aurais pourtant aimé qu'elle ne nous cache pas la vérité.

— Elle t'a peut-être fait venir ici pour que tu perces à jour son secret. Si ça se trouve, ça faisait partie de son plan.

Se pouvait-il qu'elle ait voulu, voire qu'elle se soit attendue à ce que je fasse toutes ces découvertes ? J'avais envie de le croire, mais c'était peu plausible.

— Comment aurait-elle pu deviner que j'allais voir le tableau dans le grenier des Porter ? Jusqu'à présent, il était dissimulé derrière une plaque de plâtre. Ou comment aurait-elle pu prévoir que j'irais acheter un appareil photo à Lewisboro et que je rencontrerais Lila Falk ?

— Disons qu'elle ne savait pas exactement comment tu t'y prendrais, mais elle a peut-être pensé que si tu venais ici, tu découvrirais quelque chose.

Il me sourit.

— Et c'est ce que tu as fait. Tu as trouvé un héritage qui aurait pu être perdu pour toujours si tu n'étais pas venue.

Et s'il avait raison ? Si ma grand-mère, en m'envoyant porter sa lettre, avait espéré que je découvre son passé ?

— Oui, peut-être, répondis-je.

Nous continuâmes à rouler en silence, n'entendant que le bruit des pneus sur la chaussée. Puis le pick-up déboucha dans Paget Street, et l'océan ainsi que les immeubles du centre de Beacon apparurent. Lorsque nous arrivâmes sur le site en construction, Roy se gara près de ma voiture, fit le tour de son pick-up et ouvrit ma portière.

— Merci de m'avoir montré la ferme, dis-je en descendant.

— Merci d'avoir trouvé les myrtilles.

Il mit ses mains dans les poches. L'esquisse d'un sourire se dessina sur ses lèvres et de minuscules rides se creusèrent au coin de ses yeux.

— Quoi ? Qu'est-ce qu'il y a ?

Sa façon de me regarder me rendait nerveuse. Je serrai mon bouquet de fleurs et la branche de myrtillier.

— Pourquoi es-tu venue aujourd'hui, Ellen ?

C'était une question bien plus difficile qu'il n'y paraissait. Pourquoi étais-je venue ? Je n'en étais pas certaine. Était-ce simplement pour le prévenir que j'avais bien reçu son message ? Ou y avait-il autre chose ? Étais-je en train de tomber amoureuse de lui ? Je voulais détourner le regard, mais je me sentais piégée.

— Qu'est-ce que tu veux dire ? questionnai-je d'une voix tremblante.

— Eh bien, qu'est-ce qui t'a poussée à venir ici ?

Il s'approcha tout près de moi. Je pouvais presque le sentir sans le toucher.

— Je te l'ai expliqué. Ce qui s'est passé ce matin m'a mise mal à l'aise et…

Mes mains s'agitèrent et mes doigts remuèrent comme de petites marionnettes.

— Je savais que tu étais contrarié et, quand tu as appelé, j'ai pensé que ce serait bien si… enfin… que peut-être je devrais…

Oh, bon sang, qu'est-ce que je racontais ? Ça n'avait aucun sens.

La tête penchée, Roy souriait toujours. Il semblait deviner que, s'il continuait à me fixer de cette façon, il allait me pousser à commettre une folie : jeter mes bras autour de son cou, ou avouer que je n'arrêtais pas de penser à lui. Une ou deux secondes de plus, et je serais totalement sous son charme. Ses yeux étaient aussi brillants et bleus que les mers des Caraïbes, limpides et profondes, riches en poissons jaunes scintillants, en fougères violettes et en coraux rouges ; ils m'attiraient vers eux, et je me laissai aller, prête à retenir mon souffle et à plonger…

C'est alors que j'entendis sa voix.

— Ouais, je comprends, tu voulais t'assurer qu'on avait fait la paix. Eh bien, c'est le cas, ajouta-t-il avec un léger haussement d'épaules.

Comment ça ? Il laissait tomber ? Mais moi je ne voulais plus partir. Je voulais rester ici et m'oublier dans ses yeux.

Roy ouvrit la portière de ma voiture et je me glissai derrière le volant, abasourdie. Je le regardai monter dans son pick-up et démarrer. Le moteur hoqueta. Il leva la main, je l'imitai, et j'eus l'impression que nous nous touchions.

Je pris dans mon sac la clé avec son ruban tressé et ouvris la porte de la chambre. Quel choc lorsque j'aperçus Paula et un homme en blouse blanche à l'intérieur. Que se passait-il ? Combien de temps m'étais-je absentée ?

Hayden était toujours allongé sur le lit, mais l'homme en blouse, qui me rappelait mon professeur de physique-chimie de terminale, lui bandait la cheville.

— Que se passe-t-il ?

Je me précipitai au chevet de Hayden.

— Tout va bien, dit Paula d'une voix rassurante. Le doc s'occupe de lui.

J'observai l'homme qui enroulait le bandage, puis je me tournai vers Hayden.

— Qu'est-ce qui t'est arrivé ?

— La douleur a empiré, répondit-il en grimaçant. Et ma cheville était aussi grosse qu'un ballon de basket.

Il était si pâle et me parut soudain si frêle.

— J'ai appelé la réception pour qu'on me monte encore de la glace, et quand Paula est venue me l'apporter, elle a jeté un œil sur ma cheville et a tout de suite téléphoné au Dr Herbert.

— Oh ! mon Dieu, m'exclamai-je en prenant la main de Hayden.

Comment avais-je pu être aussi insouciante et aller me balader à la ferme de Kenlyn avec Roy Cummings ? J'aurais dû être ici, auprès de Hayden.

— C'est difficile de trouver un médecin un dimanche, expliqua Paula. En particulier pour une visite à domicile.

Elle sourit au docteur.

— Mais Doc est marié avec ma cousine Laurie, alors je savais qu'il viendrait.

— Merci, docteur, dis-je. Je suis Ellen, sa fiancée.

— Ravi d'avoir pu vous aider, répondit le Dr Herbert.

Il fixa le bandage avec des agrafes.

— Je vais vous faire une ordonnance, annonça-t-il. Il vous faut des médicaments contre la douleur et l'œdème.

Il sortit un carnet de sa poche et écrivit quelques mots.

— Il s'est probablement déchiré un ligament, mais il devrait aller mieux d'ici un jour ou deux. En attendant, il doit éviter de marcher.

Il me tendit l'ordonnance.

— J'y veillerai, docteur. Merci beaucoup. C'est tellement gentil à vous de vous être déplacé. Voici ma carte, envoyez-moi la facture.

Il prit son sac noir de médecin et suivit Paula dehors.

Je m'assis sur le lit près de Hayden, écrasée sous le poids de la culpabilité.

— Mon amour, dis-je en me penchant pour le prendre dans mes bras. Je suis vraiment désolée de ne pas être rentrée plus tôt. Je ne me doutais pas que tu te sentais si mal.

Je déposai un baiser sur son front.

— Je vais bien. Et je savais que tu avais besoin de te retrouver un peu seule pour décompresser.

— Je ne suis même pas allée à la pharmacie, avouai-je, honteuse. Heureusement que Paula connaissait ce médecin.

Hayden remit en place sa jambe bandée sur l'oreiller.

— Je crois que tu vas quand même devoir y aller. Qu'est-ce qu'il m'a prescrit ?

— Voyons voir. Du Tylenol avec de la codéine.

C'est alors que je remarquai quelque chose de curieux. De petites empreintes de pattes imprimées en haut de l'ordonnance.

Des empreintes de pattes ?

Et en dessous, j'aperçus le nom du médecin : « Peter Herbert, docteur en médecine vétérinaire. Clinique des animaux Herbert. » Ce type était un vétérinaire.

Chapitre 15

Sugar

Le lendemain matin, il pleuvait à verse. En jetant un œil à la pluie qui frappait les carreaux, j'eus envie de rester sous la couette toute la journée. Mais nous étions lundi et j'avais un rendez-vous important.

Hayden était déjà réveillé, il lisait *L'Art de la négociation : sachez convaincre comme un enfant de cinq ans*, un livre qui était resté vingt-six semaines sur les listes des best-sellers.

— Tu te sens mieux, ce matin ? demandai-je.

— Beaucoup mieux.

Il regarda sa cheville. Elle me parut encore enflée.

— Il faut que tu fasses attention. Tu sais ce que le… heu… docteur a dit.

Le fait que les patients du Dr Herbert avaient habituellement quatre pattes serait un secret que j'emporterais dans ma tombe.

Hayden m'attira contre lui, glissa ses mains dans mes cheveux et m'embrassa.

— Je t'aime, madame Hayden Croft.

Mme Hayden Croft.

— Ah, murmurai-je, je t'aime aussi, monsieur Hayden Croft.

Il m'embrassa dans le cou et je sentis son souffle chaud sur ma peau.

— Un jour, peut-être, continua-t-il, on nous appellera « Sénateur et Mme Hayden Croft ».

— Oui, peut-être, chuchotai-je.

Je fermai les yeux. Je nous imaginai lors d'une collecte de fonds, en tenue de soirée, au musée d'Histoire naturelle de Washington. Nous évoluerions dans une salle bondée remplie de squelettes de dinosaures. Les gens nous interpelleraient, serreraient nos mains. *Sénateur, madame Croft, par ici.* Je porterais une robe Oscar de la Renta et distribuerais des baisers.

— Ce serait pas mal, hein ?

J'ouvris les yeux. Hayden me souriait. Il m'embrassa de nouveau et passa mon T-shirt par-dessus ma tête. C'était vrai, il allait beaucoup mieux.

— Non, tu ne viens pas avec moi, dis-je à Hayden en le repoussant dans le lit. Il avait mis son pantalon et sa chemise et essayait d'enfiler une chaussette sur son bandage. Il pouvait être tellement têtu, parfois.

— Sugar vit à Pequot. C'est au moins à deux heures de route. Tu restes ici, insistai-je.

La fille de Lila Falk, Sugar, n'avait pas semblé trop inquiète de me rencontrer lorsque je l'avais appelée. En vérité, ce n'avait été qu'après lui avoir suggéré un possible dédommagement pour avoir gardé les affaires de ma grand-mère qu'elle avait montré un certain entrain et était devenue un peu plus accommodante.

— Je ne peux absolument pas te laisser aller voir cette femme toute seule, dit Hayden, qui se débattait toujours avec sa chaussette.

— Qu'est-ce que tu racontes ? Tu en parles comme si c'était une folle. Fais-moi confiance, ce n'est pas le cas. De plus, j'ai déjà parcouru cet État dans tous les sens.

Il finit d'enfiler sa chaussette.

— C'est possible, mais maintenant que je suis là, je viens avec toi.

— Je te rappelle que tu n'es pas censé t'appuyer sur ta jambe. Ordre du médecin.

Je me mordis la lèvre.

Hayden agita sa main vers moi d'un air exaspéré.

— J'abaisserai complètement le siège. Quelle différence si je reste allongé ici ou dans la voiture ?

Je réfléchis à ses paroles. Mon fiancé ne plaidait pas au tribunal pour rien.

— D'accord, mais quand on arrive chez Sugar, tu ne bouges pas de la voiture, compris ?

Il m'adressa ce petit sourire en coin qui signifiait qu'il acceptait mais n'était pas forcément d'accord.

Nous empruntâmes deux parapluies à la réception et Hayden allongea le siège passager de la BMW. Je programmai le GPS. Nous prîmes la direction de l'autoroute, vers Pequot, une ville au nord-ouest de Beacon.

Trois heures plus tard, je ralentis devant un petit pavillon gris de plain-pied. Un drapeau américain en lambeaux flottait sous la pluie devant la porte d'entrée. À côté de la maison, un vieux camping-car en ruine reposait sur des cales au milieu des flaques d'eau.

— C'est là ? demanda Hayden en observant la cour. Tu en es sûre ? On dirait une décharge.

— Regarde le numéro sur la boîte aux lettres, dis-je en me rongeant les ongles. C'est bien 277. C'est celui qu'elle m'a donné.

J'engageai la voiture dans l'allée de la maison. Hayden jeta un œil à la boîte, puis il détailla le camping-car, ses pare-chocs rouillés, ses taches de peinture qui mêlaient celle d'origine et d'autres ajouts successifs.

— Je ne te laisserai jamais entrer là-dedans toute seule.

En regardant de nouveau la maison, je décidai de ne pas le contredire. Nous traversâmes la cour sous des rideaux de pluie. Hayden boitillait à côté de moi tandis que nous évitions les flaques. Nous nous abritâmes sur le seuil de la porte d'entrée, protégée par une petite avancée en bois à moitié pourri. Je cherchai une sonnette et, n'en trouvant pas, je tapai à la porte.

Celle-ci s'ouvrit un moment plus tard sur une femme d'une cinquantaine d'années, maigre comme un clou et aux cheveux sales, une cigarette fichée au coin des lèvres. Elle nous regarda de haut en bas avant de nous laisser entrer.

— Je n'attendais qu'une seule personne, dit-elle.

Nous pénétrâmes dans un petit salon qui sentait le chou et la cigarette. Il était meublé d'un canapé marron en similicuir strié de craquelures et d'une table basse composée d'une roue de charrette, recouverte d'une vitre ronde et crasseuse.

Sugar nous observa de nouveau de haut en bas, la tête rentrée dans les épaules à la manière d'une tortue.

Elle scruta mon pantalon en soie et mon pull, et je regrettai de n'avoir pas enfilé mon jean et un T-shirt.

— Vous devez être Sugar, dis-je. Moi, c'est Ellen, et voici Hayden Croft, mon fiancé.

Je lui tendis la main et pensai qu'elle allait la serrer, mais elle passa devant moi et déposa la cendre de sa cigarette dans le pot d'une grande plante flétrie. Puis elle exhala un nuage de fumée tremblotant et violet.

Elle se tourna vers Hayden.

— Qu'est-ce que c'est que ce nom, Croft ?

Hayden se dérida.

— C'est anglais, en fait. Mes ancêtres sont arrivés à bord du *Mayflower*.

Sugar haussa les sourcils et pinça les lèvres.

— Et moi, je suis partie en croisière, une fois, alors j'imagine que ça nous fait un point commun.

Elle renversa la tête en arrière et fut prise d'une quinte de toux. Je compris quelques secondes plus tard qu'elle était en train de rire. J'aperçus une expression légèrement inquiète se peindre sur le visage de Hayden.

— Vous voulez vous asseoir ? proposa Sugar.

Elle nous indiqua le canapé du bout incandescent de sa cigarette. Je m'en approchai prudemment, examinai les taches poisseuses et les craquelures d'où s'échappaient des touffes de rembourrage gris. Je jetai un œil sur mon pantalon en soie et m'assis délicatement sur le bord du coussin. Hayden se glissa à côté de moi. Nous ressemblions à deux oiseaux prêts à prendre leur envol. Sugar s'installa en face de nous et tint sa cigarette au-dessus de l'accoudoir d'un fauteuil branlant.

— Alors, vous êtes allée voir maman.

Elle fit un sourire en coin et repoussa des mèches de son visage avec la paume de sa main. Coupés sous le menton, ses cheveux présentaient les séquelles de multiples tentatives de teinture : des touffes de gris, de blond doré et d'auburn se mêlaient à des mèches vertes, couleur de moisissure sur du pain rassis.

— Oui, je suis allée voir votre mère, acquiesçai-je. On a passé un bon moment, elle est adorable.

Sugar grimaça.

— Ouais. Je suppose que tout le monde a le droit d'avoir son opinion.

Elle renversa de nouveau la tête en arrière pour éclater de rire et agita sa cigarette en tous sens comme une gymnaste avec son ruban.

Je sentis le genou de Hayden se presser contre le mien.

— Oui… bon, poursuivis-je. Comme je vous le disais au téléphone, votre mère m'a expliqué que vous aviez chez vous quelques affaires de ma grand-mère. Elle m'a dit de passer les prendre.

— Quelques affaires ?

Sugar se redressa sur son siège et me jeta un regard noir. Son visage était entouré d'un halo de fumée.

— Oh, oui. J'ai les affaires de tout le monde, moi.

Elle croisa les bras sur sa poitrine.

— Celles de maman, de Ronny, de Doug. J'ai une collection de bandes dessinées qui date de quarante ans, des bouteilles de bière du monde entier, des maillots de foot de je ne sais où. Et je vous pose la question, est-ce que cet endroit a l'air grand ? Je veux dire, est-ce qu'il l'est ?

— Je ne suis pas sûr de…, commença Hayden.

Sugar l'interrompit.

— Non, non, monsieur Mayflower. Je vais vous donner la réponse. Ici, ce n'est pas grand. C'est petit.

Elle envoya un panache de fumée vers nous.

Je vis les muscles du cou de Hayden se contracter.

— Madame Hawley, nous sommes ici uniquement pour récupérer les affaires de Mme Ray, déclara-t-il. Ce que votre mère…

— Mon nom, c'est Sugar. Et ce que je veux vous faire comprendre, Mayflower…

Elle sourit, exhibant une dent grise, en haut à droite de la mâchoire.

— … c'est que je me retrouve avec le bazar de tout le monde et que ça me coûte une blinde de tout stocker ici.

Hayden devint écarlate.

— Écoutez, je ne m'appelle pas Mayflower. Je m'appelle Hayden. Hayden Croft, et…

Sugar agita la main.

— Oh, ça va, c'est bon. C'était pour rigoler.

Hayden prit une grande inspiration et souffla lentement pour se ressaisir. Il balaya la pièce du regard, remarqua les piles de disques vinyles, les cartons débordant de vieux livres reliés.

— Vous devriez peut-être envisager de vendre une partie de ces marchandises, suggéra-t-il. Si elles ont de la valeur.

Sugar fut prise d'un rire déchirant.

— En voilà une idée lumineuse ! Mais c'est exactement ce que je fais !

Elle secoua la tête.

— Ça n'est pas très rentable, d'ailleurs. Je dois rédiger toutes les annonces, prendre des photos. Et mon appareil n'est pas terrible. J'en aurais besoin d'un meilleur.

Elle me fit un clin d'œil.

— Un meilleur appareil ? demandai-je.

Je me rapprochai de Hayden et lui chuchotai à l'oreille.

— Je lui ai dit que je pourrais lui donner un petit quelque chose pour la remercier.

— Elle me file la chair de poule, me murmura-t-il. N'en fais pas trop.

J'ouvris mon sac pour y prendre mon chéquier.

— Je suis désolée que vous ayez dû stocker les affaires de ma grand-mère, repris-je. Nous devons vraiment y aller, maintenant, mais si vous pouviez me les donner, je serai ravie de vous payer pour vous dédommager.

Hayden saisit soudain mon bras.

— Ellen, je crois que nous devrions d'abord voir ce que Mme… heu, ce que Sugar a en sa possession.

Cette dernière se leva.

— Je vais vous les chercher. Une boîte en moins.

Elle contempla un cendrier violet en forme de grenouille posé sur la table basse, le déplaça d'environ cinq centimètres, hocha la tête, puis quitta la pièce.

Je regardai Hayden.

— Elle est vraiment bizarre, me souffla-t-il.

J'acquiesçai.

— On prend les affaires et on s'en va.

Sugar revint. Elle tenait un petit carton pas plus grand qu'une boîte à chaussures pour homme. On ne pouvait pas dire que c'était très encombrant, pensai-je lorsqu'elle me le tendit.

J'ouvris le carton et, un par un, sortis chaque objet et les posai sur mes genoux. Il y avait un petit carnet de croquis avec une couverture en papier rose, un paquet de fiches sur lesquelles je crus reconnaître l'écriture de ma grand-mère, une écharpe en soie avec un motif de nénuphars sur fond bleu, un stylo-plume noir orné d'un anneau en argent, un recueil de poèmes d'auteurs américains dont certaines pages avaient été cornées (je me promis de vérifier si « En réparant le mur » en faisait partie), une loupe avec un manche en bois sculpté, un livre, *Fleurs originaires de Nouvelle-Angleterre*, dont la reliure en toile partait en lambeaux, un autre ouvrage relié, *Le Compagnon du producteur de fruits rouges*, et une pile d'une vingtaine de photos fanées en noir et blanc. Certaines représentaient ma grand-mère, les autres, des personnes que je ne reconnus pas. J'avais espéré trouver un annuaire de sa classe de lycée ou un journal intime, mais je ne me sentis pas déçue pour autant. J'agrippai la boîte, impatiente de retourner à l'hôtel où je pourrais étaler tout le contenu sur le lit et étudier chaque objet un par un.

— Alors, voilà, dis-je en époussetant le dessus du carton. Merci.

Sugar avait les yeux braqués sur ma bague de fiançailles.

— Quel caillou. Il vous l'a acheté ?

Elle inclina la tête en direction de Hayden.

— Monsieur Mayflower ?

Hayden se leva, la mâchoire serrée.

— On s'en va, Ellen. Je pense que nous avons assez abusé du temps de Mme Hawley. Il n'y a rien d'autre ici qu'un tas de déchets.

Il la fusilla du regard.

— Oubliez eBay. Vous n'arriverez jamais à refourguer votre marchandise.

Sugar fulminait.

— Mais vous vous prenez pour qui, tous les deux ? Vous êtes tellement arrogants, comme votre grand-mère, fit-elle en me pointant du doigt. Oh, je sais tout sur elle. Maman m'a raconté plein de choses. Ruth ceci, Ruth cela. Comment elles étaient les meilleures amies du monde. Personnellement, je pense que votre grand-mère n'était qu'une snobinarde. Elle se croyait trop bien pour rester à Beacon.

— Qu'est-ce que vous racontez ? m'écriai-je, indignée. Vous ne la connaissiez même pas. Vous n'avez pas le droit de dire ça.

— J'en sais suffisamment pour me faire ma propre opinion. L'opinion de Sugar. Je connais bien les filles dans son genre. Votre grand-mère attendait la première occasion pour se tirer. Elle n'avait pas l'intention de moisir ici à ramasser des myrtilles, alors elle s'est enfuie avec un riche, un docteur de Chicago.

Comment ose-t-elle ? pensai-je. Je me levai d'un bond et m'adressai à Hayden.

— Je suis prête. Sortons d'ici.

Sugar tira sur ma manche.

— Holà, stop. Attendez un peu.

Sa voix était devenue plus calme, presque mielleuse.

— Vous croyez que la vieille Sugar n'a que des poubelles dans sa maison ? Eh bien, ça pourrait vous intéresser de voir ce que j'ai d'autre, vous qui êtes tellement fascinés par tous ces trucs de famille. Suivez-moi.

Hayden et moi échangeâmes un regard. Il n'avait visiblement aucune envie de faire un pas de plus.

— Et si elle avait d'autres objets ayant appartenu à ma grand-mère ? chuchotai-je.

Sugar nous entraîna le long d'un couloir étroit et nous fit entrer dans une chambre sombre, dont les relents de sirop pour la toux m'écœurèrent. À travers la lueur de deux petites fenêtres, j'aperçus des cartons entassés en hautes piles, des bibliothèques bourrées, des sacs de courses et des bacs de rangement en tout genre débordant des diverses collections de Sugar. Je m'avançai à l'intérieur lorsque celle-ci alluma une lampe.

— Les affaires de votre grand-mère sont par là, dit-elle en tendant la main vers le fond de la pièce.

— Ses affaires ?

Je jetai un œil à Hayden.

— Alors il y a autre chose.

Derrière le lit, adossées au mur, s'entassaient cinq piles de panneaux rectangulaires, dont certains atteignaient une taille d'un mètre et demi sur un mètre.

— Qu'est-ce que c'est ? demanda Hayden en se rapprochant.

Je remarquai alors que certains panneaux étaient dotés de petits tasseaux de bois à chaque angle et d'un fil métallique qui s'étirait d'un coin à un autre.

— Ce sont des tableaux, expliquai-je en me précipitant. Ce que nous voyons, ce sont leurs dos.

J'en attrapai un et le retournai. Il mesurait environ un mètre sur cinquante centimètres et représentait une régate de voiliers. Les traits de pinceau étaient vifs et les éclats de couleur dansaient dans la lumière. Au premier plan, trois petits bateaux luttaient contre le vent. Derrière eux, quelques autres, plus petits encore, fendaient l'eau. Les vagues aux riches teintes bleues tournoyaient tandis que l'écume blanche s'écrasait contre les coques. On était dans le Maine, et je pouvais sentir l'odeur du sel. Je regardai en bas à droite et j'aperçus la signature, aux lettres tout en boucles que je connaissais si bien. Ruth Goddard.

Hayden prit la toile et la disposa sur le sol. Nous reculâmes pour mieux la voir. J'avais la bouche sèche.

— Waouh, dis-je.

— Waouh, répéta Hayen. C'est ta grand-mère qui a peint ça ?

Je hochai la tête.

— Je crois bien.

Je m'approchai et touchai la peinture dont elle avait si bien su jouer pour créer les vagues. Je passai le doigt sur la surface des voiles. Je pouvais presque entendre le bruit des bateaux qui fendaient l'océan. Et je pouvais imaginer ma grand-mère en train de travailler. J'ignorais où et quand elle avait fait ce tableau, mais je la visualisais, devant un chevalet, concentrée à mélanger ses couleurs.

Je me saisis du tableau suivant, légèrement plus petit, et le retournai. J'y découvris un jeune homme dans un champ de myrtilles avec, en arrière-plan, une grange rouge. Le garçon se tenait entre deux rangs de buissons, il cueillait des myrtilles d'une main et tenait un seau rouge de l'autre. Le soleil illuminait le seau, la végétation et les cheveux châtains du personnage. Il avait des taches de rousseur sur le nez et ressemblait à une version plus jeune du Chet Cummings que j'avais vu dans le grenier de Susan Porter.

— Regarde, chuchotai-je, et mes doigts parcoururent la toile, effleurant les petits pics de peinture et les sillons créés par le pinceau. Ce doit être Chet Cummings.

Ma main descendit jusqu'au coin droit de l'œuvre et mon index s'attarda sur la signature. Ruth Goddard.

— C'est magnifique, dit Hayden.

Il posa le tableau et s'avança vers une autre pile.

— Essayons ceux-là, lança-t-il.

Sur le premier, une femme aux cheveux gris portant un tablier blanc se tenait fièrement devant une petite cabane où des cagettes de fruits étaient proposées à la vente. Sur un autre, deux garçons, au bord de la mer, jouaient dans une flaque avec des bateaux en bois de couleur jaune. Les deux tableaux étaient signés du nom de Ruth Goddard.

Je me tournai vers Sugar.

— Ils sont tous de ma grand-mère, n'est-ce pas ?

Elle souffla sa fumée vers moi.

— Absolument.

Je m'assis sur un coin du lit et observai la toile représentant la régate. Le reflet du bateau sur l'eau, celui de la coque rouge qui brillait en un million de couleurs dans la mer noir bleuté, m'évoqua un souvenir.

Je me trouvais sur le quai d'un port, avec ma grand-mère. Nous regardions les reflets des coques des bateaux dans l'eau.

— Quelles sont les couleurs que tu vois, Ellen ?

Je lui montrai un bateau avec une coque jaune.

— Jaune, répondis-je.

— Ah, et quoi d'autre ? Quelles sont les autres couleurs que tu vois ? Il y en a beaucoup, dans ce reflet.

Je regardai plus attentivement et les vis : les orange, vert, pourpre, un peu de gris, de doré et même du rose. Je les lui citai.

— C'est exact, approuva-t-elle, et si tu continues à regarder, tu en verras beaucoup d'autres. C'est ce que cela veut dire, être observateur, Ellen. Il y a toujours plus à voir que tu ne le crois.

Hayden détaillait la peinture de la régate, fasciné par les traits de pinceau. Je me levai du lit et me mis à côté de lui.

— C'est un travail de bonne qualité, constata-t-il à voix basse. Très bien réalisé.

Il se tourna vers le tableau des deux garçons qui jouaient au bord de la mer.

— C'est remarquable. Ça me rappelle l'œuvre de l'impressionniste américain Childe Hassam.

— J'en ai entendu parler, murmurai-je, mais je ne me souviens pas de ses toiles.

— Certains pensent qu'il est le meilleur peintre impressionniste américain. Il utilisait superbement la lumière du soleil. Il peignait des scènes de la vie de tous les jours, comme ta grand-mère.

Je hochai la tête et regardai les piles de tableaux, émerveillée à l'idée que grand-mère ait pu tous les peindre.

— C'est incroyable, il doit y en avoir vingt, ici.

— Vingt-cinq, me corrigea Sugar.

Ils sont magnifiques, songeai-je, et mes mains tremblèrent lorsque j'en retournai un représentant six chevaux dans un champ d'un vert intense, et un autre où je découvris trois enfants qui pêchaient au bord d'une rivière paisible. Nous passâmes en revue le reste des toiles.

— Je n'arrive pas à y croire, répétai-je à Hayden. Toutes ces peintures regroupées au même endroit. Maintenant, on n'a plus qu'à trouver le meilleur moyen pour les emporter.

Je commençai à calculer mentalement la taille du véhicule que nous aurions besoin de louer pour les transporter chez ma mère.

— Je vais devoir louer une camionnette, je pense.

Sugar, qui s'était tenue légèrement en retrait, s'avança vers nous.

— Pour emporter quoi ? Pourquoi avez-vous besoin d'une camionnette ?

Elle écrasa une araignée qui grimpait sur le mur.

— Pour emporter ces peintures.

Les yeux de Sugar s'étrécirent.

— Vous n'emporterez ces peintures nulle part.

Je me figeai.

— Que voulez-vous dire ?

— Vous ne les prenez pas. Voilà ce que je veux dire.

— Comment ça ? Elles sont à nous, à ma mère.

Je regardai Hayden. Soudain, les lumières vacillèrent et faiblirent, puis un coup de tonnerre retentit.

— Parce que je les ai vendues, déclara Sugar.

Je sentis le sol se dérober sous mes pieds.

— Vous avez quoi ?

Elle répéta chaque mot lentement, en les détachant un à un.

— Je. Les. Ai. Vendues.

— Comment avez-vous pu faire ça ? Elles appartiennent à ma famille.

— Ha !

Sugar renversa la tête en arrière.

— Et elle était où, votre famille, pendant ces soixante dernières années, hein ? Pourquoi personne n'est jamais venu les chercher ?

Hayden fit un pas vers elle.

— De quoi parlez-vous ? Personne ne savait que ces tableaux étaient ici.

Sugar me désigna.

— Sa grand-mère les a donnés à ma mère.

Je m'approchai d'elle.

— Écoutez, je suis sûre qu'elle ne les a pas donnés à votre mère. Il y a une erreur.

— Absolument pas. Votre grand-mère n'en voulait plus, elle a demandé qu'on l'en débarrasse.

— Vous mentez, m'écriai-je. Je n'y crois pas une seconde.

Sugar sourit, faisant ressortir sa dent grise.

— Sugar ne ment pas. Et ouaip, je les ai vendus. Je vais me faire dix mille dollars pour le lot, assena-t-elle. À moins que…

— Dix mille…

Je n'eus pas la force d'achever ma phrase. Comment pouvait-elle brader ces tableaux pour seulement dix mille dollars ? C'était insultant. C'était de la folie.

— Bon sang, vous dites qu'il y a vingt-cinq toiles en tout ici et…

Hayden posa sa main sur mon bras, son signal pour m'intimer de me calmer.

— Excuse-moi, Ellen, me dit-il avant de s'adresser à Sugar. À moins que quoi ?

— Eh bien… Mayflower…

Elle tendit la main vers Hayden et le toucha presque, ce qui le fit reculer d'un pas.

— Je me disais que vous auriez peut-être envie de me faire une meilleure offre. Dans ce cas…

— Combien ? Qu'est-ce que vous voulez ?

Je commençai à chercher de nouveau mon carnet de chèques quand Hayden m'arrêta.

— Attends une minute, s'il te plaît.

Puis il se tourna vers Sugar.

— Nous n'allons quand même pas vous faire un chèque en blanc.

Je jetai un regard furieux à Hayden.

— Ce qu'il veut dire, c'est qu'il faut que le montant soit en quelque sorte… raisonnable. C'est tout. Vous espériez combien ?

Hayden leva la main.

— Attendez, attendez. Vous avez dit que vous les aviez déjà vendus ?

— Eh bien, ouais, répondit Sugar. Il a déjà pris un tableau et me l'a payé.

— Qui est-ce ? demandai-je.

Sugar haussa les épaules.

— Un marchand d'art de Boston.

— Avez-vous signé un document ? questionna Hayden. Vous avez mis quelque chose par écrit ?

Je retins mon souffle.

— Évidemment. J'ai signé le papier qu'il m'a donné.

— Le papier ? répéta-t-il. Vous l'avez ? On pourrait le voir ?

Sugar quitta la pièce et revint avec une feuille pliée en trois.

Hayden la lut, puis me regarda.

— Elle les a vendus à une galerie du nom de Millbank, à Boston. Madame Hawley, dit-il en se tournant vers Sugar, en tant qu'avocats, nous pouvons vous affirmer que vous n'étiez pas en droit de vendre ces tableaux. Ils étaient conservés ici par votre mère, et elle souhaite que Mlle Branford les récupère. Nous allons immédiatement interrompre cette soi-disant vente à la galerie Millbank.

Sugar croisa les bras.

— C'est ce qu'on va voir.

Le chat de Sugar se glissa dans la pièce et rôda près d'une collection de pots de confiture vides empilés dans un coin en une pyramide d'un mètre de haut. L'animal semblait vouloir y grimper.

— Partons d'ici, murmura Hayden. On ne peut pas embarquer les peintures aujourd'hui, mais je vais te les récupérer. Ne t'inquiète pas.

Il boitilla dans le couloir, une main appuyée sur le mur. Avant que nous n'atteignîmes la porte d'entrée, il s'adressa une dernière fois à Sugar.

— Madame Hawley, si j'étais vous, je ferais en sorte que ces tableaux restent bien là où ils sont, à moins que vous ne préfériez vous retrouver impliquée dans une bataille judiciaire extrêmement coûteuse.

Sugar se figea.

— Je n'ai pas peur de vous, Mayflower. Personne ne parle à Sugar de cette manière.

— Vous aurez bientôt de nos nouvelles, répliqua Hayden tandis que j'ouvrais la porte.

Dehors, il pleuvait toujours à verse. Une pluie glaciale s'abattait sur la chaussée grise et défoncée de l'allée, et des flots de boue se déversaient de la cour de Sugar jusque dans la rue. Nous nous tînmes un instant sous la petite avancée en bois avant de nous élancer vers la voiture aussi vite que possible. Hayden traînait frénétiquement sa jambe blessée. Alors que nous nous éloignions de la maison, j'entendis un fracas assourdissant à l'intérieur, comme si une centaine de pots de confiture s'étaient renversés sur le sol.

Chapitre 16

Comme Cici Baker

Hayden avait raison, pensai-je, assise sur le lit de notre chambre, le lendemain matin. Sugar Hawley était folle. Et à cause de cela, bien qu'il m'ait assuré qu'il récupérerait les tableaux sans aucune difficulté, je savais que ce ne serait pas si simple. Je parcourus la pièce des yeux et m'arrêtai sur la craquelure au plafond. J'entendais Hayden parler au téléphone dans la salle de bains.

— Je pense que nous avons de bonnes chances de voir notre requête acceptée, expliquait-il à un autre avocat du cabinet. Et c'est ce que j'ai dit à Elizabeth. Elle comprend, mais ils ont reçu de nouvelles directives et ils doivent faire leur maximum pour grappiller tout ce qu'ils peuvent.

Je passai la tête dans la salle de bains et lui indiquai ma montre. Il était 11 h 15. Nous avions rendez-vous chez les Porter à 11 h 30 afin que Hayden voie le tableau et que je puisse le photographier.

Il posa la main sur le micro de son téléphone et chuchota :

— Tu ferais mieux d'y aller sans moi. Ashton Pharmaceutique. Un vrai casse-tête.

— Tu es sûr ? murmurai-je, déçue.

Il hocha ta tête.

— Prends plein de photos. Les journalistes du *Times* voudront probablement les voir aussi.

Les journalistes du *Times*. Oh, mon Dieu, ils arrivaient ce soir et avaient programmé une interview de Hayden et moi ainsi qu'une séance de photo pour le lendemain matin. Je pris mon Nikon et descendis l'escalier en essayant de penser à autre chose.

Je m'assis dans ma voiture et, pendant une minute, je fixai le tableau de bord. Puis je passai en revue ma liste de chansons à la recherche d'un morceau susceptible de me changer les idées. Je choisis « Skylark », interprété par Ella Fitzgerald et, tandis que je me dirigeai vers la maison des Porter, je laissai s'échapper des vitres de la voiture une cascade de notes d'une douceur de miel. Grand-mère adorait Ella, et moi aussi. Sa voix, mêlée aux sons réconfortants de l'orchestre de Nelson Riddle, était le remède idéal pour calmer mes nerfs.

Je restai près d'une demi-heure chez les Porter, à parler à Susan et à son mari, puis à photographier le tableau de grand-mère. Il était fidèle à mon souvenir : plein de vie et quasi magique. C'était une très belle représentation de grand-mère et de Chet, des chênes et de la grange. Lorsque je repartis, j'étais d'humeur bien plus joyeuse.

Sur la route du retour, je passai devant la ferme de Kenlyn et, en apercevant l'ouverture dans le mur et le chemin de terre qui menait à l'intérieur, je ne pus m'empêcher de tourner. Mes roues suivirent le chemin tracé deux jours plus tôt par celles de Roy. Je me garai près du mur et marchai vers la côte où il nous avait conduits, mes pieds guidés par les marques de ses pneus.

Arrivée en haut, je collai le viseur de mon appareil photo à mon œil et tournai lentement sur moi-même, comme ma grand-mère me l'avait appris. À chaque point de vue, quelque chose de saisissant emplissait l'écran : des touffes d'ancolies rouges, des roches effondrées devant le mur formant des dessins géométriques, du lichen vert et sec qui rongeait les pierres, un loriot sautant d'un fourré et, à mes pieds, un grillon accroché à une tige d'aster violet. J'aurais pu passer une journée entière ici et ne découvrir qu'une infime partie de toute la richesse de ce que j'avais sous les yeux.

Tandis que le soleil réchauffait mes épaules, je me penchai pour capturer les fleurs de lys sauvages, les pétales duveteux et violets d'un chardon, et les ailes délicates de deux guêpes qui se posaient sur les petites fleurs blanches d'un rhododendron. Alors que je finissais de photographier un papillon Monarque, je me rendis compte qu'une heure avait passé.

Je redescendis la colline pour rejoindre ma voiture et m'imprégnai du bavardage des oiseaux, du parfum des herbes folles et des fleurs sauvages, et de l'odeur de la terre sous mes pieds. À ma droite, j'aperçus un bosquet d'arbres et le chêne solitaire. Je me souvins de Roy appuyé contre son tronc deux jours auparavant.

Cela ferait une belle photo : l'arbre isolé à l'écorce noueuse et aux branches formant un dôme vert, les autres arbres regroupés derrière lui comme des enfants traînant derrière un parent. Je m'approchai et collai le viseur à mon œil. Je bougeai ma tête vers la gauche, vers la droite, réglai l'ouverture du diaphragme et maniai le zoom. *Tu dois regarder quelque chose sous tous les angles avant de le voir vraiment*, disait grand-mère. Je tournai en tous sens, pris des clichés de l'arbre et du bosquet de différents points de vue, jusqu'à ce que j'aperçoive quelque chose qui me stoppa net.

Dans mon viseur, j'avais placé le chêne solitaire à ma gauche, et une bonne partie du bosquet, derrière. Tout au coin à droite, je distinguai un détail que je n'avais pas vu, que je ne pouvais pas avoir remarqué deux jours plus tôt. Je contemplai, dissimulé par les fleurs des champs, ce qui ressemblait aux fondations d'un vieux bâtiment en pierre. La position de l'arbre, le bosquet et les fondations étaient disposés exactement de la même façon que l'arbre, le bosquet et la grange sur le tableau découvert dans le grenier des Porter. La grange s'était trouvée ici, pile devant moi, je le savais. Et ses fondations étaient encore visibles. L'unique élément qui manquait à la scène, c'était le couple formé par ma grand-mère et Chet.

Je m'avançai, le souffle coupé. Les ruines de trois murs effondrés apparaissaient de-ci, de-là au milieu d'un tapis de fleurs sauvages. Les blocs de pierre encore visibles étaient couverts de larges étendues de lichen jaune et vert, comme si quelqu'un y avait renversé de la peinture dans un moment de folie créatrice.

Le champ bourdonnait de vie autour de moi. Je songeai à Chet Cummings, puis à ma grand-mère, et je sentis son âme dans le sol à mes pieds, dans les pierres chauffées par le soleil qui, un jour, avaient formé la base de la grange, et dans les tiges des fleurs sauvages qui caressaient mes jambes comme des souvenirs qui m'appelaient.

Je rentrai à l'hôtel, impatiente de raconter à Hayden ma découverte à la ferme de Kenlyn. Une femme vêtue d'un pantalon couleur ivoire se tenait devant le comptoir de la réception, en face de Paula. Ses cheveux blond cendré étaient impeccablement coiffés en boucles souples, et une paire de lunettes de soleil à monture ornée de bijoux était relevée sur le haut de la tête. Elle avait déposé à ses pieds une petite valise en cuir d'autruche.

J'écarquillai les yeux de surprise.

— Maman ?

Elle se retourna.

— Chérie !

Elle s'avança vers moi, bras tendus, et ses bracelets en or tintèrent lorsqu'elle m'embrassa sur les deux joues.

— Maman, qu'est-ce que tu fais là ?

Je la regardai de haut en bas, n'en croyant pas mes yeux.

Elle recula d'un pas et m'observa attentivement.

— Tu as changé de coiffure. C'est très… différent.

Je passai la main dans mes cheveux.

— Ah, tu trouves ? demandai-je en riant. Je crois que j'ai tout simplement oublié de me coiffer.

Tout à coup, j'avais de nouveau onze ans. Je glissai mes doigts sur mon crâne en essayant de reformer une raie.

— Mais pourquoi es-tu venue ici ? Qu'est-ce…

Ma mère me regardait d'un air effaré, comme si je venais de lui annoncer que j'avais enlevé son professeur de yoga.

— Ma fille, tu te maries dans trois mois. Ce n'est pas le moment d'arrêter de soigner ton apparence.

Paula s'éclaircit la gorge, et ma mère et moi nous retournâmes.

— Donc, vous payez par carte ?

— Oh, oui, bien sûr, répondit ma mère en ouvrant son portefeuille.

Elle tendit à Paula un rectangle de plastique totalement transparent. Cette dernière le tint à la lumière et plissa les yeux.

— Je n'en ai jamais vu de pareilles.

— Elles sont assez rares, lui expliquai-je. On n'en fait pas la demande. En fait, c'est impossible. C'est la banque qui vous choisit.

Paula n'en revenait pas.

J'entraînai ma mère à part.

— Est-ce que tu pourrais m'expliquer pourquoi tu es venue ici ? chuchotai-je. Qu'est-ce qui se passe ?

— J'aurai aussi besoin de votre permis de conduire, ajouta Paula.

Ma mère déposa son permis sur le comptoir. Puis elle pivota vers moi, bras croisés.

— Pourquoi je suis venue ? Ellen, c'est évident. Tu n'as répondu à aucun de mes appels depuis des jours.

J'évitai son regard.

— Je t'ai envoyé des textos.

— Et moi je t'ai appelée, répliqua ma mère. Plus d'une fois. Je m'attendais donc à ce que tu me rappelles.

Tu sais, cette habitude démodée, où l'on écoute l'autre personne nous parler au bout du fil.

— Je suis désolée, concédai-je en tentant de sourire. J'ai été un peu débordée.

Son sixième sens en éveil, ma mère scrutait mon visage en essayant de découvrir ce qui clochait.

— Alors, où est la chambre de ma mère ? demandai-je d'un ton léger à Paula.

Celle-ci jeta un dernier regard à la carte transparente de ma mère avant de la lui rendre.

— J'ai mis votre mère dans la chambre 12. Juste en face de la vôtre.

— Parfait ! s'exclama ma mère. Nous avons beaucoup de choses à nous dire.

Elle me regarda sans un sourire.

— Ça, je n'en doute pas, grommela Paula.

Ma mère prit un poudrier doré.

— Je vais me rafraîchir dans ma chambre, annonça-t-elle.

Elle s'observa dans le petit miroir et fit bouffer ses cheveux.

— Ensuite, tu pourras m'emmener boire un latte, j'en ai grand besoin, et tu m'expliqueras ce qui se passe vraiment.

Pour tout lui raconter, il faudrait bien plus qu'une tasse de latte.

— Je monte aussi, déclarai-je. Il faut que je parle à Hayden. Je vais le prévenir que tu es ici.

— Hayden ? Quelle surprise ! Je ne savais pas qu'il était là.

— Il a résolu une affaire. C'est une longue histoire.

— Formidable. Je vais aller le saluer.

Paula tendit son reçu à ma mère.

— En fait, M. Craft n'est pas là. Il est sorti un peu plus tôt avec deux autres clients. Un homme et une femme. Un canon, elle aussi, dit-elle en me jetant un regard.

— C'est Croft, rectifiai-je.

Un homme et une femme. Elle devait parler des journalistes du *Times*.

— Ils viennent de New York ?

— En effet.

Paula consulta son registre.

— Ils sont associés, expliquai-je. Ils travaillent pour le *New York Times*.

Un canon, rien que ça. L'imagination de Paula bouillonnait. Elle avait trop de temps libre, c'était évident.

Ma mère ferma son poudrier et me murmura à l'oreille :

— Pourquoi Hayden est-il en train de parler à des journalistes du *Times* ?

— C'est une longue histoire, là aussi.

— Génial. Je suis impatiente de l'entendre.

Elle me désigna sa valise.

— Quelqu'un peut-il avoir l'amabilité de la monter dans ma chambre ? Et je ne dirais pas non à un scone ou à un croissant. Je suis affamée.

— Je t'emmène dans un café-restaurant sympa, le Three Penny Diner.

— Un café-restaurant ?

— Ils ont des doughnuts aux pommes délicieux.

Elle inclina la tête.

— Depuis quand manges-tu des doughnuts ?

Le café était pratiquement vide à notre arrivée. Je nous guidai vers une table près de la baie vitrée.

— Tu ne trouves pas ça charmant ? Tu as vue sur l'océan.

Ma mère tira l'une des chaises en bois usée et s'assit. Elle contempla le mini-jukebox et la table en Formica vert.

— Plutôt intéressant, déclara-t-elle.

Elle scruta les pochettes de disques vinyles accrochées aux murs et les photos en noir et blanc de Buddy Holly, Jerry Lee Lewis, des Platters et d'autres groupes des années 1950.

— J'ai l'impression de voyager dans le temps. Tu crois que c'est le but ?

Je secouai la tête.

— Aucune idée. Je suppose que c'est le goût du propriétaire.

Une serveuse avec d'épais cheveux gris nous apporta les cartes avant de disparaître.

— Pas de latte ? s'étonna ma mère. Ni de croissants non plus.

Pendant qu'elle étudiait le menu, j'observais un groupe d'enfants jouer sur la plage avec des pelles et des seaux, et une bande d'adolescents qui s'était rassemblée près du mur. Je pensai à grand-mère et me demandai si, enfant, elle avait couru le long de cette plage, sous le soleil du Maine, ou si elle s'était assise sur le muret de la digue au clair de lune en compagnie de Chet.

La serveuse revint et ma mère ferma la carte.

— Je voudrais une tasse de café et un muffin aux myrtilles.

Elle soupira et me regarda.

— Ta grand-mère était une grande cuisinière. Ses muffins aux myrtilles étaient extraordinaires.

— C'est vrai, répondis-je.

Je fus de nouveau transportée dans Steiner Street : grand-mère et moi démoulions les muffins et les posions sur une grille pour les laisser refroidir. Le dessus des gâteaux était coloré par des rivières de bleu, là où les myrtilles avaient fondu à la chaleur, et les arômes de sucre flottaient dans l'air chaud qui se dégageait du four.

— Je crois que je vais prendre aussi un muffin, dis-je à la serveuse.

Ma mère joignit les mains avant de les poser sur la table.

— Ellen, puisque nous parlons de ta grand-mère, il faut que je te dise quelque chose.

Je levai les yeux.

— C'est à propos du legs.

Le legs. Grand-mère m'en avait parlé il y avait bien longtemps. Je savais qu'elle avait institué un fidéicommis pour moi, mais je n'en connaissais pas les détails et ignorais s'il existait encore.

— Il y a un fidéicommis ?

— Oui, bien sûr, répondit ma mère. En fait, j'ai eu un rendez-vous avec Everett, il y a quelques jours.

Everett était l'avocat chargé de la succession de grand-mère. Ma mère se pencha au-dessus de la table.

— Il y a une substantielle somme d'argent, dans ce fidéicommis, Ellen.

La serveuse déposa nos tasses de café sur la table. Un léger arôme de noix de pécan se dégagea.

— Je vous apporte les muffins dans une minute, annonça-t-elle. On est en train de les sortir du four.

Je versai un nuage de lait dans mon café et le remuai.

— Que veux-tu dire, maman ?

Sa voix ne fut plus qu'un souffle :

— Il y a six millions de dollars.

J'arrêtai de mélanger et écarquillai les yeux.

— Quoi ?

— J'ai vu les relevés des placements.

— Tu plaisantes ?

— Non, pas du tout, Ellen.

Je restai muette de stupeur. Grand-mère m'avait laissé six millions de dollars. Six millions. Je gagnais bien ma vie, Hayden aussi. Mais un fidéicommis de six millions de dollars, c'était une belle marge de sécurité. Une marge énorme, en réalité.

Je secouai la tête.

— Je ne sais pas quoi dire.

Une vision de ma grand-mère dans le bureau d'Everett me traversa l'esprit. Elle était assise sur une des chaises en acajou, une liasse de documents posée devant elle sur la table. Elle tenait son stylo-plume et écrivait sur chaque page en laissant une série de signatures à l'encre bleu clair.

— J'aurais tellement aimé qu'elle soit là, avouai-je, le cœur lourd. Au moins, j'aurais pu la remercier. Elle a tant fait pour moi, et elle continue. Elle me manque.

Ma mère tendit le bras sur la table et me prit la main.

— Moi aussi, elle me manque.

— Je ne l'ai pas remerciée pour ça.

— Mais si, tu l'as fait. Tu l'as remerciée en lui donnant tout ton amour.

Nous restâmes assises en silence tandis que la serveuse déposait nos muffins devant nous. Peu après, ma mère coupa son gâteau en petits morceaux avant d'en prendre une bouchée.

— Miam, fit-elle. C'est excellent. Même si ça ne vaut pas ceux de ta grand-mère.

— À grand-mère ! dis-je, et je levai ma tasse de café.

Ma mère leva la sienne et nous trinquâmes.

— À grand-mère ! répondit-elle.

— Je voulais te demander, reprit ma mère quand nous terminions de manger, comment se fait-il que tu aies atterri dans ce… comment dire… ce bed and breakfast ? Il n'y a même pas de minifrigo dans la chambre.

Je pariai qu'elle allait bientôt me demander pourquoi il n'y avait pas de spa.

Elle inspecta ses ongles de la main droite.

— Je voulais faire une manucure. Et peut-être en profiter pour me faire masser. Je me suis déchiré un muscle dans la jambe, le week-end dernier au tennis, et c'est très douloureux.

Elle frotta son mollet.

Oh, mon Dieu, elle voulait vraiment aller au spa.

— Maman, je suis désolée de te l'annoncer, mais le spa est fermé pour travaux. Ils prévoient de rouvrir en même temps que la salle de sport… et le golf.

Je me mis à sourire, et ma mère répliqua d'un air narquois :

— D'accord, j'ai compris, pas de spa.

Elle observa la salle, puis regarda à travers la vitre.

— C'est vraiment une petite ville, n'est-ce pas ?

— C'est petit, mais il y a quelques trucs bien, ici. Ils ont un…

— Je suis sûre que tout est très mignon, me coupa ma mère, mais je meurs d'impatience que tu rentres à la maison. On a tant à préparer avant ton mariage, et si peu de temps. Je ne comprends pas ce qui a pu te retenir ici.

Elle ouvrit son sac et en retira une liste.

— Voyons voir.

Elle fit glisser son doigt sur le papier.

— Il faut programmer l'essayage final de ta robe et de celles des demoiselles d'honneur.

Elle marqua une pause.

— Nous devons revoir les arrangements floraux une dernière fois.

Elle retourna la feuille.

— Et, bien sûr, écrire les adresses sur les invitations.

Elle entoura quelques mots avec un stylo et posa la liste sur la table.

— Oh, j'allais oublier. Beezy et Gary Bridges sont sûrs de venir. Ils repoussent leur safari pour pouvoir être là.

Pendant que je me creusais la cervelle pour tenter de me rappeler qui était ce couple, des images du mariage prirent forme dans mon esprit. L'église Saint Thomas, les dix demoiselles d'honneur, les dix garçons d'honneur, les trois cents invités, les échanges solennels – dans le bonheur ou dans les épreuves, dans la santé et dans la maladie. Ma gorge se serra. C'était tellement… définitif.

— C'est très gentil de leur part, dis-je en essayant de paraître enthousiaste.

C'est alors que je me souvins des Bridges.

— Mais je croyais qu'ils allaient divorcer ?

Ma mère fit tourner un de ses bracelets autour de son poignet.

— Oui ! s'exclama-t-elle joyeusement. En effet, mais ils ont décidé de s'acheter une nouvelle maison à la place.

Je hochai la tête en tentant de comprendre la logique de la situation. Ma mère déposa sa tasse dans la soucoupe avec un petit tintement.

— Alors, explique-moi, pourquoi es-tu encore ici, et pourquoi ne m'as-tu pas rappelée ? Pourquoi t'a-t-il fallu autant de temps pour remettre cette lettre ? Et pourquoi Hayden est-il là ? Que se passe-t-il, Ellen ?

Je me demandai ce que je devais lui dire et par où commencer. Le tableau dans le grenier ? Lila Falk ? Sugar ? Je n'allais sûrement pas lui parler du ponton. Elle partirait en vrille.

Je lui racontai que j'avais donné la lettre à Roy et découvert que Chet Cummings était mort. Je lui parlai ensuite des peintures et des lieux où je les avais vues, et je terminai avec la visite chez Sugar.

— Tu savais que grand-mère était peintre ? demandai-je.

Ma mère but son café.

— Ça me paraît difficile à croire, Ellen. Je pense que quelqu'un d'autre a dû faire ces toiles. Ta grand-mère n'était pas une artiste.

Je me penchai par-dessus la table.

— Maman, j'ai vu les tableaux. Des courses de voiliers, des portraits, une exploitation de myrtilles qui appartenait à la famille de Chet Cummings. Elle les a tous peints. Et si tu crois qu'elle n'était pas une artiste, lui dis-je sur le ton du défi, tu aurais dû être là quand elle m'a appris l'art de la photographie.

Ma mère ne semblait qu'à moitié intéressée.

— Si elle avait été si talentueuse, je l'aurais su.

— Je vais t'emmener chez les Porter et à l'Association historique pour que tu puisses voir les tableaux. Là, tu sauras.

La serveuse apparut avec une cafetière.

— Mesdames, je vous ressers ?

— Non, merci, répondit ma mère.

— C'est bon pour moi, affirmai-je.

La serveuse me jeta un œil, puis marqua un temps d'arrêt. Elle me fixait des yeux. Enfin, elle partit, mais revint peu après avec quelque chose roulé sous son bras.

— Ouais ! s'exclama-t-elle. Je me disais bien. Je savais que c'était vous. J'espérais que vous viendriez ici pour que je puisse vous demander un autographe.

— Mon auto…

Je voulus parler, mais ma voix se bloqua dans ma gorge.

— Alors j'ai gardé cet exemplaire au cas où.

Elle déroula le *Beacon Bugle* et le posa sur la table. Là, sur la première page, se trouvait la photo de Roy et de moi. J'avais de l'eau jusqu'à la taille, un T-shirt blanc collé à la peau, mes bras serrés autour du cou de Roy, mes lèvres plaquées contre les siennes.

Je reculai.

La serveuse mit un stylo devant moi.

— Vous savez, c'est impossible de trouver un seul exemplaire, dans le coin. Tout s'est vendu d'un coup. Ce n'est pas incroyable ?

Je hochai la tête, incapable de parler.

— Vous pouvez me le signer ? Vous pourriez mettre « Pour Dolores, affectueusement, la Nageuse » ?

— Qu'est-ce que c'est que ça ? demanda ma mère.

Elle tourna le journal face à elle et chaussa ses lunettes de vue. Elle couvrit un coin de sa bouche de la main pour murmurer :

— Et pourquoi veut-elle ton autographe ?

— Je ferais mieux de t'expliquer.

J'avais la gorge sèche et une boule au ventre.

— Le *Beacon Bugle* ?

Ma mère lissa la page froissée et ses yeux la scrutèrent de haut en bas. Je levai la main.

— Maman, il faut absolument que je t'explique. S'il te plaît, est-ce qu'on pourrait rentrer à…

— Juste ici, m'interrompit la serveuse en posant l'index à côté de ma photo. Vous pouvez signer là ?

Le regard de ma mère suivit le doigt de la serveuse. Elle commença à lire le sous-titre. J'avais envie de saisir le journal et de partir en courant, mais mes pieds étaient paralysés. Comme le reste de mon corps. Tout ce que je pouvais faire, c'était rester assise et sentir une sueur froide couler dans mon dos.

Ma mère remonta ses lunettes sur le haut de son nez et se concentra sur la photo. Il y eut une effrayante seconde de silence suivie d'un cri.

— Oh, mon Dieu !

Elle rapprocha le journal de son visage et le tint bras tendus, comme si, en trouvant la bonne distance, elle eût pu faire changer le contenu de la page ou, mieux encore, le faire disparaître.

— Mais c'est toi ! Ellen, que fais-tu dans ce journal ? Et qui, au nom du Ciel, est cet homme que tu embrasses ?

— Je t'avais dit qu'il fallait que je t'explique.

Les yeux écarquillés d'horreur, ma mère avait perdu toute couleur. Je pris le stylo et écrivis près de la photo : « Pour Dolores, affectueusement, la Nageuse. »

— Prenez ça et emportez-le, s'il vous plaît, suppliai-je la serveuse en lui tendant le journal.

Elle se dépêcha de partir en me remerciant plusieurs fois.

— Je crois que j'ai besoin d'un autre café, dis-je.

— Je crois que j'ai besoin d'un scotch.

— Maman, tu n'en bois jamais.

— Eh bien, c'est le bon moment pour commencer.

Son regard gris acier se posa sur moi pour me passer au détecteur de mensonges.

— Tu étais en train de te noyer ? Qui était cet homme ?

À chaque question, sa voix montait d'au moins quatre octaves. Je levai le doigt.

— Pour clarifier la situation, je n'étais pas en train de me noyer. Ils se sont trompés. J'étais juste un peu…

— C'est pour ça que tu ne m'as pas appelée ? Parce que tu as une aventure ? Oh, mon Dieu.

Elle leva les yeux en l'air et se frotta le front.

— Non, maman, écoute. Je n'ai pas d'aventure. Je peux t'expliquer. Je suis tombée du ponton et…

— Un ponton ?

Elle se redressa.

Oh, non, pourquoi l'avais-je dit ?

— Oui, mais j'allais bien, je t'assure. Il y avait un courant d'arrachement et il m'a emportée et…

— Tu t'es retrouvée dans un courant d'arrachement ? Ellen !

D'une façon ou d'une autre, la vérité sortait, que je le veuille ou non.

— Maman, je t'ai dit que j'allais bien. Le type de la photo, il a nagé pour me ramener.

— Et ça s'est passé quand ?

— Le jour de mon arrivée.

Ma mère se pencha par-dessus la table et me demanda en baissant la voix :

— Pourquoi ne m'as-tu rien dit ?

— Je ne voulais pas que tu t'inquiètes.

— Trop tard, je suis morte d'inquiétude.

— Je vais bien.

— Ça ne change rien. Tu aurais dû m'en parler.

Ma mère me jeta un long regard insistant.

— Et cet homme ? Ce héros, comme ils l'appellent dans le journal. Qu'est-ce que tu fabriques avec lui ?

— Mais rien, maman.

— En regardant la photo, ce n'est pas l'impression que ça me donne.

— C'est arrivé, c'est tout. Je crois que j'étais tellement soulagée d'être à nouveau sur la terre ferme que… Je ne sais pas.

Je regardai par la baie vitrée, là où la ligne bleue de l'océan rencontrait le ciel, et je me souvins de Roy qui me posait sur le sol, mes pieds qui touchaient le sable granuleux, mes bras que je passais autour de son cou, ma bouche sur la sienne, le goût de sel et de soleil de fin d'après-midi sur ses lèvres.

— C'est arrivé… et après c'était fini.

Ma mère leva le menton et me scruta à travers ses yeux mi-clos.

— Tu ne me dis pas tout. Il se passe quelque chose.

— Non, rien. Nous ne sommes que… nous ne sommes que des amis.

Je baissai le regard et passai le doigt sur le bord de ma tasse.

— D'accord. Je crois qu'il aimerait que nous soyons plus que des amis, mais il sait que je suis fiancée. En tout cas, maintenant, il est au courant.

Ma mère leva un sourcil.

— *Maintenant*, il est au courant ?

— Il l'ignorait, le soir, à l'Antler, quand je me suis évanouie et qu'il m'a rattrapée…

Je m'interrompis en me rendant compte que j'en avais encore trop dit.

Ma mère s'étrangla.

— Tu t'es évanouie ? Ellen !

Je levai mes mains.

— Je vais bien, maman. Il m'a rattrapée. Heureusement qu'il était là. Ensuite on a… un peu dansé. C'est un homme bien. Vraiment. Il est même charmant.

Je me rappelai notre soirée à l'Antler, le two-step, mon impression de légèreté dans les bras de Roy.

— Et c'est tout ? demanda ma mère. Il n'y a rien d'autre ?

Sur la plage, un garçon déployait son cerf-volant. La forme bleue voleta et claqua au vent tandis que l'enfant laissait la ficelle se dérouler peu à peu. Je sentais le regard perçant de ma mère posé sur moi.

— D'accord, avouai-je. Peut-être que je le trouve assez attirant.

Je joignis mes mains sous la table.

— Mais je pense que c'est parce que je vais me marier dans trois mois, et que c'est agréable de savoir que je peux encore séduire.

Ma mère ne bougea pas d'un millimètre. Je n'étais pas certaine qu'elle me crût. Je contemplai de nouveau la plage où le cerf-volant prenait son envol. Ma mère ne parlait pas. Nous gardâmes le silence un long moment.

— Ce n'est peut-être pas tout à fait exact, ajoutai-je enfin. Il se pourrait qu'il y ait autre chose. Mais je ne sais pas de quoi il s'agit. Je ne suis pas amoureuse de lui. J'aime Hayden. Pourtant, il y a chez Roy…

Ma mère était livide.

— Oh, bonté divine ! Ellen, qui est cet homme ? D'où vient-il ? D'où vient sa famille ?

— Il est de Beacon, maman.

— De Beacon ?

— Il est le neveu de Chet Cummings.

Je lui racontai comment je m'étais rendue plusieurs fois chez Chet et que j'avais fini par tomber sur Roy, que ce dernier m'avait appris que Chet était mort et qu'il était son neveu.

— Et que fait cet homme ? demanda ma mère.

— Il est charpentier. Il construit des maisons.

Elle cligna des yeux.

— Un charpentier. Avec une ceinture à outils et un pick-up ? Ce genre-là ?

— Ça le décrit plutôt bien.

Elle détourna son regard qui se perdit vers l'horizon. Observait-elle le chien jaune qui courait dans les vagues, ou la femme et la petite fille, au bord de l'eau ? Ou rien en particulier ?

Enfin, elle se leva et vint s'asseoir sur le siège vacant à côté de moi. Une tache de soleil tremblait sur la table en Formica. Ma mère posa sa main sur la mienne. Son regard était doux, ses yeux limpides, semblables à deux morceaux de verre polis par la mer.

— Es-tu amoureuse de Hayden ?

— Bien sûr.

— Et veux-tu toujours l'épouser ?

— Oui, oui.

Ma mère hocha la tête.

— Très bien, ma chérie, je comprends ce qui se passe, ça me semble très clair.

Elle avait son regard de maman-je-sais-tout, et j'eus l'impression d'avoir de nouveau six ans.

— Je peux t'assurer que tu as une réaction parfaitement normale.

Elle replaça une mèche de mes cheveux derrière mon épaule et sourit.

— Tant mieux, parce que maintenant, toutes les deux, nous allons pouvoir soupirer de soulagement.

— Mais de quoi parles-tu ? Une réaction normale par rapport à quoi ?

Elle retourna s'asseoir sur sa chaise.

— Je ne t'ai jamais raconté l'histoire de Cici Baker ?

— Qui ça ?

— Cici Baker. Ma vieille partenaire de tennis. Tu ne te souviens pas d'elle ?

— Si, je crois.

— Voilà. Il y a cinq ans, elle a découvert qu'elle était atteinte d'un cancer.

Ma mère m'observa en plissant les yeux.

— Je suis sûre que je te l'ai dit… Bref, elle est allée voir un oncologue à Manhattan. Sloan-Kettering. Il lui a sauvé la vie, et après ça, elle a complètement craqué pour lui.

— Pour son oncologue ?

— Absolument. Il n'était pas du tout attirant : petit, trapu, et il me semble qu'il portait des extensions pour les cheveux.

Ma mère fit la grimace.

— Mais Cici était complètement aveuglée. Il lui avait sauvé la vie. Elle le vénérait.

— Que s'est-il passé ? Ils ont fini par se marier ?

— Se marier ? Non ! Cet homme était gay.

Je croisai les bras.

— Alors, où veux-tu en venir ?

Ma mère posa la main sur mon épaule.

— Deux mois plus tard, elle l'avait complètement oublié. Là où je veux en venir, c'est que c'est normal de s'enticher, voire de croire qu'on est amoureux de quelqu'un qui nous a sauvé la vie. Mais ça ne signifie rien, en réalité.

Ma mère reprenait des couleurs. Je déroulai intérieurement l'enchaînement des événements de cette fameuse journée : ma chute du ponton et mon plongeon dans l'océan, le moment où Roy m'avait rejointe jusqu'à ce que je sente enfin le sable sous mes pieds quand il m'avait déposée sur la plage, et enfin le… baiser. Mon attirance pour Roy tenait-elle simplement au fait qu'il m'avait secourue ce jour-là ? Si Cici Baker croyait être tombée amoureuse de son oncologue… Je veux dire, quand même, cet homme portait des extensions.

Ma mère m'observait.

— Ellen, tu n'éprouves ni amour, ni intérêt, ni quoi que ce soit d'autre pour un charpentier de Beacon, dans le Maine. Crois-moi, c'est impossible.

Elle sourit.

— Tu t'es donné bien trop de mal pour arriver là où tu es aujourd'hui. Tu as un faible momentané pour la personne qui t'a porté secours. Ne donne pas plus d'importance que ça à cette histoire.

Elle me tint par le menton.

— Tout va bien se passer. Fais-moi confiance.

Chapitre 17

Chet

Je suivis ma mère sur le chemin du retour à l'hôtel. Elle était tellement intelligente. Et elle avait raison : l'attirance que j'éprouvais pour Roy, quelle qu'elle soit, n'avait pu naître que parce qu'il m'avait porté secours le jour où j'étais tombée du ponton. Quelqu'un vous sauve la vie et vous éprouvez à son égard la plus grande admiration. Je comprenais très bien que cette situation puisse mener à un coup de cœur, même si j'avais dans ma vie un homme aussi merveilleux que Hayden.

— Bon, dit ma mère en s'arrêtant sur les marches de l'entrée, et si tu réservais dans le meilleur restaurant de la ville, ou n'importe où dans le coin, et je vous invite à dîner ce soir, Hayden et toi.

Le meilleur restaurant. Y en avait-il un ? Où se trouvait-il ? Ma mère était habituée à un certain niveau de… bref, à un certain niveau. De plus, même si j'appréciais l'invitation et le fait qu'elle ait fait le voyage jusqu'à Beacon, je n'étais pas sûre de vouloir dîner dehors. J'avais besoin de me retrouver seule avec Hayden, que l'on se reconcentre sur nous. Et quoi de mieux pour commencer qu'un dîner romantique dans la salle à manger de l'hôtel. Des chandelles, une table à l'écart, une bonne bouteille de vin… ou, au moins, une bouteille de vin.

— Maman, je propose qu'on aille plutôt boire un verre tous les trois, et demain on t'emmène dîner, d'accord ? Ce soir, j'ai envie de passer un peu de temps seule avec Hayden.

— Excellente idée, répondit-elle d'un air enthousiaste.

Mon téléphone sonna alors que ma mère ouvrait la porte d'entrée. L'indicatif de la région me parut familier, mais je ne reconnus pas le numéro.

— Il faut que je prenne cet appel dehors, expliquai-je. Il n'y a pas de réseau à l'intérieur.

Ma mère me fit un petit signe de la main et pénétra dans l'hôtel.

Je collai le téléphone à mon oreille.

— Allô ?

Il y eut une seconde de silence.

— Ellen ? demanda une voix d'homme. Salut, c'est Roy Cummings.

Roy Cummings ? Je tressaillis. C'était étrange de l'entendre au téléphone. Étrange et presque intime.

— Oh. Salut, répondis-je, et je me retins pour ne pas me ronger les ongles.

Pourquoi me rendait-il si nerveuse ?

— C'est Paula qui m'a donné ton numéro.

Paula, tiens donc.

— J'espère que je ne te dérange pas. Mais j'aimerais te parler de quelque chose. C'est important.

Il marqua une pause.

— Il faudrait aussi que tu le voies. Tu crois que tu pourrais passer ?

— Tu veux dire, chez toi ?

— Oui.

Maintenant, je pouvais me sentir nerveuse. Aller dans la maison de Roy Cummings ? Ce n'était sûrement pas une bonne idée.

— Quand ?

— Eh bien, là, maintenant, si tu peux.

— Maintenant ? Qu'est-ce que tu veux me montrer ?

— Je pense vraiment que tu devrais venir, insista-t-il, et je perçus l'urgence dans sa voix. C'est en lien avec ta grand-mère et mon oncle.

Je consultai ma montre. 15 h 15. Hayden était peut-être encore dehors avec les journalistes du *Times*. Je pouvais passer dix minutes chez Roy.

— D'accord, j'arrive.

À peine avais-je frappé à la porte que Roy m'ouvrit. Je pénétrai dans une petite entrée et le suivis dans le salon. Le parquet était en bois brun, un canapé blanc et deux chaises entouraient une table basse aux teintes sombres couleur café. Une décoration simple mais agréable. Sur un mur, une bibliothèque intégrée était remplie de photos et d'objets qui ressemblaient à des outils anciens : un niveau en bois, un rabot aux manches vernis, une règle en bois dotée de charnières pour la plier. Je me demandai s'ils avaient appartenu à Chet. Puis je vis les livres. Des centaines, petits ou grands, reliés ou en poche. Les ouvrages plus vieux aux couvertures décolorées étaient-ils aussi à Chet ?

Roy m'invita à m'asseoir.

— Je peux t'offrir quelque chose à boire ? De l'eau, un soda, un jus de fruits ? Du vin ? J'ai un très bon Beychevelle qui pourrait te plaire.

Un Beychevelle ? Était-ce lui, le client du caviste ? Une partie de moi avait envie d'accepter son offre, mais je savais que c'était une mauvaise idée.

— Non merci, répondis-je.

Mieux valait voir ce qu'il avait à me montrer et m'en aller.

— Je reviens, dit Roy.

Je m'approchai de la bibliothèque. Je remarquai un objet en cuivre qui devait être un fil à plomb. À côté, il y avait une photo encadrée de Roy à environ vingt ans, avec deux hommes plus âgés qui se ressemblaient comme des jumeaux. L'air de famille qui les unissait tous les trois était frappant.

— C'est mon père, m'expliqua Roy en arrivant derrière moi et en indiquant l'homme à la gauche de la photo. Et là, c'est mon oncle Chet.

— Ah, les yeux des Cummings, remarquai-je en me tournant vers lui. Vous les avez tous. Ils sont tellement bleus.

Nous nous assîmes, Roy au bout du canapé et moi sur une chaise, face à lui. Il tenait une petite boîte en bois. Recouverte d'un vernis satiné brillant, elle devait être en cèdre.

— Mon oncle est mort en laissant pas mal d'affaires ici, des vêtements, des objets personnels, commença-t-il avant de s'appuyer au dos du canapé. À ce moment-là, je n'avais pas du tout envie d'y jeter un œil. J'avais trop de chagrin. Et je me disais qu'il n'y avait aucune urgence.

— Il posa les yeux sur la boîte.

— Mais l'autre jour, après ta visite, quand je t'ai vue sur l'échelle…

Je regardai mes pieds, embarrassée.

— … et que je t'ai parlé de la marina. Eh bien, je savais que mon oncle avait pris de vieilles photos de nous deux là-bas. Je me suis dit qu'il était temps de jeter un œil à ses affaires. Je n'arrêtais pas de penser à toi, à tout ce que tu avais découvert sur ta grand-mère, et j'ai réfléchi : si Ellen peut le faire… Alors je me suis décidé à chercher les photos. Et je les ai trouvées.

Il hésita un instant.

— Mais je suis tombé sur autre chose.

Il me tendit la boîte.

— Vas-y, ouvre-la.

Lorsque je soulevai le fermoir en cuivre, puis le couvercle, une odeur de cèdre s'échappa dans la pièce. À l'intérieur il y avait un paquet d'enveloppes de formes et de tailles variées, liées avec un bout de ficelle usé. Les coins des enveloppes étaient cornés et froissés, le papier était décoloré en teintes crème, brun clair et même orange. Certains timbres étaient encore visibles. Semblables à des œuvres d'art miniatures, ils étaient imprimés dans des bleus, des rouges et des verts passés ; leurs dessins à moitié effacés paraissaient presque flous. De larges tampons ronds de non-distribution indiquaient que les lettres avaient été postées non pas une, mais deux fois.

Sur l'enveloppe du haut de la pile, un timbre de trois cents, d'une couleur marron-violet, représentait Casey Jones entouré de locomotives. La missive était adressée à Ruth Goddard, à Chicago. L'encre du stylo-plume, qui à l'origine avait dû être bleue ou noire, était devenue brunâtre, mais l'écriture était toujours nette, serrée et volontaire.

Je parcourus l'adresse du bout du doigt.

— De ton oncle à ma grand-mère.

Roy s'approcha.

— Je ne voulais pas les lire sans toi.

Il se pencha et retira délicatement la ficelle. Elle se rompit entre ses mains.

Je pris la première enveloppe de la pile. Le papier était fin et sec. Au dos, le nom de Chet Cummings était inscrit, ainsi qu'une adresse à Beacon. Je regardai les autres lettres. Elles avaient toutes été envoyées à ma grand-mère à Chicago et venaient toutes de Chet Cummings. Aucune n'avait été ouverte. Sur chaque enveloppe, grand-mère avait barré son nom et son adresse et, de son écriture cursive bien nette, avait écrit : « Retour à l'expéditeur ».

Je regardai Roy, et un sentiment de tristesse m'envahit.

— Il lui a écrit tout ça.

Roy hocha la tête.

— Elles vont du 2 décembre 1950, mentionnai-je en regardant les cachets de non-distribution, jusqu'au 9 juillet 1951. Toutes ces lettres, et elle ne les a jamais ouvertes.

— Il semblerait bien.

Si Roy avait admis qu'il voulait les lire, je n'étais pas certaine d'en être capable. Ce devait être des lettres d'amour. Mon cœur se serra.

— Tu crois vraiment que nous devrions les ouvrir ? demandai-je en posant la boîte sur la table basse. Ce sont les pensées intimes de ton oncle, destinées à ma grand-mère.

— Je pense que nous le devrions, dit Roy, et la conviction qu'il afficha me surprit.

Il se mit devant la fenêtre, le regard perdu au-dehors, et passa la main dans ses cheveux.

— Je ne dis pas que je suis complètement à l'aise avec cette idée. Je suis d'accord, c'est assez intrusif. Mais, écoute, Ellen, ta grand-mère t'a entraînée dans cette histoire, et maintenant, je peux estimer que mon oncle m'y a entraîné aussi. Nous devons aller jusqu'au bout, pour leur bien et pour le nôtre, pour pouvoir avancer. Quoi qu'il leur soit arrivé, nous avons tous besoin de tourner la page.

Je réfléchis au choix de ses mots. Nous avons *tous* besoin de tourner la page. Y compris nos aïeuls qui, comme l'avait dit Roy, nous avaient entraînés jusque-là. Ses paroles faisaient pleinement sens. Et si, sans m'en rendre compte, j'avais commencé à porter sur mes épaules une part du fardeau de ma grand-mère ? Et cela, depuis le jour où j'avais découvert que je ne pourrais pas remettre sa lettre à Chet. Oui, Roy avait raison, nous devions aller jusqu'au bout pour pouvoir avancer.

— D'accord, consentis-je. Dans ce cas, je crois que tu devrais commencer.

Roy prit la première enveloppe sur le haut de la pile, celle dont le cachet de non-distribution était le plus ancien, et il passa son doigt sous le rabat. La feuille qu'il en sortit, autrefois blanche ou couleur crème, était à présent d'une teinte brun clair. Il la déplia, la défroissa et commença à lire lentement à voix haute.

2 décembre 1950

Chère Ruth,

Je suis toujours sous le choc depuis que je suis venu te voir à Chicago. C'est une chose d'apprendre une nouvelle par lettre, c'en est une autre de se l'entendre dire en face. Je n'arrive pas à croire que tu sois amoureuse de lui. Je peux imaginer que tu sois flattée par l'intérêt qu'il te porte. C'est un étudiant en médecine. Un jour, il sera docteur. Il est différent de toutes les personnes que tu as connues jusqu'à présent et tu es loin de chez toi pour la première fois de ta vie. Mais je t'en prie, interroge ton cœur et assure-toi que tes sentiments sont bien réels.

Peux-tu tourner le dos si facilement à ce que nous avions, toi et moi ? Peux-tu sincèrement oublier les trois dernières années ? Nous sommes si proches, tous les deux. Nous sommes nés au même endroit, nous voulons les mêmes choses. Je sais à quoi tu penses avant que tu ne le saches. Peux-tu en dire autant de Henry ? Comment pourrait-il te connaître aussi bien que moi ? Ou t'aimer comme je t'aime ?

Ce que tu imagines être une histoire d'amour n'est peut-être qu'un simple béguin qui faiblira dans quelques mois. Toi et moi avons des souvenirs. Nous avons un vécu : la ferme, les myrtilles en été, les moments partagés à l'arrière de la véranda, chez tes parents, à écouter la radio, ton chevalet et tes peintures sous le chêne, près de la grange. Je sais que nous avons un passé, et je pensais que nous avions un avenir. S'il te plaît, ne le détruis pas. Prends le temps de réfléchir. Ne fais rien que tu pourrais regretter. C'est tout ce que je te demande. Souviens-toi, personne ne t'aime autant que moi.

Chet

Je poussai un profond soupir. Qu'il était étrange d'entendre Roy lire une lettre de son oncle destinée à ma grand-mère. Et parce qu'elle avait refusé de lire ce courrier et de reconnaître les sentiments de Chet, j'avais presque envie de me mettre à sa place et de m'excuser. Mais je n'étais pas ma grand-mère, et Roy n'était pas son oncle, alors à quoi cela aurait-il servi ?

— Mon oncle n'était pas du genre à se résigner facilement, remarqua Roy en rangeant la lettre dans l'enveloppe et en me tendant la suivante.

La deuxième était datée de moins d'une semaine après la première. Chet demandait de nouveau à ma grand-mère de prendre son temps et lui déclarait son amour. Puis il décrivait sa vie pendant l'hiver dans le Maine.

J'ai vu George Cleary et Ruby Swan qui montaient en haut de la colline de Hubbard avec une luge, hier, et j'ai pensé à toi. Je me suis souvenu de l'hiver dernier, quand toi et moi grimpions cette même colline ensemble. La neige fraîche craquait sous nos pieds, notre souffle formait des nuages dans l'air. Il fait si froid ici sans toi. Les myrtilliers sont couverts de glace et le vent gémit toute la nuit comme un animal affamé. Tu me manques. Je t'aime.

— C'est magnifique, dis-je, les yeux humides.

Pourquoi n'avait-elle pas lu ces lettres ? Pourquoi ne lui avait-elle pas répondu ? Je me sentis dévastée pour Chet. J'aurais aimé convoquer leurs esprits et les laisser se parler pour qu'ils puissent exprimer tout ce qu'ils auraient dû se dire de leur vivant.

— J'ignorais que mon oncle avait une âme de poète, nota Roy. Il devait être très amoureux de ta grand-mère.

Je hochai la tête, ne sachant que répondre. Je lui tendis la lettre suivante, datée de janvier 1951.

La semaine de Noël, je t'ai cherchée partout en ville. J'espérais que tu serais chez toi et que je t'apercevrais au volant de la Studebaker de ton père, ou que je te verrais avec tes patins à l'étang. Mais j'ai appris que tu étais allée passer tes vacances dans la famille de Henry en Californie. Mon cœur s'est brisé une nouvelle fois. Sans toi, l'hiver n'en finit pas.

Deux semaines plus tard, il écrivit :

Les Chapman ont accroché ton tableau sur le mur de leur café. Il y est bien mis en valeur. Les clients l'admirent et parlent du concours que tu as gagné. Je suis heureux que tu aies fait cette peinture pendant l'été. Elle m'aide à me souvenir de cet endroit quand il n'est pas enseveli sous la neige.

En février, Chet écrivait à ma grand-mère qu'il avait entendu parler de ses fiançailles avec mon grand-père. « Je me demande comment je peux continuer à avancer en sachant que tu vas devenir sa femme, et qu'il est à la place où je brûle de me tenir. »

En mai, il lui envoya une lettre du Vermont.

Je suis venu vivre ici car il fallait que je quitte Beacon. Mon cousin Ben m'a trouvé un travail dans une scierie. Malgré l'arrivée du printemps, je ne supportais plus d'être à la ferme. Sans toi, sa beauté a disparu, et ce que j'éprouvais auparavant pour cette terre n'est plus. Il ne me reste que de douloureux souvenirs. Mon père ne comprend pas. Il insiste encore pour que je reprenne l'exploitation. Il dit qu'il devient vieux et qu'il est temps pour moi de le remplacer. Mais ce n'est pas ce qui était prévu. Toi et moi devions le faire ensemble. N'est-il pas étrange qu'une chose qui semblait si importante finisse par perdre tout son sens ?

J'ai appris que tu quittais Chicago et qu'à la prochaine rentrée tu allais intégrer l'université de Californie. Je suis si triste de savoir que tu seras encore plus loin de moi. J'ai aussi entendu dire que tu avais arrêté de peindre. Si c'est vrai, c'est une terrible erreur. Tu as tellement de talent, Ruth. N'arrête jamais de peindre.

Lorsque Roy acheva sa lecture, j'avais le cœur brisé pour Chet. Grand-mère avait ignoré chacune de ses lettres et, à cause d'elle, il avait quitté sa ferme et sa ville natale.

Je pris la missive des mains de Roy et la lus en silence. C'est alors que je compris ce que signifiaient les excuses que ma grand-mère lui avait faites, et la raison pour laquelle elle se sentait si mal.

— Je sais ce que voulait dire ma grand-mère, dans sa lettre, déclarai-je. Quand elle a écrit ce passage où elle regrette que ton oncle ait abandonné ce qui lui était le plus cher. Elle parlait de la ferme.

Il hocha la tête.

— Oui, répondit-il, c'est sûrement ça.

Nous restâmes assis un moment, les yeux fixés sur la boîte en cèdre, puis Roy attrapa la dernière enveloppe et la décacheta.

9 juillet 1951

Chère Ruth,

Je t'ai vue la semaine dernière à Beacon. N'est-il pas étrange que nous soyons retournés tous les deux en ville en même temps ? Je suis venu aider ma mère à ranger la maison. Je ne sais pas si tu es au courant, mais mes parents ont vendu la ferme.

Je t'ai aperçue avec Henry, vous étiez assis sur le muret de la digue. Vous vous teniez la main. D'abord, je t'ai vue de dos, mais j'ai su tout de suite que c'était toi. Je connais chaque ondulation de tes cheveux, la forme exacte de ton visage, l'inclinaison de ta tête. Je t'ai observée un moment. Tu t'es tournée vers lui et tu as éclaté de rire. Tu as posé ta tête sur son épaule. Il t'a montré quelque chose. Peut-être un poisson volant. J'ai continué à vous regarder, puis j'ai dit adieu à la fille que j'avais connue.

Pendant des mois, j'ai pensé que j'en mourrais si je voyais Henry ou si je te rencontrais avec lui. Mais cela ne s'est pas produit. C'est peut-être parce que tu avais l'air si heureuse. Cela m'a fait plaisir. Je ne souhaite que ton bonheur. Et peut-être est-ce parce que je comprends maintenant que ce qui est arrivé, lorsque tu as quitté Beacon, n'était rien d'autre que ton destin.

Chet

Je me mis à pleurer, et les larmes roulaient sur mes joues.

— Je hais l'idée qu'elle n'ait jamais lu ces lettres. J'aimerais pouvoir m'excuser à sa place.

Roy posa la lettre.

— Ellen, tu n'en as pas besoin. Ta grand-mère l'a déjà fait. Elle lui a écrit. Elle t'a envoyée ici pour remettre son message. Elle voulait demander pardon.

Il se rapprocha un peu plus.

— Si tu veux savoir la vérité, je me sens triste pour elle.

J'essuyai une larme.

— Vraiment ?

— Oui, elle pensait encore à mon oncle, quand elle est morte. Tu ne comprends pas ? Ta grand-mère a souffert jusqu'à la fin de sa vie. Elle a porté le fardeau de cette histoire pendant des années. C'est horrible.

Je n'avais pas vu les choses sous cet angle. À quel point la vie de ma grand-mère avait-elle été influencée par les événements qui s'étaient déroulés plus de soixante ans auparavant ?

— Tu as peut-être raison, dis-je. Mais pourquoi fallait-il que ce soit si compliqué ?

Roy haussa les épaules.

— Je n'en sais rien. Parce que l'amour est compliqué, j'imagine.

Il rangea les lettres dans la boîte.

— Tu sais ce qui me fait de la peine ? Au fond, si on y réfléchit, qu'a-t-elle fait de si mal ? interrogea-t-il.

Roy me regarda et ses yeux bleus vibrèrent d'une telle intensité que j'eus l'impression qu'il lisait jusqu'aux tréfonds de mon âme. Je baissai le regard.

— Elle est tombée amoureuse de quelqu'un d'autre, Ellen. Ce sont des choses qui arrivent. Je ne cherche pas à nier le chagrin de mon oncle, mais ça fait partie de la vie. Il a continué sa route. Il a fini par épouser ma tante. Les choses se résolvent, tu sais.

Roy posa sa main sur mon bras.

— Acceptons de tourner la page. Ils ont fait la paix l'un envers l'autre.

— C'est vrai, dis-je, m'imprégnant du contact de sa main sur moi. Ils ont fait la paix.

Je m'apprêtai à démarrer la voiture, mais mon pied n'appuya pas sur la pédale d'accélérateur. Je remis le levier de vitesse au point mort et demeurai un instant devant la maison de Roy. Quelles avaient été ses paroles, exactement ? *Elle est tombée amoureuse de quelqu'un d'autre. Ce sont des choses qui arrivent.* Ne parlait-il que de ma grand-mère, ou parlait-il aussi de moi ?

Je regardai sa maison. Roy croyait-il que je l'aimais ? Le pensait-il vraiment ? Je saisis le levier de vitesse.

Eh bien non, je n'étais pas… L'étais-je ?

Chapitre 18

Retour à l'Antler

Assise sur le lit, à l'hôtel Victory, une serviette enroulée autour de moi, mes cheveux gouttant après la douche, je songeai à ma grand-mère, à Chet et aux lettres. Roy avait raison. Il était temps de tourner la page. Ils avaient fait la paix. Sur la table de nuit le réveil indiquait 17 h 50. Hayden était parti depuis des heures avec les journalistes du *New York Times*, mais il avait laissé un message pour me prévenir qu'il rentrait.

Je pris un flacon de vernis à ongles *Belle Imprudente*, le secouai et commençai à appliquer le liquide rouge sur les ongles de mon pied gauche tout en élaborant mon plan pour la soirée. Hayden et moi prendrions un cocktail avec ma mère en bas, dans le salon. Ensuite, nous irions dîner en tête à tête à une table tranquille que j'avais réservée dans la salle à manger. Puis nous monterions boire le champagne dans notre chambre. J'avais obtenu de Paula qu'elle me cède quelques bougies, et une bouteille de Dom Pérignon nous attendait au frais dans un seau à glace. J'aurais préféré un millésime 1996, mais j'avais dû me résoudre à prendre celui de 1998 car le caviste du Wine Cellar n'avait pas d'autre choix. Tout était prêt. Nous allions profiter de notre repas, sabler le champagne, nous enivrer un peu et nous montrer romantiques. C'était parfait, c'était…

— Ah, formidable, je suis content que tu te prépares.

Hayden venait d'entrer en coup de vent dans la chambre.

— On a rendez-vous avec Jim et Tally pour le dîner, annonça-t-il en regardant sa montre. À 19 heures.

— Qui ça ?

Je remis le bouchon sur le flacon.

— Le reporter et la photographe du *Times*. Je leur ai proposé de manger avec nous.

— Ce soir ?

Ça ne pouvait pas être ce soir. Pas celui où je voulais que nous soyons seuls. Où j'avais besoin que nous soyons seuls.

Hayden ouvrit la penderie.

— Je suis désolé, chérie, c'est un peu à la dernière minute, mais ils voulaient absolument te rencontrer, et comme ils n'avaient pas de projets… Oh, au fait, Paula m'a dit que ta mère était là. Quelle surprise !

— Oui, elle s'est mise dans tous ses états parce que je ne l'avais pas rappelée. Tu la connais.

— Elle vient avec nous, déclara-t-il en étalant un pantalon et une chemise sur le lit.

Je me tournai vers lui.

— Oh, Hayden, je me disais qu'on aurait pu manger ici ce soir. Tu sais, un bon petit dîner tranquille à l'hôtel, rien que nous deux. On va passer toute la matinée avec eux demain pour la séance de photo et l'interview. Et j'ai acheté une bouteille de Dom Pérignon.

Il s'assit près de moi sur le lit et passa son bras autour de mes épaules.

— Ma belle, c'est le genre de chose que nous devons faire. Je leur ai promis que nous allions sortir. Et ils veulent découvrir la ville.

Il caressa ma joue.

— On boira le champagne à notre retour. Et de plus, ajouta-t-il en commençant à se changer, devine où a grandi Tally, la photographe ?

— Je n'en ai aucune idée, Hayden.

Et je m'en fiche complètement, pensai-je en secouant le flacon de vernis pour passer une seconde couche. Pourquoi ces gens-là devaient-ils nous dicter toute notre soirée ?

Hayden boucla sa ceinture.

— Juste à côté de chez mon oncle Greer, à Locust Valley. Elle connaît ma cousine Debbie.

Il entra dans la salle de bains avant que je puisse lui répondre. Je le vis coiffer ses cheveux devant la glace.

— Tu vas adorer Jim et Tally, s'écria-t-il en boutonnant sa chemise. Et ce n'est que pour une soirée. Ils ont choisi un endroit qui s'appelle l'Anchor.

Il fit couler l'eau dans le lavabo.

— L'Anchor ? J'espère que ce n'est pas trop loin. Je n'ai pas envie de faire des kilomètres en voiture.

Et peut-être que si le repas finissait assez tôt, nous pourrions caler une demi-soirée romantique tous les deux.

— Je crois qu'ils ont dit que c'était à Beacon.

Je réfléchis un moment, mon pinceau de vernis en l'air.

— L'Anchor ? Je n'en ai jamais entendu parler.

Cet endroit pouvait donc se situer à au moins trente kilomètres d'ici. J'étais franchement contrariée.

Hayden apparut sur le seuil de la porte, il se séchait les mains.

— Ce n'était peut-être pas l'Anchor.

Il fit une pause.

— L'Antler ? Oui, je pense que c'est ça.

Je lâchai mon pinceau. Une grosse goutte de vernis rouge brillant s'étala sur ma cheville.

— L'Antler ?

Hors de question que je remette les pieds là-bas ! C'était impossible. Et si le barman me reconnaissait ?

— J'ai entendu dire que la nourriture n'était pas très bonne, fis-je en frottant la tache du bout du doigt. Et si on essayait un autre resto ?

— Tally tient absolument à y aller.

Hayden, peigne en main, ajustait une dernière fois la raie de ses cheveux devant le miroir de la salle de bains.

Encore Tally. Pourquoi fallait-il qu'elle décide de tout ?

Il se tourna vers moi.

— Elle veut s'imprégner de l'ambiance locale, et l'Antler avait l'air d'être l'endroit idéal.

L'ambiance locale. Elle se prenait pour qui, Margaret Mead[1] ?

Je voyais bien que je luttais pour une cause perdue.

— Bon, d'accord, bougonnai-je.

1. Célèbre anthropologue américaine du XXe siècle.

Je tentai de me convaincre que je n'avais aucune raison de m'inquiéter. Après tout, l'Antler devait compter plus d'un barman, et peut-être que Skip ne travaillait pas ce soir-là.

Un panneau à l'extérieur de l'Antler annonçait : CONCERT DES RIPCHORDS & SOIRÉE KARAOKÉ ! Hayden entra le premier, ma mère, puis moi sur ses talons. Ma mère avait remisé sa tenue de membre de country club sélect pour un pantalon en coton et une tunique indienne imprimée que je ne connaissais pas, et ses bracelets en or avaient été remplacés par un simple bracelet manchette en perles.

Avant même que mes yeux s'adaptent à l'éclairage orange tamisé, je sus que la salle était comble. Les gens riaient et parlaient fort, et le bourdonnement des conversations vibrait autour de nous.

— Plutôt bondé pour un mardi soir, remarqua Hayden.

Je mordis ma lève et hochai la tête.

— Vous voyez les personnes avec qui nous avons rendez-vous ? interrogea ma mère.

Hayden fouilla les lieux du regard.

— Non, mais avançons vers le fond, on va les trouver.

Nous passâmes devant des tables occupées couvertes de nourriture et de pichets de bière. J'avais parcouru la moitié de la salle lorsque je crus entendre prononcer le mot « Nageuse ». Ne fais pas ta parano, me dis-je en me faufilant derrière un groupe de gens.

Quelqu'un appela Hayden, et un homme grand, d'une petite quarantaine d'années, nous fit signe depuis une table en coin.

— Venez, lança Hayden, c'est Jim.

Tandis que je me dirigeais vers la table, j'observais la femme assise à côté de Jim. Avec mon pantalon en coton blanc et mon pull beige, je me sentis soudain mal habillée. Elle, en revanche, grande, mince, vêtue d'une robe bleu pastel qui mettait en valeur la couleur de ses yeux, me fit penser à une voiture de sport racée. Ses cheveux lisses et naturellement blonds, qui lui arrivaient au niveau du menton, semblaient avoir été coupés et mis en pli mèche par mèche tant ils encadraient son visage à la perfection.

Quant à Jim, il était tout l'opposé. Très décontracté, il portait un pantalon en toile et un polo, ses cheveux étaient ébouriffés et ses lunettes en écaille de tortue légèrement tordues. Hayden fit les présentations. Lorsque le journaliste me serra la main tout sourire, je remarquai que l'une de ses dents de devant était de travers, ce qui lui donnait un air attachant.

Ma mère s'assit à ses côtés, Hayden et moi nous installâmes sur les sièges en face d'eux.

— C'est la première fois que j'entends le prénom Tally, dis-je en me tournant vers la photographe. C'est un nom de famille ?

Tally sourit et battit de ses longs cils.

— Pas dans le sens habituel.

Sa voix était grave et elle parlait lentement, comme si chacune de ses paroles était le fruit de pensées profondes.

— Mon vrai prénom est Sally, mais ma petite sœur m'appelait toujours Tally, et c'est resté. Vous savez comment ça se passe.

Étant fille unique, je n'étais pas certaine de le savoir, mais je crus bon de hocher la tête.

— Hayden m'a dit que vous aviez grandi à Locust Valley, près de chez son oncle ?

— Jusqu'à l'internat, répondit-elle. Je connaissais sa cousine Deborah.

Elle se tourna vers Hayden.

— C'était une bonne joueuse de tennis.

— Elle l'est toujours, déclara Hayden.

— Mais je l'ai battue à la finale de notre club, répliqua-t-elle.

Elle eut un sourire radieux et fit bouger ses cheveux.

— Ah, alors, concéda Hayden en riant. Vous êtes déjà venu ici ? demanda-t-il à Jim.

— Vous voulez dire ici, dans le Maine ou à Beacon ? répondit Tally en ignorant que Hayden s'était adressé à Jim. Ou bien, chuchota-t-elle avec un air malicieux, à l'Antler ?

— Dans le Maine ou à Beacon, répondis-je en regardant Tally, puis Jim, et enfin ma mère, qui souriait poliment mais qui, je le savais, ne perdait pas une miette de la scène.

Tally posa ses longs doigts manucurés sur le pied de son verre à vin.

— Ma famille possède une petite propriété dans le Maine, à Kennebunkport, alors je connais un peu la région, mais je n'étais jamais venue à Beacon.

Jim éclata de rire.

— Une « petite propriété » ?

Il émit un léger sifflement, et Tally le poussa du coude.

— Ah, ne commence pas, toi !

Jim attrapa l'olive de son verre de martini et la lança dans sa bouche.

— Eh bien, ce n'est pas petit, tu dois l'admettre.

Tally agita la main vers lui, puis remit en place son collier en or pour que le pendentif, un bateau à voile, se positionne bien à plat sur sa peau.

— Cet endroit doit être très apprécié, remarqua ma mère en observant la foule agglutinée devant le bar.

Jim leva son verre.

— Heureusement que j'ai réservé.

Hayden scrutait la salle, ses lanternes suspendues au plafond, les photos sépia de Beacon, le bar généreusement verni avec ses nuances de rouge.

— Oui, heureusement, répéta-t-il, et un air de totale perplexité se peignit sur son visage lorsqu'il découvrit les têtes d'élan et de biche accrochées au mur.

Une serveuse munie d'un carnet de commande vint à notre table nous apporter des menus. Elle avait un stylo derrière l'oreille.

— Skip, le barman (elle prononçait *bar-maine*), m'a demandé de vous le dire : la maison vous offre une tournée.

Elle me décocha un large sourire.

— Après tout, vous êtes une célébrité, ici.

Je me tournai vers le bar et aperçus Skip qui me fixait des yeux. Il me fit signe en souriant, et des fossettes se creusèrent sur ses joues rondes.

— Hé, la Nageuse, bienvenue ce soir !

Les yeux de Hayden passèrent de Skip à moi.

— Comment il t'a appelée ? Et pourquoi on a le droit à une tournée ?

Je vis ma mère blêmir et Tally lever les sourcils.

— Vous êtes célèbre à l'Antler ? s'enquit cette dernière avant de se mettre à rire. Et comment fait-on pour le devenir, ici ? me chuchota-t-elle.

Puis elle prit un air de conspiratrice, comme si nous étions de vieilles amies qui partagions un secret.

Je secouai la tête et affichai un air désinvolte.

— Je dois ressembler à quelqu'un d'autre.

Hayden jeta un nouveau coup d'œil à Skip et se tourna vers moi. Il était sur le point de parler lorsque la serveuse l'en empêcha.

— Alors, qu'est-ce que vous prenez ?

L'espace d'un instant, je surpris l'expression de Hayden, celle qu'ont les gens lorsqu'ils soupçonnent qu'une farce se joue sans eux, mais elle s'effaça de son visage et il s'adressa à ma mère.

— Cynthia, si tu commençais ?

— D'accord. Je prendrai un Bacardí daïquiri.

— Je croyais que tu ne buvais plus de rhum, lui murmurai-je, et un souvenir terrifiant de ma mère dansant à la soirée d'anniversaire de sa voisine me revint en mémoire.

— Oh, c'est bon, marmonna-t-elle.

— Très bien, répondit la serveuse en notant sur son carnet.

Puis elle me regarda. Je m'apprêtai à commander un verre de vin quand elle ajouta :

— Eh, je regrette vraiment d'avoir raté la super soirée, la semaine dernière. La partie de fléchettes, le jeu des Présidents morts. Félicitations !

Ma bouche devint soudain atrocement sèche.

— Les Présidents morts ? demanda Hayden. C'est quoi ? Un groupe ?

La serveuse éclata de rire.

— Très drôle, mon pote, vous avez un sacré sens de l'humour.

Elle donna une claque dans le dos de Hayden. Il toussa avant de se tourner vers moi, ébahi.

La serveuse plaça des sous-bocks devant nous.

— Vous savez que vous avez parmi vous une sacrée championne ? dit-elle. Et elle cache bien son jeu. Ah, ça, elle est forte. Waouh !

Hayden, ma mère, Jim et Tally me dévisagèrent tous.

— Une championne ? répéta Jim en souriant. Qu'est-ce que c'est que cette histoire ?

Je lançai un regard mauvais à la serveuse.

— Je crois que vous me confondez avec quelqu'un d'autre.

Elle tourna la tête en direction du bar.

— Mais Skip a dit que vous étiez…

Je levai les mains.

— Oui, je sais, mais visiblement, Skip a besoin de lunettes.

— Il porte des lentilles de contact.

— Alors, il a besoin de les changer.

— Mais il vient de le faire.

— Eh bien, il a besoin de changer quelque chose, maugréai-je, au bord de la crise de nerfs.

Hayden ne devait pas découvrir quoi que ce soit, et cette maudite serveuse était sur le point de tout déballer.

— Bon, vous pouvez finir de passer votre commande, maintenant ? demandai-je. Je voudrais un Coca light, s'il vous plaît.

Hors de question que j'ingurgite une goutte d'alcool. Je devais impérativement garder l'esprit clair.

— Ouais, d'accord.

La serveuse secoua la tête, grommela quelque chose, prit la commande et s'éloigna.

Hayden se pencha vers moi.

— Est-ce qu'elle vient de dire que tu aurais mieux fait de te noyer pour de bon ? Mais de quoi elle parlait, enfin ?

— Hayden, je crois que tu as des problèmes d'audition. Et dire que tu n'as même pas quarante ans.

Je plaquai un sourire sur mes lèvres. Jim rit, mais Hayden ne me quittait pas des yeux. Il semblait deviner que quelque chose clochait. Tout d'un coup, j'eus l'impression que la température de la salle venait d'augmenter de dix degrés. Je devins écarlate. Autour de la table, tout le monde me regardait dans l'attente d'une explication. J'étais pourtant incapable de prononcer un mot.

C'est alors qu'un miracle se produisit. La porte de derrière s'ouvrit, et les membres du groupe firent leur entrée, chargés de guitares, de la batterie, d'un piano électrique et d'autres instruments. Tous les clients du restaurant se levèrent et les applaudirent en poussant des acclamations.

— Ils ont l'air d'être populaires, remarqua Hayden d'un air surpris.

— Espérons qu'ils seront corrects, répliqua Tally, le menton levé bien haut. On est un peu loin de la civilisation, ici.

Les musiciens s'installèrent et, quelques minutes plus tard, la serveuse revint avec nos verres et prit la commande du repas.

Je n'avais pas regardé la carte, mais deux plats avaient retenu mon attention lors de ma première soirée ici : le pain de viande et le homard. Je ne voulais pas reprendre le pain de viande, aussi j'annonçai :

— Le duo de homards au beurre fondu. Oh, avec des frites.

Je refermai le menu et posai mes mains sur les genoux.

Les yeux de Hayden jaillirent presque de leurs orbites.

— Du beurre fondu ? Des frites ? Tu es devenue folle ? Je croyais que tu faisais toujours très attention à ton taux de cholestérol, Ellen. Avant que tu ne partes d'ici, il va te falloir une ordonnance de Lipitor pour le faire baisser.

Il secoua la tête, me dévisagea encore un instant puis se tourna vers Tally. Il lui posa une question sur Kennebunkport.

Eh bien voilà, songeai-je. Je pris une gorgée de Coca et essayai d'entendre la réponse de Tally, mais en vain car, à cet instant, le groupe se lança dans une reprise de la chanson de Johnny Cash, « Ring of Fire ». Quelques couples se levèrent pour danser. L'un d'eux portait le même T-shirt avec l'inscription « I ❤ Maine ». J'observai le mari qui guidait sa femme sur la piste en lui marchant de temps à autre sur les pieds. Le groupe acheva sa chanson et enchaîna avec « Wild Night » de Van Morrison.

Jim se pencha au-dessus de la table et me demanda jusqu'à quand nous avions prévu de rester à Beacon. J'essayai d'entamer une conversation avec lui, mais nous devions hurler. Je finis par renoncer et lui fis comprendre par gestes que je n'entendais rien.

Je me tournai vers la piste de danse, qui ressemblait à présent à un amas de membres tournoyant sous un éclairage tamisé. Puis je jetai un œil vers la porte et, au même moment, j'aperçus Roy Cummings, vêtu d'un coupe-vent bleu, qui faisait son entrée. Il avança lentement à travers la foule, portant parfois la main à sa casquette en guise de salut, ou pointant quelqu'un du doigt en souriant.

Oh, non, me dis-je, le souffle soudain coupé, Roy et Hayden dans la même pièce. C'était tout sauf une bonne nouvelle.

Roy me vit et agita la main. Puis il vint à notre table.

— Ça alors, Ellen, quelle surprise ! s'exclama-t-il. Tu es devenue une vraie fan de l'Antler.

Je sentis les yeux de Hayden braqués sur moi. Je rendis son salut à Roy et le présentai maladroitement à ma mère, à Jim et à Tally, en terminant par :

— Et Hayden, bien sûr.

— Ouais… le terrain de golf, dit Roy en serrant la main de Hayden.

J'émis un rire nerveux et mon regard passa de Roy à Hayden tandis que ma mère ne me lâchait pas des yeux.

— Vous voulez vous joindre à nous ? proposa Jim. On peut ajouter une chaise.

Le visage de Hayden se crispa.

— Non, merci, répondit Roy. Je ne fais que passer.

— Jim et Tally travaillent pour le *New York Times*, déclarai-je pour meubler.

— Le *Times* ? répéta Roy en se tournant vers Jim. Vous devriez aller voir Scotty Bluff. Il est là-bas, fit-il en indiquant un point dans la salle. C'est le propriétaire du *Bugle*, notre journal local.

Il me lança un regard.

— Ellen pourrait vous en parler.

Je sentis le rouge me monter aux joues. Roy s'appuya au dos de ma chaise.

— Ellen, est-ce que je pourrais te dire un mot ?

Je levai les yeux vers lui. Il n'avait pas sa barbe d'un jour, son visage était lisse. Et une étincelle brillait dans ses yeux.

— Je ne sais pas, j'ai des invités, et…

— Juste une minute.

— Hayden, ça ne te dérange pas ? murmurai-je. Ça concerne sûrement ma grand-mère et son oncle.

— Fais ce que tu as à faire, me répondit-il en posant sa main sur la mienne.

— Je reviens tout de suite.

Je suivis Roy à travers la foule jusqu'à la porte, puis nous sortîmes dans la rue. Nous passâmes devant quelques magasins. Il s'arrêta devant Chez Frank, la boutique du tailleur. J'aperçus à l'intérieur des rangées de vêtements suspendus à des portants, glissés dans des housses en plastique transparent : jupes et robes aux couleurs estivales, costumes d'hommes et blousons. Dans la vitrine était exposée une robe de mariée ancienne. J'imaginai un instant la boulangerie qui s'était trouvée à cet endroit pendant tant d'années, les cookies et les cupcakes disposés dans des paniers sur le comptoir, et la promesse de délicieuses pâtisseries encore tièdes dès que l'on ouvrait la porte.

— Merci d'avoir accepté de venir, me dit Roy.

— Oui, c'est sympa de te croiser à l'Antler.

Ma voix tremblait de nouveau.

Roy enleva sa casquette et passa la main dans ses cheveux.

— Ce n'était pas un hasard. Je suis passé à l'hôtel pour te voir.

Je crus avoir mal entendu.

— Pardon ?

Il remit sa casquette.

— Je suis passé à l'hôtel parce que je te cherchais.

Il me cherchait. Je crus que j'allais me mettre à fondre.

À l'intérieur du magasin, une ampoule vacilla en projetant une faible clarté semblable à un petit éclair.

— Paula m'a dit que tu étais à l'Antler.

Il avait demandé à Paula où j'étais. Et il était venu pour me parler. Avait-il d'autres éléments à me révéler sur Chet et grand-mère ?

— Pourquoi me cherchais-tu ? Tu as découvert quelque chose d'autre ?

— Non, ce n'est pas pour ça.

Il fit une pause.

— Je pars demain matin. Je vais m'absenter plusieurs semaines pour le boulot.

L'ampoule clignota encore, et mon cœur se serra à la pensée qu'il allait partir. Il prenait la route le lendemain matin, et moi l'après-midi, après l'interview et la séance de photo. Cela signifiait que je ne le verrais plus jamais. J'eus l'impression de tomber au fond d'un gouffre.

Roy s'adossa à la vitrine.

— Je voulais absolument te parler avant mon départ.

Il se mit à fixer la chaussée pendant au moins une demi-minute en se frottant la nuque.

Enfin, de la poche de son coupe-vent, il sortit un petit sac et me le tendit. Quoi que ce fût, ça ne semblait pas très lourd.

— Ouvre-le, dit-il.

Je glissai ma main à l'intérieur et en sortis un petit objet carré. Je le contemplai à la lumière de la vitrine. Et là, mon cœur s'arrêta. C'était une maison miniature en bois réalisée avec une incroyable minutie. Elle était blanche, avec des moulures bleu ciel, et ne mesurait pas plus de dix centimètres de largeur, de longueur et de profondeur. Elle était entourée par une véranda, possédait trois cheminées, deux lucarnes, des volets en bois et des fenêtres en véritable verre. Je n'avais jamais rien vu d'aussi petit, d'aussi magnifique et délicat.

— Où l'as-tu trouvée ? demandai-je, ma voix aussi faible qu'un murmure.

Roy sourit.

— Ça te plaît ?

— C'est splendide.

Fascinée, je la tournai en tous sens, l'étudiai sous tous les angles.

— C'est moi qui l'ai faite.

Je n'en croyais pas mes yeux. Ce genre d'objet ne pouvait être réalisé qu'à l'aide d'une pince à épiler ou de cure-dents et un lot de patience que je ne pouvais concevoir.

— C'est merveilleux !

J'étais ébahie par la rampe minuscule de la véranda et les briques peintes en rouge des cheminées.

— Ellen, reprit Roy tandis que je regardais à travers les petites fenêtres de la maison, je t'avais dit que si je trouvais la bonne personne, je lui construirais un palais.

Ce n'est pas le Taj Mahal, mais c'est le genre de palais que je pourrais nous bâtir.

Il m'avait construit un palais. Il me déclarait que j'étais la bonne personne. Je posai les yeux sur lui, sur ses fossettes et son sourire, et je le trouvai si beau, si sûr de lui, si parfait.

Il caressa ma joue.

— Je suis amoureux de toi, Ellen. C'est ça que je voulais te dire. Je t'aime et j'ai envie d'être avec toi. Je sais que je peux t'offrir une belle vie et te rendre heureuse. Je t'en fais la promesse.

Je contemplai la petite maison dans le creux de ma main. Comment pouvais-je lui avouer ce que je ressentais ? Car oui, j'éprouvais quelque chose pour lui. Je n'arrêtais pas de penser à notre danse, cette nuit-là, à l'Antler. Et quand il avait pris ma main dans le pré de fleurs sauvages, à la ferme de Kenlyn, tout mon corps avait frémi, comme la corde d'un violon caressée par le vibrato. Et bien que j'aie essayé de me convaincre que mes sentiments pour lui n'étaient qu'une attirance passagère, parce que son intérêt me flattait ou qu'il m'avait sauvé la vie, je savais, à cet instant, qu'ils étaient bien plus profonds et authentiques.

Mais Hayden et moi étions fiancés et je ne pouvais plus reculer. C'était même une folie d'y songer.

Je pris une profonde inspiration.

— Tu es quelqu'un de bien, commençai-je. Un homme formidable, en réalité. Tu dégages quelque chose… un certain charme qui n'appartient qu'à toi.

Oh, mon Dieu, que ces paroles avaient l'air idiotes.

— Et j'ai beaucoup apprécié tout ce que tu m'as dit. C'est adorable, sincèrement.

Je m'interrompis pour rassembler mes idées.

— Et cette petite maison… c'est un vrai palais. Elle est magnifique et incroyable, elle mérite d'être offerte à quelqu'un qui t'aimera et qui partagera tes rêves.

Je baissai les yeux.

— Mais je ne suis pas cette personne. Il n'y a pas d'histoire possible entre nous.

Je lui montrai ma bague de fiançailles et laissai les diamants chatoyer sous l'éclairage de la rue.

— Je suis fiancée à Hayden. Je me marie dans quelques mois. Tout est planifié, et ma mère a déjà réglé la moitié des points de sa liste de tâches.

J'eus une pensée pour elle. Je ne pouvais pas la laisser tomber, elle aussi. Elle adorait Hayden et le couple que nous formions tous les deux.

— Ma mère a tout organisé. Et dès notre retour nous enverrons les invitations. Elles sont imprimées. J'en ai même une dans notre chambre d'hôtel.

— Les invitations, murmura Roy.

— Oui, dis-je en revoyant la carte couleur ivoire coincée dans le miroir : la date, l'heure, le lieu. Tout est arrangé. C'est définitif.

Les yeux de Roy se fixèrent sur les miens et me retinrent captive.

— Et Hayden est un homme bien, ajoutai-je précipitamment. Il est merveilleux, vraiment. Nous sommes faits de la même étoffe. Je sais que je serai heureuse avec lui.

Je hochai la tête avec emphase.

— Et soyons réalistes. Je vis à New York. C'est à des centaines de kilomètres d'ici. Et j'ai ma carrière. Les gens me respectent.

— Je ne te demande pas de quitter ton travail, répondit Roy. Je dis juste que je sais que je pourrais te rendre heureuse.

Deux adolescents, un garçon et une fille, passèrent à vélo sur la chaussée mal éclairée. Je les suivis du regard jusqu'à ce qu'ils tournent au coin de la rue.

— Écoute, poursuivis-je, même en laissant tout ça de côté, tu ne me connais même pas. Si c'était le cas, tu ne m'aimerais pas. Je suis têtue, je me comporte comme si je savais tout, je suis difficile à vivre et je grince des dents la nuit.

Roy s'adossa contre le mur de la boutique du tailleur.

— Je sais déjà tout ça. Sauf pour les dents qui grincent. Et j'en sais probablement bien plus sur toi que tu ne le crois. Je t'ai même cherchée sur le site de Winston Reid. Ta photo est excellente, d'ailleurs.

Il m'avait cherchée sur le site de ma boîte. Il aimait ma photo. Oh, mon Dieu, pourquoi disait-il toujours des choses pareilles ?

— Ce portrait est affreux.

— Mais non, il est très bien, insista-t-il. Et j'ai lu tout ce qui te concerne, sur Internet : tout. Y compris chaque article qui te mentionnait. Et j'ai trouvé tes photos.

— Mes photos ?

— Oui, celles que tu as postées sur ton blog. Les photos prises en Italie. Ce sont mes préférées. Le regard que tu poses sur le monde, Ellen…

Il marqua une pause.

— Tu as une manière de voir la vie qui est vraiment particulière. C'est magnifique. C'est un don.

Mon cœur fit un bond dans ma poitrine. Je voulais me jeter dans ses bras. Je voulais qu'il me serre contre lui pour toujours et qu'il me dise toutes ces choses, encore et encore.

Mais c'était impossible. J'allais me marier.

— Roy, tu t'es renseigné. Tu en sais un peu plus sur moi mais…

— Non, attends.

Il se rapprocha.

— Je te connais tellement bien, Ellen.

Il me tenait de nouveau prisonnière de son regard et je ne pouvais détourner les yeux.

— Je sais que tu es intelligente, drôle. Je sais que tu adores ta famille. La manière dont tu parles de ta grand-mère et le fait que tu sois venue jusqu'ici pour elle. Je sais aussi que tu es loyale, qu'on peut compter sur toi, que tu ne laisses jamais tomber quelqu'un à qui tu as donné ta parole. Et tu es une artiste, comme ta grand-mère. Même si, pour le moment, la photographie n'est qu'un hobby pour toi, tu dois continuer, parce que tu es extrêmement douée.

Il pencha la tête en arrière et m'observa.

— Et oui, tu as raison. Tu crois toujours tout savoir. Je l'ai compris dès que je t'ai vue au milieu de l'océan. Tu étais emportée par le courant et tu essayais de me convaincre que tu n'avais pas besoin d'aide parce que tu avais fait partie d'une équipe de natation à Exeter.

Il sourit, et je ne pus m'empêcher de l'imiter.

— Mais je sais que ce n'est qu'une façade. Et tu sais quoi ?

Il releva mon menton.

— J'adore ça, chez toi. J'adore parce que… parce que je t'aime.

Je détournai les yeux afin qu'il ne remarque pas les larmes qui y brillaient. Je regardai la robe de mariée dans la vitrine, avec ses dentelles et ses perles délicates brodées sur le corsage, les mètres d'étoffe soigneusement assemblés en l'honneur d'un moment magique qui avait eu lieu longtemps auparavant. Je songeai aux paroles de Roy. Je lui dis alors ce que je voulais vraiment croire.

— Écoute, je suis désolée. Je suis vraiment, vraiment désolée, mais je ne suis pas amoureuse de toi, Roy. Attirée, peut-être. Intéressée, c'est possible. Mais je ne t'aime pas. J'aime Hayden.

Je m'arrêtai un instant et me forçai à sourire.

— Et je vais l'épouser.

Roy contempla la lune, croissant argenté dans le ciel étoilé. Je restai là, ne sachant si je voulais qu'il me croie ou non. Enfin, il se tourna vers moi.

— Eh bien, c'est une autre histoire, concéda-t-il en enfonçant ses mains dans les poches. Je ne peux pas changer tes sentiments, Ellen. Je me croyais plutôt doué pour comprendre les gens. Je pensais que tu éprouvais la même chose que moi. Sinon, je ne serais jamais venu ici ce soir. Mais je me suis trompé.

Il baissa la tête, puis leva de nouveau les yeux.

— Bon, je pense que ça s'arrête là.

Sa voix semblait lointaine, son regard fatigué. Il sortit de la poche de son coupe-vent une feuille de papier bleue : la lettre de ma grand-mère.

— Je l'ai gardée sur moi, mais je pense que tu devrais la reprendre, maintenant.

— Mais je voulais que tu la gardes.

— Non, Ellen. Elle t'appartient. Ce sont probablement les derniers mots que ta grand-mère a écrits.

Je contemplai la lettre et m'avançai pour la prendre. Roy saisit ma main, la retint un instant avant de laisser mes doigts s'échapper des siens.

— Alors, au revoir, Nageuse.

Il me fit un petit signe de tête, se retourna et s'éloigna.

J'entendis ses pas sur la chaussée. Il monta dans son pick-up et mit le moteur en marche. Je vis les phares s'allumer et le véhicule s'en aller, les feux arrière se fondant dans la nuit.

Chapitre 19

Confession

Je retournai à l'Antler. L'air iodé me brûlait les poumons. J'avais fait ce qu'il fallait, la seule chose que je devais faire. J'en étais certaine. J'ouvris la porte et fendis la foule. Le groupe jouait « Don't It Make My Brown Eyes Blue », une vieille chanson de Crystal Gayle. La grande fille brune qui l'interprétait s'en sortait très bien, et sa voix imprégnée de tristesse me donna l'impression que j'allais éclater en sanglots d'une seconde à l'autre.

Je regagnai notre table. Hayden discutait avec Jim et Tally. Un homme avec une moustache en guidon de vélo se tenait à l'autre bout de la table et parlait avec ma mère. Je m'assis à côté de Hayden.

— Alors, de quoi voulait-il te parler ? me questionna-t-il.

— Oh, rien d'important, répondis-je en prenant un ton enjoué. Des détails sur son oncle. Sur la ferme.

— Sur la ferme ?

Hayden m'observa.

— Il est venu jusqu'ici pour te parler de la ferme ?

— Il s'en va pendant plusieurs semaines.

Hayden but une gorgée de vin. Je voyais bien qu'il retournait mes paroles dans sa tête. Il me scrutait d'un air soupçonneux et se demandait si je ne lui cachais rien. Lors d'une déposition, ce serait le moment où il commencerait l'interrogatoire méthodique du témoin.

J'aperçus la serveuse et lui fis signe.

— J'aimerais un autre verre, s'il vous plaît.

— Un autre soda ?

— Quels whiskies avez-vous ?

— Heu, laissez-moi réfléchir.

Elle commença à énumérer des marques en comptant sur ses doigts.

— On a du Dewars, du J&B, du Johnnie Walker…

Elle continua à égrener sa liste. Hayden cligna des yeux.

— Du whisky, Ellen ? Depuis quand est-ce que tu bois du whisky ?

Du coin de l'œil, je vis Jim qui attrapait l'olive de son cocktail avec une fourchette.

— Depuis maintenant, répliquai-je. Je prendrai un Johnnie Walker Black.

Puis j'ajoutai, comme si je savais parfaitement ce que je faisais :

— *On the rocks.*

— C'est noté, répondit la serveuse.

Elle ramassa quelques verres vides avant de s'éloigner à vive allure.

— Qu'est-ce que tu as, ce soir ? interrogea Hayden. Je ne te reconnais plus. Les gens ici te prennent pour quelqu'un d'autre, tu bois du whisky, tu manges du homard et des frites. Peut-être que tu es vraiment quelqu'un d'autre.

— Et peut-être que ça me plairait, grommelai-je.

Il me regarda, surpris.

— Que veux-tu dire ?

— Rien.

L'homme à la moustache s'éloigna et ma mère vint s'asseoir en face de moi.

— Je viens de faire la connaissance du propriétaire du journal local, déclara-t-elle. Vous savez qu'il vivait dans le New Jersey avant de s'installer ici ? Un homme fascinant. Il veut qu'on joue aux fléchettes, tout à l'heure.

Hayden et moi nous écriâmes en même temps :

— Aux fléchettes ?

— Exactement. Aux fléchettes. Avec un tableau et une cible.

Elle nous lança un sourire juvénile et frotta ses mains l'une contre l'autre.

— Que c'est amusant !

C'en était trop. La déclaration d'amour de Roy Cummings, et ma mère qui s'apprêtait à jouer aux fléchettes avec le propriétaire du *Bugle*. Quand mon whisky arriva, je pris une énorme lampée et laissai l'alcool descendre dans ma gorge. Je m'étranglai et toussai.

— On a un peu l'impression de boire du kérosène, hoquetai-je.

— Vous êtes censée le déguster, dit Jim en me lançant un sourire en coin.

— C'est ce que j'ai cru comprendre, répondis-je.

Je bus longuement et sentis mon œsophage me brûler. Le groupe commença à jouer « Proud Mary », un vieil air des Creedence Clearwater Revival.

— J'ai toujours aimé cette chanson, remarqua Hayden.

— Moi aussi, renchérit Tally. Ellen accepterait-elle qu'on la danse tous les deux ?

Elle me fit un clin d'œil, comme si elle et moi étions en train de comploter. Quel culot ! Mais je me calmai immédiatement en pensant que j'allais bien m'amuser. Jamais Hayden n'accepterait de danser dans un tel lieu.

— Ne le prenez pas pour vous, Tally, dis-je mais ce n'est pas le genre de Hayden de…

Je m'interrompis car il s'était déjà levé de sa chaise et entraînait Tally sur la piste. Fâchée et contrariée, je les regardai s'éloigner.

Le propriétaire moustachu du *Bugle* revint et, avant même que je m'en rende compte, ma mère s'était aussi levée. Elle me fit un clin d'œil et enchaîna avec un petit geste, comme si elle lançait une fléchette. Tout le monde me laissait tomber.

Jim s'assit en face de moi.

— Vous voulez danser ?

— Pas vraiment, déclarai-je en levant mon verre pour boire, mais il ne me restait plus que de l'eau glacée.

Il hocha la tête, attrapa un glaçon dans le sien avec ses doigts et croqua dedans.

— Vous savez, dit-il après un moment, vous avez une manière assez intéressante de boire du whisky. Et vous avez une sacrée descente.

— D'habitude, je bois du vin, répliquai-je. À petites gorgées.

Il sembla réfléchir à ma réponse. Puis il se pencha au-dessus de la table.

— Mon rédacteur en chef, Tom, est très enthousiaste à l'idée de faire cette série d'articles sur vous et Hayden. On dirait que ça va être une sacrée cérémonie.

— Et moi, je n'avais pas réalisé que nous étions en train de devenir les porte-drapeaux du mariage.

Jim haussa les sourcils.

— Ah bon ? Pourtant, vous formez un couple très en vue. Et j'ai l'impression que vous réussissez tout ce que vous entreprenez, mademoiselle Branford.

Il sourit et croqua dans un autre glaçon. Son regard chaleureux me plut, ainsi que sa dent de travers.

— Et comment pouvez-vous le savoir, alors qu'on vient de se rencontrer ?

Je jetai un œil sur la piste de danse, à la recherche de Hayden, mais je ne distinguais qu'une masse compacte de corps en mouvement.

— Ah, mais je fais mon travail de journaliste. Et ce que j'ai trouvé, entre autres, c'est l'article qui vous est consacré dans le *New York Magazine.*

— Oh, mon Dieu, l'affaire Lark-Hawkins ? Je ne comprends pas pourquoi elle s'est retrouvée dans les gros titres, grommelai-je. D'habitude, les problèmes de zonage ont tendance à être soporifiques.

— C'était un énorme dossier. Il y avait beaucoup de choses en jeu.

— Cet article parlait à peine de moi. De plus, c'est de l'histoire ancienne.

Jim se rencogna dans son siège et m'observa.

— C'était il y a trois ans, et son auteur était très élogieux.

Il brandit son verre vide en direction de la serveuse, qui passa rapidement sans s'arrêter.

— Élogieux ? Il me détestait. D'après mes souvenirs, il a écrit que j'étais un requin en jupons.

Jim haussa les épaules.

— Peut-être, mais il a dit que votre plan était génial. Je m'en souviens.

— Alors je suis géniale.

— Je suis bien d'accord.

Il tendit le cou à la recherche d'une serveuse, puis me montra mon verre.

— Vous en voulez un autre ? Je vais aller au bar.

J'acquiesçai.

Quand il revint, il portait une brassée de boissons.

— Il y en a assez pour toute la table, remarquai-je.

— Affirmatif, capitaine. Skip, le barman, a insisté. Il a dit que c'était offert par la maison.

Très bien, je rends les armes, pensai-je. Comme dit le proverbe, si vous ne pouvez pas les battre, ralliez-vous à eux. Je pris un verre de whisky et laissai le liquide ambré couler dans ma gorge. Le goût commençait à me plaire : chaud, presque doux.

La serveuse arriva avec un plateau chargé de nourriture. Je regardai l'assiette de homard qu'elle plaça devant moi et me sentis soudain affamée.

— Vous croyez qu'on devrait attendre les autres ?

Jim posa une serviette sur ses genoux et prit une fourchette.

— Non, je ne crois pas.

J'avalai une poignée de frites et contemplai, ébahie, mon plat de homard. Il me parut intimidant.

— Alors, dit Jim. Comment vous sentez-vous, maintenant que vous n'êtes plus qu'à quelques mois ?

— À quelques mois de quoi ? demandai-je en étudiant la pince à homard.

Y avait-il le mode d'emploi imprimé en petits caractères quelque part ? Je la pris mais ne vis rien. Je n'avais jamais été très adroite avec ce genre d'ustensile.

— De votre mariage.

— Oh, est-ce que vous commencez l'interview ?

Soudain, la température de la salle sembla monter, tandis que, autour de moi, tout me parut flou sous l'éclairage rouge ambiant.

— Non, je situe juste le contexte.

— D'accord, dis-je, étirant la dernière syllabe tout en essayant de me souvenir de la question.

Ah, oui, comment je me sentais à l'approche de mon mariage.

— Eh bien, je me sens heureuse, évidemment. Qu'est-ce que je pourrais éprouver d'autre ?

— Je ne sais pas, remarqua Jim. Parfois, les gens deviennent un peu nerveux dans ces moments-là. Vous savez, ils se demandent si tout va bien se passer, si le mariage sera parfait, ce genre de choses.

Je haussai les épaules.

— Pas moi. Tout est sous contrôle. Ma mère m'aide et elle est très…

J'allais expliquer à quel point elle était très organisée, mais avant que je comprenne ce qui m'arrive, d'autres mots sortirent de ma bouche.

— En fait, c'est une organisatrice de mariages professionnelle. Ouais, et excellente, en plus, alors je n'ai aucune raison de m'angoisser.

Qu'est-ce que j'étais en train de raconter ? Il était évident que le whisky y était pour quelque chose. Pourtant, il m'était impossible de me retenir. Jim eut l'air étonné.

— Une organisatrice de mariages. Waouh ! Ça tombe bien.

Il leva son verre, où des glaçons flottaient comme des miniglaciers.

— Et, sérieusement, poursuivis-je en ayant l'impression de vivre une expérience extracorporelle, on a eu de la chance qu'elle nous trouve une place dans son planning.

Jim était stupéfait.

— Comment ? Elle est tellement prise qu'elle aurait pu ne pas être disponible pour votre mariage ?

— Oh oui, elle est complètement overbookée.

À présent, mes paroles, incontrôlables, s'échappaient trop vite de ma bouche pour que mon cerveau parvienne à suivre.

— Et pas seulement avec son travail dans l'événementiel. Elle voyage aussi énormément.

Je marquai un temps d'arrêt.

— Les tournois de fléchettes.

Je remuai mon verre avec le doigt.

Il me considéra d'un air sceptique, un coin de sa bouche relevé en un demi-sourire.

— Les fléchettes ?

— Ouais, fis-je, la main tendue vers le fond de la salle où les cibles étaient installées.

Il était impossible de distinguer quoi que ce soit car la foule dense masquait la vue.

— Elle est là-bas, en ce moment. Elle est sûrement en train de donner des conseils aux autres joueurs.

— C'est épatant, s'extasia Jim.

Je voyais bien qu'il ne savait pas quoi penser.

— Et savez-vous, continuai-je en m'approchant de lui, qu'une année, elle a payé notre maison d'été sur l'île de Nantucket avec ses gains ?

Ça devenait franchement amusant. Jim émit un long sifflement.

— Impressionnant. Je doute que beaucoup de gens soient capables de faire tout ce qu'elle fait. Organisatrice de mariages et joueuse de fléchettes de haut niveau.

Il pencha la tête et je vis apparaître l'esquisse d'un sourire sur ses lèvres.

— Ma mère n'est qu'une modeste expert-comptable, déclara Jim.

Je pris un autre verre. Le goût me plut, et je me sentais bien, enfin, légère et un peu embrumée. Mon pied se mit à battre au rythme de la musique. Le groupe jouait « The Lucky One » de Faith Hill.

— Bien, dit Jim après quelques instants. Je me demandais : vous vous êtes rencontrés chez Winston Reid ?

— Oui, on a fait connaissance à la cafétéria. Il ne restait plus qu'une seule salade de nouilles aux choux chinois, et Hayden me l'a laissée.

— Le comportement d'un vrai gentleman.

— Oui, exactement. Ensuite, lors de notre premier rendez-vous, il m'a emmenée à une soirée de levée de fonds pour le gouverneur. Et là…

Je joignis les mains.

— Ça a collé entre nous.

— J'ai cru comprendre que Hayden s'intéressait de près à la politique ? Il va se présenter à l'élection du conseil municipal ?

Je contemplai de nouveau la coquille dure et luisante de mon homard. Je me mis à chercher la serveuse des yeux dans l'espoir que quelqu'un, en cuisine, puisse m'aider à la casser. Mais elle demeurait invisible.

— Le conseil municipal ? dis-je en trempant quelques frites dans un monticule de ketchup et en les engloutissant. Ouais, il va se présenter.

Je fis passer les frites avec une bonne rasade de whisky. La salle, légèrement de travers, vibrait, rayonnait et tanguait.

— Ça le tente bien.

Jim hocha la tête et découpa sa pomme de terre au four fumante.

— Et vous ? La politique vous intéresse ?

— Qui ? Moi ?

J'éclatai de rire.

— Nan. Je ne veux présenter ma candidature nulle part. Je veux faire un truc différent.

J'attrapai une autre frite.

Jim se renfonça dans son siège et m'observa.

— Différent ? Comme quoi ?

Comme quoi. J'essayai de trouver une idée intelligente. Et soudain, une image de ma grand-mère et de ses muffins aux myrtilles m'apparut.

— Comme… ouvrir une boulangerie.

Jim me lança un regard interloqué.

— Bien sûr, ma spécialité, ce serait les myrtilles.

Je pris un air aussi sérieux que possible. Le whisky me faisait de plus en plus d'effet et je m'amusais comme une folle.

— Les myrtilles ? répéta-t-il dubitatif, comme s'il n'avait pas bien entendu.

J'acquiesçai.

— Bien sûr. C'est un marché inexploité, vous savez. Je pourrais faire des muffins aux myrtilles. Ma grand-mère les faisait à la perfection.

Je fermai les yeux et la vis en train de mélanger la pâte. *Ne la travaille pas trop, Ellen, sinon tes gâteaux seront caoutchouteux.*

— Ouais, ils manquent de muffins aux myrtilles de bonne qualité, par ici.

Je dressai le doigt.

— Et je pourrais les fournir.

— Vous semblez bien sûre de vous, remarqua Jim.

Il déposa un morceau de beurre sur sa pomme de terre.

— Il y aussi les tartes aux myrtilles, poursuivis-je en réfléchissant à toutes les possibilités qui s'offraient à moi. Chaussons, gâteaux, croissants…

Je glissai une frite dans ma bouche.

— Je ne pense pas que quelqu'un ait déjà fait des croissants aux myrtilles.

— Non, en effet, répondit Jim lentement.

— Je vendrais d'autres choses, bien sûr. Ça pourrait ne pas être uniquement à base de myrtilles.

Je me mis à visualiser la boulangerie : un plateau de cakes au citron, une tourte aux pêches présentée dans un joli ramequin, un panier de muffins à la grenade et au gingembre. Je me voyais en train de retirer du four une plaque couverte de cookies, je sentais l'arôme du chocolat fondu. Dans la salle, il y aurait des tables et des chaises en bois blanc, et les clients pourraient commander du café et des sandwiches. Peut-être même de petits sandwiches pour l'heure du thé, comme ceux que confectionnait grand-mère. Concombre et roquette. Bacon et œufs. Poulet au curry. Les gens pourraient s'asseoir, lire le journal et…

Quelqu'un me tapa sur le bras. Je levai les yeux : Jim me dévisageait.

— Où étiez-vous ?

— Désolée, répliquai-je, je pensais à la boulangerie.

— On voit que vous appréciez la nourriture.

Je hochai la tête en essayant d'imaginer les touches de couleur qui iraient le mieux dans une salle aux tables et aux chaises blanches. Bleu ? Le blanc et le bleu se mariaient toujours très bien. Frais et marin.

— Mais… et la politique ? interrogea Jim.

Oui, bleu et blanc. Avait-il dit « politique » ? Je le regardai.

— Excusez-moi ?

J'attrapai une autre frite avec mes doigts.

— Je me demandai, étant donné que la famille de Hayden… et comme Hayden veut présenter sa candidature. Êtes-vous attirée par le monde de la politique ?

L'étais-je ? La question me prit un peu de court. Je baissai les yeux sur mon homard, avec ses pattes hérissées de piquants et ses pinces. Bien sûr que j'étais intéressée par la politique. Qui ne l'était pas ? Mais aimais-je vraiment ça ? J'avais toujours pensé que la plupart des politiciens étaient des menteurs et des escrocs, à l'exception de la famille de Hayden, évidemment. Je craignais que ma réponse soit : « Non, je ne suis pas vraiment attirée par le monde de la politique. »

— Bien sûr que j'aime ça, affirmai-je. Qu'y a-t-il qu'on ne puisse y apprécier ?

La frite s'échappa de ma main et atterrit sur mon pantalon. Je la ramassai et remarquai la tache de gras et de ketchup qu'elle avait laissée.

Jim hocha la tête et m'observa tandis que j'essayais de nettoyer mon pantalon à l'aide d'une serviette imbibée d'eau. Un grand cercle humide d'environ cinq centimètres de diamètre se dessina autour d'un centre rouge, semblable à une cible.

Il prit une bouchée de sa pomme de terre et je cherchai de nouveau la serveuse. Il devait bien y avoir quelqu'un, en cuisine, qui pourrait se charger de cette fichue coquille. Finalement, je renonçai, plaçai la pince à crustacés autour de la queue et… *zoum*, l'ustensile glissa sur la surface et heurta une petite assiette de sauce au beurre fondu qui brillait comme le reflet d'une piscine. J'attrapai de nouveau la queue et appuyai sur la pince de toutes mes forces. Cette fois, la coquille explosa, envoyant des éclats de chair de homard sur toute la table, sur mon haut et sur les vêtements de Jim.

— Oh, mince ! Je suis désolée, m'exclamai-je en saisissant une serviette propre à la place de Hayden et en la lui tendant.

Soudain, bien que je sache que je ne le devais pas, j'éclatai de rire.

Lorsque Jim découvrit l'ampleur des dégâts sur le devant de sa chemise et sur ses manches, il m'imita de bon cœur. Nous tentâmes de nettoyer nos vêtements, mais, chaque fois que nos regards se croisaient, que nous voyions l'autre couvert de morceaux de homard, nous repartions de plus belle, incapables de nous arrêter de rire. Quand nous y parvînmes, nous étions hors d'haleine et nos yeux pleuraient.

Je venais enfin de me dominer lorsque j'entendis des acclamations provenant de la foule massée devant les jeux de fléchettes. Un homme cria pour demander une tournée de bière. Je regardai dans sa direction et pus distinguer la silhouette de ma mère, une fléchette à la main, prête à la lancer. Elle l'envoya, mais je ne vis pas où atterrit le petit projectile.

— Ça, c'est ma mère, m'exclamai-je. Je vous avais dit que c'était une championne.

Je saisis encore la queue du homard, mais Jim me la prit des mains.

— Il vaudrait mieux que je vous aide, sur ce coup-là.

Il attrapa la pince à crustacés et brisa net la coquille. Je le regardai avec admiration.

— Vous ne pourrez jamais survivre dans le Maine si vous ne savez pas décortiquer un homard, remarqua Jim.

La vie dans le Maine.

Il sourit, et je savais qu'il plaisantait, mais je ne pus m'empêcher de penser à Roy Cummings, à la petite maison qu'il avait fabriquée pour moi et aux belles déclarations qu'il venait de me faire.

Je baissai les yeux, et ils se remplirent de larmes. *Je suis amoureux de toi. Je sais que je peux te rendre heureuse.* Je pris ma tête entre mes mains et serrai les paupières. Mais il m'était impossible d'oublier. Je voyais toujours son visage et son regard vaincu lorsque nous nous étions dit au revoir.

— Vous allez bien ?

J'ouvris les yeux. Jim m'observait d'un air soucieux.

— Je ne sais pas.

— Je peux faire quelque chose ?

Je secouai la tête. Je voulais que Hayden revienne pour me ramener à l'hôtel. Où était-il ?

— Ça va.

Jim repoussa son assiette sur le côté.

— Écoutez, Ellen, je vous propose un marché.

Comme il garda ensuite le silence, je finis par lever les yeux vers lui.

— Ce soir, considérez-moi comme un ami, d'accord ? J'enlève ma casquette de journaliste.

Il fit le geste de retirer quelque chose de sa tête et de le poser derrière lui.

— Je ne l'ai plus, OK ?

Je l'observai. Il avait de beaux yeux marron, des yeux confiants.

— OK.

Il s'approcha de moi et chuchota :

— Alors, racontez-moi ce qui se passe.

Je posai mes coudes sur la table, puis m'approchai à mon tour.

— Vous voyez le gars qui était là, tout à l'heure ? Grand, cheveux noirs.

— Casquette des Red Sox ?

— Oui, c'est Roy.

Jim semblait perplexe.

— Je ne suis pas sûr de…

— Il s'appelle Roy. Roy Cummings.

Je contemplai mon verre de whisky dilué. Ma tête était lourde. L'alcool agissait sur mon corps.

— Voilà, commençai-je, éprouvant quelque difficulté à articuler. Je me marie dans trois mois.

Je levai trois doigts.

— Et tout est organisé, tout est prêt. Et là, je le rencontre. Roy. Roy Cummings. Il débarque de nulle part dans ma vie.

Je secouai la main.

— Non, attendez, c'est faux, pas de nulle part. De Beacon, dans le Maine.

Je pointai le sol du doigt.

— Ici, exactement. Et il me dit qu'il est amoureux de moi. Oh, mon Dieu.

Je renversai la tête en arrière, ce qui était une très mauvaise idée. Soudain, toute la pièce se mit à tourner.

— Houlà, dis-je en me redressant.

Jim se précipita à mes côtés et s'assit sur le siège voisin.

— Ellen, vous allez bien ? Vous croyez que je devrais vous ramener à l'hôtel ?

— C'est ça qui me perturbe, continuai-je sans prêter attention à ses questions. Comment peut-il être amoureux de moi ? Je l'ai rencontré il y a une semaine. Une semaine. Ça fait seulement sept jours.

Je levai ce que je crus être sept doigts, mais je devais m'être trompée car Jim en baissa un.

Je contemplai mon assiette de homard, la coquille brisée et les morceaux éparpillés.

— Bien sûr, je lui ai dit que c'était impossible. Impossible. Je me marie dans trois mois, vous voyez ?

Je levai ma main gauche.

— Van Cleef.

J'inspirai, puis expirai.

— Et Arpels.

Jim hocha la tête.

— Magnifique, commenta-t-il. Très beau.

— Évidemment. Hayden fait toujours ce qu'il y a de mieux.

Des larmes se mirent à ruisseler sur mes joues.

— Je lui ai répondu : « Je ne suis pas amoureuse de toi. On ne peut pas être ensemble. »

Jim eut l'air choqué.

— Vous avez dit ça à Hayden ?

— Non, à Roy.

Jim me regarda bizarrement. Il semblait sur le point de parler lorsque l'un des musiciens du groupe, un homme vêtu d'une chemise à carreaux rouges et blancs, prit le micro.

— On fait une pause, les amis, mais la fête continue. Marty Eldon est ici, alors préparez-vous pour le karaoké. Chantez et éclatez-vous !

— J'ai l'impression que vous avez de sacrés problèmes à résoudre, Ellen. Vous devriez peut-être vous demander ce que vous éprouvez. Ce que vous éprouvez au plus profond de vous. Ça risque d'être un peu plus compliqué que vous ne le pensez.

Je ne voulais pas réfléchir. Il avait raison. C'était trop dur et beaucoup trop douloureux. Je regrettais d'avoir abordé le sujet et j'avais envie qu'il arrête d'en parler. Je tournai mon anneau autour de mon doigt. J'allais cesser d'y penser.

— C'est la seule manière de trouver une solution, poursuivit-il.

Oh, laissez tomber, me dis-je. Changeons de sujet.

— Vous devez questionner votre âme, continua-t-il et la seule…

— Eh, vous savez quoi ? bafouillai-je. Je suis excellente au karaoké. J'aimerais aller chanter.

Je reculai ma chaise. Jim parut effaré. Son front était plissé de rides.

— Vous êtes sûre que vous en êtes capable ?

— Absolument ! Il y a deux ans, je participais à la retraite annuelle de l'Association des avocates de l'État de New York. Sous ma direction, tout le groupe a interprété « Respect », vous savez, la chanson d'Aretha Franklin ?

Jim hocha la tête.

— Oui, je la connais.

— Eh bien, on a chanté pour célébrer la condamnation pour harcèlement sexuel d'un cadre d'un autre cabinet, un type du nom de Steve Ajello.

Je m'interrompis pour savourer cet excellent souvenir.

— Et tout le monde a déclaré que j'avais une voix superbe.

Je me levai.

— Alors voilà !

Mes jambes ne semblaient plus m'appartenir. Je saisis le dos de la chaise pour me soutenir. Une énorme tache de ketchup s'étalait sur mon pantalon, et je me demandai d'où elle pouvait bien sortir. Je pris un bavoir à homard et le dépliai. En lettres blanches sur fond rouge, il était écrit : « Attrapez la queue à l'Antler ! » J'enroulai le bavoir autour de la tache et nouai les cordons à l'arrière. C'était mieux.

J'entrepris de me faufiler au milieu de la foule vers la scène. Au bout de quelques pas, je sentis quelque chose sur mon pied. Je baissai les yeux : une des pinces évidées du homard était accrochée à la bride de ma sandale. Je tentai de l'atteindre, mais en vain. Elle était beaucoup trop loin.

Je gagnai la scène et aperçus enfin Hayden au milieu de la foule. Il agitait désespérément les bras en tentant d'avancer. Toute couleur avait abandonné ses joues, et il me hurlait quelque chose. Mais le volume sonore était trop fort et je ne l'entendais pas.

Ne t'inquiète pas, Hayden, songeai-je, je suis une karaokiste super douée. Tu vas voir. Est-ce que le mot « karaokiste » existait ? Je n'en étais pas certaine.

— Tout va bien, Hayden.

Je mis mes mains en porte-voix autour de ma bouche et essayai de crier par-dessus le brouhaha.

— Tu vas avoir une belle surprise !

J'avançai devant la scène pour étudier la masse confuse de visages éclairés par les lumières orange. Chacun souriait, d'un air plein d'attente et de curiosité. Même Skip, derrière son bar, leva vers moi un verre vide pour me saluer.

Le DJ contempla le bavoir rouge en plastique enroulé autour de ma jambe, puis ses yeux descendirent à mes pieds. Il sourit et me serra la main.

— Vous devez être la Nageuse. Je suis bien content de vous rencontrer.

Il me passa un livret de titres de chansons en me demandant d'en choisir une. Je tournai les pages. Différents genres de musique étaient proposés : pop, rap, rock, top 40 et country. Sur chaque page, il y avait des dizaines de chansons, dont les titres commencèrent à danser devant mes yeux.

— Vous avez du jazz ? Les vieux classiques ?

Il feuilleta le livret, puis me le rendit, ouvert à la page : « Standards américains ».

Génial ! Je posai le doigt sur l'un des titres : « Our Love Is Here to Stay », l'une des mélodies de Gershwin que je préférais. C'était peut-être bon signe.

— Celle-là, lançai-je.

Le DJ me tendit le micro et la musique commença. Comme dans toutes ces vieilles mélodies, elle débuta par une longue introduction, riche en instruments à cordes. Le silence s'installa parmi le public et je jetai un œil à ma table. Ma mère me dévisageait nerveusement, un trophée à la main. Un trophée ?

À côté d'elle étaient assis Jim et Tally et, tout au bout, Hayden, qui m'observait d'un air horrifié, tel le témoin d'un carambolage. Personne ne parlait.

L'introduction s'acheva et le texte de la chanson apparut à l'écran. Je me mis à fredonner les paroles, qui affirmaient que l'amour survivait à tout, aux radios, aux téléphones et même aux montagnes. Je regardai la salle, et les visages flous devinrent nets.

Arlen Fletch, de la mairie, était assise à une table en coin avec deux autres femmes. À une autre, contre le mur, se tenait Phil, le caissier de la supérette Grover, là où j'avais découvert ma photo dans le journal pour la première fois. Il était accompagné d'une personne qui devait être son épouse. Quand mes yeux se posèrent sur lui, il me fit un signe de la main. Susan Porter, son mari et deux autres couples étaient installés autour d'une table ronde au milieu de la salle, et la jeune serveuse du Three Penny Diner était assise devant la scène, main dans la main avec un joli garçon blond.

Je me surpris en train de chercher Roy, sa casquette des Red Sox et son sourire franc. Je voulais qu'il soit là. Je fouillai la foule des yeux, puis celle-ci s'effaça. À la place, Roy m'apparut, avec ses petites rides autour de ses yeux quand il souriait, ses cheveux ondulés et ses fossettes.

Je nous revis flotter dans l'océan, le jour du sauvetage, ses jambes enroulées autour des miennes. Je perçus la chaleur du soleil sur mon visage tandis que mes bras s'accrochaient à lui, et l'eau ne me sembla plus du tout froide. Puis nous nous tenions devant la boutique du tailleur, et il me déclarait qu'il m'aimait. Il me tenait la main. *Je sais que je peux te rendre heureuse. Je t'en fais la promesse.* Je sentis ses doigts sur les miens juste avant qu'il ne les libère et me dise au revoir.

La musique s'acheva et un silence de plomb s'installa dans la salle. Oh, non, pensai-je. C'est affreux, ils ont détesté. Pourquoi avais-je cru que je savais chanter ? Pourquoi avais-je bu autant ? Pourquoi étais-je…

Mais je ne pus poursuivre mes élucubrations car le public tout entier se mit brusquement à applaudir, à pousser des exclamations, des cris, à siffler. Certaines personnes se levèrent. Je n'en revenais pas. Je regardai autour de moi pour vérifier qu'ils n'acclament pas quelqu'un d'autre, mais j'étais seule.

Ma main qui tenait le micro tremblait.

— Merci, dis-je d'une voix chevrotante. C'est très gentil à vous.

Quelqu'un cria :

— Allez, la Nageuse !

Et tout le monde s'esclaffa.

Je restai là, serrant le micro entre mes mains, quand soudain je me souvins de quelque chose – un conseil que me répétait ma grand-mère – qui me sembla essentiel en cet instant.

Le DJ tendit la main pour reprendre le micro, mais je ne le lui rendis pas. Je balayai de nouveau la foule du regard, les liquides ambrés dans les bouteilles alignées derrière le bar, les lanternes de bateau qui pendaient du plafond, le tableau noir où s'inscrivaient les scores du dernier jeu de fléchettes.

— Vous savez, commençai-je tandis que ma langue me fit l'effet d'être lourde et épaisse, j'aime prendre des photos.

J'avais du mal à articuler. On aurait dit que j'avais prononcé *foutous*.

— Je prends beaucoup de foutous.

Des gens se mirent à chuchoter.

— Et parfois, poursuivis-je en agitant la main, quand je crois prendre quelque chose en foutou… finalement c'est la foutou d'autre chose.

Je jetai un œil au DJ. Il avait l'air soucieux. Peut-être n'étais-je pas suffisamment claire ?

— Vous savez, c'est comme la foutou d'une fleur. Je vais prendre la fleur et je regarde dans le… le machin… le viseur.

Je fermai mon œil droit, comme si je tenais mon appareil.

— Je pourrais prendre la foutou. Ça pourrait être bien et la foutou serait sûrement jolie.

Je posai les yeux sur Arlen Fletch et lui fis un petit signe. Elle me répondit.

— Mais si je regarde attentivement, je vais commencer à voir… autre chose. Des trucs que je ne voyais pas du tout avant. Comme, par exemple, une feuille qui est ravissante, parce que le soleil brille derrière elle et la fait étinceler.

De plus en plus de monde murmurait mais je continuai.

— Alors je veux que la feuille soit sur la foutou. Ou, peut-être, il y a… heu… une ombre qui semble intéressante. Si ça se trouve, la fleur crée une ombre que je n'avais pas remarquée. Et l'ombre me plaît plus que la fleur. Ça peut arriver, vous savez.

Je hochai la tête plusieurs fois.

Puis je fixai Hayden des yeux. Il était assis au bord de sa chaise, livide.

— Voilà, dis-je, la bouche si sèche que je pouvais à peine parler. Je ne l'aurais pas compris, Hayden, si je ne m'étais pas arrêtée… et si je n'avais pas vraiment regardé. Tout regardé… avec… tu sais, avec beaucoup d'attention. Parce que, au bout du compte, c'est ce que nous devons faire.

Une larme roula sur ma joue et je pris une profonde inspiration.

— Hayden, je suis vraiment, vraiment désolée, mais je ne peux pas t'épouser.

Chapitre 20
Content de te revoir, Nageuse

J'essayai d'ouvrir les yeux mais mes paupières étaient collées. Je les frottai, les fis cligner, je frottai, clignai, encore et encore. Ma bouche était sèche et mes cheveux sentaient le poisson. Ma tête reposait sur un oreiller blanc, et j'aperçus une petite table de chevet et une lampe que je ne reconnus pas. Ma montre était sur la table, à côté d'un verre d'eau. Je me tournai et me rendis compte que j'étais dans une chambre similaire à la mienne – la chambre 10 ou 8 ou quel que soit le numéro que Paula lui avait attribué – mais meublée différemment, avec des lits jumeaux. Sur la commode, je distinguai un trophée représentant une personne tenant… quoi ? Une fléchette ? Je me frottai de nouveau les yeux.

Ma mère se trouvait dans la chambre, elle pliait un pull en cachemire rose. Sa valise était ouverte sur son lit. Que faisais-je là ? Je tentai de me repasser le film des événements de la nuit. Je revis l'Antler, des gens qui dansaient. Hayden et… Tally ? Oui, Hayden et Tally. Et ma mère était… J'avais une vision fugace de ma mère qui tenait une fléchette. Je la chassai de mon esprit.

Puis vint l'image de Roy. Oh, mon Dieu, Roy. Il m'avait avoué qu'il m'aimait. Il m'avait donné un palais. Je cherchai des yeux la petite maison sur la table de chevet mais ne l'y trouvai pas. C'est alors que je me souvins la lui avoir rendue. Et lui, il m'avait rendu la lettre de grand-mère. Je nous revis tous les deux devant la boutique du tailleur, avec les ampoules qui clignotaient.

Puis il y avait Jim. Jim. Que lui avais-je raconté ? J'avais bu tellement de whisky. Du whisky, bon sang. Je n'en buvais jamais. Et ensuite, le karaoké ? M'étais-je vraiment levée pour aller chanter ? Chanter et… Oh, non, et le discours que j'avais fait, c'était sur quoi ? Quelque chose au sujet de photos.

Et enfin, Hayden.

J'agrippai le drap et je serrai mes paupières pour chasser ce souvenir. Avais-je réellement rompu mes fiançailles ? J'ouvris les yeux et regardai ma main. Je n'avais plus ma bague. Oui, je l'avais rendue à Hayden la veille.

— Maman ? appelai-je d'une voix rauque.

Elle rangea un pyjama en soie dans sa valise et leva la tête.

— Bonjour, dit-elle.

Son ton était légèrement froid et sérieux.

— Salut.

Je me hissai lentement en position assise. Je bus un grand verre d'eau.

— Je crois… qu'il s'est passé beaucoup de choses, hier soir.

Elle commença à mettre ses produits de beauté dans une boîte rose.

— Oui, tu peux le dire.

Je tirai les couvertures jusqu'en haut du cou.

— Et où est tout le monde ? m'enquis-je avec inquiétude.

Ma montre indiquait déjà 10 heures.

— Je me doute que l'interview et la séance de photo sont annulées, mais je…

— Ils ont tous quitté l'hôtel, répliqua ma mère en rebouchant son flacon de crème hydratante. L'équipe du *Times* était en train de partir, ce matin, quand je suis descendue pour prendre un café.

— Et Hayden ? demandai-je dans un souffle.

— Il est parti, lui aussi.

Ma mère s'approcha de mon lit et me tendit une enveloppe. Sur le rabat, il y avait le dessin à l'encre de l'hôtel Victory et, de l'autre côté, mon nom. Je reconnus l'écriture de Hayden.

— Il l'a glissée sous la porte, me précisa ma mère, puis elle retourna devant la commode, en retira un châle bleu clair et le rangea dans sa valise.

J'ouvris l'enveloppe, angoissée à l'idée de ce que j'allais y découvrir. C'était une lettre, écrite à l'encre noire.

Chère Ellen,

Il y a tant de choses qui me passent par la tête. J'essaie de démêler et de comprendre le sens de tout cela. D'abord, je me suis assis pour écrire une longue liste de questions que je voulais te poser au sujet de toi et de Roy. Je croyais que je devais comprendre certaines choses et que, une fois que j'aurais les réponses, je pourrais t'expliquer sur quels points tu avais tort et pourquoi. Ainsi, je pourrais te convaincre que ta décision de partir avec lui est démente et que si tu t'engages sur cette voie, tu ne seras jamais heureuse. Mais je me suis rendu compte qu'il ne s'agissait pas d'une déposition ou d'un contre-interrogatoire. Je ne suis pas en train de traiter une affaire juridique. Il est question de tes sentiments.

J'ignore ce que tu ressens au fond de ton cœur, Ellen. Je pensais que j'y avais une place. J'espère que je l'ai toujours, quelle qu'elle soit. Je vais estimer que, quoi que tu penses éprouver pour Roy, ce n'est que le fruit d'un moment d'égarement et que cela ne durera pas. Peut-être le mariage te rend-il nerveuse. Peut-être que cette étape décisive est plus difficile à franchir que tu ne le croyais. C'est la seule façon pour moi de donner un sens à ce qui vient de se passer. Je compte sur le fait que, lorsque tu seras de retour à Manhattan, tu redeviendras l'Ellen que je connaissais, celle qui m'aimait.

Le seul conseil que j'aimerais te donner, c'est de prendre le temps de savoir ce que tu veux vraiment. Pose-toi. Réfléchis bien. Alors, si tu crois de tout ton cœur que Roy Cummings est le seul homme capable de te rendre heureuse, tu auras ma bénédiction.

Hayden

J'enfouis ma tête sous les couvertures. Comment avais-je pu faire une chose aussi atroce à Hayden ? Il m'aimait et… je l'aimais encore. Ce n'était pas que mes sentiments pour lui avaient diminué, mais ceux que j'éprouvais pour Roy étaient plus forts. Et comment était-ce possible ? Comment avais-je pu aimer Hayden au point de vouloir l'épouser et, soudain, tomber amoureuse de quelqu'un d'autre ? Que devais-je comprendre sur moi-même ? Que j'étais inconstante ? Que je n'étais pas digne de confiance ? Que je ne savais pas ce que je voulais ?

Je dois être complètement folle, me dis-je. J'ai perdu la tête. Je n'aurai plus jamais confiance en mes propres jugements sur les hommes. Aujourd'hui, je crois être amoureuse de Roy, mais si ce n'était pas vrai ? Et si Hayden avait raison et que ce n'était qu'une passade ? Alors je finirai par faire subir à Roy ce que j'ai fait subir à Hayden. Je risque de détruire leur vie à tous les deux. Ils ne le méritent pas.

Non, je ne peux pas faire ça. J'ai commis assez de dégâts. La meilleure chose, c'est de disparaître de leur vie à tous les deux, de fuir toute histoire d'amour. Si mon jugement est si mauvais, je n'ai plus d'alternative. C'est fini avec Hayden, et ça ne commencera jamais avec Roy. Je vais rester seule. C'est la seule solution.

— Que dit Hayden ? demanda ma mère.

Je repoussai lentement les couvertures. Elle se tenait au pied du lit.

— Il pense que ça ne durera pas, répondis-je, et ma gorge se serra lorsque je songeai à tout le mal que je lui avais causé. Il pense que ce n'est qu'un moment d'égarement.

Ma mère acquiesça.

— Il espère que lorsque je rentrerai à Manhattan, je redeviendrai moi-même. Celle qui est amoureuse de lui.

Ma mère acquiesça de nouveau, soupira, puis retourna à sa valise.

— Le problème, dis-je, c'est que je l'aime. Mais pas…

Elle me regarda attentivement, attendant que je poursuive.

— Pas assez.

Une expression familière se peignit sur son visage : celle où elle était capable d'exprimer pour un tiers l'inquiétude, et pour deux tiers la frustration.

— Pourquoi fais-tu cette tête ? lui demandai-je.

— Tu as rompu tes fiançailles avec Hayden, déclara-t-elle en calant une bouteille d'eau de Cologne dans sa valise. Tu viens juste passer une semaine ici, et tu envoies voler en éclats toute ta vie. Tu as failli te noyer, et du coup tu penses que tu es amoureuse d'un… d'un charpentier qui t'a secourue. Ensuite tu romps tes fiançailles. Je suppose que, maintenant, tu vas quitter ton travail, emménager ici et faire du pain ou un truc du genre.

— Maman, c'est ridicule.

— Ma chérie, continua-t-elle en s'avançant vers moi. Sais-tu combien de femmes seraient prêtes à tout pour avoir un homme comme Hayden Croft ? Cet homme est intelligent, beau, brillant.

Elle s'assit près de moi.

— Et il vient d'une famille prestigieuse.

— Alors, c'est peut-être toi qui devrais l'épouser, répliquai-je.

Je me levai brusquement du lit et commençai à ramasser les vêtements que j'avais éparpillés la veille.

— Ce mariage te concerne bien plus que moi, d'ailleurs.

— N'importe quoi ! s'exclama ma mère en s'empourprant.

— Non, c'est vrai, tu ne t'en rends pas compte. C'est toi qui en as fait l'événement social de la saison. Toi et Hayden.

— Je pensais que c'était ce que tu voulais, répondit-elle d'un air choqué. N'essaie pas de me dire le contraire.

— Tu as raison, c'est ce que je voulais. Mais parce que toi, tu le voulais. Il a toujours été question de tes désirs : les choses doivent se présenter de telle manière ; les gens doivent se comporter de telle façon. C'est ta vision du monde, et c'est ce que tu m'as enseigné.

— Je ne vois pas de quoi tu parles.

Elle se leva, se tint devant la commode et recoiffa ses cheveux devant le miroir.

Je la rejoignis. Je n'allais pas la laisser s'en sortir comme ça.

— Je parle des apparences, maman. C'est ton obsession.

Quelque chose en moi cédait. Comme une corde qui s'effiloche, brin par brin. Je regardai notre reflet dans la glace, deux générations de femmes Branford, inextricablement liées. Mais il m'était encore possible d'être différente.

— Moi aussi, j'étais obsédée par les apparences, affirmai-je. Mais j'ai décidé de changer.

Ma mère détourna la tête.

— Oui, je sais. C'était évident, la nuit dernière, quand tu as annoncé ta rupture, complètement soûle, à la fin d'un spectacle de karaoké.

— C'est toi qui me dis ça ! Tu t'es bien amusée, hier, à jouer aux fléchettes. Et, si je me souviens bien, à ce moment-là, tu n'en étais pas à ton premier daïquiri.

— La différence, Ellen, c'est que moi je tiens l'alcool. Et puis quoi ? J'ai lancé une ou deux fléchettes, et alors ?

— Une ou deux fléchettes ? Maman, tu as remporté un trophée, bon Dieu.

— Eh bien, personne ne le saura jamais, à part quelques habitants de Beacon. Au moins, je n'ai pas fait d'annonce publique sur le sujet.

Elle retourna faire sa valise, y posa un pantalon blanc sur une pile de vêtements.

— En plus, j'étais obligée. Ces gens, au pub, ont tellement insisté pour que je joue. Quand je leur ai dit que j'étais ta mère, ils ont…

Elle agita la main.

— Je crois qu'ils ont une théorie sur les fléchettes et la génétique.

— Sur quoi ?

Elle haussa les épaules.

— Je me débrouillais plutôt bien, à l'université.

— Que veux-tu dire ?

— Les fléchettes, ma chère, les fléchettes.

Elle se tourna vers moi.

— Je faisais partie de l'équipe de Princeton.

Elle remonta la fermeture Éclair de sa valise.

— On a atteint le niveau national.

— Vous quoi ?

Je m'avançai vers elle.

— Mais bon sang, de quoi tu parles ?

Elle s'empara du trophée posé sur la commode et le tint en l'air, un sourire espiègle aux lèvres.

— Tu ne croyais quand même pas que ce n'était que de la chance ? Quand j'étais jeune, j'étais une joueuse plutôt talentueuse, en tournoi.

— Tu me fais marcher ?

Je m'assis sur le lit et fixai ma mère, son trophée à la main. Puis j'éclatai de rire. Ma mère, hilare, s'assit à mes côtés, posa le trophée entre nous, et nous partîmes toutes les deux dans un fou rire irrépressible.

J'étais en train de reprendre mon souffle quand le téléphone de la chambre sonna.

— Va répondre, me dit ma mère en gloussant.

— Non, toi, fis-je en pouffant de rire.

Le téléphone continuait de sonner.

— D'accord, d'accord.

Ma mère s'essuya les yeux puis décrocha.

— Oui ? Allô ?

Il y eut un moment de silence. Puis elle répondit :

— Très bien, je lui dis. Merci.

Elle se tourna vers moi.

— C'était Paula. Il y a un colis pour toi en bas.

— Un colis ? Je n'ai rien commandé.

Ma mère me tendit un kleenex.

— Eh bien, il y a quand même quelque chose pour toi en bas.

Je me levai.

— OK, je vais le chercher.

Je m'aspergeai le visage avec de l'eau et me brossai vite les dents. J'enfilai des vêtements à la hâte et descendis.

Paula était à la réception, où elle accueillait un jeune couple qui venait d'arriver.

— J'aurais besoin d'utiliser votre centre d'affaires, dit la femme, dont j'aperçus la mallette.

Je regardai Paula et souris.

— Je vais vous organiser ça, répliqua-t-elle.

Puis elle glissa son stylo derrière l'oreille et me fixa. J'aurais pu jurer qu'elle m'avait fait un clin d'œil.

Le couple emprunta l'escalier et Paula me montra un carton posé contre le mur.

— Le service de livraison vient juste d'apporter ça pour vous.

— Le service de livraison ? Vous êtes sûre que c'est pour moi ?

— Votre nom est écrit dessus.

C'était un grand paquet, d'environ un mètre sur un mètre et demi, et d'environ quinze centimètres d'épaisseur. Une enveloppe y était scotchée. En haut, il était écrit : « Service de livraison Crown Courrier » et, au milieu, quelqu'un avait écrit mon nom.

— Hé, au fait, m'interpella Paula.

Elle m'indiqua le journal, posé sur le comptoir.

— Regardez. Le *Beacon Bugle* d'aujourd'hui.

Elle me montra une grande photo en couleurs sur la première page.

— Vous ne trouvez pas que cette dame ressemble comme deux gouttes d'eau à…

— Maman ! m'écriai-je.

C'était bien elle. Son regard était hagard, un immense sourire figé s'étalait sur son visage, ses cheveux étaient ébouriffés, et elle tenait de travers son énorme trophée. Oh, et son nom figurait dans la légende de la photo : « Cynthia Branford, originaire du Connecticut, remporte la première place au tournoi de fléchettes estival annuel de l'Antler. »

Je ne pus m'empêcher de rire. C'était la totale. Paula m'observait. Pour une fois, les mots lui manquaient. Je lui rendis le journal et posai mon doigt sur la photo de ma mère.

— Vous savez, je crois que si vous le lui demandez, elle vous signera un autographe.

Je riais encore toute seule lorsque j'arrivai au deuxième étage.

— Qu'est-ce que c'est ? me demanda ma mère en me voyant entrer dans la chambre.

Je posai le carton contre l'un des lits.

— Je n'en sais rien, mais il y a un bordereau d'expédition ou une facture, là.

J'ouvris l'enveloppe et sortis une lettre manuscrite. En haut, la date de la veille était inscrite.

E.,

J'ai pris des dispositions pour que les tableaux de ta grand-mère soient envoyés chez ta mère dans le Connecticut. À l'exception de celui-ci, parce que je voulais te faire une surprise. Je suis impatient de voir ta réaction.

Je t'aime,

H.

Il avait écrit ce mot avant la débâcle de l'Antler. Je reconnaissais bien Hayden : avec son efficacité et sa discrétion coutumières, il avait résolu le problème des tableaux et m'en avait fait livrer un ici. Je me mordis les lèvres pour ne pas pleurer.

Ma mère vint vers moi.

— Qu'est-ce que c'est ? Que se passe-t-il maintenant ?

Je lui tendis la lettre sans un mot, en priant pour qu'elle ne m'assène pas un « je te l'avais bien dit ».

— Oh, fit-elle avant de me prendre dans ses bras.

Je retirai l'adhésif du paquet, puis en sortis un objet emballé dans un épais papier rembourré. Je le posai sur le lit et étudiai la peinture. Au milieu de la toile s'élevait une ferme blanche et, à côté, une grange rouge. Près de cette dernière, il y avait un chêne solitaire et, derrière, un bosquet de chênes plus petits ; tout au fond, on distinguait des hectares de myrtilliers. Au premier plan, une pelouse verdoyante s'étendait jusqu'à une petite route en terre battue et, dans un coin, sur le bas-côté, un étal avec un panneau où le mot MYRTILLES avait été peint à la main.

— C'est la ferme de Kenlyn, dis-je, le souffle coupé. C'est là que Chet Cummings a grandi.

Ma mère se tenait derrière moi et scrutait le tableau d'un air ébahi.

— Elle était vraiment douée, hein ? remarqua-t-elle avec une pointe de fierté dans la voix. Je n'en avais aucune idée.

Elle s'approcha davantage.

— C'est magnifique. Regarde tous ces détails, dans l'herbe.

Elle me montra les traits de pinceau verts, jaunes et brun clair.

— On peut distinguer chaque brin. Et les myrtilles. Tu vois le reflet du soleil, là ? Et regarde le toit de la grange. La façon dont elle a assemblé les couleurs.

L'expression de ma mère était songeuse, comme si elle venait de tomber sur une vieille amie dont elle tentait de retrouver le nom qu'elle avait sur le bout de la langue.

— Elle a écrit quelque chose en bas, juste ici.

Elle désigna un petit point dans l'herbe.

— Je n'arrive pas à lire, Ellen. Qu'est-ce que c'est ?

Je me penchai à côté d'elle.

— Elle a écrit : « Notre ferme ».

— « Notre ferme », répéta ma mère.

— Elle devait le devenir, dis-je. La ferme de Chet et de grand-mère. Quand ils se seraient mariés, j'imagine.

Je posai le tableau contre un mur et me reculai.

— Ils allaient en hériter et la diriger tous les deux. C'était leur grand rêve. Mais grand-mère est partie à l'université et a rencontré grand-père.

— Oui, je sais ce qui s'est passé après, enchaîna ma mère.

— Tu ne sais pas tout, répliquai-je.

J'observai une tache de lumière sur le chêne et me demandai comment grand-mère avait pu créer un tel effet.

— Quand Chet a appris qu'ils étaient fiancés, il a quitté Beacon. Il ne voulait plus rester ici… enfin, tu vois, là où tout lui rappelait grand-mère. Il l'aimait encore.

— Où est-il allé ?

— Il est parti s'installer dans le Vermont puis ailleurs, je ne sais pas où, mais il a vécu loin de Beacon pendant très longtemps. À cause de son départ, ses parents ont fini par vendre la ferme.

— Celle-là ? Celle du tableau ?

— Oui. La ferme de Kenlyn.

J'effleurai l'épaisse peinture rouge que ma grand-mère avait appliquée pour la grange.

— Et je pense que c'est ce qui peinait le plus grand-mère. Elle savait à quel point Chet tenait à cet endroit. Elle pensait que c'était entièrement sa faute si la famille Cummings avait dû s'en séparer.

Ma mère m'observait.

— Et comment sais-tu tout ça ? me demanda-t-elle.

Je contemplai la ferme blanche et la petite remise, où des cagettes de myrtilles s'entassaient en hautes piles.

— Parce que Chet a écrit à grand-mère après qu'elle a rompu. Il lui a écrit pendant des mois, mais elle lui a renvoyé ses lettres sans les ouvrir.

Je m'assis sur le lit.

— Roy les a trouvées et nous les avons lues ensemble, hier.

Ma mère s'assit à mes côtés et garda le silence pendant quelques instants. Elle continuait à observer le tableau.

— Eh bien, finit-elle par dire, le fait qu'elle pensait toujours à lui après toutes ces années… c'est assez incroyable.

Elle posa sur moi des yeux empreints de douceur.

— Et c'est triste. Quand elle songeait au passé, elle pensait à…

Elle ne put terminer sa phrase. Je gardai les yeux baissés, posés sur les larges lattes de parquet blanc, avec leurs fêlures et leurs craquelures.

— Oui, dis-je, c'est probablement la leçon que l'on peut tirer de tout ça : ne pas se retrouver, à quatre-vingts ans, à se demander si on a fait les bons choix, ou en quoi notre vie aurait pu être différente si on avait pris un chemin et pas un autre.

Les rayons du soleil filtraient par les carreaux et s'étalaient en touches délicates sur le lit. Je revis grand-mère, juste avant sa mort, qui me demandait de remettre sa lettre. Je l'imaginai aussi, jeune fille, sous le chêne de la ferme en compagnie de Chet. Quelle aurait été sa vie si elle était restée à Beacon ? À présent, tandis que je considérais cette possibilité, elle ne me sembla plus aussi déprimante et terne que ce que je m'étais figuré la semaine précédente. Au contraire, j'eus la vision d'une existence heureuse, belle et pleine de promesses.

Ma mère repoussa une mèche de cheveux sur mon front.

— Parfois, j'ai tendance à oublier que tu es une femme intelligente et adulte, et que je dois respecter tes décisions, même si ce ne sont pas celles que je prendrais.

Elle m'enlaça.

— Je suis juste entêtée et un peu conventionnelle, Ellen, et j'en suis désolée.

Elle me serra contre elle.

— Je t'aime, ma chérie, murmura-t-elle.

Je posai ma tête sur son épaule.

— Moi aussi je t'aime, maman.

Nous restâmes dans les bras l'une de l'autre tandis qu'une brise s'engouffrait par les fenêtres. Les rideaux voletèrent et un léger parfum d'eau salée entra dans la chambre. Au-dessus de nous, quelque part dans un arbre, un pic martelait sa chanson.

Lorsque je m'engageai en voiture dans Dorset Lane, j'enfonçai la pédale de frein et fis crisser les pneus. Dès que j'aperçus la maison de Roy, mes mains devinrent glacées et un sentiment de vide m'étreignit. Le pick-up était dans l'allée, mais l'Audi avait disparu. Il était parti. De frustration, je frappai des mains le volant et appuyai accidentellement sur le klaxon.

Il est peut-être encore chez lui, me dis-je, même si l'Audi n'est pas là. Je me garai hâtivement dans l'allée, laissai le moteur tourner et accourus sur la véranda. J'ouvris à la volée la porte-moustiquaire et frappai énergiquement.

— Roy, Roy, c'est moi, Ellen. Tu es là ?

Seul le chant d'un oiseau me répondit.

— Roy, je t'en prie, ouvre ! C'est Ellen.

— Il a quitté la ville.

Je me retournai. La voisine de Roy était en bas des marches de la véranda. Elle portait un jogging rose et tenait de petits haltères.

— Je fais ma marche sportive, expliqua-t-elle en haletant. D'habitude, je fais trois kilomètres par jour.

— Qu'est-ce que vous avez dit ? Il est parti ?

— Oui, il y a une demi-heure. Pour plusieurs semaines.

Elle se baissa pour renouer le lacet de sa basket rose.

— Je m'occupe de son chat, Monsieur Puddy.

Elle se redressa.

— Quand on le laisse seul trop longtemps, il devient vraiment furieux et esquinte tout dans la maison, mais il m'aime bien. Roy dit que j'ai un don avec les animaux.

Elle ramassa ses haltères et fonça à travers la pelouse pour regagner la rue.

— Salut ! lança-t-elle.

— Ouais, salut.

Un nuage surplombait la maison, cachant le soleil, et le vent faisait onduler le gazon. Je rejoignis ma voiture.

La voisine, qui était déjà quelques maisons plus loin, tourna la tête et déclara :

— On peut dire que vous lui avez brisé le cœur.

Puis elle reprit sa course.

Je ne trouvai rien à lui répondre. Je montai dans ma voiture. Mes yeux picotaient. Je regardai une dernière fois la maison de Roy, contemplai les fenêtres devant lesquelles, le premier jour, en quête de Chet, j'avais crié « Monsieur Cummings » ; l'échelle adossée à un mur de la maison ; le banc où Roy et moi nous étions assis pour lire la lettre de ma grand-mère. Puis je programmai mon GPS pour Manhattan.

J'avais déjà parcouru Bidwell Road jusqu'à la route 20A et me dirigeai vers l'autoroute lorsque je me rappelai qu'il me restait une dernière mission à accomplir pour ma grand-mère. À moins que ce ne fût pour moi. Je devais me résoudre à de vrais adieux et cela signifiait jeter sa lettre dans l'océan. Roy avait déclaré que nous devions tous tirer un trait et aller de l'avant, et il avait raison. Peut-être était-ce ainsi que ça marcherait. Je fis demi-tour, direction Beacon.

Dix minutes plus tard, je prenais le virage aux abords de la ville et l'océan apparut. L'odeur d'iode envahit l'habitacle et je fus saisie par la splendide couleur bleu cobalt de la mer, les crêtes blanches semblables à des meringues et le ciel rempli de mouettes. Je réfléchis aux différents cadrages possibles pour prendre une photo.

Je longeai la plage et les magasins, passai devant le Three Penny Diner, le cabinet d'avocats Tindall & Griffin, le magasin de vêtements et le caviste. Je vis aussi la boutique du tailleur, Chez Frank, jadis le café & boulangerie À la myrtille irrésistible, représenté dans le tableau de grand-mère. Je traversai la ville jusqu'au bout de Paget Street, près du chantier de la nouvelle maison.

Je fus surprise de constater à quel point elle avait changé depuis le jour où j'étais arrivée à Beacon. Le toit était terminé, les bardeaux posés, et les tuyaux, fils divers, copeaux de bois et autres décombres qui, auparavant, s'entassaient dans la cour en terre battue avaient été enlevés.

Une camionnette blanche et une Jeep beige étaient garées devant la bâtisse et, entre les deux, j'aperçus l'Audi verte de Roy. Il était là. Il n'était pas encore parti.

Je me ruai hors de la voiture et courus vers l'arrière de la maison. En tournant au coin, je me heurtai à l'un des ouvriers. Il lâcha une boîte de café et des centaines de clous en jaillirent.

— Je suis désolée, dis-je, essoufflée.

Je m'accroupis pour essayer de ramasser les clous et de les remettre dans la boîte.

— Savez-vous si Roy Cummings est ici ?

L'homme me dévisagea, et ses yeux marron s'animèrent brusquement.

— Eh, vous ne seriez pas la Nageuse ?

— Oui, dis-je en hochant la tête. Oui, c'est bien moi. Mais, s'il vous plaît, il faut que je voie Roy Cummings.

— Je crois qu'il est à l'intérieur, répondit-il.

J'entrai dans la maison. Il devait y avoir au moins vingt ouvriers, occupés à poser des placards de cuisine, du carrelage dans la salle de bains, ou à fixer des luminaires. J'allai de pièce en pièce à la recherche de Roy, mais ne le trouvai nulle part. Je finis par redescendre et sortis par la porte de derrière. Je fus frappée par ce que je découvris.

Le vieux ponton avait été enlevé, remplacé par une toute nouvelle structure. Les lattes cassées et pourries, la rambarde à moitié effondrée laissaient désormais place à de nouvelles planches en bois traité. Une barrière noire rutilante dotée d'un magnifique ornement sculpté avait été installée. Et, au bout du ponton, se tenait un homme. Roy.

Je me précipitai sur le sable, sautai sur le ponton et ouvris la barrière à la volée. Roy me vit courir vers lui, mes chaussures claquant contre le bois. Arrivée à sa hauteur, je m'arrêtai.

— Salut, dis-je haletante.

Il me regarda de haut en bas.

— Salut toi. Qu'est-ce que tu fais ici ?

— Je t'ai cherché partout. J'ai cru que tu étais parti.

— Pas encore. Je prends la route bientôt. J'ai un rendez-vous dans le nord de la région, pour un travail.

Oh, non ! me lamentai-je. Il va se faire embaucher dans une autre entreprise et quitter Beacon.

— Tu comptes déménager ? demandai-je, d'un ton paniqué.

Roy plissa les yeux.

— Quoi ?

— Tu as un nouveau boulot dans une autre entreprise de bâtiment ?

— Une autre entreprise…

Il secoua la tête.

— Non, je… Ellen, que fais-tu ici ?

Je contemplai à mes pieds les planches flambant neuves qui avaient l'air épaisses et solides ; la plage, où un garçon jetait une balle à un golden retriever. Puis je me tournai vers Roy et le fixai dans les yeux.

— Je ne me marie plus avec Hayden.

Roy me jeta un regard perplexe.

— Ah bon ?

Je secouai la tête.

— Non.

Je levai ma main gauche et remuai les doigts.

— Plus de bague. Tu vois ?

Il prit ma main et la tourna avant de la lâcher.

— Que s'est-il passé ?

Je me remémorai l'Antler, le karaoké et le discours que j'avais prononcé alors que j'étais ivre.

— Franchement, je n'ai jamais eu de problème pour tenir l'alcool à New York, mais ici, c'est une autre histoire. J'étais de nouveau un peu pompette à l'Antler, hier soir.

Roy sourit.

— Non, c'est pas vrai !

— Hum, je crois bien que si.

— On a refait le coup des Présidents morts, maître ? À moins que vous n'ayez préféré une Poursuite ?

— Aucun des deux. Je n'ai pas joué aux fléchettes.

Je me souvins soudain du trophée gagné par ma mère.

— Oh, mais ma mère, si. Et elle a remporté le tournoi estival annuel ! J'ignorais totalement qu'elle savait jouer.

Roy leva les sourcils.

— Ta mère ? Waouh. J'aimerais bien la rencontrer.

— Ça me ferait plaisir, à moi aussi.

Je lui souris, et il soutint mon regard. Nous restâmes ainsi quelques instants. Puis il reprit la parole.

— Alors, que s'est-il passé ?

Je lui racontai ma prestation au karaoké, mon interprétation de « Our Love Is Here to Stay ».

— Gershwin a dû se retourner dans sa tombe, mais le public a eu l'air d'apprécier. À moins qu'ils aient voulu tout simplement soutenir la future perdante.

— Ils soutenaient la Nageuse, déclara Roy.

— Sans doute. Je n'en sais rien. Mais durant toute la chanson, je n'ai fait que penser à toi et espérer que tu sois là. Ensuite, j'ai commencé à dire tous ces trucs dingues sur les photos et… je ne sais plus. Mais à la fin, devant tout le monde à l'Antler, j'ai dit à Hayden qu'il n'y aurait pas de mariage.

J'écoutai le clapotis de l'eau contre les pilots du ponton et observai Roy assimiler mes paroles.

— Pourquoi as-tu fait ça ? finit-il par me demander.

J'inspirai profondément.

— Parce que je ne peux pas revenir en arrière. Je n'ai pas trouvé ce que j'étais venue chercher ici. En revanche, j'ai fait une autre découverte. Du coup, tout a changé. Moi-même, j'ai changé. Et je ne peux pas épouser Hayden si je suis amoureuse de toi.

— Qu'est-ce que tu viens de dire ?

— Que tout est différent, maintenant, et que je ne peux plus revenir en…

— Non, la dernière partie.

Je lui pris la main.

— J'ai dit que j'étais amoureuse de toi.

Il referma ses doigts sur les miens.

— Et tout ce que tu as dit la nuit dernière ? questionna-t-il en baissant les yeux. Que tu ne m'aimais pas.

— J'avais peur de la vérité. La vérité peut faire pas mal de dégâts, parfois. J'ai profondément blessé Hayden, et maintenant je vais devoir vivre avec. Mais je ne peux pas m'empêcher de t'aimer.

— Et New York ? Ta carrière ? Et tes dents qui grincent la nuit ?

J'éclatai de rire.

— Tu sais, je crois que, depuis que je suis à Beacon, je ne grince plus des dents.

Je repensai à ma grand-mère et à l'argent qu'elle m'avait légué ; je songeai à la ferme de Kenlyn et à la petite branche de myrtillier que j'y avais trouvée.

— Et puis j'ai eu l'envie subite de posséder une exploitation de myrtilles. Et peut-être d'ouvrir une boulangerie. Je pourrais y vendre de superbes muffins aux myrtilles, des tartes aux myrtilles et…

Je laissai mon regard errer de la plage vers la ville, et se poser sur la statue de la femme avec son seau.

— Tu ne t'es jamais demandé pourquoi tu n'avais jamais vu de croissants aux myrtilles ? Je pourrais aussi en faire. Et justement, j'ai entendu dire qu'une vieille exploitation de myrtilles était à vendre.

Un poisson volant jaillit de l'océan et son corps brilla d'un éclat argenté au-dessus de l'eau bleue. Roy me sourit.

— Ellen Branford, tu es cinglée. Mais je t'aime.

Il m'attira dans ses bras.

— Attends, il me reste quelque chose à faire.

Je sortis la lettre de ma grand-mère de ma poche. Je la dépliai, la défroissai et contemplai les mots qu'elle y avait écrits pour la dernière fois.

Puis je marchai jusqu'au bord du ponton et laissai la feuille s'échapper. Elle voleta dans le vent avant de se poser sur l'eau.

Roy vint à mes côtés.

— Elle a enfin trouvé la paix.

— Je l'espère.

— Je pense qu'elle est très fière de toi.

— Vraiment ?

— Bien sûr. Je suis fier de toi.

— Merci.

Nous restâmes appuyés à la rambarde à regarder la brise agiter la surface de l'eau.

— Te voir de nouveau sur ce ponton était bien la dernière chose à laquelle je m'attendais.

Je souris.

— Eh bien, je suis là. Et je préfère ce ponton bien plus que le précédent.

Il rit.

— Il te plaît ?

— Il est magnifique.

— Le propriétaire avait peur d'être poursuivi en justice. Tu sais, par cette femme qui est tombée.

— Oh, je vois, cette avocate. Tu crois qu'elle va porter plainte ?

Il haussa les épaules.

— Je ne sais pas. Ça se pourrait. Ou pas. Ça risque de créer… un conflit. Un conflit d'intérêts ?

Je secouai la tête.

— Non, je ne crois pas. Pourquoi en serait-ce un ?

— Eh bien, parce qu'elle vient de dire au propriétaire qu'elle était amoureuse de lui.

— Non, c'est faux. Je… Attends une minute. Quoi ? C'est toi, le propriétaire ?

— Constructions C. R. Cummings, SARL.

Il me tendit la main pour que je la lui serre. Je devais avoir l'air perplexe. Roy se retenait de rire.

— Alors comme ça tu es le propriétaire de ce ponton ?

— Et de la maison aussi. Ils vont ensemble, tu te souviens ? Enfin, ils m'appartiennent jusqu'à ce que je les vende. Je sais, tu pensais que j'étais charpentier. C'est exact, mais je suis aussi entrepreneur. Je dirige l'entreprise.

Mon regard passa du ponton à la maison neuve. Je comprenais à présent que tout cela existait grâce à Roy. J'éprouvai alors de l'admiration pour ce qu'il avait accompli.

— Tu m'impressionnes, Roy Cummings.

Il eut un sourire embarrassé.

— C'est pour ça que j'ai rendez-vous tout à l'heure. Je vois quelqu'un pour un nouveau projet. Un immense terrain avec un lac, et ils veulent… Oh, hé, on ne va pas parler boulot maintenant ! On a bien mieux à faire.

Il me regarda au fond des yeux, prit ma main et m'attira à lui. Quelque chose en moi palpita, comme le cœur d'un oiseau en cage soudainement libéré et prêt à s'envoler.

— Tu vas peut-être trouver ça insensé, mais je crois que je suis tombé amoureux de toi dès le premier jour, quand je t'ai aperçue en train de te noyer.

Je le repoussai.

— Quand je quoi ?

— Quand tu te noyais, répéta-t-il d'un ton détaché.

Je mis mes mains sur mes hanches.

— Je n'étais pas en train de me noyer, Roy Cummings. Tu as tout faux.

— Je vois.

Il tenta de retenir son sourire.

— Alors pourquoi tu te débattais dans l'eau avec un air paniqué ? Tu voulais attirer mon attention ?

— Je n'ai jamais eu l'air paniquée de ma vie.

Je redressai mes épaules.

— Surtout quand il s'agit de nager. Quand j'étais à Exeter…

Roy m'attira de nouveau à lui.

— Ouais, ouais, je sais. Tu as atteint le niveau national.

Et avant que j'aie pu prononcer un mot, ses bras m'enlacèrent, son visage s'approcha du mien. Il embrassa mon front. Je sentis sa barbe de trois jours et le parfum de son aftershave lorsque sa joue caressa la mienne. Il exhalait les mêmes senteurs que le pré rempli de fleurs sauvages, là où une ferme se dressait autrefois, là où poussaient les myrtilliers et où ils allaient de nouveau grandir.

Il embrassa le bout de mon nez, puis joignit ses lèvres aux miennes. Alors, tout, autour de moi – les planches sous mes pieds, le soupir de l'océan contre les pilots du ponton, le ciel de granit bleu –, tout atome de vie en dehors de Roy et de moi s'effaça doucement.

Épilogue

Un an après

J'enfilai mes maniques et retirai les muffins aux myrtilles du four. Lorsque je déposai les deux moules sur une grille pour les laisser refroidir, un arôme de cannelle embauma l'air. Je suis sûre que ma grand-mère aurait apprécié ma petite contribution à sa recette : j'avais saupoudré le dessus des muffins avec de la cannelle et du sucre pour les rendre encore plus croustillants.

Avec « Night and Day » de Cole Porter en fond sonore, je pris un instant pour contempler la cuisine de mon café : difficile d'imaginer qu'une année seulement s'était écoulée depuis la mort de ma grand-mère et mon voyage à Beacon. Je crois qu'elle aurait été fière de ce que j'avais accompli, et je sais qu'elle aurait adoré le café, en particulier son nom, puisque j'avais fait revivre celui de sa jeunesse : À la myrtille irrésistible, café & boulangerie.

Ma grand-mère m'avait inspiré ce lieu. Je pouvais presque nous voir toutes les deux danser dans la cuisine comme nous le faisions dans la sienne, lorsque les muffins cuisaient et qu'Ella Fitzgerald chantait « Bewitched, Bothered, and Bewildered ».

J'entrai dans la salle principale et fus accueillie par le tableau qu'elle avait peint de la ferme de Kenlyn. Je souris en contemplant la grange rouge et le petit étal sur le bord de la route. Grand-mère aurait été si heureuse de savoir que Roy et moi avions acheté la ferme et qu'une partie de l'argent qu'elle m'avait laissé y avait contribué. Il faudrait attendre quelques années avant que les myrtilliers que nous avions plantés donnent des fruits, mais quelle importance ! Nous patienterions.

Près de la peinture était accroché le tableau noir où j'inscrivais les plats du jour. Je pris un bâton de craie jaune vif et écrivit : « Soupe glacée carottes gingembre », « Sandwich poulet, pommes, noix de pécan et salade », et « Sandwich baguette jambon fumé et brie ». Lorsqu'il s'arrêterait ici, Roy prendrait celui avec le jambon fumé et le brie. En garniture, on ajoutait des pousses de salade et on le recouvrait d'une sauce à la moutarde de Dijon qu'il adorait. Il viendrait sûrement vêtu d'un jean délavé et de son T-shirt des Red Sox, passerait la tête dans la cuisine, ou me retrouverait dans le réduit que j'appelais mon bureau ; il m'embrasserait, sa barbe du samedi matin me piquerait les joues, et je me délecterais de chacun de ces instants.

Roy et moi allions nous marier à l'automne. Nous avions prévu une cérémonie très simple avec la famille et quelques amis proches. Ce serait parfait. Nous avions réservé l'hôtel Victory pour la réception et pour les invités qui ne seraient pas de Beacon. Dans l'excitation, Paula menaçait même d'acheter de nouvelles chaises pour mettre sur le toit.

Un couple de personnes âgées se levèrent de leur table et laissèrent derrière eux un exemplaire du *New York Times*. Je le ramassai et remarquai le gros titre : « Croft part largement favori pour remporter l'élection au conseil municipal. » Je me sentis folle de joie pour Hayden. Le vote n'avait pas lieu avant novembre, mais il avait déjà assuré sa victoire dans sa circonscription. Cela ne me surprenait pas le moins du monde.

Hayden m'avait écrit un e-mail quelques mois plus tôt. Il avait rencontré Tally au gala de printemps du New York City Ballet, et depuis, m'annonçait-il, ils sortaient ensemble. Je lui avais envoyé mes vœux de bonheur et l'avais informé qu'en avril j'avais eu la visite de Jim, devenu critique gastronomique pour le *Times*. Il écrivait une série d'articles consacrés aux restaurants de cuisine traditionnelle en Nouvelle-Angleterre, et il avait attribué deux étoiles à mon café.

Parfois, il m'arrive de penser à New York et de me demander ce qu'aurait été ma vie si j'avais posté la lettre de ma grand-mère sans jamais venir à Beacon. À présent, il m'est impossible de m'imaginer vivre ailleurs ou avec qui que ce soit d'autre que Roy. Il est si étrange que la mort de ma grand-mère, pourtant si dramatique, m'ait menée vers tant d'événements merveilleux. Roy avait peut-être raison en disant que grand-mère m'avait envoyée ici pour découvrir ses secrets. Et si elle l'avait fait aussi pour que je découvre les miens ?

Je posai mon bâton de craie jaune et, sur une étagère derrière le comptoir, pris la boîte de recettes en fer-blanc de ma grand-mère. Des fleurs bleues et blanches peintes à la main, usées et éraflées, étaient encore visibles sur la surface. J'y passai mon doigt avant de soulever le couvercle. L'écriture familière aux longues lettres élégantes courait sur de petites fiches jaunies. Pains et gâteaux, tartes et viennoiseries, cookies et, bien sûr, muffins : ma grand-mère continuait à me guider. Même à travers l'encre passée bleu canard, ses mots survivaient.

Remerciements

De nombreuses personnes m'ont aidée dans l'élaboration de ce livre, et je tiens à leur exprimer toute ma gratitude.

Mon mari, Bob, m'a soutenue de toutes les manières possibles pendant que j'écrivais, et réécrivais le manuscrit. (« Tu travailles encore sur ton livre ? » me demandait-il souvent, en particulier à une heure et demie du matin.) J'ajouterais que, en tant que l'un de mes premiers lecteurs, il m'a procuré un énorme soulagement en riant aux bons endroits.

Plusieurs membres de ma famille et amis – Michael Simses, Kate Simses, Christine Lacerenza, Suzanne Ainslie, Ann Depuy, Rebecca Holliman, et Angela Rossetti – ont également lu le manuscrit et m'ont fait d'excellentes suggestions, que j'ai pour la plupart intégrées.

L'équipe de ma maison d'édition, Little, Brown and Company, a accompli un travail incroyable pour transformer mon histoire en livre. Michael Pietsch, son directeur, a été fabuleux (merci de m'avoir donné ma chance !). Judy Clain, mon éditrice, a su me prodiguer des idées et des conseils tellement brillants qu'ils ont amélioré l'histoire et l'écriture au-delà de mes espérances. Et quelle joie d'avoir fait la connaissance et d'avoir travaillé avec tous ceux, à Little, Brown and Company, qui ont œuvré si dur pour que le manuscrit soit imprimé, puis se retrouve sur les rayons des librairies !

Je remercie tout particulièrement Sue et Jim Patterson pour leurs idées et suggestions. Ils m'ont permis de renforcer la narration et de rendre les scènes essentielles plus dramatiques (la « cerise sur le gâteau »). Je suis profondément reconnaissante envers Jim qui a eu la gentillesse de confier mon manuscrit à Little, Brown and Company.

Enfin, je tiens à remercier Jamie Cat Callan, amie et écrivain, qui a été mon mentor pendant l'écriture de ce livre. Elle m'a guidée et encouragée durant toute la phase de création. C'est le cri de ralliement de Jamie qui a fini par me convaincre de mettre de côté les nouvelles sur lesquelles je travaillais et de partir sur un projet plus important. Elle n'a cessé de me dire : « Tu dois écrire un roman ! » Et finalement, c'est ce que j'ai fait.

Note sur l'auteur

Mary Simses a grandi à Darien, dans le Connecticut, et passé la plus grande partie de sa vie en Nouvelle-Angleterre. Elle a travaillé dans divers magazines, puis comme juriste d'entreprise. Durant toutes ces années, elle n'a jamais cessé d'écrire, et a publié des nouvelles dans des magazines littéraires. Aujourd'hui, elle vit avec son mari – qui est aussi son associé juridique – et leur fille dans le sud de la Floride. Elle aime la photographie et les vieux classiques de jazz. Elle confectionne également de délicieux muffins aux myrtilles. Ce livre est son premier roman.

Pour en savoir plus sur Mary, rendez-vous sur : www.marysimses.com

Table

Cet ouvrage a été composé et mis en pages
par ÉTIANNE COMPOSITION
à Montrouge.

Ce livre est composé en caractère Caslon, corps 11,5

Imprimé en France par CPI
en mai 2018

N° d'édition : 56506/01 – N° d'impression : 3028004